SCHERZ

Orkun Ertener

Was bisher geschah

und was niemals geschehen darf

Roman

SCHERZ

Aus Verantwortung für die Umwelt hat sich der S. Fischer Verlag zu einer nachhaltigen Buchproduktion verpflichtet. Der bewusste Umgang mit unseren Ressourcen, der Schutz unseres Klimas und der Natur gehören zu unseren obersten Unternehmenszielen.

Gemeinsam mit unseren Partnern und Lieferanten setzen wir uns für eine klimaneutrale Buchproduktion ein, die den Erwerb von Klimazertifikaten zur Kompensation des CO_2-Ausstoßes einschließt.

Weitere Informationen finden Sie unter: www.klimaneutralerverlag.de

FSC www.fsc.org
MIX
Papier aus verantwortungsvollen Quellen
FSC® C083411

Erschienen bei FISCHER Scherz

Redaktion: Volker Jarck
Satz: Pinkuin Satz und Datentechnik, Berlin
Druck und Bindung: CPI books GmbH, Leck
Printed in Germany
ISBN 978-3-651-02474-8

Die Zukunft kommt
schon morgen früh?
Kann man die nicht verschieben?
Ich wär so gern
und zwar mit dir
im Heute hier geblieben.

Paul Maar

Die Wut dagegen stellt die Gegenwart ganz in Frage. Die Wut ist ein Vermögen, das in der Lage ist, einen Zustand zu unterbrechen und einen neuen Zustand beginnen zu lassen.

Byung-Chul Han

I

GUANTÁNAMO

WIE IMMER BRACH der Krieg vor Ostern aus.

Finn hatte nicht die Absicht, daran teilzunehmen, und verstand auch nicht, was andere dazu trieb, aber die Kriegserklärung, die schon Mitte Februar ins Netz gestellt worden war, ein aufwendig produzierter Clip mit dröhnendem Metal-Soundtrack, hatte ihn beeindruckt. Vermummte, die schwarze Hoodies mit dem Aufdruck *CCC* trugen und für Finn leicht zu identifizieren waren, zogen mit brennenden Fackeln durch die Nacht, ließen sich in einem kunstvoll ausgeleuchteten Gewölberaum das Logo ihrer Horde auf die Oberarme tätowieren, kämpften mit einem widerspenstigen Schwein und der deutschen Rechtschreibung, bis sie am Ende alle, über und über mit Farbe bekleckert, in einem Pool landeten, in dem kein Wasser war. Der Ideenreichtum und die hohe filmische Qualität des Videos, Ergebnis nächtelanger Teamarbeit, an der Paul und Khalil großen Anteil gehabt hatten, blieben den erwachsenen Nörglern ebenso verborgen wie die Leichtigkeit, die jedes Bild durchzog. Im vergangenen Jahr hatte der Sachschaden vor allem aus Reinigungskosten bestanden, die Dr. Hanke, der Schulleiter, auf einer Vollversammlung hitzig in die Zehntausende hochgerechnet hatte, und schon damals interessierten sich neben der Lokalpresse vereinzelt auch überregionale Zeitungen und Fernsehmagazine für die Abiturkriege, die zu einer Tradition in der Stadt geworden waren und von Jahr zu Jahr anstößiger tobten.

Diesmal wollten Hanke und die anderen Schulleiter der Stadt das Schlimmste verhindern, und schlimmer als eine Ausweitung des Medieninteresses konnte in der sensiblen Phase vor den Prüfungen kaum etwas sein. Nachdem das größte Lokalblatt der Stadt einen spitzen Artikel über das Kriegsvideo veröffentlicht und in seiner Onlineausgabe eine Flut von Kommentaren grimmiger Leser ausgelöst hatte, die sich um ihre Steuergelder und die Qualität heutiger Schul- und Charakterbildung sorgten, waren ernste Mahnungen und Drohungen an allen Gymnasien an der Tagesordnung. Finns Schule ging strikter vor als die anderen, schließlich war das Goethe-Gymnasium Heimat des *Classic Combat Commandos*, das den Film auf mehreren Videoportalen veröffentlicht hatte. Jeder konnte sich daran erinnern, dass die Kommandomitglieder der früheren Abiturjahrgänge den Krieg besonders offensiv und lustvoll geführt hatten, und das neue Video ließ keinen Zweifel daran, dass der neue Jahrgang die Tradition aufrechterhalten wollte. Daher wunderte sich Finn nicht, als die Schulleitung das *CCC* umgehend zur terroristischen Vereinigung erklärte und Versammlungen der Gruppe auf dem Schulgelände ebenso verbot wie das Tragen von Kleidungsstücken mit dem Emblem des Kommandos, das Verteilen von Flugblättern, das Anbringen von Stickern und alles andere, was der Vorbereitung des Kriegs dienen konnte. Mit empfindlichen Strafen, die bis zum Ausschluss von den Abiturprüfungen reichten, wurde nicht nur der harte Kern der Aktivisten bedroht, sondern auch das Heer der Sympathisanten: Wer das Video im Netz mit seinem *Gefällt mir* unterstützte, kam auf die schwarze Liste und verlor das Recht auf Prüfungsberatung durch die Stufenleiter. Anscheinend waren Lehrer abgestellt worden, die die Internetseiten täglich kontrollierten. Finn brauchte keine Beratung mehr und hatte keine Lust, sich vor Paul zu rechtfertigen, also klickte er auf den nach oben gereckten Daumen und hatte seine Ruhe.

Offene Proteste gegen die scharfen Maßnahmen der Schulleitung gab es nur von einzelnen Eltern, Veteranen längst vergessener Kämpfe, die bei ihren Kindern lange auf ein Anzeichen von Rebellion gewartet hatten und nun dankbar die Gunst der Stunde nutzten, um Dr. Hanke in Mails und Anrufen autoritäres Handeln vorzuhalten. Dem *CCC* hingegen gefiel die harte Linie. Die Verbote verstärkten den Nervenkitzel und bargen zudem die Chance, die Aufmerksamkeit, die vermieden werden sollte, erheblich zu erhöhen. Geübt im Umgang mit den Feinheiten des Internets, ließen die Offiziere der Schularmee die Repressionen ihrer Schulleitung durchsickern, ohne ein erregtes Wort zu verlieren, und lösten damit Presseanfragen aus dem ganzen Land aus, die Hanke und allen anderen Schulleitern ihre Arbeitstage vergällten. Die Journalisten machten sich bereit für die bevorstehenden Schlachten, die Kombattanten waren es längst.

Mit Beginn der letzten regulären Schulwoche ihres Lebens, dem Montag vor den Osterferien, lieferten sich die Abiturienten der Stadt die ersten Gefechte. Eingesetzt wurden die traditionellen Waffen: Farb- und Mehlbomben, Trillerpfeifen und Tröten, Wasserpistolen, Sprühdosen, grelle Kriegsbemalungen, skurrile Kostüme und Drohgebärden, ohrenbetäubende Schlachtgesänge, Megaphone. In den vergangenen Jahren waren feindliche Schulen während der Unterrichtszeit überfallen worden, was nicht selten zu Kollateralschäden an Unterstufenschülern und Lehrkräften geführt hatte, dieses Mal einigten sich die Kriegsparteien auf nächtliche Schlachten auf neutralem Terrain. Journalisten waren fast immer dabei, und die Polizei rückte auch jedes Mal an, um die Versammlung aufzulösen, alarmiert von aufgebrachten Anwohnern oder gelangweilten Presseleuten, die endlich brauchbare Bilder haben wollten. Die Ausbeute war gering. Auch in diesem Jahr gab es nur kleinere Rangeleien, vor allem im Kampf um die zu erobernden und zu verteidigenden Truppenfahnen. Schlimmere Folgen als durchnässte und verschmutzte Kleidung hatten die Kämpfe nicht, wenn man von weitverbreiteter Heiserkeit und den morgendlichen Auswirkungen des hohen Alkoholkonsums absah. Berauscht erzählte Paul jeden Morgen von den Heldentaten seiner Nacht, zum Glück immer so übermüdet, dass er von Finn nicht mehr als ein anerkennendes Lächeln erwartete.

Die entscheidende Schlacht sollte Donnerstagnacht stattfinden. Das *CCC*, das über den bevorstehenden gemeinsamen Angriff mehrerer feindlicher Schulen offiziell unterrichtet worden war, hatte seine Truppen in der Grünanlage zusammengezogen, die zwischen der kleinen Schulgasse und der vierspurigen Hauptstraße lag. Dort galt das Hausrecht der Schulleitung nicht. Am geschlossenen Schultor hing ein Banner mit dem transparenten Schriftzug des *Classic Combat Commandos* über einer sehr gelungenen Kopie von Warhols Goethe, die im vorletzten Jahr von einem Kommandomitglied aus dem damaligen Kunstleistungskurs angefertigt worden war. Sechs Schüler, Paul und Khalil unter ihnen, standen als Fahnenwachen auf dem Bürgersteig, der vom Schulleiter kurzerhand als Schulgelände definiert worden war, doch darauf konnte heute Nacht niemand Rücksicht nehmen. Auf dem Grünstreifen gegenüber, mit seinen paar Bäumen und drei Sitzbänken kaum Park zu nennen, war der Jahrgang fast vollständig versammelt, um die hundert wild kostümierte Abiturienten, dazu ein halbes Dutzend Printjournalisten und zwei Kamerateams. Die Schüler präparierten die letzten Mehl- und Farbbeutel, ließen sich interviewen, schwatzten, grölten, sangen, knutschten und tranken. Selbst zu nüchtern, um vom Getöse um sie herum nicht befremdet zu sein, warteten die Journalisten ungeduldig auf den Ertrag ihrer Nachtschicht, ungleich fiebriger sahen die Schüler dem Höhepunkt ihrer Festwoche entgegen, viele von ihnen in der Hoffnung auf ein paar Erinnerungsbriketts, an denen sie sich in der bevorstehenden Zeit der Ungewissheit wärmen wollten.

Finn, dem Paul an diesem letzten Abend ohnehin keine Wahl gelassen hätte, war hier, weil Darja hier war, und Darja war hier, weil es alle waren. Aber ein Schaf war sie nicht. Wenn alle Hände oben waren, sah man regelmäßig und war dennoch jedes Mal überrascht, dass ihre Hand unten blieb. Darja zögerte nie, sich einem Lehrer oder einer ganzen Gruppe mit ihrem Standpunkt allein entgegenzustellen, noch weniger, Finn einen bequemen, denkfaulen Idioten zu nennen, wenn er sich wie ein bequemer, denkfauler Idiot benahm, dennoch lag ihr viel an Zusammenhalt und an der Höflichkeit der guten Laune. Darja fügte sich gern ein, so dezent und geduldig wie möglich, doch es blieb immer ein Restabstand. Fast immer sah sie das Gesamtbild, das die meisten anderen, Finn eingeschlossen, nicht mehr sehen konnten. Hätte Finn je Fragen gestellt, hätte er Darja gefragt, ob ihre innere Freiheit, die ihn fast genauso anzog wie ihre Augen, das Vibrato ihrer Stimme und jeder Millimeter ihres unglaublichen Körpers, mit ihrer Herkunft zu tun haben könnte. Darjas Eltern waren nach dem Zusammenbruch der Sowjetunion in Finns Heimatstadt gelandet, wo sie als jüngstes von vier Kindern geboren wurde. Obwohl Darja über den Lebensweg ihrer Eltern so sprach wie über eine Banalität, die auf die eine oder andere Weise jedem vertraut war, schien es in ihr Dinge zu geben, die nicht zur Deckung kamen. In dieser Lücke vermutete Finn die Quelle ihrer Kraft, doch er stellte keine Fragen, für Tänze auf dem Eis war es zu früh und zu spät. Sie waren noch nicht lange zusammen, falls sich das überhaupt so nennen ließ, mehr als brennende Küsse und kurze, köstliche Momente unter ihrem T-Shirt hatte es bisher nicht gegeben. Angesichts der kurzen Zeit, die bis zum Abitur blieb, und Darjas Ernsthaftigkeit war nicht zu erwarten, dass mehr passieren konnte. Eine Wehmutsattacke, die er nicht kommen gesehen hatte, bekam Finn erst in Griff, als er den Arm um Darjas Hüfte legte und sie an sich zog.

»Was für ein Wahnsinn«, sagte er.

»Was? Berit Landmanns Möpse?« So unschuldig vulgär konnte nur Darja reden, Finn hatte unglaubliches Glück.

»Die Pressetypen. Was wollen die mit den ganzen Interviews?«

Darja starrte weiter auf Berits Brüste, die in ihrem ausgeschnittenen T-Shirt kaum Platz hatten. Finn wunderte sich, dass David Lohse, in dessen Mund Berit ihre Zunge vergrub, seine Hände unter Kontrolle behielt.

»Die sind echt nicht schlecht«, sagte Darja. »Meinst du, ich darf sie mal anfassen?«

»Ich kann sie fragen, wenn du willst. Sie spricht wieder mit mir.«

Darja löste sich aus Finns Umarmung und sah ihn herausfordernd an.

»Ach ja?«

»Sie hat gefragt, ob sie die Mathe-Probeklausur kopieren darf. Sie war letzte Stunde nicht da.«

»Klingt romantisch.«

»Sehr«, sagte Finn und nahm Darja wieder in den Arm. »Leider hatten sie weder Champagner noch Kerzen im Copy-Shop.«

Wenn er Berit ansah, konnte Finn sich leicht ausrechnen, warum er mit ihr zusammen gewesen war, noch leichter aber, warum er sich vor über einem Jahr von ihr getrennt hatte. Darja war nicht unschuldig daran, obwohl es nach seiner Trennung von Berit fast acht Monate gedauert hatte, bis Finn merkte, dass Warten nicht half. Während der Mittelstufenzeit war Darja in einer Parallelklasse gewesen, erst auf der Oberstufe hatten sie zusammen Unterricht. Obwohl Finn grundsätzlich sparsam mit seinen Ansichten war und lange brauchte, bis er sich zu einem Standpunkt durchringen konnte, wurde er im Deutsch- und Geschichtsunterricht von Darja von der ersten Sekunde an zum Widerspruch gereizt und ließ sich in Diskussionen verwickeln, die fast immer zu Duellen wurden. Darja und Finn waren ausnahmslos gegenteiliger Meinung, ackerten sich durch die Argumente des anderen, zerbissen sie und stritten unerbittlich, bis einer von ihnen am Ende plötzlich die Waffen streckte und dem anderen recht gab. Den Sieg, die Bilanz war einigermaßen ausgeglichen, empfanden beide als angenehme Begleiterscheinung, offenbar ging es vor allem um so etwas wie Wahrheit, zu der ihnen nichts mehr verhalf als ihr zügelloser Streit. Dennoch dauerte es zwei lange Oberstufenjahre, bis Finn eine Ahnung bekam, um was es noch gehen könnte, und er vergeudete weitere Monate, bis er das Gefühl hatte, Darja habe ihn nun lange genug geprüft, um sie ins Kino einladen zu dürfen. Dass sie sofort ja sagte, klang verheißungsvoll, dass sie im nächsten Atemzug eine Matinee am Sonntag vorschlug, konnte allerdings nichts anderes als ein höfliches Zeichen sein, besser nichts zu erwarten, also erwartete er nichts, als er sich vor dem Kino mit ihr traf. Kaum war das Licht aus, hatte sie ihren Mund auf seinem, gab es nur noch ihre Hände, ihren Geruch und die deprimierende Gewissheit, dass der Film nicht ewig dauern konnte. Bis heute wusste Finn nicht genau, worum es in *A Perfect Day* ging.

»Führst du mich auch mal zum Kopieren aus?«, fragte Darja säuselnd, während sie sich von Berit und ihren Brüsten entfernten.

»Ich weiß nicht, ob wir schon so weit sind, Schatz.«

Finn bekam einen Klaps auf die Wange, dem ein langer Kuss folgte. Er würde ihn sich so wenig einprägen können wie alle anderen zuvor. Darja wurde plötzlich ernst, deutete hinüber zur Schule, wo mittlerweile mehr Schüler bei Paul und Khalil vor dem Banner standen.

»Die zweite oder die dritte Flasche?«

Wie Paul trank, hätte es Wasser sein können, aber es war Wodka. Er setzte die Flasche erst ab, als Khalil nach ihr griff.

»Sie haben erst hier angefangen«, sagte Finn und merkte, dass er Paul wieder in Schutz nahm.

Paul trank viel, nicht nur in dieser besonderen Woche. Er trank nicht mehr als Khalil, vertrug aber weniger. Zu oft kam Paul morgens nicht aus dem Bett, seine Fehlstunden lagen nur knapp unter der zulässigen Höchstzahl.

»Ich hoffe, du kannst mit ihnen mithalten«, sagte Darja.

Die Reise. Ab Anfang Juli fast drei Monate zusammen mit Paul und Khalil durch die Staaten, von der Ost- zur Westküste und durch Kanada wieder zurück, um Khalil am Ende an seinem College in Providence abzusetzen und von Boston zurückzufliegen. Als Darja Finn im Kino in ihre eigenen Wolken riss, waren die Flüge längst gebucht.

Finn und Paul waren seit der ersten Klasse befreundet. Mit zehn oder elf hatten sie begonnen, von ihrer Reise zu träumen und sich von Jahr zu Jahr farbenprächtiger ausgemalt, was sie erleben würden. Finn wusste nicht mehr, wann entschieden worden war, dass Khalil sie begleiten sollte. Es war naheliegend. Khalil, den Paul irgendwann vor zwei, drei Jahren angeschleppt hatte, hatte die Aufnahme an der Brown schon sicher und würde ab Oktober dort studieren, außerdem hatte seine Familie in Manhattan und Vancouver Leute, bei denen sie übernachten konnten.

»Nie im Leben halte ich mit denen mit.« Finns Lachen mündete in einen befangenen Blick. »Wäre nicht der einzige Grund, nicht mitzufahren.«

Wenn er im Oktober aus Amerika zurückkam, würde Darja schon weg sein. Als Volunteer im Freiwilligendienst des Auswärtigen Amtes würde sie ein Jahr als Praktikantin bei einem Partnersender der Deutschen Welle in Tansania verbringen und danach in Münster Recht und Politik studieren, sie wusste nur noch nicht, welchen Masterstudiengang sie im Anschluss wählen wollte und ob ihr Erasmus-Jahr sie nach Paris oder London führen sollte. Während Darja die kommenden Jahre mit der gleichen Präzision plante, mit der Finns Mutter ihre Häuser entwarf, hatte er selbst immer nur bis zum Abitur gedacht. Bisher war alles aus etwas anderem hervorgegangen. Vor der Zukunft blieben ihm nur wenige Wochen, in denen es Darja noch gab. Finn konnte die Galgenfrist um drei kurze Monate ausdehnen, doch auf das Angebot, das in seiner letzten Bemerkung lag, antwortete Darja nur mit einem für sie ungewöhnlich scheuen Lächeln. Sich gegenseitig von einmal gefassten Plänen abzuhalten, war ein größeres Tabu, als zu einer satanistischen Orgie einzuladen.

»Meine Eltern übernachten heute in Duisburg«, sagte Darja, »Babyschaukeln bei meiner Schwester.«

Selbst wenn es ein spontaner Trost war, es war kein billiger, schon gar kein falscher. In dieser seltsamen Woche konnte alles passieren, damit allerdings hatte Finn nicht gerechnet. Er verstand sofort, aber er schwieg, Darja sollte es aussprechen.

»Sie wären sicher überglücklich, wenn du mich nach Hause bringen und heute Nacht auf mich aufpassen würdest.«

»Ich habe ein paar Termine«, sagte Finn. »Aber bestimmt kann ich was verschieben.«

Darja ließ es ihm durchgehen. Zu dem Kuss, für den sie sich auf ihre Zehenspitzen stellte, kam es nicht mehr. Eine Mehlbombe traf Finn am Kopf und staubte auch Darja weiß ein. Die ersten Angreifer hatten sich angeschlichen und läuteten den Sturm ein, keinen Wimpernschlag später tauchten von allen Seiten ihre Gefährten auf, sprangen aus Autos, von Motorrollern und Fahrrädern, kamen mit gellenden Schreien angelaufen. Bei den Goethe-Schülern brach Jubel aus, auch die Fotografen und Kameraleute, die von den Wasser-, Farb- und Mehlattacken einigermaßen verschont blieben, wirkten erleichtert und belebt. Wie alle anderen griffen Darja und Finn nach den gefüllten Beuteln, die überall in Kartons bereitstanden, warfen und trafen, wurden getroffen, lärmten und lachten, ergaben sich dem überwältigenden Rausch, der sie alle erfasste. Einige versuchten, den Fahnenwächtern am Schultor zu Hilfe zu kommen, doch die Gegner, erdrückend in der Überzahl, blockierten die schmale Straße zur Schule und ließen niemanden durch.

Paul, Khalil und die anderen Beschützer des Banners blieben auf sich allein gestellt. Soweit die Kämpfe zuließen, in die er selbst verwickelt war, sah Finn immer wieder zu ihnen und freute sich, dass Khalil, der leidenschaftlicheren Widerstand leistete als alle anderen zusammen, bereits komplett durchnässt und mit Mehl und Farbe beschmutzt war. Nicht einmal er würde es schaffen, die Angreifer auf Dauer abzuwehren.

Beim Versuch, einem Wurfgeschoss auszuweichen, rutschte Darja aus und landete auf dem Boden. Finn ließ sich fallen und nutzte den Moment, um Darja an sich zu drücken, doch pflichtbewusst befreite sie sich von Finns zärtlichem Übermut und stand schnell wieder auf. Während sie Finn hochzog, deutete Darja zum Schultor: Die *CCC*-Fahne war in Feindeshand übergegangen. Einer der gegnerischen Schüler knüllte sie zusammen und lief, begleitet vom Triumphgeschrei seiner Kameraden, mit der Beute los.

Paul gelang es, durchzubrechen und ihm nachzusetzen. Khalil, der wie die anderen von den Gegnern festgehalten wurde, brauchte eine Weile, bis er sie abschütteln und ebenfalls die Verfolgung aufnehmen konnte. Der Junge, der sich das Banner geschnappt hatte, lief wie ein Footballspieler im Zickzack an den Hindernissen im Park vorbei, statt eines Ledereis die Trophäe aus Stoff an die Brust gedrückt. Keinem Goethe-Schüler gelang es, ihn aufzuhalten, auch Darja fasste vergeblich nach ihm. Obwohl Finn eine echte Chance hatte, den Feind zu ergreifen, ließ er ihn passieren, sah sich lieber vergnügt an, wie der von Alkohol und Kampflust berauschte Paul ihn mit hochrotem Kopf und idiotischem Kriegsgeschrei verfolgte. Paul wurde flankiert von anderen Goetheanern, denen sich wiederum ihre Gegner entgegenstellten, um ihren flüchtenden Kumpel abzuschirmen, so gut sie konnten. Die erste Polizeisirene war zu hören, als der Fahnenräuber den Grünstreifen durchquert und die vielbefahrene Hauptstraße erreicht hatte. Auf Grün würde er nicht warten, doch obwohl viele Autofahrer wegen der Menschenmenge im Park langsamer fuhren als üblich, die meisten sicher aus Neugier, konnte er nicht einfach weiterlaufen. Er zögerte. Lang genug, um seinen Vorsprung zu verlieren: Auf dem Bürgersteig bekam Paul ihn und ein Ende des Banners zu fassen, auf der Stelle waren auch ihre jeweiligen Gefährten da und verkeilten sich ineinander, unter ihnen auch Khalil. Die Fotografen und Kameraleute schlossen auf und tänzelten aufgeregt um sie herum. Finn hätte sich nicht gewundert, wenn sie Regieanweisungen gegeben hätten. Eine Weile konnte er Paul nicht mehr sehen. Als Paul wieder aus dem Pulk auftauchte, hatte er das Banner in der Hand, hielt es einen Augenblick jubelnd über seinen Kopf und rannte los. Nicht zurück in den Park, wo die Gefahr zu groß war, den Feinden in die Arme zu laufen. Auf die Straße. Siegestrunken, ohne sich umzusehen.

Paul hatte Glück. Finn würde sich in den nächsten Monaten jedes Unfallvideo anschauen, das er im Internet finden konnte, zufällige Handyaufnahmen, Laboraufzeichnungen mit Dummys aus Kunststoff, Dashcam-Videos aus Russland, einfach alles. Er würde sehen, immer und immer wieder, oft in Zeitlupe, dass ein Fußgänger, der von einem Auto frontal erfasst wird, erst auf die Motorhaube stürzt und mit dem Kopf gegen die Windschutzscheibe prallt, die dabei meist splittert, um danach meterweit nach vorne katapultiert zu werden und schließlich auf dem Boden aufzuschlagen. In der Regel kommt das Fahrzeug zum Stehen, bevor es über den Körper fährt, der auf der Fahrbahn vor ihm liegt, aber nicht immer.

Pauls Unfall verlief untypisch. Der Fahrer des Autos, vor dem Paul plötzlich auftauchte, hatte wegen des Tumults auf dem Bürgersteig bereits abgebremst und fuhr nicht schneller als zwanzig, höchstens dreißig Stundenkilometer. Sofort ging er in eine Vollbremsung über und riss den Wagen nach links. In dieser Bewegung traf das Auto Paul gerade noch in Höhe des rechten Scheinwerfers, ein Unheil, das wenige Zentimeter verhindert hätten, der Bruchteil einer einzigen Sekunde. Paul wurde zur Seite weggeschleudert. Kein hoher

Bogen, kein spektakuläres Bild, kaum mehr als ein Billardstoß. Auf der Kante des Bürgersteigs kam Paul zum Liegen und rührte sich nicht.

Schreie wie aus einem einzigen Mund. Darja. Festgekrallt an Finns Arm, ihr Gesicht in seine Schulter gegraben. Der Streifenwagen. Die versteinerten Gesichter der Schüler. Der plötzliche Abbruch des Lärms, die kurze, groteske Stille. Die Polizisten, die aussteigen und loslaufen. Die Ampel, ewig auf Rot. Fotografen und Kameraleute auf der Suche nach der besten Perspektive. Khalil, der einen von ihnen beiseite stößt, um den Weg zu Paul freizubekommen. Eine Kamera, die zu Boden fällt. Eine weitere Sirene, ein weiteres flackerndes Blaulicht. Menschen, die aus Fenstern sehen. Der Bus, die Autos: wie Fahrzeuge auf einem angehaltenen Karussell. Das Banner auf der Fahrbahn. Darjas Hand, ihre Haare an seiner Wange. Finn nahm Details wahr, versuchte sie sich einzuprägen wie Fakten, über die er einen Test schreiben musste, aber nichts fügte sich zu einem Ganzen zusammen. Als brülle jemand wahllos Wörter, bestehe aber darauf, dass es Sätze seien.

Erst als Darja zu Paul sah, blickte auch Finn wieder zu ihm. Khalil kniete neben ihm und konnte nicht mehr tun, als der Polizistin zuzusehen, die sich sofort um Paul kümmerte, während ihr Kollege hektisch in sein Funkgerät sprach. Zwei weitere Streifenwagen trafen ein. Einer der Polizisten lief zu Paul und half seiner Kollegin bei der Erstversorgung, die anderen fingen an, die Straße abzusperren.

Khalil stand auf, blickte noch einen Moment zu Paul hinunter, dann wandte er sich ab, sah sich um und ging langsam auf eine Gruppe von Schülern zu, die zu den Angreifern gehörten. Vor dem Jungen, der das Banner geraubt hatte, blieb Khalil stehen und sah ihn lange an, vollkommen ausdruckslos. Niemand sprach, niemand rührte sich, auch nicht, als Khalil den Jungen zu schlagen begann. Der erste Fausthieb traf seinen Bauch, der zweite sein Gesicht. Der Junge fiel zu Boden. Alle rückten ein paar Schritte ab, keiner griff ein, niemand gab einen Laut von sich. Jemand schien bestraft werden zu müssen, jeder konnte froh sein, wenn er es nicht selbst war. Khalil konnte seinem Opfer noch einen Tritt versetzen, bevor ihn zwei Polizisten wegrissen. Sie brauchten den dritten Kollegen, um ihn auf den Boden zu drücken.

Sie lagen beide da. Khalil bäuchlings, die Hände mit Plastikfesseln fixiert, Paul auf dem Rücken, seit dem Aufprall kaum verändert in seiner Position. Finn sah hin. Er stand.

FINNS ELTERN SCHWIEGEN, was gab es auch zu sagen? Nach seinem Anruf hatten sie darauf bestanden, sofort zu ihnen ins Krankenhaus zu kommen, und wie Finn befürchtet und gehofft hatte, blieben sie, obwohl sie nichts anderes tun konnten, als mit Pauls Eltern, Darja und ihm in dem kleinen Warteraum zu sitzen, Kaffee und Wasser aus den Automaten auf dem Flur zu holen und das Schweigen zu ertragen.

Die Freundschaft zwischen Finn und Paul hatte vor elf, zwölf Jahren beinahe zwangsläufig dazu geführt, dass sich auch die Eltern anzufreunden versucht hatten, doch zwischen ihnen war über die ganzen Jahre nie etwas entstanden, was sich selbst getragen hätte. Nach und nach wurden die Gespräche damals länger, wenn einer der Jungen beim anderen vom Spielen abgeholt wurde, die Schule bot genug Themen, später blieb man auf einen Kaffee, einen Wein, zum Abendessen, unternahm zusammen Ausflüge, sah Paul und Finn auf Wiesen beim Toben zu und lud sich gegenseitig auf Geburtstags- und Geschäftsjubiläumspartys ein. Es hatte sogar zwei gemeinsame Urlaube gegeben, die die Jungs beide Male ebenso genossen hatten wie Finns jüngere Schwester Nele, die fröhliche Klette, aber irgendwann hatte Finn die Blicke seiner Eltern bemerkt, die sich unweigerlich einstellten, wenn Beate Sander zu reden begann. Der Journalistin schien nie etwas fremd oder auch nur neu zu sein, binnen Sekunden war sie zu einem abgeschlossenen Urteil fähig, ob es um französisches Essen, erneuerbare Energien oder die fachliche Kompetenz der neuen Bio-Lehrerin ging. Mit Martin hingegen unterhielt sich Finns Vater gern, und anders als Finns Mutter fand er ihn keineswegs langweilig, hatte sich aber nicht ein einziges Mal allein mit ihm verabredet.

Finn war es recht. Er hatte nie verstanden, warum seine Freundschaft mit Paul eine Verbindung zwischen ihren Eltern begründen sollte, und war erleichtert, als der Kontakt allmählich einschlief, nachdem Paul und er auf jede Art von Aufsicht verzichten konnten. Ausflüge gab es nicht mehr, gelegentlich aber noch Einladungen zu Feiern, die Finns und Pauls Eltern ohne erkennbares System ebenso oft annahmen wie bedauernd ausschlugen.

Das hier war etwas anderes, selbstverständlich waren Finns Eltern sofort zur Stelle. Zusammen zu warten, zusammen auszuhalten, was nicht auszuhalten war, war das Mindeste, was sie jetzt tun wollten, doch Finn war nicht sicher, ob ihre Anwesenheit und vor allem Darjas und seine erwünscht war. Beate hatte kaum zugehört, als Darja und er berichtet hatten, was passiert war. Im Gegensatz zu Pauls Vater hatte sie auch keine Fragen gestellt, weil sie ihre Fragen, die Finn in ihren Augen deutlich sah, nicht aussprechen konnte. Warum mein Sohn? Warum nicht du? Warum nicht die Schlampe neben dir?

Pauls Knochenbrüche waren nicht der Rede wert, hatte der Arzt gesagt, das Schlüsselbein, ein paar Rippen. Aber die Kopfverletzung bedrohte sein Leben, wobei die Schädelfraktur ebenfalls zu vernachlässigen war, nicht jedoch die schwere Epiduralblutung, *raumfordernd,* die Pauls Gehirn nach innen drückte und bereits zu massiven neurologischen Ausfällen geführt hatte. Während der junge Arzt, Namen und Aussehen nach wahrscheinlich türkischer Herkunft, Beate und Martin informierte, wurde Paul bereits für die Notoperation vorbereitet. Eine Einwilligung war nicht notwendig, offenbar zählte wirklich jede Minute. Beates Frage nach bleibenden Schäden wich der Arzt geschickt aus. Er betonte die große Erfahrung, die seine Kollegen mit dieser Art von Eingriff hätten, und deutete an, im Tonfall rücksichtsvoll, in der Aussage unmissverständlich, dass die nächste Etappe das Einzige sei, worauf man sich im Augenblick konzentrieren müsse. Als der Arzt gegangen war und alle wieder saßen, schlug Finn mit seinem Smartphone die Begriffe nach, an die er sich erinnerte. Die Überlebenschancen nach einem Epiduralhämatom lagen bei siebzig Prozent. Wem hätte es genutzt, es auszusprechen oder Darja das Display unauffällig zu zeigen? Finn schrieb eine SMS an Khalil: *Hirnblutung. Not-OP.* Bevor er die Nachricht sendete, fügte er noch an: *Lebensgefahr.* Khalil war der einzige Mensch, von dem Finn nicht wusste, ob er zu Angst fähig war, und der, der sie am dringendsten brauchte.

Nach dem Unfall war Khalil von der Polizei mitgenommen worden, seither hatte Finn nichts von ihm gehört, schon eine Ewigkeit hatte er überhaupt kein Wort mehr gehört. Nach der Ankunft seiner Eltern und den Umarmungen und zum Scheitern verurteilten Tröstungen hatte das große Schweigen eingesetzt. Finns Vater schloss immer wieder konzentriert die Augen, als stehe er kurz vor der Lösung eines schwierigen Problems, seine Mutter lächelte Darja und Finn in regelmäßigen Abständen aufmunternd zu und ließ ansonsten Beate und Martin nicht aus den Augen. Mit leeren Blicken saßen die beiden da, vollkommen reglos, wie stümperhafte Skulpturen ihrer selbst. Als könnte jeder Gesichtsausdruck, jede Bewegung als Herausforderung des Schicksals missverstanden werden. Wenn Darja ihm mit dem Handrücken am Oberschenkel entlangstrich, spürte Finn jedes Mal den Wunsch, ihre Hand zu nehmen, aber es war provozierend genug, dass er hier saß, ohne gebrochene Schädeldecke, ohne ein eingequetschtes Gehirn, ohne die dreißigprozentige Wahrscheinlichkeit, den nächsten Morgen nicht mehr zu erleben.

Finn ließ sein Handy in der Hosentasche, wagte nicht nachzusehen, ob Khalil inzwischen geantwortet hatte. Er hätte mit seinen Gedanken bei Paul sein müssen, hatte aber nur Khalil vor Augen, stellte sich vor, wie er sich wehrte, als sie ihn in eine Zelle sperren wollten, wie ihn vier, fünf, sechs uniformierte Polizisten zusammenschlugen, nachdem er sie rassistische Arschlöcher genannt hatte, wie ihm die Lippe aufplatzte, ein Auge zuschwoll, wie er in seinem Blut und Erbrochenen auf dem Boden liegenblieb und dann gnadenlos weggeschleift wurde.

Ohne Khalil wäre Paul nicht hier gelandet, hätte er sich dem idiotischen Kommando niemals angeschlossen, würde er nicht so viel trinken, wie er es seit Jahren tat. Khalil konnte sich das alles leisten, Paul nicht.

»Mein Vater hatte einen Genickbruch.«

Darjas Stimme befleckte die Stille. Obwohl sie neben ihm saß, brauchte Finn einen Moment, bis er begriff, dass sie es war, die sprach.

»Ein richtiger Genickbruch. Ich war sieben oder acht. Er ist vom Dach gefallen, als er unsere Satellitenantenne ausrichten wollte. Wir dachten, das war's. Er war fast vier Monate im Krankenhaus, noch viel länger in der Reha. Heute ist er neunundfünfzig, läuft jeden Morgen sieben Kilometer und reißt ständig Witze über den Unfall. Angeblich spürt er's im Nacken, wenn das Wetter sich ändert. Oder wenn einer von uns was ausgefressen hat.«

Solche Fehler machte Darja sonst nie, niemand war cooler als sie. Martin sah kurz zu ihr und verzog den Mund zu einem vagen Ausdruck von Dankbarkeit, Beate blickte sie an, als sei sie eine durchgeknallte Obdachlose, die auf der Straße Leute belästigt, um ihnen ihre eigene Lebensgeschichte aufzudrängen.

»Die Ärzte leisten wirklich phantastische Arbeit«, sagte Finns Mutter sinnlos, um Darja beizuspringen, und sein Vater lächelte die Freundin seines Sohnes an. An Beate und Martin ging schon wieder alles vorbei.

Finn nahm Darjas Hand und ließ sie nicht mehr los, Minuten oder Stunden lang, bis die Türklinke heruntergedrückt wurde. Alle setzten sich auf und blickten beklommen hin. Es war kein Arzt, der hereinkam, sondern Khalil, wie Darja und Finn immer noch von oben bis unten mit Mehl und Farbe beschmutzt. Verwirrt sah er zwischen Finns und Pauls Eltern hin und her.

»Wie geht es Paul?«, fragte Khalil schließlich in den Raum, als spräche er mit Menschen, die endlich die Auskunft erteilen mussten, die sie ihm schuldig waren.

»Er wird noch operiert«, sagte Martin. »Du bist …?«,

»Khalil.«

»Khalil«, sagte Beate gedehnt und musterte ihn ausgiebig, kostete den Moment seltsam aus. »Dich wollte ich schon lange mal kennenlernen.«

Khalil sah ihr in die Augen, nahm die Herausforderung an, die in ihrem scharfen Ton und der Verachtung in ihren Blicken lag.

»Was haben die Ärzte gesagt?« fragte er. »Wird er wieder gesund?«

Er bekam keine Antwort. Martin schien es unangenehm zu sein, Pauls Freund in der Luft hängen zu lassen, aber nach einem Blick zu seiner Frau wagte er nicht mehr zu sprechen. Betreten sah er zu Boden, wich auch den Blicken von Finns Vater aus.

»Was habt ihr euch dabei gedacht?«, schrie Beate. »Ihr alle! Was denkt ihr euch eigentlich die ganze Zeit?«

Finn sprang auf und ging zu Khalil, den auffordernden Blick seiner Mutter hätte er nicht gebraucht. Darja folgte ihm sofort.

»Khalil, lass uns rausgehen.«

Khalil ließ seinen Blick auf Beate.

»Ich will nur wissen, wie es ihm geht.«

»Wir reden draußen«, sagte Finn, fasste Khalil am Arm und begann, ihn vor sich her zu schieben.

Finn hatte ihn noch nie berührt. Khalil schlug ständig jemandem auf Schulter oder Rücken, fuhr Freunden mit den Fingerknöcheln über den Kopf, wuschelte ihnen durchs Haar, umarmte sie, rempelte Leute an, stieß sie beiseite, hielt sie fest, wenn er mit ihnen sprach, aber Finn selber war Khalils Übergriffen bisher entgangen. Finn spürte eine irre Angst, er könne sich die Hand an seinem Oberarm verbrennen, und war erleichtert, als Khalil ihn beiläufig abschüttelte und zur Seite schob, um Pauls Mutter ansehen zu können.

»Das hätte nie passieren dürfen«, sagte Khalil ruhig und ging hinaus. Niemand musste ihn schieben oder ziehen, niemand ihn anrühren.

Finn und Darja fanden Khalil am Getränkeautomaten. Mit dem Rücken zu ihnen stand er breitbeinig davor, hatte die Handflächen gegen die Sichtscheibe des Geräts gepresst und den Kopf zwischen seine Arme gesenkt.

»Wie lief's bei der Polizei?«, fragte Finn in seinen Rücken.

»Was hat der Arzt gesagt? Schafft es Paul?«

Darja und Finn sahen sich an und schwiegen, sie hatten keine Antwort. Es gab keine.

»Was hat der Arzt gesagt«, wiederholte Khalil, ohne seine Körperhaltung zu ändern, ohne die Stimme zu heben.

»Er hat gar nichts gesagt«, sagte Finn. »Wir müssen die Operation abwarten.«

Khalil schwieg, rührte sich immer noch nicht.

»Ich habe nachgesehen«, sagte Finn. »Ein Drittel überlebt so was nicht. Von denen, die überleben, bleiben zwanzig Prozent behindert.«

Finn hätte es Darja gern erspart. Er schämte sich dafür, dass er ihren entsetzten Blick zu verantworten hatte, und spürte eine verrückte, abergläubische Angst, mit seinen Worten das Schicksal zu brüskieren, aber er musste es tun. Khalil hatte es verdient. Jeder hatte Angst vor Khalil, nicht nur Gleichaltrige, nicht nur die, die ihm im Weg standen, einfach jeder. Lehrer und Eltern, Bedienungen und Passanten schon auf den ersten Blick, oft sogar Polizisten.

Er war nicht besonders groß, doch selbst wenn er saß oder irgendwo fläzte, vibrierte sein ganzer Körper vor Kraft und Anspannung, seine Blicke, die eines Raubtiers, ertrug niemand lange. Er legte keinen Wert darauf, scharfzüngig zu sein, hielt aber nie den Mund, eckte überall an und nannte es Gerechtigkeitssinn. Sein Groll konnte nur angeboren sein, er führte einen Privatkrieg gegen das Universum, umgab sich mit der rebellischen Aura des jugendlichen Straftäters, sammelte Verweise, Bußgelder und Anzeigen wie andere Leute Bonuspunkte, doch nie geschah ihm etwas. Weil ihm nichts geschehen konnte. In jedem Fach stand er auf Eins, würde beim Abitur mindestens zu den zehn Besten des Jahrgangs gehören, seine Eltern waren wohlhabend. Anscheinend war Pauls Bewunderung für Khalil immer größer gewesen als seine Angst vor ihm.

Khalil richtete sich auf, nahm seine Hände vom Automaten und drehte sich zu Finn und Darja um. »Dreißig Prozent sterben«, sagte er. »Zwanzig Prozent sind später behindert?«

Finn nickte, was blieb ihm übrig.

»Also überleben siebzig Prozent. Achtzig Prozent von ihnen werden wieder gesund«, sagte Khalil, jeder Satz ein Peitschenhieb. »Mir genügt das. Dir nicht?«

Finns Eltern kamen auf den Flur, retteten ihn vor der Antwort. »Beate und Martin würden jetzt lieber allein sein«, sagte Finns Mutter. »Ich kann das gut verstehen.«

»Sobald sie etwas wissen, rufen sie an«, sagte Finns Vater. »Finn hat deine Nummer? Er meldet sich sofort bei dir.«

Khalil ging auf Finns Vater zu, sah ihn an. Mit diesen Augen.

»Geben Sie mir Ihr Handy«, sagte er.

»Mein Handy?«

»Ich tippe Ihnen meine Nummer ein. Sie rufen mich an.«

Khalil gab eine Anweisung. Einen Befehl. Finns Vater zögerte, blickte kurz zu Finn, der ihn fassungslos ansah, dann holte er wortlos sein Smartphone heraus, entsperrte es und gab es Khalil. Khalil tippte die Nummer ein und gab Finns Vater das Gerät zurück.

»Danke«, sagte er und ging.

»Sollen wir dich nach Hause fahren?«, rief Finns Vater ihm nach.

Khalil war schon am Ausgang, er antwortete nicht.

»Was war das für ein Scheiß?« Finn konzentrierte sich auf seine Lautstärke. Auf einem Krankenhausflur wollte er seinen Vater nicht anschreien.

»Scheiß?«

»Das Handy. Er sagt was, und du springst? Warum tust du das?«

Sein Vater schien wirklich darüber nachzudenken.

»Weil es ihm nicht gutgeht«, sagte er schließlich.

»Ich dachte, es geht Paul nicht gut.«

Finn ging los, ließ auch Darja stehen. Sie würde ihn einholen, sie würden ihn alle einholen.

SEIT FINNS VATER einen türkischen Lebensmittelhändler vor ein paar Jahren in einer üblen Mietsache vertreten und den Prozess gewonnen hatte, fuhr er einmal im Monat zum Laden des Mannes auf der anderen Flussseite und kaufte dort jedes Mal in Mengen ein, die sich nur mit einer drohenden Naturkatastrophe erklären ließen. Sein ehemaliger Mandant hatte ihn auf den Geschmack gebracht, und sicher war es verlockend, dass er wegen anhaltender Dankbarkeit immer noch einen Freundschaftspreis bekam. Während sie auf den Anruf von Pauls Eltern warteten, kostete Darja von allem, was Finns Vater vor ihnen aufgetischt hatte, probierte die Teigtaschen, die Peperoni, die Oliven, schwarz und grün, eingelegt, nicht eingelegt, die Knoblauchwurst, die gefüllten Weinblätter, den Schafskäse und den Kaschkawal, die Zucchinipuffer, den Oktopussalat und die zahlreichen Pasten. Von der Fischrogencreme nahm sie zweimal.

Finn wusste, wie gern Darja aß, und sie hatte ihm auch erzählt, dass in ihrer Familie erst einmal in Ruhe gekocht und getafelt wurde, wenn Panik angebracht war, aber damit hatte er nicht gerechnet. Darja fraß. Sie nahm das Baklava mit der Hand, stopfte es sich in den Mund, leckte den tropfenden Zuckerguss von den Fingern, um nach dem Süßspeisenintermezzo gleich zum scharfen Rinderschinken und einem Stück Fladenbrot zu greifen und weiterzusprechen, während sie zu kauen begann. Vermutlich hatte sie keine graue Hirnmasse vor Augen, keinen geöffneten Schädel, kein nachsickerndes Blut, das ständig abgesaugt werden musste, damit man sah, wo man mit den Instrumenten herumstocherte.

Es war ein Zeichen von Reife, die Dinge voneinander trennen zu können, Darja konnte es. Gelotst von Jans Fragen schwamm sie im Gewässer einer Zukunft umher, die sie selbst noch hatte, erklärte in höflicher Ausführlichkeit, warum sie sich für Tansania entschieden hatte und was sie sich von ihrem Praktikum bei der Deutschen Welle versprach. Es war nicht zu übersehen, dass sein Vater Darja mochte, ihre Wortgewandtheit, ihren Witz, ihre Unbekümmertheit und sicher auch ihren Appetit und die Blätterteigkrümel auf ihrer Oberlippe. Finn war den beiden dafür dankbar, dass sie ihn nicht mit ins Gespräch zu ziehen versuchten, und seiner Mutter, dass sie es bei ihren mütterlichen Blicken beließ. Er wäre gern in sein Zimmer gegangen, um Gitarre zu spielen und zu vergessen, dass es ihn gab, aber er konnte Darja nicht mit seinen Eltern allein lassen. Also blieb er, schnappte ab und zu Gesprächsfetzen auf und fragte sich, warum er nicht wusste, welche Nachbarstaaten Tansania hatte, wo Daressalam lag und wieso die Millionenmetropole Regierungssitz, aber nicht Hauptstadt war. Wahrscheinlich hatte Darja ihm schon alles erzählt, aber er war jeder Auskunft über ihr Leben ohne ihn aus dem Weg gegangen. Afrika war ein dunkler Kontinent für Finn. Was ihn betraf, musste er weder entdeckt noch erobert werden.

Überrascht sah Nele die nächtliche Tischgemeinschaft, als sie schlaftrunken in die Küche kam. Finns elfjährige Schwester schlief nie durch, jede Nacht stand sie mindestens einmal auf, um sich aus der Küche etwas zu trinken zu holen. Das Durstproblem hätte eine Flasche Wasser auf ihrem Nachttisch gelöst, aber Nele mochte es, in der Dunkelheit allein durch die Wohnung zu tappen, mit der abgemessenen Dosis an Angst, die sie spüren und ertragen wollte, und der Gewissheit, dass die drei, die sie beschützen konnten und jederzeit würden, nebenan schliefen und ihr die beunruhigende, behagliche Einsamkeit ließen, die sie brauchte.

»Was läuft denn hier für eine Party?«, fragte Nele und war sofort hellwach.

Die Antwort kam nicht schnell genug. Nele spürte die Temperatur der Blicke, sah ihre Eltern und ihren Bruder ängstlich an.

»Ist was passiert?«

»Paul hatte einen Unfall«, sagte Finn schnell. Seinen Eltern, die unheilvolle Offenheit zu oft mit Respekt verwechselten, durfte er die Antwort nicht überlassen. »Gar nicht so schlimm, Darja und ich waren dabei. Paul wird gerade operiert. Wir warten nur, dass Beate und Martin anrufen und sagen, wie es ihm geht.«

Schmerz und Entsetzen fuhren blind durch Neles Körper. Seit sie sich erinnern konnte, gehörte Paul zu ihrer Welt. Sofort stand Finn auf. Er hatte seine Schwester nicht vor dem bewahren können, was geschehen war, aber er konnte sie in die Arme nehmen und dafür sorgen, dass sie auf dem wankenden Boden nicht umfiel. Seine Mutter fasste vorsichtig an seinen Arm, hielt ihn zurück, und sie hatte recht: Neles Gesichtszüge entspannten sich. Was in ihr hochgeflossen war, sickerte wieder zurück, löste sich so schnell wieder auf, wie es sich gebildet hatte.

»Die machen so was doch öfter, die Ärzte, oder?«

»Aber klar, jeden Tag«, sagte Finn und setzte sich wieder, so erleichtert über Neles Stimmungswechsel wie bestürzt über ihre Fähigkeit, sich derart rasch und gründlich zu beruhigen.

»Ich warte auch«, sagte Nele.

Sie kam zu ihnen an den Tisch, begrüßte Darja und zog den kleinen Karton mit Brandteigkringeln und Baklava zu sich. Nele, die immer wusste, wie viel sie sich zumuten wollte, fragte nicht, was für einen Unfall Paul gehabt hatte, und sie wollte auch nichts über seine Verletzungen wissen. Sie begann zu naschen, ließ sich das Versprechen geben, morgen, am letzten Tag vor den Ferien, nicht in die Schule zu müssen, falls sie nicht aus dem Bett kam, und wartete höflich ab, ob ein Gespräch fortgesetzt wurde, das vor ihrem Eintreffen begonnen hatte. Schließlich erzählte sie Finn und Darja, die im Gegensatz zu den Eltern noch nichts darüber wussten, von der Sensation ihres Tages: Mitten in der ersten großen Pause hatte ihre Freundin Anna zum ersten Mal ihre Tage bekommen. Das Blut war ihr die Beine hinuntergeflossen, hatte ihre Unterhose und ihre Jeans befleckt und war bis in Socken und Schuhe getropft. Starr vor Schreck und Scham hatte Anna nur dagestanden, bis Nele sie an der Hand genommen und in die Mädchentoilette geführt hatte, um ihr eine der beiden Binden und die Unterhose zu geben, die sie selbst seit über einem Jahr in ihrem Ranzen aufbewahrte. Nele hatte ihr auch die Leggings und Sportschuhe aus dem Turnbeutel überlassen, den sie während der gesamten Schulwoche sicherheitshalber im Spind ließ, für genau den Fall, der heute eingetreten war. Finns Schwester war vorbereitet, immer. Auf alles, auf das man sich vorbereiten konnte.

»Ich hab' erst überlegt, ob ich Anna alles geben soll. Ich habe gelesen, dass beste Freundinnen ihre Tage gleichzeitig bekommen, und dann hätte ich ja selber nichts gehabt. Aber beim allerersten Mal wär's doch voll unwahrscheinlich gewesen.«

»Was habt ihr mit Annas Sachen gemacht?«, fragte Finn.

Seine Schwester hatte von der ersten Periode eines Mädchens erzählt, nicht von einem barbarischen Massaker, dennoch wurde er das Bild blutgetränkter Kinderkleidung nicht los.

»Ich habe mir vom Hausmeister eine Tüte geben lassen und alles reingestopft. Dann habe ich Frau Kirchner Bescheid gesagt und Anna nach Hause gebracht. Ich bin geblieben, bis ihre Mama kam. Die war noch zappeliger als Anna. Aber hallo.«

Ein Handy klingelte. Finns Vater hatte es sofort in der Hand, brauchte aber ein paar Atemzüge, bis er das Gespräch entgegennehmen konnte Alle sahen ihn an.

»Martin?«

Finn sah in dieser Nacht zum zweiten Mal, wie ein Gefühlszustand sich übergangslos ändern konnte und wie erstaunlich genau sich dies einem Körper ablesen ließ, den Schultern, der Stirn, einer Hand sogar.

»So ein Glück«, sagte sein Vater. »Da fällt uns ein Stein vom Herzen.«

Er sah seinen Sohn an, als wollte er dessen Stein wahrhaftig rollen sehen. Finn verstand plötzlich, dass die Erleichterung seines Vaters in erster Linie ihm galt: Pauls Überleben erhöhte die Wahrscheinlichkeit, dass Finn verkraften würde, was er heute erlebt hatte. Finn fragte sich, ob er seinem Vater für seine Sorge um ihn dankbar sein sollte oder ihn für diese besondere Form der Selbstsucht verachten musste.

»Ruht euch jetzt ein bisschen aus, heute Nacht könnt ihr nichts mehr tun. Danke, dass du angerufen hast. Drück Beate von uns, ja?«

Finns Vater ließ die Hand sinken, um auf das Display zu sehen, drückte den Anruf weg und blickte hoch. Wieder zu Finn.

»Paul geht's gut. Sie haben die Blutung stoppen können, und es sah alles besser aus, als die Ärzte befürchtet hatten. Es besteht keine Lebensgefahr mehr.«

Finn fühlte nichts außer einer nebelhaften Enttäuschung, die ihn verwirrte und beschämte. Alles schien zu leicht, zu unverdient.

»Genial!«, rief Nele und hielt ihre Hand hoch, die einen Moment oben blieb, bis Darja sich über den Tisch gebeugt hatte und einschlug.

»Sie halten Paul noch ein paar Tage im künstlichen Koma«, sagte Finns Vater. »Sein Gehirn ist geschwollen. Er muss sich erholen, aber er hat Glück gehabt, echtes Glück.«

Darja und Finns Mutter lächelten, und wie sein Vater versuchten auch sie zu ignorieren, dass Finn ihnen nicht die Freude gab, die er ihnen und sich selbst schuldig war. Finns Vater nickte, als sehe er irgendetwas ein, doch er erinnerte sich nur an ein Versprechen. Er hob sein Handy wieder an und begann zu tippen. Finn sprang auf, ging um den Tisch herum und riss seinem Vater das Smartphone aus der Hand, obwohl er Khalils Nummer selbst hatte.

»Ich mach das«, sagte er und ging hinaus.

Finn schloss die Küchentür, lehnte sich am anderen Ende des Flurs an die Wand und wählte die Nummer, die sein Vater schon aufgerufen hatte.

»Ja?«

»Khalil?«

»Ja!« Harsch und herrisch schon beim zweiten Wort, ungeduldig mit jedem, der zu viele macht. »Wie geht es Paul?«

»Sein Vater hat gerade angerufen, Paul hat die OP gut überstanden.« Finn zögerte, wollte es Khalil auf keinen Fall zu leicht machen. »Es geht ihm gut. Er ist nicht mehr in Lebensgefahr.«

»Kann man ihn besuchen?«

»Nein.« Finn wusste es nicht »Er ist auf der Intensivstation. Er wird ein paar Tage bewusstlos bleiben.«

»Okay.«

Finn wusste eigentlich, dass er nichts mehr sagen musste. »Khalil?«

Khalil hatte aufgelegt. Finn war müde, zu müde, um das Smartphone seines Vaters auf den Boden zu schmettern oder wenigstens Khalils Nummer darauf zu löschen, danach in den Keller zu gehen, den Weihnachtsbaumständer zu holen, den schwersten tragbaren Gegenstand im Haus, der ihm einfiel, damit zu Khalil zu fahren und ihm sein schönes Gesicht wegzuschlagen.

Zwei Mädchen hatten schon bei Finn übernachtet, auf eine Weise, die für seine Eltern eindeutig gewesen sein musste, Berit und die Austauschschülerin aus Quebec, aber es war das erste Mal, dass Darja bei ihm schlief. Unbefangen zog sie sich aus, legte ihren BH ab, ohne sich abzuwenden, zog das T-Shirt an, das Finn ihr gab, und ließ sich aufs Bett fallen, um von dort aus ebenso ungehemmt dabei zuzusehen, wie Finn sich umzog. Er legte sich zu ihr und beugte sich hinunter, um die Stehlampe neben dem Bett auszuschalten, dann lag er auf dem Rücken und hielt still. Darja schmiegte sich an ihn, küsste ihn zärtlich auf sein Ohr und den Hals.

»Er hat's geschafft«, sagte sie.

Finn rollte sich auf sie, ließ sie die Erektion spüren, die ihn von einem Moment auf den anderen angefallen hatte, küsste sie. Er merkte, dass seine Zunge sich den Weg in Darjas Mund erzwingen musste, aber er hatte keine Ahnung, was er mit dieser Wahrnehmung anfangen sollte.

»Finn, langsam.«

Er schob seine Hand unter Darjas T-Shirt, fasste an ihre Brüste.

»Finn.«

»Hast du das nicht ernst gemeint vorhin?«

Finn erwartete keine Antwort. Er ließ von Darjas Brüsten ab und griff mit beiden Händen unter ihren Hintern, hob ihn an, versuchte grob, ihren Slip auszuziehen. Ihm war vollkommen bewusst, was er tat, welche Linie er überschritt, er wusste, dass er sich nach einem Urteil sehnte. Darja stieß ihn hart von sich. Sie streifte sich den Slip von den Beinen, schob Finns Boxershorts herunter, drückte ihn auf den Rücken und setzte sich auf ihn. Sie ritt ihn derb und lautlos, bis er zum Höhepunkt kam und unmittelbar darauf auch sie, falls Finn die Zeichen richtig deutete. Darja hatte ihn freigesprochen, geholfen hatte sie ihm nicht.

»Du machst dir Sorgen«, sagte Darja, als sie lange genug geschwiegen hatten.

»Nein.«

»Solltest du aber.«

Erst als sich Finn sicher war, dass Darja schlief, legte er seine Hand auf ihre Schulter. Bis es zu dämmern begann, rührte er sich nicht.

ALS FINN AM Morgen ins Krankenhaus kam, saß Khalil schon auf einem der neongrünen Kunststoffstühle vor der Schleuse zum Intensivbereich und schien Finn nicht zu bemerken.

»Hi«, sagte Finn.

Khalil hob kurz den Blick. Finn setzte sich, ließ einen Stuhl zwischen ihnen frei. Seine Anwesenheit bewies, dass er am Telefon gelogen hatte, Paul durfte Besuch bekommen. Finn hatte keinen Zweifel daran, dass er sich auf Rache einstellen musste, und ebenso sicher war er sich, dass er sich nicht dagegen wappnen konnte.

»Schon lange hier?«

Khalil nickte wortlos.

»Sind seine Eltern bei ihm?«

»Wahrscheinlich.«

Khalil beugte sich vor, legte seine Arme auf den Oberschenkeln ab und verschränkte die Hände ineinander. Er war glattrasiert, trug hellbraune Halbschuhe, eine sandfarbene Chinohose und ein weißes Hemd unter einem dunkelblauen Sakko. Er wirkte um Jahre älter als Finn. Seriös, verschlossen, erschöpft. Finn holte sein Handy heraus und schrieb Darja eine Nachricht: *Und?*

Darja war in die Schule gegangen, wo heute der legale Höhepunkt der Mottowoche stattgefunden hätte, das traditionelle Schulfest zur Einstimmung auf die bevorstehenden Prüfungen. In Sport- und Quizduellen traten die Abiturienten jedes Jahr gegen eine Auswahl der frischesten Lehrer an, und immer gewannen die Schüler, wegen der zahlreichen Pop- und Filmfragen sogar beim Quiz. Schulleiter Hanke spendierte Softdrinks und Snacks, am Ende wurde man zum Büffeln in die Osterferien entlassen. Bestimmt war diesmal ein Kriegsgericht daraus geworden, die ersten Hinrichtungen hatten wahrscheinlich schon stattgefunden. Darja antwortete sofort: *Hölle! Abi-Ausschlüsse, fast der ganze CCC (:-&*

Finn steckte sein Handy schnell weg, obwohl Khalil nur dann in seine Richtung geblickt hätte, wenn er mit einer Opernarie auf den Lippen zur Decke geschwebt wäre. Khalil hatte es sicher auch erwischt, er war einer der Rädelsführer, die Verkörperung des Wortes Anstifter. Aber es war bestimmt nicht Finn, von dem Khalil erfahren sollte, dass er sämtliche Pläne für die nächsten zwölf Monate ändern musste.

»Deine Freundin?«

»Hm?«

Finn schrak auf, sah zur Seite. Khalil sprach zu seinen Händen.

»Darja. War sie das gerade?«

»Ja.«

»Ist sie in der Schule?«

»Ja.«

»Und?«

Finn konnte aufstehen und gehen. Er konnte lügen. Er konnte aber auch sagen, er freue sich, mitteilen zu dürfen, dass Khalil endlich den Ärger bekam, nach dem er sich so lange gesehnt zu haben schien.

»Hanke schließt Leute vom Abi aus«, sagte Finn.

Nur ein kurzes Nicken von Khalil, der für seine Verhältnisse ungewöhnlich höfliche Dank für die Antwort, nicht die geringste Gefühlsregung. Er nahm sein Smartphone aus der Sakkotasche und schrieb eine Nachricht. Als er fertig war, lehnte er sich zurück und schloss die Augen. Finn dachte darüber nach, ob die unterschiedliche Bekleidung der Krankenhausmitarbeiter, die über den Flur gingen, Rückschlüsse auf ihre jeweiligen Tätigkeiten erlaubte oder nur auf modischen Entscheidungen beruhte, beobachtete ein scheues Paar mittleren Alters, das bangend vor der Tür der Intensivstation stand und erst nach langem Zögern klingelte, schließlich konzentrierte er sich auf den Geruch, der ihm viel schwächer erschien als bei früheren Krankenhausbesuchen. Als Kind hatte Finn mit seinen Eltern oft Carola im Krankenhaus besucht, die beste Freundin seiner Mutter, die fast zehn Jahre lang mit ihrem Krebs gelebt hatte und vor drei Jahren gestorben war, am Ende irgendwie doch überraschend. Damals war ihm der Geruch unerträglich vorgekommen. Finn war mit Carola aufgewachsen, hatte auf ihrem Schoß gesessen, seine ersten Klavierstunden von ihr bekommen, sie beinahe jeden Tag gesehen. Heute konnte er sich kaum an ihr Gesicht erinnern. An den Geruch konnte er sich auch nicht erinnern, nur an seine Abscheu davor und seinen Wunsch, sofort wieder zu gehen. An Gerüche konnte man sich nicht erinnern, so wenig wie an Durst, der gestillt war. Warum er das als Verlust empfand, beinahe als Kränkung, warum er überhaupt darüber nachdachte, wusste er nicht.

»Du kannst jetzt zu ihm«, sagte Beate, die auf einmal dastand. Sie hielt die Tür zur Intensivstation auf.

Pauls Mutter ignorierte Khalil, der keine Anstalten machte, sich ins Spiel zu bringen, sie nicht einmal ansah. Finn nickte, stand auf, ging auf sie zu.

»Sie wissen Bescheid. Ich habe deine Eltern und dich vorne angegeben.«

Finn ging an Beate vorbei in die Schleuse zur Intensivstation. Sie sah seltsam frisch und kraftvoll aus, jünger als sonst.

»Bleib, so lange du willst. Die haben hier keine festen Regeln.«

Beate ließ die Tür los, doch Finn konnte Khalil noch hören, bevor sie zufiel:

»Sprich mit ihm. Er kriegt das mit.«

Schutzkleidung war nicht nötig, jedenfalls nicht für Besucher, keine grünen Kunststoffkittel, keine Überschuhe und Hauben, es war nicht wie damals bei Carola, als Finn nach einer ihrer Operationen unbedingt auf die Intensivstation mitkommen wollte, und nichts war hier annähernd so quirlig oder angestrengt wie bei *Grey's Anatomy*. Finn musste sich nur die Hände desinfizieren, er wurde nicht geführt oder eingewiesen, bekam nur die Zimmernummer genannt und ging allein in den Raum, der wie alle anderen eine Glaswand hatte und von außen vollständig einsehbar war.

Paul hatte keine Haare mehr auf dem Kopf, die beiden Verbände, rechts an der Stirn und unterhalb des Scheitels, waren überraschend klein, ein weiterer Verband saß auf dem Hals, Leitungen und Kabel, kaum auffallend, führten von seinem Körper zu Infusionen und Monitoren. Alles in allem sah Paul gut aus. Wer ihn nicht kannte und sich die Verbände und Geräte wegdenken konnte, mochte glauben, dass er schlief. Aber Paul schlief nie auf dem Rücken. Er rollte sich auf der Seite ein, und schon nach ein paar Atemzügen begann er leise zu schmatzen, bis er vollends eingeschlafen war. Auf einmal hatte Finn das Gefühl, aus dem Raum werde Sauerstoff gepumpt. Er nahm den Stuhl, der an Pauls Bett stand, und stellte ihn an die Wand am Fußende. Er setzte sich, sah auf den Herzmonitor und ließ seinen Blick auf den verschieden gewellten, lautlosen Kurven.

»Finn?«

Behutsam wurde er von Martin geweckt. Finn wusste nicht, wie lange er geschlafen hatte, hatte nicht einmal kommen sehen, dass er wegsacken könnte.

»Du hast letzte Nacht auch kein Auge zugemacht, stimmt's?«

Pauls Vater sah ihn mitfühlend an. Finn nickte wortlos und setzte sich aufrecht. Martins Augenringe, die schon immer zu ihm gehörten, hatten eine Farbe angenommen, die sich kaum mehr von schwarz unterschied, aber seinem vertraut gutmütigen Lächeln schienen weder Pauls Zustand noch die Müdigkeit etwas anhaben zu können.

»Geh nach Hause und schlaf dich aus. Ich bin ja jetzt da.«

Finn stand auf, verließ wortlos das Zimmer, benommen noch vom Schlaf, mit einem nicht endenden, lächerlichen Nicken. Zu Paul blickte er im Hinausgehen nicht.

Khalil kam jeden Tag ins Krankenhaus, immer anständig, fast bieder gekleidet, und wartete stundenlang vor der Intensivstation. Er sprach niemanden an, murrte und forderte nicht, war nur da und harrte aus. Irgendwann blieb Beate nichts anderes übrig, als ihn hereinzulassen, erzählte sie Finns Mutter am Telefon, und zu welcher Uhrzeit Martin und Beate ihren Sohn danach besuchen kamen, immer saß Khalil neben Paul, der auf Wochen erstarrt blieb. An der Tür hörten sie Khalil manchmal noch reden. Er konnte kaum zu Hause sein, bei der ganzen Zeit, die er im Krankenhaus verbrachte, aber nie hatte er ein Buch oder eine Schulmappe dabei, obwohl auch er hätte lernen müssen, nachdem es den Anwälten seines Vaters gelungen war, den Ausschluss vom Abitur abzuwenden, nicht nur für ihn selbst, sondern auch für alle anderen Kommandomitglieder. Finn sah Khalil an den Prüfungstagen nur aus der Ferne, sie wechselten kein Wort. Dass Finn nur ein einziges Mal bei Paul im Krankenhaus gewesen war, hielt ihm in dieser Zeit niemand vor. Darja und seine Eltern hatten Verständnis für etwas, was er selbst nicht verstand.

Khalils Name war auf der Liste mit den Besten des Jahrgangs, aber er kam weder zur Zeugnisvergabe noch zum Abiball, der trotz der anhaltend trüben Stimmung nach dem Unfall nicht abgesagt wurde. Finn sah keinen Grund, Darja oder seine Eltern zu enttäuschen, also saß er den Abend ab und blieb auch auf der After-Party, die den Schülern vorbehalten war, drängte Darja aber lange vor Morgengrauen zum Gehen.

Finn und Darja sahen sich in diesem Sommer jeden Tag. Sie schliefen miteinander, fuhren mit dem Rad zum Baggersee und nahmen manchmal Nele mit, hingen auf Kathrins geliebtem Dachgarten ab, campten fünf Tage lang an der holländischen Küste, besorgten ein Moskitonetz, gingen zusammen zu einem Arzt, von dem Darja sich impfen ließ, und an einem Vormittag im Juni überlegten sie eine Weile, ob die Briten wirklich die Welt verändert hatten. In den Nächten holten sie das Finale von *Community* nach, das sie beide enttäuschte, sahen Darja zuliebe die dritte Staffel von *Orange is the New Black* und auf Finns Wunsch die zweite von *Mr. Robot*, schoben im Morgengrauen Tiefkühlpizza in den Backofen, besuchten das Richtfest eines Schulgebäudes, das Finns Mutter entworfen hatte, und betrachteten das große Feuerwerk über dem Fluss. Sie gingen auf Konzerte in alten Fabrikhallen, ein paarmal auch ins Kino, riefen am französischen Nationalfeiertag Finns Eltern an, weil sie mit Nele nicht weit von Nizza im Urlaub waren, trafen sich auf einem vollen, lauten Platz mit ehemaligen Schulfreunden, die noch in der Stadt waren, und tranken dort Bier aus Flaschen, die sie vom Kiosk holten. Sie sprachen viel miteinander, aber nie über ihre erste gemeinsame Nacht oder über Paul und auch nicht über den 12. Oktober, an dem Finn Darja mit ihren Eltern und ihren Schwestern zum Flughafen brachte.

»Du darfst mich vergessen«, sagte Darja, als sie sich zum Abschied umarmten. »Das weißt du.«

»Falls ich es wusste, habe ich es vergessen«, sagte Finn und küsste sie auf den Mund und ihre tränennassen Augen.

Irgendwann mussten sie sich loslassen. Finn sah Darja nicht nach, er wartete nicht, bis sie durch die Sicherheitsschleuse durch war. Er ging, ohne sich von Darjas Leuten zu verabschieden, und sah keinen von ihnen wieder.

Finn verbrachte seine Tage und Nächte mit Rick Grimes und Daryl Dixon, mit Carrie Mathison, Jake Peralta, Rodrigo und all den anderen. Er schlief viel, spielte jeden Tag Klavier und Gitarre und nahm sich manchmal dabei auf, um seine Technik zu verbessern. Wenn es ihn überkam, ging er nachts laufen, sieben oder acht, manchmal zehn Kilometer. Keiner rüttelte an Türen, niemand schrie.

Darja schickte ihm beinahe täglich eine Mail, sein Vater schied aus der Kanzlei aus und nahm eine Dozentenstelle an der Uni an, im Herbst verblüfften die Amerikaner den Rest der Welt, dafür tauchten in den Schlagzeilen von Finns News-Feed weniger Flüchtlinge auf als zuvor. Viele, die große Namen hatten, starben, oft hieß es, mehr als sonst. Dylan schwieg lange und blieb schließlich zu Hause, später wurde es kälter, und auf einem Weihnachtsmarkt geschah auch in Deutschland das, worauf alle gewartet hatten. Die Rechten wurden ein bisschen leiser, die Türken wurden laut und fremd, Nele wurde zwölf. Draußen liefen eine Weile Kostümierte herum. Finn schloss seinen ersten eigenen Handyvertrag ab und entschied sich nach langer Recherche für ein Smartphone, mit dem er glücklich wurde, alle paar Tage brachte er aus seinem Zimmer Geschirr in die Küche. Ein Neunzehnjähriger tötete einen Neunjährigen mit 52 Messerstichen und postete davon Fotos im Internet, in London und Stockholm wurde die Methode angewendet, die sich schon in Nizza und Berlin bewährt hatte, Finns Mutter begann, aus einer Kirche ein Wohnhaus zu machen, und in Manchester sprengte sich ein Brite neben Kindern in die Luft. Auf der anderen Straßenseite ging der Laden mit dem selbstgerösteten Kaffee pleite, obwohl er immer voll gewesen war.

Finn war okay, er vermisste nichts. Er ruhte sich aus.

2. JULI – *Was mache ich hier eigentlich? Habe ich nichts Besseres zu tun, als mich gemütlich hinzusetzen und Seite um Seite mit Schwachsinn vollzumüllen? Warum zur Hölle? Was habe ich davon? Hatte ich je was davon? Selbst wenn ich das alles später lesen kann, ich habe doch keinen Schimmer, wer das sein wird, der es liest, und wer immer es ist, er wird nicht wissen, wer den ganzen Mist so wichtig fand, um ihn zu retten. Habe ich schon tausendmal geschrieben. Und tausendmal gelesen. Nehme ich mal an. Bezeugen kann ich es nicht.*

Jeden Tag derselbe Scheiß. Jeden Tag neue öde Einzelheiten, die ich angeblich wissen muss. Jeden Tag der blödsinnige Versuch, mir selbst klarzumachen, dass nichts mehr ist wie früher. Jeden Tag der Anfang, nie die Fortsetzung. 450 Tage sind es jetzt, so ungefähr, rechnen kann ich noch. 450 Mal haben sie mir gesagt, dass seit gestern alles anders ist. 450 Mal hatte ich keine Chance, mich daran zu gewöhnen. Wie oft habe ich wohl versucht, mich aus dem Fenster zu stürzen, wie oft habe ich um mich geschlagen, wie oft habe ich mich nur schlappgelacht, und wie oft war ich erstarrt wie heute Morgen? Kommt es auf meine Tagesform an? Auf die Medikamente? Auf den, der es mir sagt? Verhalte ich mich jedes Mal anders, oder gibt es irgendwas, was ich immer mache? Ist da etwas, das vielleicht doch bleibt, das irgendwo in mir in Isolationshaft sitzt und ab und zu wie durch einen Lüftungsschacht leise zu mir durchdringt?

Und wenn schon. Was hätte ich davon? Alles, was da ist, verschwin-

det wieder. Alles versackt in dem Loch, das ich mir selbst gegraben habe. Ich weiß nur, was in diesem Scheißbuch steht. Ich weiß nicht, was fehlt.

Noch geiler: Ich weiß nicht einmal, dass etwas fehlt.

DAS ZWEITE, ZÖGERNDE Klopfen. Schon das erste hatte ihn geweckt, aber noch musste er nicht reagieren. Erst nach dem dritten würde die Tür einen Spalt aufgehen, und er würde seinen Namen hören. Es wurde ein drittes Mal geklopft, die Tür ging auf, vermutlich nur einen Spalt, er hörte seinen Namen.

»Finn?«

Er antwortete nie sofort.

»Finn?« Sein Vater kam ein paar Schritte ins Zimmer. »Finn, schon nach zwei.«

»Und?« Laut, barsch.

Nur wenige Atemzüge vom Schlaf entfernt gelang Finn nie ein Tonfall, der sich anders als grob nennen ließ, aber das war ein echter Vorteil. Meist zogen sich sein Vater und seine Mutter nach der ersten Begegnung des Tages verstimmt zurück und ließen ihn in Ruhe, oft für Stunden, nur Nele legte es jedes Mal auf einen Streit an. Finn wusste nicht, ob seine Schwester die Spielregeln, die ihnen allen halfen, nicht begriffen hatte oder sie einfach nicht akzeptieren wollte.

»Paul hat angerufen«, sagte Finns Vater. »Schon zweimal. Er sagt, auf deinem Handy hat er es auch versucht.«

Finn öffnete die Augen und griff nach seinem stummgeschalteten Handy. Auf dem Sperrbildschirm wurden drei Anrufe von Paul angezeigt, eine Nachricht hatte er nicht hinterlassen.

»Okay«, sagte Finn leise, mehr zu sich selbst als zu seinem Vater.

»Du sollst ihn zurückrufen. Oder gleich zu ihm fahren.«

»Okay.« Nun wieder laut. Unmissverständlich.

Es half auf der Stelle. Ohne ein weiteres Wort ging sein Vater aus dem Zimmer und schloss leise die Tür. Finn wunderte sich immer wieder, dass er sie nie zuschlug und sich auch nur selten über den Ton beschwerte, den sein Sohn nach dem Aufstehen anschlug. Vielleicht war es seine Art, Verärgerung auszudrücken, eine besonders hinterhältige.

Finn blieb liegen, schloss wieder die Augen. Paul hatte schon lange nicht mehr angerufen. Seit über einem Jahr war er in einer Reha-Klinik. Paul hatte überlebt, war körperlich längst wieder fit, wie Finn von seinen Eltern wusste, dennoch war nicht viel von ihm übriggeblieben. Paul litt unter einer besonderen Form der anterograden Amnesie. Finn hatte den Begriff tausendmal gegoogelt, ohne dass es ihm je etwas genützt hätte. Seit dem Unfall konnte Pauls Gedächtnis nichts mehr dauerhaft speichern. Solange er wach war, konnte er sich an das erinnern, was er seit dem Aufstehen erlebt hatte, sobald er schlief, war alles wieder weg. Jeden Morgen wachte er in der Vergangenheit vor dem Unfall auf, die nach seiner eigenen Zeitrechnung die Gegenwart war. Jeden Morgen fehlte ein größeres Stück von ihm.

Obwohl Pauls Gedächtnis nicht über einen Tag hinausreichte, hatte er Mittel, sich greifbar zu halten, was er unbedingt wissen musste. Er hatte sein gelbes Buch. Paul schrieb alles auf, warum sollte er nicht notiert haben, dass Finn nie zurückrief und ihn in den fünfzehn Monaten nur dreimal besucht hatte? Finn war sich sicher, dass die Stellen über ihn mit Post-its markiert waren. Weil Paul sich nicht erinnern konnte, würde er seine Enttäuschung über Finn nie vergessen.

Finn setzte sich auf, rutschte nach vorne zur Bettkante und stieß beim Aufstehen gegen sein Tablet, auf dem er in der Nacht *Transparent* gesehen hatte. Finn gab allem eine Chance, doch warum er sich gleich drei Staffeln einer Serie reingezogen hatte, in der sich ein jüdischer Politikprofessor nach seiner Pensionierung entschließt, als Frau zu leben, verstand er heute so wenig wie gestern Nacht. Der Typ war genauso kaputt wie seine Exfrau und ihre drei erwachsenen Kinder, keiner dieser Leute schaffte es, einen Satz zu Ende zu bringen, sogar L. A. sah aus, als könnte die ganze Stadt eine Kernsanierung brauchen. Dennoch hatte Finn nicht irgendwelchen geheimnisvollen Geschöpfen in ihrem unerforschten Biotop zugesehen. Irgendetwas schien ihm merkwürdig vertraut, ohne dass er sagen konnte, was ihn von Folge zu Folge wachgehalten hatte. Er stand auf, zog sich Jeans und T-Shirt über und ging barfuß aus dem Zimmer.

In der Küche war Nele dabei, Teig aus einer Rührschüssel in eine Backform zu schütten. Ihre Zungenspitze ragte aus dem Mund, ihre Augen glänzten, sie war hochkonzentriert, völlig aufgegangen in dem, was sie tat. Wenn Finn sie so sah, zog sich jedes Mal seine Brust zusammen. Das Backen hatte seine Schwester erst vor ein paar Monaten für sich entdeckt, und wie bei allen ihren neuen Entdeckungen war sie mit einem Ernst und einer Hingabe dabei, die niemand sonst auf der Welt besaß. Dabei vergaß sie über einer neuen Begeisterung nie ihre alten. Nele fotografierte immer noch mit Leidenschaft, schrieb regelmäßig in ihrer Online-Schülerzeitung, führte dreimal am Tag den Collie der alten Stieglitz aus, wofür sie oft eine halbe Stunde früher aufstand, las jedes Buch über Irland, das sie finden konnte, fuhr Skateboard, spielte Fußball in einer Mädchenmannschaft mit extrem ehrgeizigen Zielen, sammelte Badeöle in kleinen Fläschchen, die sie nie benutzte, und im Herbst häkelte sie eine Mütze nach der anderen, um sie allen aufzudrängen, die keine Wollallergie nachweisen konnten. Jede von Neles Eroberungen füllte ihr Herz und weitete ihre Welt. Jeden Tag hatte Finn mehr Angst um sie.

»Hi«, sagte Nele und hielt kurz inne, um Finn anzulächeln.

Finn ging an ihr vorbei, ohne ihren Gruß zu erwidern oder sie auch nur anzusehen, holte sich eine Tasse aus dem Schrank und begann, sich an der Maschine einen Kaffee zu machen. Nele kümmerte sich wieder um ihren Teig, vergaß aber nicht, dass Finn im Raum war.

»Anna hat morgen Geburtstag. Ich mache ihr eine Schoko-Joghurt-Torte.«

Finn sah dabei zu, wie sich seine Tasse langsam füllte.

»Ich schlafe heute bei ihr. Wir feiern rein. Obwohl morgen Schule ist. Mama und Papa haben nichts dagegen und Annas Mutter auch nicht.«

Mit seinem Kaffee setzte sich Finn an den Tisch und holte sein Smartphone heraus.

»Papa sagt, wenn ich morgen zu müde bin, kann ich mich ja nach der Schule hinlegen.«

Darja hatte geschrieben. Finn hatte sich inzwischen daran gewöhnt, brauchte nicht mehr Stunden oder Tage, bis er ihre Mails lesen konnte. Er öffnete die Nachricht.

»Annas richtige Feier ist am Samstag. Vielleicht kommt sogar ihr Vater. Den hat sie fast zwei Monate nicht mehr gesehen.«

Finn trank einen Schluck Kaffee und begann zu lesen.

Mein liebes Gespenst,
das ist die Nummer 97, aber wem sage ich das? Ich weiß doch, dass Du meine Mails durchnumerierst und abheftest und die schönsten längst vertont hast. Oder verwendest Du sie sogar alle, als Material für ein Musical? »Darja in Tansania« wäre kein schlechter Titel, falls Du noch einen brauchst, aber vielleicht wartest Du lieber, bis ich Ende der Woche zum letzten Teil des Praktikums nach Sansibar fahre. »Darja auf Sansibar« klingt noch romantischer. Findest Du nicht?

Gestern Abend habe ich gesehen, wie jemand erschlagen wurde. Ich glaube jedenfalls, er ist erschlagen worden.

»Schoko-Joghurt-Torte ist gar nicht so einfach. Zwei Schichten, wenn ich noch die Himbeermarmelade nehme, sogar drei. Da muss ich genau aufpassen, wenn ich schneide.«

Finn blickte kurz auf, Nele schabte Teigreste aus der Schüssel. Ohne ihr zu antworten, sah er wieder aufs Display.

Gegen acht, Martha und ich hatten uns gerade was gekocht, haben wir draußen ein lautes Scheppern gehört und sind sofort ans Fenster ihres Zimmers. Ein Taxi war in einen Gemüsekarren reingedonnert, der auf der Fahrbahn stand. Der Taxifahrer schrie auf den Gemüsehändler ein, der Händler brüllte zurück, und auf einmal kamen weitere Männer, Freunde des Gemüsehändlers, keine Ahnung, seine Leute irgendwie. Zehn Typen, vielleicht fünfzehn. Sie umringten den Taxifahrer, und wir konnten ihn nicht mehr sehen. Als sie wieder auseinandergingen und so plötzlich in alle Richtungen verschwanden, wie sie aufgetaucht waren, lag der Taxifahrer reglos auf dem Boden. Der Gemüsehändler fuhr ihm über die Hand, als er seinen Karren wegzog und flüchtete.

»Kriegst du eigentlich keine Kopfschmerzen?«, fragte Nele. »Wenn ich so lange auf mein Handy gucke, kriege ich immer Kopfschmerzen.«

Finn hörte auf zu lesen, aber er sah nicht auf.

»Was liest du eigentlich? Hast du eine WhatsApp bekommen?«

Neles Ton war mild und unaufgeregt, aber Finn verstand sie. Auf ihre sanftmütige Art versuchte sie ihm zu sagen, wie sehr es sie verletzte, dass er nicht mit ihr sprach. Er sah hoch und ließ seinen Blick auf der Arbeitsplatte, auf der die inzwischen gefüllte Backform stand.

»Du hast gekleckert«, sagte er. »Ich glaube übrigens nicht, dass der Teig reicht. Du solltest so was nicht allein machen.«

Bebend sah Nele ihn an. Bis ihr die Worte einfielen, die auch Finn angemessen fand. »Du Arsch!«

Nele stellte die Backform in den heißen Ofen, packte die Zutaten ordentlich in den Schrank, räumte Schüssel, Löffel und Rührbesen in die Spülmaschine und wischte die Arbeitsplatte sauber. Finn war froh, dass sie die Tür zuschlug, als sie ging. Er las weiter.

Die Polizei war ziemlich schnell da. Die beiden beugten sich nicht mal zu dem Mann hinunter. Sie standen nur da, sahen sich um und zündeten sich Zigaretten an. Martha und ich sind zurück in die Küche und haben erst mal eine Flasche Wein gekippt. Als wir uns später wieder ans Fenster getraut haben, waren der Mann und das Taxi weg. Vielleicht hat er ja überlebt, aber vorstellen kann ich es mir eigentlich nicht.

So was ist hier auch nicht normal, aber es ist irgendwie, ich weiß nicht – normaler? Erinnerst Du dich an das, was ich Dir von unserer Fahrt nach Morogoro geschrieben habe? Die tote Frau, die auf der Landstraße lag? Unser Fahrer ist einfach über sie drüber gerollt. Hat ein bisschen geruckelt, und das war's. Es gab Gegenverkehr, der Fahrer konnte wirklich nicht ausweichen, aber angehalten hat er nicht. Er konnte unser Entsetzen überhaupt nicht verstehen. »Sie war doch schon tot«, hat er gesagt. Und: »Das passiert hier ständig. Sie wollen über die Straße, aber sie passen nicht auf.«

Man muss auf sich aufpassen. Irgendwie gilt das immer, weiß ich, aber an manchen Orten gilt es mehr als woanders. Auf jeden Fall dort, wo du dir sicher sein kannst, dass niemand sonst auf dich aufpassen wird. Passt Du auf Dich auf, Finn? Lässt Du zu, dass jemand auf Dich aufpasst?

Ich glaube, ich verstehe langsam, warum Du mir nie antwortest. Du willst beweisen, was für ein mieser Dreckskerl Du bist. Mir willst Du das zeigen, klar, aber Dir selbst irgendwie auch. Vor allem Dir. Das hätte ich schon in der Nacht kapieren können, in der Paul den Unfall hatte, unserer ersten Nacht, die so unheimlich war, und in den ganzen Wochen danach. Aber ich war so verwirrt und haltlos und konnte Deine Hieroglyphen nicht entziffern. Elftausend Kilometer Abstand können helfen. Oder sie machen einen noch wirrer, wer weiß?

Ich denke oft darüber nach, seit ich hier bin, und ich habe nur eine Erklärung: Du hältst Dich für gefährlich, oder? Du glaubst, Du bist irgendwie toxisch, und willst die anderen vor Dir schützen. Hast Du Paul während des ganzen Sommers deswegen nicht besucht? Seht Ihr Euch jetzt? Hoffe ich sehr. Ich könnte mir vorstellen, er braucht Dich. Ich übrigens, nur nebenbei, ich brauche Dich nicht, falls Du das noch nicht bemerkt hast. Ich vermisse Dich nur. Vermisst Du mich auch ab und zu? Vermisst Du uns? Vermisst du überhaupt irgendwas? Manchmal habe ich Angst, Du wüsstest nicht, dass man sich etwas wünschen darf.

Wegen Dir gelte ich hier übrigens als seltsam und arrogant. Ehrlich. Adama, die Junior-Producerin von TBC, mit der ich gerade die ganzen Statistiken für das Financial Literacy-Projekt auswerte, hat mich gefragt, warum ich keinen der hübschen Jungs hier in mein Bett lasse, obwohl ich mich doch über mangelnde Angebote nicht beklagen könne. Ich habe gesagt, ich habe einen Freund in Deutschland, aber Adama hält das für eine lahme Ausrede. Die weißen Mädels, die sie kennt, haben nämlich fast alle Freunde irgendwo in Europa oder Amiland und trotzdem einen süßen Jungen hier, der sie vorübergehend verwöhnt. Adama glaubt, ich bin mir zu fein für Schwarze, anders gesagt, sie hält mich für eine erotische Rassistin. Es wäre höflicher, sagt sie, hin und wieder ein freundliches Angebot anzunehmen. Du weißt ja, wie sehr ich es hasse, unhöflich zu sein, aber in diesem Fall muss ich wohl gegen die guten Sitten verstoßen. Oder meinst Du, ich sollte mich taktvoller benehmen? ;-) :-)

Ja, ich habe einen Freund. Auch wenn er auf seinem Forschungsschiff im Packeis eingeschlossen ist und sich nicht melden kann. Aber irgendwann taut es, und ich kriege eine Flaschenpost. Da bin ich zuversichtlich, und geduldig bin ich auch.

Bis dahin, vielleicht bis morgen -

– Take care :-)(-:

D.

Finn steckte das Smartphone in die Hosentasche, stand auf, machte sich noch einen Kaffee und ging mit seiner Tasse ins Wohnzimmer, wo er sich ans Klavier setzte und zu spielen begann, was er in den letzten Tagen aus Hornsbys *The Way It Is* gemacht hatte. Nach einer Weile kam sein Vater herein und setzte sich hinter ihm hin, vermutlich in den Sessel am Fenster, in dem er meistens saß. Finn spielte weiter, lauter nun, erhöhte das Tempo, am Ende sang er sogar, was seine Ungerührtheit vollends unter Beweis stellen sollte, nahm schließlich die Hände von den Tasten und griff nach seiner Tasse. Einen Moment musste Finn noch sitzenbleiben, wenn er sich nicht im letzten Moment eine Demütigung einfangen wollte.

»Warum lässt du es an Nele aus?«, fragte sein Vater.

Nele hatte nicht gepetzt, bestimmt nicht. Aber wenn sie einen Trost, eine Umarmung oder etwas noch Wirkungsvolleres brauchte, schüttete sie den Eltern ihr Herz ohne Zögern aus. Vielleicht hatte sein Vater ihr auch nur angesehen, dass sie etwas bedrückte. Dass er den Job an der Uni angenommen hatte, war nicht hilfreich. Er war zu oft zu Hause, für lächerliche Fragen hatte er genug Zeit.

»*Was* lasse ich an ihr aus?«, sagte Finn, ohne sich umzudrehen. Seinen Ton hatte er beinahe unter Kontrolle.

»Das würde ich auch gern wissen. Schon lange. Was geht in dir vor, frage ich mich. Die ganze Zeit. Wie kann man dir bloß helfen?«

Finn drehte sich nicht um. Er blieb sitzen, sah auf seine Finger und begann, noch einmal *The Way It Is* zu spielen, ohne die Hände von seinen Oberschenkeln zu nehmen.

»Weißt du, woran du mich erinnerst, Finn? An diese Selbstmörder, die sich umbringen, weil sie Angst vor dem Tod haben.«

Finn stand auf, wirbelte herum, kippte dabei den Klavierschemel um und ging auf seinen Vater zu, mit brennenden Augen und brennender Brust. Ein paar Schritte, bevor er ihn erreichte, wich er aus, wie ein Auto, das im letzten Moment herumgerissen wird, um der Kollision mit einem Fußgänger zu entgehen. Vor dem Regal kam er zum Stehen, starrte mit dem Rücken zu seinem Vater vor sich hin. Tyler, Strout, Auster. Ford, Hustvedt, Updike, Roth. Finn ging zurück zum Klavier, griff sich den Schemel, lief damit zur Balkontür, schlug auf die Scheibe ein.

Sein Vater sprang auf. »Hör auf damit. Finn! Hör sofort auf!«

Der erste Schlag richtete nichts aus und auch der zweite nicht, das Isolierglas war so massiv wie Finns Wut. Erst mit dem dritten kam er durch. Die Scheibe zerbrach, Finn torkelte, drohte, das Gleichgewicht zu verlieren und durch das zerbrochene Fenster auf den Balkon zu fallen. Er ließ den Klavierschemel los, fing sich wieder und stand schließlich stabil und vollkommen friedlich da.

»Finn! Du blutest.«

Jetzt sah Finn es auch. Das Blut auf dem Boden und am Rahmen der Balkontür, an den Glasscherben, die noch im Holz hingen, auf seiner Hose, seinem T-Shirt, seinen Händen. Er hatte sich den rechten Unterarm aufgerissen und verstand zum ersten Mal, warum eine Wunde klaffend genannt werden konnte. Sehr tief konnte die Verletzung nicht sein, aber die Schnittränder lagen weit auseinander, als sei die Haut vorher nur unter großer Spannung zusammengehalten worden. Finn sah einen großen Spalt in seinem Körper, sah rohes Fleisch und Blut, das nicht tropfte, sondern floss. Er wunderte sich. Angst oder Schmerz spürte er nicht.

»Komm«, sagte Finns Vater, fasste ihn so sanft wie entschlossen am linken Arm und führte ihn aus dem Raum. Auf dem Boden hinterließ Finn eine Spur aus Blut.

Nele kam ihnen im Flur entgegen. Sie begann zu weinen, lief aber nicht weg und wandte sich auch nicht ab. Sie folgte ihnen ins Bad, wo Finns Vater ein Handtuch um den verletzten Arm wickelte und es mit dem Gürtel von Kathrins Bademantel festband.

»Drück so fest, wie du kannst«, sagte Jan und wandte sich dann an Nele. »Hol schnell Finns Schuhe, ja?«

Nele lief sofort los. Jan fasste Finn an der Schulter und drückte ihn behutsam auf den Badewannenrand.

»Setz dich mal kurz. Willst du ein Glas Wasser?«

Finn schüttelte den Kopf. Nele brachte die Schuhe und gab sie ihrem Vater.

»Holst du noch schnell Finns Jacke?«

Nele nickte und ging los. Ihre Augen waren feucht, aber sie weinte nicht mehr. Finns Vater kniete sich vor ihn hin und zog ihm die Schuhe an. Finn wehrte und wunderte sich nicht, es fühlte sich selbstverständlich an, vollkommen alltäglich, obwohl es lange her war, dass er zum letzten Mal Schuhe angezogen bekommen hatte. Fünfzehn, sechzehn Jahre, rechnete er sich aus, aber er erinnerte sich noch genau, falls ihn nicht Bilder täuschten, die er von Nele im Gedächtnis hatte. Ganz sicher erinnerte er sich jedenfalls daran, wie ihm sein Vater beigebracht hatte, Schnürsenkel zu binden, auf die Art, auf die er es von seinem eigenen Vater gelernt hatte. Finn kannte niemanden außer Jan, Nele und ihm selbst, der seine Schuhe mit diesen lächerlichen Doppelschlaufen band. Sie waren alle drei seltsam stolz darauf.

»Ich zahle das Fenster«, sagte Finn.

»Und du machst sauber.«

»Ich mach sauber.«

Nele kam mit Finns Jacke zurück. Jan legte sie Finn um die Schulter. Mit dem klobigen Handtuchverband am Arm konnte er sie nicht anziehen.

»Ich fahre Finn ins Krankenhaus«, sagte Jan zu Nele, »wird bestimmt nicht lange dauern.«

Nele sah ihren Vater unglücklich an, sagte aber kein Wort.

»Wir können Nele nicht hierlassen.« Finn stand auf. »Sie macht sich doch Sorgen.«

Sein Vater nickte, als habe er noch nicht darüber nachgedacht und sei sehr dankbar für den Hinweis.

»Zieh dich schnell an«, sagte er zu Nele.

Nele schoss ein Lächeln in Finns Richtung ab und lief los. Keine zwanzig Minuten später sah sie neugierig dabei zu, wie die Ärztin die Wunde an Finns Arm vernähte. Finn wusste, dass sie vorhin wegen ihrer Bestürzung über seinen Gewaltausbruch geweint hatte, nicht wegen ihres Entsetzens über das Blut. Noch hatte er seine Scham im Griff.

»Tut das weh?«, fragte Nele. Sie fragte die Ärztin.

»Nein. Die Spritze gerade, mit der habe ich die Stelle betäubt. Später wird's ein bisschen weh tun. Ich gebe deinem Bruder Tabletten mit.«

Die beiden hatten sich gefunden. Finn war nicht mehr als Requisite und froh darüber.

»Wird das eine große Narbe?«

»Ich hoffe nicht. Ich bin verdammt gut im Nähen und ziemlich stolz darauf. Ein bisschen wird man sehen, aber manche Mädels mögen gefährliche Jungs.«

Nele grinste. Sie sah aus, als könnte sie jeden Moment danach fragen, ob sie die letzten Stiche selbst anbringen dürfe. Finns Vater saß blass neben der Tür und hielt seinen Blick abgewandt. Obwohl er das Rauchen vor einem halben Jahr aufgegeben hatte, wünschte er sich vermutlich nichts sehnlicher als eine Zigarette. Als die Ärztin Finn gefragt hatte, was passiert war, hatte sein Vater für ihn geantwortet. Er log beeindruckend gut.

Auf der Fahrt nach Hause saß Finn neben Nele auf der Rückbank, irgendwann hielt er ihr seine Hand hin. Nele nahm sie und hielt sie fest, bis sie vor der Haustür eintrafen. Finns Vater begann einzuparken.

»Kann ich später saubermachen?«, fragte Finn.

Sein Vater sah in den Rückspiegel.

»Fährst du mich zu Paul?«

»Jetzt?«

»Blöd gerade?«

Es war eine längere Fahrt, Pauls Reha lag außerhalb der Stadt.

»Quatsch«, sagte Jan und legte den Vorwärtsgang ein.

»Kommen wir mit zu Paul?«, fragte Nele.

»Heute nicht«, sagte Finn und griff wieder nach ihrer Hand.

Finn fand Pauls Zimmer sofort, obwohl er vor Weihnachten zum letzten Mal hier gewesen war. Damals war er mit Nele und seinen Eltern gekommen, um Geschenke vorbeizubringen. Allein war er nur einmal bei Paul gewesen, im Oktober oder November. Finn ging mit erhobener Faust auf die Tür zu, ließ sich keine Gelegenheit zu zögern. Er klopfte und ging sofort hinein, obwohl er Angst hatte, er könne Paul beim Wichsen erwischen. Konnte man hier seine Tür abschließen? Kam man auf die Idee, sich einen runterzuholen, wenn man gerade erfahren hatte, dass die Welt untergegangen war? Was fing Paul mit diesem einen Tag an, den er immer nur hatte? In diesem Augenblick jedenfalls saß er am Schreibtisch, vor ihm lagen seine dicke gelbe Kladde, ein Tablet, ein Umschlag und ein beschriebenes Blatt Papier.

»Paul?«

Erfreut drehte sich Paul zu Finn um, stand sofort auf.

»Na, endlich. Dachte schon, du rührst dich gar nicht mehr.«

Keine Vorsicht, kein Vorwurf. Paul hatte Finn erst gestern gesehen. Mit dem Blatt in der Hand kam er auf ihn zu.

»Khalil hat geschrieben« sagte er. »Hammer. Musst du sofort lesen.«

Finn nahm den Brief und las ihn. Sofort. Er war der Hammer.

FINN HÄTTE ENTSETZT sein müssen, verängstigt, aufgebracht, vielleicht auch skeptisch oder amüsiert. Mehr als alles andere war er enttäuscht. Khalils Handschrift hatte er zuvor noch nie gesehen. Beinahe eine Kinderschrift, banal bemüht um Leserlichkeit, ohne die geringste Besonderheit oder Extravaganz. Nüchtern, scheißbrav.

»Fertig?«

Ungeduldig stand Paul vor ihm.

»Sekunde.« Finn las den Brief noch einmal, davon wurde er nicht besser.

30. Juni 2017

Paul, hey!
Du pisst Dich ein vor Lachen, stimmt's? Ich wette, Du hast noch nie einen handgeschriebenen Brief bekommen, höchstens von irgendeiner Oma mit einem Fünfziger drin oder eine Geburtstagseinladung von einem Siebenjährigen, der keine zwei Worte richtig schreiben kann und Bildchen ins Papier ritzt wie ein besoffener Schimpanse. Ich habe nie einen bekommen, kann mich jedenfalls nicht erinnern, geschrieben habe ich selbst bestimmt keinen. Aber es geht nicht anders, alles andere ist zu riskant. Alles, was übers Netz geht, haben sie unter Kontrolle, aber an die Post kommen sie nicht ran. Sie fotografieren den Umschlag und wissen genau, wer wem schreibt (wunder Dich nicht über den Absender), aber sie können nicht

reinsehen. Also bekommst Du jetzt den ersten und einzigen Brief meines Lebens. Ich wünschte so sehr, er hätte einen anderen Grund.

Ich hätte Dich gern noch einmal gesehen, bitte glaub mir. Nichts, gar nichts würde ich lieber tun. Aber ich kann nicht. Und ich will nicht, dass Du es mir auszureden versuchst. Ich fürchte, es würde Dir gelingen. Ich will aber auch nicht, dass Du das nächste Mal aus den Nachrichten von mir hörst. Das wirst Du, bald schon. Ich muss mich verabschieden.

Du weißt, was passiert ist – nein, entschuldige bitte, ich meine, Du kannst es nachlesen. Du hast alles in Deinem Buch notiert. Ich war echt platt, als ich gesehen habe, wie Du Dir damit alles zusammenhältst. Du machst das großartig, Alter, Du lässt Dich nicht unterkriegen. Ich könnte nicht, was Du jeden Tag auf die Reihe kriegst. Aber um mich geht es nicht oder darum, was sie mit mir gemacht haben. Wichtig ist nur, was in Syrien geschieht, immer noch, seit über sechs Jahren. Dieser kranke Irrsinn geht schon länger als der ganze Zweite Weltkrieg gedauert hat. Aber alle sehen nur zu oder tun kurz so, als würden sie was tun, und gießen doch nur Öl ins Feuer. Sie nennen es unerträglich, ertragen es aber locker. Sie ertragen die 400 000 Menschen, die schon massakriert wurden, die vielen Kinder, die qualvoll an Giftgas erstickt sind, die Millionen, die nichts mehr besitzen, bei uns nur herumgeschubst werden und woanders an Grenzen erfrieren. Sie ertragen es, weil ihnen selbst nichts geschehen kann. Weil sie selbst in Sicherheit sind. Das muss sich ändern, Paul, die Leute müssen Angst bekommen. Sie müssen wissen, dass sie sich nicht mehr sicher fühlen können, solange das Morden weitergeht.

Denk nicht schlecht von mir, bitte, verurteile mich nicht. Ich habe keine Wahl, ich kann einfach nicht mehr zusehen, ich kann nicht so tun, als ginge mich das alles nichts an. Niemand sollte das. Ich weiß nicht, ob Du das je verstehen wirst, und ich kann nicht hoffen, dass Du mir irgendwann verzeihst. Aber ich weiß, dass ich für immer Dein Freund sein werde.

Das mit der Ehre und dem ganzen Scheiß lass ich jetzt lieber, obwohl es mir in den Fingern juckt, weil ich mir gern vorstelle, wie Du laut los-

lachst. Und es stimmt doch auch – es war mir eine Ehre, ich bin stolz und glücklich, dass Du mein Freund bist. Auch wenn ich Dir nicht immer ein guter Freund war. Ich hätte verhindern können, was Dir zugestoßen ist, ich hätte besser auf Dich aufpassen müssen. Es gibt keinen Tag, an dem das nicht mein erster Gedanke beim Aufwachen und mein letzter vor dem Einschlafen ist. Aber Du wirst wieder gesund, Paul, ganz bestimmt wirst Du das! Dann wird alles nur ein langer Albtraum gewesen sein, und dann ist es vielleicht sogar gut, dass Du Dich nicht an jeden einzelnen dieser beschissenen Tage erinnern kannst. Dann ist wieder alles okay, und dann wäre ich gern bei Dir. Das werde ich auch sein, irgendwie, das werde ich immer sein. Falls Du mir verzeihen kannst.

Wir sehen uns, Alter, wir sehen uns.

Khalil

»Glaubst du den Scheiß?« Finn ließ den Brief sinken.

»Was gibt's da zu glauben?«

Paul kam näher und griff nach dem Brief. Finn trat einen Schritt zurück, gab ihn nicht aus der Hand.

»Khalil? Echt jetzt? Khalil plant einen Anschlag? Meint er das? Bullshit.«

Paul schwieg.

»Khalil interessiert sich einen Scheiß für Politik. Ich würde es eher glauben, wenn der Brief vom Collie unserer Nachbarin wäre.«

»So was kann sich ändern.«

»Ach ja?«

»Ja.«

Finn wartete auf eine Erklärung, Paul sah ihn nur an.

»Wem will er denn Angst machen? Den Amis? Er ist dort, oder nicht?«

»Er ist wieder zurück«, sagte Paul. »Seit Februar, glaube ich.«

»Seit Februar? Ist er vom College geflogen? Hat er dort auch Scheiß gebaut?«

Paul schüttelte den Kopf, wirkte aber unsicher. Er setzte sich an den Schreibtisch und begann, in seinem gelben Buch zu blättern, das sein Kompass war, sein ausgelagertes Gedächtnis, das einzige, schwache Gegengift, das er gegen das Verrücktwerden besaß. Fünfzehn Monate waren eine lange Zeit. Falls es noch Pauls erste Kladde war, musste sie fast voll sein.

»Paul?«

»Warte, ich hab's gleich.«

Paul begann zu lesen, Finn blickte sich um. Über dem Schreibtisch hingen zahllose Papiere. Stundenpläne, Listen, Wegbeschreibungen, Fotos. Auch an allen anderen Wänden waren Merkzettel und Bilder von Räumen und Menschen, die Finn alle nicht kannte. Seit seinem letzten Besuch vor über sechs Monaten war viel dazugekommen. An das Kabel, das am Kopfende über dem Bett hing, konnte er sich nicht erinnern. Über dem Druckknopf war an der Leitung ein laminierter Zettel befestigt: *Keine Angst, Paul, alles okay! Bitte klingele einfach, wir sind sofort da.*

»Khalil ist nicht mehr reingelassen worden.« Paul blickte wieder von seinem Buch hoch.

»Wo ist er nicht reingelassen worden?«

»Er durfte nicht mehr in die USA.« Paul zögerte, seine Verwirrung war nicht geringer als Finns. »Trump ist Präsident geworden, oder?«

»Ja.«

Als Paul gestern ins Bett gegangen war, in einer kalten Februarnacht, war das Großmaul nicht einmal Kandidat gewesen. In jenem Universum war nicht einmal denkbar, dass er es je werden könnte.

»Er ist immer noch Präsident?«

Finn nickte, begann zu ahnen, dass der Abgrund, der sich jeden Tag vor Paul auftat, breiter und tiefer war, als er sich vorstellen konnte. Paul war nicht nur von seiner persönlichen Zeitachse geschleudert worden, er musste nicht nur jeden Tag zu begreifen versuchen, dass seine Zukunft vorbei war und alles, was vor ihm gelegen hatte, längst ungenutzt hinter ihm lag. Er musste nicht nur aushalten, dass er in einem nüchtern eingerichteten, völlig fremden Zimmer aufwachte, nachdem er sich am Abend zuvor unter seine eigene Bettdecke verkrochen hatte. Er musste sich nicht nur damit abfinden, dass die Bäume hinter dem Fenster mitten im Winter voller Blätter waren und er niemanden von den Leuten kannte, denen er im Pyjama begegnete. Er musste auch jeden Tag aufs Neue erleben, dass die Welt, in der er aufgewacht war, eine andere war als die, die er kannte. Schaffte sich das Paul auch täglich drauf? Checkte er erst einmal ab, ob Merkel noch Kanzlerin war, ob es die EU noch gab, lernte er jeden Morgen die Katastrophen und Krisen der letzten Monate auswendig? Immerhin wusste er jetzt, dass der Bürgerkrieg in Syrien noch tobte.

Finn hatte keine Ahnung, wie es Paul ging. Es war schon eine Weile her, dass Finns Mutter mit Pauls Mutter telefoniert hatte, auch das hatte inzwischen abgenommen. Vielleicht hatte Paul ein paar Teile seines Lebens zurückerobert, aber es sah nicht so aus. Finn wusste nicht, ob er danach fragen musste, er wusste nur, dass er es nicht wollte.

»Trump hat ein Gesetz gemacht, das Syrern die Einreise verboten hat?«

Finn nickte. »Da waren noch mehr Länder auf der Liste. Iran und Irak und ein paar andere. Insgesamt sieben, glaube ich.«

An die anderen Staaten konnte sich Finn nicht erinnern. Es hatte nichts mit ihm zu tun gehabt, er kannte auch niemanden, den es betraf. An Khalil hatte er nicht gedacht, er hatte überhaupt nicht darüber nachgedacht. Es war eine Meldung auf seinem Smartphone gewesen, nur eine weitere Folge einer Komödie, deren Unterhaltungswert sich abgenutzt hatte.

»Sie haben Khalil nicht einreisen lassen, als er in Boston gelandet ist. Obwohl er sein Studentenvisum hatte.« Paul sah in sein Buch. »Am 28. Januar.«

Dass Khalils Vater aus Syrien stammte, hatte für Finn nie eine Rolle gespielt, aber er konnte sich daran erinnern, dass die meisten anderen darin etwas sahen, das Khalil und die Angst, die man vor ihm haben musste, wenigstens etwas verständlicher machte.

»Ist er nicht Deutscher?«, fragte Finn.

»Er hat auch den syrischen Pass. War seinem Vater irgendwie wichtig, hat er mal erzählt. Wegen der Familie und der Geschäfte und so was.«

»Warum war Khalil hier? Mitten im Semester?«

»Sein Vater hatte einen Herzinfarkt. Sah zwischendurch wohl ziemlich übel aus. Khalil war eine Woche zu Hause. Als es seinem Vater besserging, wollte er wieder zurück an die Uni.«

»Ich glaube, die haben das später geändert«, sagte Finn, »für Leute mit Visum und Green Card. Hat er es nicht noch mal versucht?«

»Doch, ein paar Tage danach. Da hätten sie ihn wahrscheinlich auch reingelassen, aber sie haben ihn erst mal am Flughafen festgehalten und verhört. Warum er in Amerika studiert, wann er das letzte Mal in Syrien war, in welche Moschee er geht, ob er in Deutschland Kontakt zu Flüchtlingen hatte, und was weiß ich alles.«

Brüller. Khalil in einer Moschee anzutreffen, war so wahrscheinlich wie Schnee im August, und für die Flüchtlinge, die im Jahr vor dem Abitur auf den Straßen immer sichtbarer geworden waren, hatte er nur Verachtung übriggehabt, sicher nicht deswegen, weil sie fremd waren, sondern weil er ihre Armut und Hilflosigkeit lächerlich fand. Dass Khalil jemals in Syrien gewesen sein sollte, konnte sich Finn auch nicht vorstellen. Er hätte Paul gern auf die Schulter geklopft und gelacht. Er sah ihn ernst an und nickte.

»Anscheinend haben die Grenzer nicht lockergelassen«, sagte Paul, »und Khalil ist ziemlich sauer geworden«.

Jeder, der Khalil auch nur zwei Minuten kannte, hätte gewusst, dass das nur eine Untertreibung sein konnte.

»Hat er um sich geschlagen?«

Paul sah ihn verstimmt an. Solche Blicke waren früher üblich, wenn es um Khalil ging, bei beiden. Irgendwann hatte Finn aufgegeben.

»*Er* wurde geschlagen. Mit einem Gummiknüppel. Auf dem linken Ohr ist er jetzt taub.«

Khalil fiel auf die Füße, das war ein Naturgesetz. Konsequenzen waren etwas, was nur andere Spezies kannten. Eine Schamwelle durchfuhr Finn. Weil er Khalil für unverwundbar gehalten hatte. Weil er sich darüber freute, dass er es nicht war.

»Richtig taub, für immer?«

»Vielleicht hätte man etwas tun können, wenn er sofort behandelt worden wäre, aber sie haben ihn einfach einen halben Tag lang eingesperrt und dann abgeschoben. Das Visum haben sie ihm weggenommen. Wahrscheinlich darf er nie wieder nach Amerika.«

Finn warf einen kurzen, sinnlosen Blick auf den Brief, den er noch in der Hand hielt. Sich zu rächen oder, so sah er es vermutlich selbst, jemanden zu bestrafen, der bestraft gehörte, war für Khalil so normal wie für andere, sich die Fingernägel zu schneiden, doch Finn war sich sicher, beinahe jedenfalls, dass nicht einmal Khalil Todestrafen verhängen und Massenhinrichtungen anordnen würde.

»Was macht er jetzt?«

»Wirtschaftswissenschaften in Berlin. Sein Alter hat darauf bestanden, dass Khalil gleich weiterstudiert. Er wohnt in einer WG.«

Paul hob den Umschlag an, der auf dem Schreibtisch lag.

»Die Absenderadresse ist die WG-Adresse, die er mir geben hat. Aber den Namen kenne ich nicht. Landmann. Kein Vorname.«

»Ein Mitbewohner?«

»Wahrscheinlich. Heißt Berit nicht auch so? Deine Ex?«

Finn nickte.

»Was macht die jetzt?«

»Keine Ahnung.«

Einen Tag, nachdem Darja nach Tansania geflogen war, hatte sich Finn bei Facebook, Instagram und Snapchat abgemeldet und alle WhatsApp-Gruppen verlassen. Es hatte ein paar Anrufe und Nachrichten von ehemaligen Mitschülern gegeben, die nichts mit ihrer Zeit anzufangen wussten, aber auch so etwas hörte irgendwann auf, wenn man nicht antwortete. Wenn er etwas brauchte, ging Finn ab und zu bei Tom vorbei, hörte aber nie hin, wenn der versuchte, ihn mit Neuigkeiten zu versorgen.

»In der WG kann man nicht anrufen«, sagte Paul, »die haben keinen Festnetzanschluss.«

»Warum rufst du ihn nicht auf dem Handy an?«

»Ich habe keine Nummer. Ich meine, ich habe eine, aber die geht nicht.«

»Die geht nicht?«

»Da kommt nur eine Ansage. Diese Nummer ist nicht vergeben oder so was. Aber es ist die, die ich im Handy habe. Er muss eine neue haben.«

Finn wusste nicht, wie er die Frage, die er stellen wollte, stellen konnte, ohne Paul bloßzustellen.

»Wann könnte das passiert sein?«, fragt er schließlich, der Konjunktiv half.

Paul warf einen hilflosen Blick auf sein Buch.

»Muss schon länger sein. Wenn ich das richtig sehe, versuche ich es seit zwei, drei Wochen immer wieder. Ich habe wohl schon ein paar Leute angerufen. Jonas, Ben, Tom. Niko und die Jungs. Mascha. Aber die scheinen alle nichts zu wissen. Ich glaube, die meisten haben seit dem Abi nichts mehr von ihm gehört.«

Finn hatte keinen Anruf von Paul bekommen. Paul hatte sich denken können, dass Finn nichts über Khalil wusste, genauso gut konnte es aber daran gelegen haben, dass er Paul nie zurückrief. Irgendwann würde Finn seine Rechnung vorgelegt bekommen.

»Und seine Eltern?«, sagte Finn. »Die werden seine Nummer doch haben.«

Paul zögerte. »Da habe ich heute auch angerufen.«

»Und?«

»Die Mutter war total genervt. Ich hab's wohl nicht zum ersten Mal versucht.«

Finn wartete ab, aber es kam nichts mehr. »Sie hat dir Khalils Nummer nicht gegeben?«

»Will sie irgendwie nicht. Sie hat einfach aufgelegt.«

»Wieso?«

Paul zuckte gleichgültig mit den Achseln, schien sich aber nicht darüber zu wundern. Falls er den Grund kannte, musste er ihn schon vor fünfzehn Monaten erfahren haben.

»Du musst zu ihnen«, sagte Paul.

»Zu wem?«

»Zu Khalils Eltern. Dir werden sie seine Nummer geben. Wenn du vor ihnen stehst, können sie dich nicht abwimmeln.«

Paul begann, die Rechnung zu präsentieren. Was er wollte, würde ohnehin nur einen winzigen Bruchteil von Finns Schulden begleichen.

»Das ist doch alles Schwachsinn. Du kannst diesen Scheißbrief nicht ernst nehmen.«

»Ich muss mit Khalil sprechen!« Paul stand auf. »Ich brauche die verdammte Nummer.«

Paul ging auf Finn zu, schnell und dennoch unsicher. Sein Gang war nicht wacklig, nicht schleppend, aber zaghaft, fast ängstlich. Als müsste er sich vor jedem Schritt vergewissern, dass er Boden unter den Füßen hatte. Paul blieb so dicht vor ihm stehen, dass Finn ihn atmen hören konnte. Er musste sich zusammenreißen, um nicht zurückzuweichen.

»Ich muss mit ihm sprechen, Finn. Bitte.«

Paul war in einem Albtraum erwacht, den er jeden Tag aufs Neue ertrug, ohne ihn je zu verstehen, schlimmer noch, ohne sich jemals an ihn zu erinnern. Kein Teil seines Lebens passte mehr zum anderen. Er hatte den schlimmsten Kater, den ein Mensch haben konnte, und sicher noch kaum begriffen, dass es keiner war, der sich mit zwei Litern Kaffee und noch ein paar Stunden Schlaf vertreiben ließ. Aber er machte sich Sorgen um einen anderen.

Finn nickte in der Hoffnung, dass Paul den Unterschied zwischen Verständnis und Zustimmung erkannte, und gab ihm Khalils Brief wortlos zurück. Paul sah Finn noch einen Moment an, als versuche er, sich seine Züge zu merken, um ihn später aus dem Gedächtnis zeichnen zu können, dann ging er zurück zum Schreibtisch, faltete den Brief vorsichtig zusammen und legte ihn in sein Buch.

Früher hatte es geholfen, Pauls Koller zu ignorieren und ihn abdampfen zu lassen, aber woher sollte Finn wissen, ob das immer noch so war. Paul hatte erst vor ein paar Stunden erfahren, dass er Nacht für Nacht eingefroren wurde, um am nächsten Morgen ahnungslos wieder aufgetaut zu werden. Für jemanden, der eine solche Nachricht zu verdauen hatte, wirkte er merkwürdig desinteressiert an seinem eigenen Unglück. Stand Paul unter Schock? Bekam er jeden Tag einen Schock, wenn er die Wahrheit erfuhr? Oder hatten sie ihn so mit Medikamenten abgefüllt, dass er immer high und locker blieb, solange ihm keiner mit Mordplänen kam?

»Fährst du hin?«, fragte Paul.

Was machten sie wohl mit Paul, wenn er doch ausrastete? Finn stellte sich vor, wie Paul tobend versuchte, sich von einer Zwangsjacke zu befreien und ihn zwei riesige Pfleger mit behaarten Armen festhielten, damit ihm ein dritter Koloss eine Spritze in den Arm jagen konnte. Die Comicbilder beruhigten ihn.

»Finn! Machst du's? Fährst du zu Khalils Eltern?«

»Woher weißt du das eigentlich alles?«

»Woher weiß ich was?«

»Was du mir erzählt hast. Über Khalil.«

Der schroffe Blick, der Finn traf, war kein neuer. Früher hätte er Pauls Verärgerung mit einem Grinsen weggewedelt, heute bekam Finn Angst.

»Schon klar, hast du alles gelesen. Aber hat es dir Khalil selber erzählt? Hat er dich besucht?«

»Ziemlich oft anscheinend. Fast jedes Wochenende, glaube ich.«

Khalil, geschlagen und gedemütigt, ertaubt auf einem Ohr, deportiert von seinem rechtmäßigen Wohnsitz, gestraft damit und redlich bemüht darum, Fuß zu fassen in einem neuen Leben, das sein Vater ihm verordnet hatte, nahm sich Zeit, aus einer sechshundert Kilometer entfernten Stadt anzureisen, um Paul zu besuchen. Einmal die Woche.

»Aber er war schon länger nicht mehr da«, sagte Paul.

Er blätterte in seinem Buch vor und fand auf Anhieb die Stelle, die er suchte.

»Am 22. April zum letzten Mal.« Paul sah zu dem großformatigen Wandkalender, auf dem das heutige Datum mit einem roten Kunststoffrahmen markiert war. »Vor sechs Wochen. Jedenfalls habe ich danach nur noch was reingeschrieben, wenn wir telefoniert haben. Ging ja irgendwann nicht mehr.«

»Wie hast du das so schnell gefunden?«, fragte Finn.

»Was?«

»Wann Khalil das letzte Mal hier war. Das sind so viele Seiten, aber du hast es sofort gefunden.«

Es war keine Frage, die Paul spannend fand. Lustlos deutete er auf ein Blatt Papier, das über dem Schreibtisch hing, eine Liste mit verschiedenfarbigen Namen.

»Sieht aus, als hätte ich irgendwann angefangen, Stellen einzukreisen. Mit unterschiedlichen Farben. Rot, wenn es um meine Alten geht. Blau bei allem, was hier in der Klinik los ist. Grün, wenn ich was über Khalil geschrieben habe. Und so weiter.«

Finn musste *und so weiter* sein, falls Paul bei ihm eine Farbe überhaupt noch für nötig hielt.

Keine Post-its. Farbige Kreise. Paul wusste genau, wer in seinem Buch vorkam und wer nicht, aber er deutete nicht einmal mit einem Blick Enttäuschung an. Khalil interessierte ihn mehr als Finns Verrat.

»Was ist jetzt? Fährst du hin oder nicht?«

»Der Typ verarscht dich doch. Du weißt genau, dass er ständig Leute gepranked hat. Der sitzt jetzt irgendwo in Berlin in seiner WG-Küche, kippt einen Wodka und lacht sich mit seinen Kumpels tot.«

Finn war lauter geworden, als er wollte und als für irgendjemanden gut sein konnte. Paul drehte den Regler noch weiter auf.

»Das ist kein Prank! Siehst du hier irgendwo Kameras? Läuft das auf YouTube? Hältst du Khalil wirklich für ein Arschloch, der mit so was Witze macht? Das ist ein Abschiedsbrief, Finn, kein abgewichster Gag.«

Mit dieser Heftigkeit hatte Finn nicht gerechnet. Diese Heftigkeit hatte er sich gewünscht.

»Okay. Okay, okay, okay. Nur mal angenommen, er meint es ernst. Den ganzen Kram. Auch diesen rührseligen Quatsch, für den sich jedes zehnjährige Mädchen schämen würde. Aber warum zur Hölle schreibt er *dir*?«

»Wem hätte er sonst schreiben sollen? Seinem Zahnarzt?«

»›Alter, hey, tut mir leid. Eigentlich wollte ich ja vorbeikommen, aber ich schaff 's echt nicht. Ich muss ein paar Leute abmurksen …‹ – Damit sollst du klarkommen? Er weiß, wie beschissen es dir geht. Er sagt, er ist dein Freund. Dann halst er dir so einen Dreck auf? Warum?«

»Weil er will, dass ich ihn davon abhalte.«

Paul holte den Brief aus seinem Buch und faltete ihn fahrig auf.

»*... ich will nicht, dass Du es mir auszureden versuchst. Ich fürchte, es würde Dir gelingen* ... Da steht's doch. Ich soll es ihm ausreden. Werde ich auch tun, scheißegal, ob du mir hilfst.«

So bescheuert einfach war es wahrscheinlich. Wenn der Brief irgendeinen Sinn ergab, der nicht auf einen kranken Witz hinauslief, dann hatte Paul recht.

»Schreibst du eigentlich alles auf? Das hier auch?«, sagte Finn.

»Was?«

»Dass du hier rumbrüllst wie ein Geistesgestörter?«

»Fick dich.«

Ob er wollte oder nicht, Paul musste grinsen. Daran hatte sich nichts geändert. Paul gehörte nicht zu denen, die sich mit einem ordentlichen Zoff ihren täglichen Kick holen, anscheinend war er immer noch dankbar für jedes Wort, das ihn aus der Verstimmung führen konnte. Finn hätte die Ruder einziehen können, damit sie sich eine Weile ruhig auf dem Wasser treiben lassen konnten, aber Khalil schwamm weiter auf ihr Boot zu. Khalil, der offensichtlich genau wusste, dass Paul ihn nicht verraten würde. Woher? Vielleicht war Khalil durchgeknallt, daran zweifelte Finn keine Sekunde, aber dumm und blauäugig war er sicher nicht. Er musste Paul unendlich vertrauen.

»Du brauchst die Nummer nicht«, sagte Finn, »du kannst ihn auch anders davon abhalten.«

»Was meinst du?«

»Du gibst den Brief den Bullen. Die werden Khalil schon finden.«

Das war für Paul keiner Erwiderung wert, nicht einmal eines Blickes.

»Kann ich für dich machen«, sagte Finn. »Gib mir den Brief, und ich gehe zur Polizei.«

Paul ließ sich nicht reizen. Sorgfältig faltete er den Brief wieder zusammen, legte ihn in sein Buch und schlug es zu. »Wenn du es nicht machst, fahre ich selbst zu seinen Eltern«, sagte er ruhig.

»Lassen sie dich hier raus?«

»Sieht das hier aus wie Guantánamo?«

»Keine Ahnung, ich war noch nie da.«

Langsam kroch Überdruss in Pauls Augen. Finn konnte ihn verstehen. Pauls Zeitfenster war klein. Er hatte nur diesen Tag.

»Was ist jetzt?«, sagte Paul. »Machst du's?«

3. JULI – *Gnadenlos früh, das Abendessen, aber gar nicht schlecht für so einen Laden, auch die ganze Einrichtung und alles. Sieht eher aus wie ein Hotel oder eine coole Jugendherberge oder so was. Der Essraum kommt fast wie ein Restaurant rüber, nur mit Büfett statt mit Bedienung und natürlich weniger Auswahl. Aber echt okay. Für eine Klinik auf alle Fälle. Viele von denen, die ich unten beim Essen getroffen habe, sind mir heute schon mal über den Weg gelaufen, aber Namen hatte ich kaum parat. Wie auch? Ich kenne sie erst seit ein paar Stunden, sie kennen mich seit Wochen oder Monaten, je nachdem, wie lange sie hier sind. KEINE WIEDERHOLUNGEN. Steht groß auf dem Blatt, das über dem Schreibtisch hängt. Ist ja richtig. Was nützt es, jeden Tag wieder und wieder denselben Scheiß aufzuschreiben, auch wenn es für mich selbst neu ist? Ist ja nicht neu. Keine Wiederholungen.*

Finn war heute da. Das ist neu, das war heute. Heute kam der Brief, und heute war Finn da. Was hätte ich getan, wenn er nicht gekommen wäre? Wenn ich es richtig sehe, war es verdammtes Glück, dass er gekommen ist. Ich habe stundenlang in dem Scheißbuch gelesen und über Finn: nichts. So gut wie nichts. Ich habe nicht alles gelesen. Lese ich jeden Tag alles? Ich kann nicht jeden Tag alles lesen. Schreibe ich jeden Tag alles auf? Kann man nicht. Oder? Kann man nicht. Nicht alles. Andererseits: Was passiert hier schon, was man aufschreiben müsste? Jedenfalls habe ich über Finn kaum was gelesen. Nur dass ich ihn angerufen habe. Und angerufen und angerufen und wieder angerufen. Und irgendwann steht da: »Finn nicht mehr anrufen! Er ruft nie zurück.« Steht im Buch und steht auf dem Zettel, der über dem Schreibtisch hing. Den habe ich schnell runtergerissen, als Finn reinkam. Hat er nicht gemerkt, glaube ich. NICHT ANRUFEN. Habe ich mir selbst ausgerichtet. Ich habe ihn aber angerufen. Sofort. Als Khalils Brief kam, habe ich keine Sekunde gezögert. Hab schon kapiert, dass Finn nie da war, aber hat sich nicht so angefühlt. Finn ist mein Freund. Vielleicht habe ich ihn ein bisschen hängenlassen in letzter Zeit, vielleicht habe ich zu viel mit Khalil und den Jungs abgehangen. Aber länger als eine Viertelstunde ist Finn nicht sauer auf mich. Nie. Wir sind Freunde, waren wir immer, wir sehen uns jeden Tag. Okay, ich habe ihn gestern gesehen, bei ihm ist es anders. Da kann ich noch so viel lesen, ich glaube trotzdem nicht, dass diese ganzen beschissenen Monate vergangen sind. Da reicht kein Notizbuch, da würden zehn nicht reichen. Weiß ich ja alles, ich sehe ja, wo ich hier bin, ich höre, was sie alle sagen, ich lese den ganzen Kram, lasse mich vollquatschen von Mama, die gar nicht mehr aufgehört hat, mir einzutrichtern, was ich alles wissen und beachten muss. Als würde ich es nicht sowieso vergessen. Ich weiß, was passiert ist. Ich weiß, wie viel Zeit vergangen ist. Aber ich fühle es nicht. Klar habe ich Finn angerufen. Wen sonst?

Als Finn da war, wurde es aber doch komisch. Ich schätze, er hat ein schlechtes Gewissen. Vielleicht hat er auch einfach keinen Bock auf Khalil und diese schräge Geschichte. Finn kann Khalil nicht ausstehen, klar hat er keine Lust, ihm zu helfen. Aber er hat es mir versprochen. Er hat versprochen, dass er zu Khalils Eltern fährt und seine Nummer besorgt. Noch hat er nicht angerufen, aber wenn Finn was verspricht, kann man sich auf ihn verlassen. Wahrscheinlich ist er noch gar nicht dort. Er muss von hier zum S-Bahnhof, zurück in die Stadt und vom Hauptbahnhof wieder mit der U-Bahn nach Süden raus. Dauert eine Weile. Er kann noch gar nicht dort sein.

Ich werde warten. Bevor ich mit Finn gesprochen habe, nehme ich keine Schlaftablette. Die muss ich jeden Abend nehmen, hat Maik gesagt.

Damit ich durchschlafe und erst wach werde, wenn sie mich wecken. Weil ich sonst Panik kriege. Als hätte ich keine Panik gehabt heute Morgen. Maik hat mich geweckt. Er ist ein bisschen älter als ich und macht hier eine Ausbildung, weil er später Medizin studieren will und sein Abi zu schlecht ist oder so. Heute früh war er erst mal nichts anderes als ein wildfremder, bärtiger Typ, der in meinem Zimmer stand, das aber nicht mein eigenes Zimmer war. Wenn das keine Panik war, die ich hatte, will ich gar nicht wissen, wie so eine Panik bei mir aussieht.

Eigentlich will ich's ja wissen. Aber in diesem verdammten Buch steht nichts drin, was nicht total unwichtig oder hirnverbrannt ist. Ich habe gelesen und gelesen, habe vor- und zurückgeblättert, bis ich vor Langeweile gestorben bin. Ich wäre ja gern geplättet und geschockt. War ich auch ein bisschen, am Anfang, jetzt bin ich eigentlich nur genervt.

Gern geschrieben habe ich nie. Ich habe nie Tagebuch geführt oder so einen Scheiß, und die Bücher, die ich in meinem Leben gelesen habe, würden alle in Maiks Turnbeutel passen. Jetzt muss ich jeden Tag stundenlang lesen und schreiben? Wie's aussieht, werde ich jeden Morgen neugeboren, um am Abend wieder zu sterben. Ich kann nichts mit rübernehmen in den nächsten Tag. Vergangenheit und Zukunft habe ich nur ein paar Stunden lang. Und die gehen dafür drauf, mich mit alten Fakten aufzuladen und neue so aufzuschreiben, dass ich was damit anfangen kann?

Aber ich kann nichts damit anfangen.

Von Heiligabend bis Neujahr hatte ich Urlaub von hier, habe ich gerade gelesen. Ich war zu Hause, ich habe Geschenke bekommen. Alles brav notiert, jedes verfickte Geschenk. Und wie habe ich mich gefühlt? Hatte ich mir das iPad gewünscht? Habe ich mich gefreut? Wahrscheinlich. Jeder freut sich über ein iPad. Aber geschrieben habe ich nichts darüber. Nicht mal einen Satz über Gesa und was ich gedacht habe, dass sie Weihnachten nach Hause gekommen ist. Sie war da, als wäre es keine Sensation, ich war da, Mama und Papa waren da. Wir haben Fondue gegessen, Geschenke ausgepackt, dann haben wir Mamas Leute angerufen und einen Film geguckt. Captain America. An Weihnachten! Da muss Mama echt Mitleid mit mir gehabt haben. Oder sie war froh über jede Sekunde, in der Gesa und sie sich nicht an die Kehle gehen konnten.

Warum bin ich so ein Flachkopf, warum schreibe ich jeden Tag auf, was passiert ist oder ansteht, aber kaum ein Wort, wie sich das alles anfühlt? Und warum bin ich eigentlich so ehrlich, warum lüge ich mich nicht einfach an? Wer sonst könnte sich selbst besser anlügen? Ich könnte mir erzählen, dass mein Hirn zermatscht worden ist, als ich ein Kind aus einem brennenden Haus gerettet habe. Oder wie wäre es mit pöbelnden Skins, denen ich mich in der U-Bahn tapfer in den Weg gestellt habe, um eine Kopftuchfrau zu retten? Kann ich nicht, ich könnte mich nicht anlügen. Ich hätte keine Chance, auch nur fünf Minuten damit durchzukommen. Maik hat mir heute Morgen sofort erzählt, was passiert ist. Es wird immer irgendeinen geben, der mir sofort verklickert, dass ich an der ganzen Scheiße selbst schuld bin, niemand sonst. Habe ich gleich geschluckt, an unser lächerliches Kommando kann ich mich gut erinnern. Wir haben uns total reingesteigert, wir waren so geil auf den Krieg und haben uns jede Nacht abgefüllt, als würde Wodka bei Sonnenaufgang verboten. Glaube ich sofort, dass da einer mal vors Auto läuft. Pech, dass ich der Loser war.

Ich kann mich an nichts erinnern, an den Unfall schon mal gar nicht, aber was mir heute Morgen gleich eingefallen ist, das war die Nacht, in der wir das Video gedreht haben, die zweite Nacht. Im Februar, Februar letztes Jahr. Der Unfall ist erst Wochen später passiert, aber mir fällt natürlich diese Scheißnacht ein. Die hätte ich gern vergessen. Khalil hat mich in der Nacht nach Hause gefahren, voll bis obenhin, genau wie ich, aber sein unverschämtes Glück war ihm wie immer treu. Nirgends Polizei, auf dem ganzen Weg nicht, seine Maschine hatte er absolut unter Kontrolle. Ich hätte wahrscheinlich nicht mal einen Rollator geradeaus schieben können. Vor unserer Haustür ist Khalil abgestiegen und hat das Motorrad aufgebockt. Ich hatte keinen Schimmer, was er will. War schon fast hell, ich wollte mich nur noch ablegen. Erst hat er eine ganze Weile dummes Zeug gelabert, über die Dreharbeiten und das Schwein, das Niko und Tom irgendwo im Bergischen besorgt hatten. Wir haben es angemalt und über die Domplatte getrieben und konnten das arme Tier gerade noch in den Transporter von Marlons Vater schieben, als die Bullen kamen. Total geil, total witzig alles, aber wir hätten uns ja in der Schule noch genug auf die Schulter klopfen können. Ich habe nicht kapiert, warum Khalil so endlos auf mich einredet. Dann ist es passiert, ohne Vorwarnung. Scheiß drauf. Ist ewig her, für Khalil jedenfalls.

Finn hat sich noch nicht gerührt. Ich gebe ihm noch eine halbe Stunde, dann rufe ich an. Die Schlaftablette nehme ich nicht. Nicht, bevor ich mit Finn gesprochen habe. Ich habe schon genug Pillen geschluckt. Weiße, gelbe, braune, grüne. Bestimmt fünfzehn Stück. Keine Ahnung, welche für was gut ist, total sinnlos, danach zu fragen. Reicht ja, wenn ich weiß, dass keine dabei ist, die Zeitreisen rückgängig machen kann.

UM EINE ZAHL zu haben, mit der er Nachfragen und Einwände parieren konnte, drückte Finn ein drittes Mal auf den Klingelknopf über dem betont schlichten Namensschild, dann hatte er getan, was er tun konnte. Im ältesten Villenviertel der Stadt stand er vor einem geschlossenen Tor und sah durch die schmiedeeisernen Stäbe zu der Jugendstilvilla am Ende der weißgekiesten Zufahrt. Keine Bewegung hinter den Fenstern und kein Licht, kein Auto vor dem Haus. Finn hatte Glück.

»Kann ich helfen?«

Finn hatte Schritte gehört, ein Mensch, ein Hund, sie aber nicht auf sich bezogen. Er drehte sich um. Vor ihm stand ein eher dunkelhäutiger Mann, der ebenso gut Ende zwanzig wie Mitte vierzig sein konnte. Der lange, ausfransende Vollbart machte es schwierig, sein Alter zu schätzen. Unter einem schwarzen T-Shirt trug er eine verwaschene graue Jogginghose und Flipflops, auf dem Kopf eine weiße Red Sox-Cap. An der kurzen Leine hielt er einen Rottweiler, der gelassen wirkte, Finn aber nicht aus den Augen ließ. Um das Bild vollständig zu machen, fehlte nur eine Kalaschnikow, die von einer Schulter hing.

»Ich möchte zu Herrn oder Frau Bukhari«, sagte Finn.

»In welcher Angelegenheit?«

»Eigentlich möchte ich zu ihrem Sohn. Khalil.«

»In welcher Angelegenheit?«

»Ich erreiche Khalil leider nicht. Ich muss dringend mit ihm sprechen.«

»In welcher Angelegenheit?«

Das hier war nicht *Westworld* und der Typ vermutlich kein Android mit defektem Sprachsystem. Wegen seiner akzentfreien Aussprache schloss Finn auch aus, dass er nur diese drei deutschen Wörter kannte und gezwungen war, sie unentwegt zu wiederholen. Vermutlich war er nur ein Arschloch, blieb die Frage, welcher Sorte. Ein Wichtigtuer, der seinen reichen Nachbarn später erzählen wollte, wie tapfer er ihr Hab und Gut beschützt hatte, oder ein Angestellter, der dafür bezahlt wurde, jedem, den er nicht kannte, das Leben schwerzumachen. Finn merkte erst jetzt, dass ihn Hautfarbe und Bart des Mannes dazu verleitet hatten, ihn Khalils Eltern zuzuordnen.

»Sie kennen die Bukharis, oder?«

»Darf ich?«, sagte der Mann.

Er rempelte Finn leicht an, als er an ihm vorbeiging, sicher nicht unabsichtlich, ließ mit einem Funkschlüssel das Tor aufspringen und schloss es wieder, als er mit seinem Hund auf dem Grundstück war. Immerhin blieb er stehen und sah Finn durch die Gitterstäbe an. In den Augen des Rottweilers lag erheblich mehr Ausdruck als in seinen.

»Ich bin ein Mitschüler von Khalil«, sagte Finn, »ein ehemaliger Mitschüler. Wir haben zusammen Abi gemacht.«

Das interessierte den Kerl nicht mehr, als ihn Finns Jeansgröße interessiert hätte. Er blinzelte nicht einmal.

»Wir wollen uns nächste Woche treffen. Wäre super, wenn Khalil dabei sein könnte. Wir erreichen ihn nicht.«

Finn hörte das Hecheln des Rottweilers, mehr gab es nicht zu hören.

»Anscheinend hat Khalil eine neue Nummer.«

»Warum schreibt ihr ihm keine Mail?«

Gute Frage. Hatte Paul Khalil eine Mail geschrieben?

»Haben wir. Wahrscheinlich hat sich die Mailadresse auch geändert.«

»Nein.«

»Nein?«

Der Bärtige sah Finn nur gleichgültig an.

»Sie haben doch sicher Khalils Nummer.«

Der Mann schwieg, und Finn hätte es recht sein können. Niemand brauchte Khalils Nummer, am allerwenigsten Paul, aber Finn war nicht hergekommen, um sich verarschen zu lassen. Wieder kroch Zorn in ihm hoch. Er war froh, dass das Tor geschlossen war.

»Ein Freund von uns hat Geburtstag. Er hatte letztes Jahr einen schweren Unfall. Wir wollen ihn mit einer Party überraschen. Er würde sich sehr freuen, wenn Khalil auch da wäre.«

»Paul«, sagte der Mann. »Paul Sander.«

Der Kerl kannte Paul. Es klang, als spreche er von Hannibal Lecter.

»Sie kennen ihn?«

»Ich arbeite schon eine ganze Weile für Herrn Bukhari.«

»Dann wissen Sie sicher, wie gut Khalil und Paul befreundet sind.«

»Ja.«

Finn hatte eine Frage gestellt und bekam eine sachliche Auskunft.

»Haben Sie Khalils Handynummer?«

»Ihr habt Khalil gemailt. Wenn er antworten will, antwortet er.«

»Sie wollen mir die Nummer nicht geben?«

»Nein.«

»Vielleicht sehen das Khalils Eltern anders. Wann kann ich mit ihnen sprechen?«

Der Mann antwortete nicht. Er löste die Leine vom Halsband des Rottweilers, drehte sich um und ging auf das Haus zu. Der Hund blieb eng an seiner Seite. Finn ließ ihnen noch ein paar Schritte.

»Hurensohn«, rief Finn. Nicht laut, aber laut genug.

Der Bärtige wirbelte herum, blieb aber an seinem Platz stehen. Er bewegte die Lippen. Sofort schoss der Hund los und war schneller am Tor, als Usain Bolt es je geschafft hätte. Die Lefzen waren hochgezogen und entblößten riesige, teuflisch spitze Zähne, das Tier knurrte und bellte, sprang immer wieder am Tor hoch und zeigte mit allen Mitteln, die ihm zur Verfügung standen, welches Vergnügen es ihm bereiten würde, Finn auf der Stelle zu zerfleischen. Vergnügt war sein Herrchen schon jetzt. Zum ersten Mal war so etwas wie eine Regung in seinen Augen, vielleicht sogar ein Leuchten.

Finn trat einen Schritt vom Tor zurück, lächelte, winkte dem Bärtigen freundlich zu und wartete ab. Der passende Moment kam, als der Rottweiler seine Schnauze weit genug zwischen den Eisenstäben herausstreckte, zähnefletschend, rasend vor Eifer und Blutgier. Finn trat zu. Es war nicht der perfekte Ap-chagi, den er im Sommerkurs nach der siebten Klasse zwei Wochen lang zu lernen versucht hatte, aber der Tritt war präzise und hart. Finn glaubte, ein Knacken zu hören, und war sich fast sicher, dass unter seinem Fuß schon etwas nachgab, bevor der Hund nach hinten taumelte. Der Rottweiler jaulte kurz auf, danach kam nur noch ein erbärmliches Fiepen. Seine Vorderläufe knickten weg, er rieb seine Schnauze über den Boden, als könne er den unerträglichen Schmerz wegstreichen, schließlich rollte er sich auf der Seite zusammen und hechelte, als müsste er um jeden Atemzug kämpfen.

Als der Bärtige seine Schreckensstarre überwunden hatte, ging er zögernd los, blieb kurz bei seinem Hund stehen, sah verächtlich auf ihn herab und baute sich schließlich am Tor auf. Finn hoffte, dass er herauskam, nichts hatte er sich je mehr gewünscht. Der Mann starrte ihn nur an, in den Augen Überraschung und Unentschlossenheit. Falls er Angst hatte, dann wahrscheinlich davor, dass er sich nicht davon abhalten konnte zu tun, was er tun wollte.

»Hurensohn«, sagte Finn noch einmal und ging. Bis er außer Sichtweite war, versuchte er, seine Schritte unter Kontrolle zu behalten.

Finns Handy klingelte, bevor sich sein Herzschlag beruhigt hatte. Er war gerade am Flussufer angekommen und hatte sich eine Zigarette angezündet, aufs Display hätte er nicht sehen müssen.

»Paul, hey!«

»Warum rufst du nicht an?«

»Ich stehe praktisch noch vor dem Haus.«

»Echt? Und?«

»Nichts und. Seine Eltern sind nicht da.«

»Scheiße.«

Finn zögerte. Er wollte die ganze Geschichte erzählen, war aber nicht sicher, ob er den Applaus bekommen würde, den er brauchen konnte.

»Da kam irgendwann ein anderer Typ«, sagte Finn. »Monsterbart, Monsterhund.«

»Verspiegelte Sonnenbrille?«

»Nein.«

»Trotzdem. Muss Hamid gewesen sein.«

»Hamid? Du kennst den Kerl?«

»Der Chauffeur von Khalils Vater. Und sein Assistent und Hausmeister und was weiß ich. Hatte er Khalils Nummer?«

»Ganz bestimmt hat er die. Hat er aber nicht rausgerückt.«

»Was hat er gesagt?«

»Gar nichts. Aber als ich dich erwähnt habe, hat er geguckt, als hättest du erst seine Mutter beleidigt und dann seine Schwester gevögelt.«

Paul schwieg.

»Was hast du angestellt?«, fragte Finn.

»…«

»Paul?«

»Ich habe gar nichts angestellt«, sagte Paul gereizt. »Was machen wir jetzt?«

»Keine Ahnung.«

»Hör zu, die kommen hier alle zwei Minuten rein und versuchen, mir eine Schlaftablette anzudrehen. Wenn ich die nehme, bin ich weg.«

Es klang so heillos und endgültig, wie es vermutlich war. Jeden Tag.

»Wieso bekommst du Schlaftabletten?«

»Sie sagen, damit ich nicht zu früh aufwache und Panik schiebe.«

»Klingt vernünftig«, sagte Finn, weil er nicht schweigen konnte.

»Versuchst du's noch mal?«

»Was?«

»Versuchst du noch mal, mit seinen Eltern zu sprechen?«

»Auf keinen Fall.«

»Warum nicht?«

»Wem gehört der Köter?«, fragte Finn. »Diesem Hamid oder Khalils Eltern?«

»Irgendwie der Wachhund, keine Ahnung. Khalil kann das Vieh nicht ausstehen.«

»Kann ich gut verstehen. Ich habe ihm den Kiefer gebrochen.«

»Was hast du?«

»Der Köter hat mich angefallen. Irgendwie musste ich ihn mir vom Leib halten.«

»Den Kiefer gebrochen? Fuck!«

Ein bisschen Applaus bekam Finn immerhin. Den Taekwondo-Kurs hatten sie damals zusammen besucht. Paul war viel besser gewesen als Finn, aber er hatte es ihn nie spüren lassen.

»Finn, ich *muss* mit ihm reden.«

Finn schwieg. Er hatte Paul alles gesagt, was er zu sagen hatte.

»Kommst du morgen wieder?«, fragte Paul.

Obwohl er wusste, dass es nur eine einzige Antwort gab, zögerte Finn.

»Finn?«

»Klar. Wann?«

»Am besten so früh wie möglich.«

»Okay, Alter. Bis morgen.«

Finn hörte Paul atmen. Er wollte noch nicht auflegen. Wenn Paul sich jetzt verabschiedete, verabschiedete er sich ins Nichts.

»Paul? Alles okay?«

Finn hatte nichts als schwachsinnige, zynische Fragen. Er hätte nie zu Paul fahren dürfen.

»Weiß nicht«, sagte Paul.

Finn schleuderte sein Handy nicht in den Fluss. Solange er nicht hinterhersprang, war es nur eine halbe Lösung.

»Finn?«

»Ja?«

»Danke.«

»Wofür? Ich habe ein Tier gequält, sonst ist nicht viel rumgekommen.«

»Auch wieder wahr«, sagte Paul und ließ ein Lachen hören, das Finn die Brust zubetonierte. »Bis morgen, Alter.«

»Bis morgen«, sagte Finn und war sich sicher, dass er log.

Finn steckte das Handy weg, sah aufs Wasser und versuchte, an nichts anderes zu denken als an den Hund, der sich auf dem Boden vor Schmerz krümmte. Er rauchte zwei weitere Zigaretten und ging dann weiter, weil er nicht ewig hier stehenbleiben konnte. In einem Kiosk am Ring kaufte er sich zwei Dosen Bier und einen Wodka-Flachmann und bekam für seinen Einkauf sogar eine kleine Plastiktüte, für die er nichts bezahlen musste. Zehn Minuten später setzte er sich in der kleinen Grünanlage vor seiner alten Schule auf eine Parkbank.

Die Schule lag auf dem Weg. Finn hatte nicht geplant herzukommen, er brauchte nur eine Pause. Während er den Wodka trank, betrachtete er die Kreuzung, an der Pauls Leben zum Stillstand gekommen war. Die fröhliche Partystimmung, das aufgekratzte, laute Geplapper seiner Mitschüler, Darja, die Pressetypen, das ohrenbetäubende Gejohle beim Angriff der anderen Schulen, der Kampf um die Fahne, sogar Pauls Jagd nach dem Fahnenräuber, alles blitzte in ihm auf, doch an den Moment des Aufpralls und an die Augenblicke danach hatte Finn keine Erinnerung. Die Bilder der unzähligen Unfallvideos, die er sich angesehen hatte, lagerten sich übereinander und waren sich so ähnlich, dass sie sich nicht auseinanderhalten ließen, alle so real und so unwirklich, wie die Bilder der damaligen Nacht gewesen sein mussten, die vielleicht irgendwo zwischen diesen Filmbildern vergraben lagen. Am Ende war es nicht wichtig, wie etwas passiert war, Finn war nicht hergekommen, um darüber zu grübeln. Er hatte gar keinen Grund, hier zu sein, so wenig wie er Grund gehabt hatte, zu Khalils Eltern zu fahren. Er legte die leere Wodkaflasche in die Tüte, öffnete eine Dose Bier und begann, im Netz zu stöbern. Finn suchte nichts, fand aber mehr, als er gedacht hätte.

Nabil Bukhari, Khalils Vater, war der jüngste Sohn eines hohen syrischen Beamten, der in der Regierung von Assad senior als stellvertretender Energieminister gedient hatte und offenbar bis heute die Gunst des Assad-Clans genoss. Anfang der 80er Jahre war Khalils Vater nach London gegangen, um am Imperial College Maschinen- und Anlagenbau zu studieren, und hatte dort gegen Ende seiner Studienzeit auf einer Party die deutsche Kunsthistorikerin Marga Laval kennengelernt, die ein Forschungsjahr an der Tate Gallery verbrachte. Marga Laval stammte aus einem weniger bedeutenden Zweig einer sehr bedeutenden Familie, die mit ihrem Zeitungs- und Buchverlag die Geschicke von Finns Heimatstadt bestimmte und bei allen wichtigen politischen Entscheidungen und großen Geschäften in der Region ihre Hände im Spiel hatte. Warum sollte es nicht Liebe gewesen sein, dachte Finn, doch Marga Lavals Familie und deren Beziehungen waren sicher auch ein gutes Argument für Nabil Bukhari, der sich in Syrien als jüngster Sohn mit dem hätte zufriedengeben müssen, was seine älteren Brüder ihm übriggelassen hatten. Im Sommer 1986 feierten Nabil Bukhari und Marga Laval zweimal ihre Hochzeit, erst in Deutschland, wenig später noch einmal in Syrien, danach ließ Bukhari sich hier nieder und gründete eine Firma, die sich mit Import- und Exportgeschäften befasste. Die Nähe zur Bayer AG war sicher kein Nachteil, denn bei Bukharis Geschäften ging es nicht um Teppiche oder Antiquitäten, sondern um Öl und, in der Gegenrichtung, um Chemikalien, Fabrikanlagen, Waffen und Luxuslimousinen. 1987 kam Amir als Erstgeborener der Familie Bukhari-Laval zur Welt, 1997 folgte Khalil. Nur zwei Monate nach Khalils Geburt starb Amir, der fünf Jahre lang an Leukämie gelitten und am Ende auf keine Therapie mehr angesprochen hatte. Zu seiner Beerdigung auf dem Melaten-Friedhof kamen nicht nur Verwandte aus Syrien, sondern auch zahlreiche lokale Prominente aus Politik, Wirtschaft und Kultur.

Finn hatte nicht gewusst, dass Khalil einen älteren Bruder gehabt hatte, und Paul hatte sicher auch keine Ahnung, sonst hätte er es ihm irgendwann erzählt. Er hätte nie eine Gelegenheit ungenutzt gelassen, ihm Khalil zu erklären und ihn so menschlich zu zeichnen, wie Logik und Glaubwürdigkeit gerade noch zuließen. Finn war noch nicht geboren, als Khalils Bruder starb, doch neunzehn Jahre danach verwirrte ihn der Tod des kleinen Jungen, der nur noch ein Name auf einer Internetseite war. Wahrscheinlich hatte Khalil nie mit jemandem über seinen toten Bruder gesprochen. Mitgefühl und Bedauern gehörten zu den Dingen, die er kaum ertrug und niemals duldete. Einfach konnte es für ihn nicht gewesen sein. Khalils Mutter war mit ihm schwanger geworden, als der Bruder schon lange todkrank war. Es brauchte kein abgeschlossenes Psychologiestudium, um zu ahnen, dass die Freude über Khalils Geburt von der Trauer über den Tod des Bruders überschattet gewesen sein musste. Einer war gegangen, der andere gekommen. Khalil war der Nachfolger, auf dem neue, vielleicht letzte Hoffnungen ruhten, der Ersatzspieler, der sich nicht mehr auswechseln lassen konnte. Vielleicht hatte Khalil seine ganze Existenz nur der Aufgabe zu verdanken, eine Lücke zu füllen, vielleicht hatte Finn auch nur zu viel getrunken.

Er war schon bei der zweiten Dose Bier, und ihm fiel ein, dass er den ganzen Tag nichts gegessen hatte. Finn googelte und trank weiter. Er hatte keinen Hunger, er war neugierig. Es fühlte sich an, als meldeten sich Geschmacks- und Geruchssinn nach einer langwierigen Erkältung langsam wieder.

Vom Verlust ihres Sohnes abgesehen, sofern man von einem solchen Schicksalsschlag jemals absehen konnte, schien es den Bukharis immer gutgegangen zu sein. Daran hatten auch der Bürgerkrieg in Syrien und die Sanktionen gegen Nabil Bukharis Heimatland nichts geändert, obwohl auch der Name seiner Firma genannt worden war, als illegale Lieferungen von Chemiewaffenkomponenten an Syrien Thema in den Medien waren. In welchen Verhältnissen die Familie privat lebte, hatte Finn gerade gesehen, und erst vor anderthalb Jahren hatte Khalils Vater seine Büroräume in eines der neuen Kranhäuser am Rheinauhafen verlegt, die zu den kostspieligsten Geschäftsadressen der Stadt zählten.

Wenn Khalil wirklich durchgedreht war, gegen wen richtete sich sein Zorn? Die qualvoll erstickten Kinder, über die er in seinem Brief geschrieben hatte, waren Giftgasattacken zum Opfer gefallen. Niemand zweifelte ernsthaft daran, dass dafür die syrische Regierung verantwortlich war, zu der Khalils Vater und dessen Verwandte offenbar beste Beziehungen hatten. Auf irgendeine Weise gehörte der syrische Teil von Khalils Familie zu den Tätern, stand ihnen jedenfalls nicht fern. Khalils Verbitterung und Wut mussten sich auch gegen seine eigene Familie richten, bestrafen wollte er aber nur die, die zusahen. Vielleicht konnten die, von denen man nichts erwartete, einen nie so enttäuschen wie die, auf deren Hilfe man lange vergeblich gehofft hatte. So paradox alles war, auf einmal erschienen ihm Khalils Brief und Pauls Sorgen nicht mehr so absurd wie vor ein paar Stunden.

Finn klickte den Browser seines Smartphones weg, er hatte sich ohnehin nur die Zeit vertrieben. Finn schickte Tom eine WhatsApp und bekam sofort eine Antwort, stand auf, warf seinen Müll weg, nahm an der nächstgelegenen Haltestelle die Bahn und fuhr drei Stationen. Bevor er zu dem Platz ging, auf dem er mit Tom verabredet war, hob er an einem Automaten Geld ab.

Schon aus der Entfernung hallte ihm der Lärm unzähliger Stimmen entgegen. Es war ein gewöhnlicher Abend mitten in der Woche, doch in den Außenbereichen der Restaurants und Kneipen waren alle Tische besetzt, und vor der Kirche drängten sich Hunderte von Menschen, die meisten mit einem Bier oder einem Mate in der Hand, kaum einer über dreißig. Zwischen ihnen bahnten sich die Flaschensammler ihren Weg und versuchten energisch, einander zuvorzukommen, die deutschen Alten wie die neuen Jungen, denen die Flucht die Chance bot, mit Hilfe eines Pfandautomaten ab und zu auf dem Konsumkarussell mitzufahren. Im Sommer, der in dieser Stadt mehr als eine Frage des Willens als des Wetters angesehen wurde, war hier jeden Tag Party. Die meisten Anwohner hatten aufgegeben, sich über den Lärm zu empören, manche waren schon weggezogen, um ihre Wohnungen Leuten wie Tom zu überlassen, die sich die Mieten leisten konnten. In einem Gründerzeithaus teilte sich Tom mit einem Werbetexter und einem TV-Producer eine schicke Wohnung, die fünf, vielleicht auch mehr Zimmer hatte. Seine Geschäfte hätten es Tom schon während der Schulzeit erlaubt, das elterliche Nest zu verlassen und ein standesgemäßes eigenes Domizil zu beziehen, aber er hielt wenig von Aufsehen. Zu seinem Erfolg trug dies sicher bei, zusammen mit dem glücklichen Umstand, dass sein Vater Chefarzt in einem katholischen Krankenhaus war und sein Bruder sein Medizinstudium fast abgeschlossen hatte.

Tom hatte seine Lieblingsstelle auf dem Platz, trotz des Gedränges fand Finn ihn sofort. Bei ihm waren einer seiner Mitbewohner – vermutlich der Werbetyp, Finn konnte sie wegen ihrer Vollbärte und identischen schwarzen Brillen nicht auseinanderhalten – und eine Blonde mit Undercut und Blümchenkleid, die an jeder sichtbaren Hautpartie tätowiert war. Finn blieb in einigem Abstand stehen und hob die Hand, als Tom in seine Richtung sah. Tom winkte ihn herbei, ging aber zu ihm, als er einsah, dass sich Finn nicht rühren würde.

»Finn, hey.«

»Hey.«

»Willst du nicht was mit uns trinken? Viktor kennst du ja und Alina bestimmt auch. Vom *Dickens*. Sie arbeitet da mittwochs und samstags.«

»Da bin ich nie«, sagte Finn.

»Hast du es eilig?«

Finn nickte nicht einmal, er ging los. Tom deutete Viktor und Alina mit einer Handbewegung an, dass er nicht lange wegbleiben werde, und folgte ihm.

Dass Tom Finn oben in sein Schlafzimmer führte, war nicht ungewöhnlich. Dort stand die Kommode aus der amerikanischen Kolonialzeit, in der er seine Ware schon seit der Schulzeit aufbewahrte. Toms Vater hatte sie bei einem Antiquitätenladen in Connecticut gekauft, sie für viel Geld über den Atlantik transportieren lassen, um schließlich festzustellen, dass ein venezianischer Apothekerschrank aus dem 18. Jahrhundert doch besser in sein Arbeitszimmer passte. Ungewöhnlich war nur die junge Frau, die auf Toms Bett lag. Anscheinend war es ihr zu warm für eine Decke und Kleidung jeglicher Art, einschließlich der Unterwäsche. Sie wachte auf, als Finn und Tom hereinkamen.

»Helen«, sagte Tom verwundert, »du bist noch da?«

»Muss noch mal eingeschlafen sein. Wie spät ist es?« Sie griff nach dem Handy, das neben dem Kopfkissen lag, und beantwortete sich die Frage selbst. »Shit. Ich muss los.«

Die Nackte stand auf, klaubte sich ihre Sachen zusammen, die verstreut im Zimmer lagen, und gab Tom im Vorbeirauschen einen Klaps auf den Hintern.

»Wir sehen uns«, sagte sie und eilte aus dem Zimmer, ohne Finn auch nur einmal angesehen zu haben.

Ronja, mit der Tom seit der elften Klasse zusammen war, leistete bis Ende August einen Freiwilligendienst bei einem archäologischen Projekt in Kolumbien ab, falls Kolumbien nicht Bolivien war. Noch beim letzten Mal hatte Tom ausschweifend stolz von ihren Abenteuern im Urwald erzählt, und Finn fand es unwahrscheinlich, dass sich in der Zwischenzeit irgendwas an ihrem Beziehungsstatus geändert hatte. Er überlegte kurz, ob er Ronja Grüße ausrichten sollte, aber der Spaß würde sich in Grenzen halten. Verlegenheit gehörte nicht zu den Gefühlen, mit denen Tom sich plagen musste.

»Das Übliche?«, fragte Tom, während er eine Schublade aufzog.

»Ja.«

Tom holte zwei Tablettenstreifen heraus und gab sie Finn, der sie sich kurz ansah.

»Und Tilidin?«

»Tilidin ist nicht das Übliche.«

»Bist du jetzt mein Arzt, oder was?«

»Dein Apotheker. Ich muss auf Risiken und Nebenwirkungen hinweisen. Tilidin habe ich dir erst letzte Woche gegeben.«

»Ich müsste nur hinter die Kirche.«

Tom zögerte kurz, griff wieder in die Schublade und holte einen weiteren Tablettenstreifen heraus.

»Sag nicht, ich hätte dich nicht gewarnt.«

Finn sagte gar nichts, er gab Tom nur ein paar Geldscheine,

die der in die Hosentasche steckte, ohne nachzuzählen. Als er die Schublade wieder schloss, war Finn schon im Flur.

»Warte mal«, sagte Tom und holte ihn an der Wohnungstür ein.

»Was?«

»Paul hat heute angerufen. Wegen der Nummer von Khalil. Habe ich leider nicht.«

»Und?«

»Nichts und. Wie geht's ihm?«

»Paul?«

»Ja.«

»Hast du ihn nicht gefragt?«

»Er war nicht besonders gesprächig. Du siehst ihn doch öfter.«

»Paul geht's super«, sagte Finn und ging.

Zu Hause war die Luft halbwegs rein. Finn hörte seine Eltern im Wohnzimmer und beeilte sich in die Küche zu kommen, wo er im Kühlschrank eine halbvolle Auflaufform fand. Er nahm sie schnell heraus, schnappte sich einen Löffel und eine Tüte Milch und verschwand mit der Beute in seinem Zimmer. Finn aß das kalte Kartoffelgratin, während er sich auf dem Smartphone durch die Posts auf *Reddit* klickte, und nahm danach zwei Pillen, die er mit Milch hinunterspülte. Dann stellte er die Auflaufform und die Milch auf seinen Schreibtisch neben die Tassen, Gläser und Teller der letzten Tage und griff sich seine Gitarre. Er spielte so leise, dass er gerade noch selbst etwas hören konnte; das Glück, das er bisher gehabt hatte, wollte er nicht überstrapazieren. Als Finn sich sicher war, dass seine Eltern schliefen, ging er mit einer Decke und seinem Tablet hoch auf den Dachgarten und legte sich auf eine Liege zwischen die Bäume, die besser irgendwo am Mittelmeer gestanden hätten, die seine Mutter dennoch jedes Jahr lebend durch den deutschen Winter brachte.

Finn klickte die letzte Staffel von *Brooklyn Nine-Nine* auf, obwohl er sie schon ganz gesehen hatte, und entschied sich für die Episode

The Last Ride. Keine Überraschung mehr, als die Wache der Helden plötzlich geschlossen zu werden droht, keine Aufregung, als Peralta und Boyle, die besten Freunde unter den Buddies des 99. Reviers, die Chance bekommen, mit einer spektakulären Festnahme die Schließung abzuwenden, und auch kein Mitleid mit den beiden, als sie die Chance ungenutzt lassen, weil sie beschließen, das moralisch Richtige zu tun, obwohl das zu ihrer Trennung führen wird. Finn konnte sich an jede Szene und jeden Dialog erinnern, auch an die Szene, in der sich die Unzertrennlichen während des Einsatzes eine Ewigkeit lang Nachtsichtgeräte vor die Augen halten, um ihre Tränen voreinander zu verbergen. Beim ersten Mal war es witzig gewesen, diesmal nicht.

Finn wurde wach, als seine Mutter ihre Pflanzen zu gießen begann. Sie erschrak, als er sich auf der Liege aufsetzte, mit einem griechischen Olivenbauern hätte sie vermutlich eher gerechnet.

»Finn! Hast du hier geschlafen?«

Es gab viele Fragen, die keiner Antwort bedurften. Nicht wenige von ihnen wurden von Finns Eltern gestellt.

»Geht's dir gut?«

Auch darauf gab es nichts Zwingendes zu sagen. Finn legte sich die Decke um die Schultern. In der Nacht war es kälter gewesen, als er erwartet hatte.

»Gut, dass du wach bist«, sagte seine Mutter. »Ich hätte dich sowieso gleich geweckt. Der Glaser kommt zwischen halb zehn und elf. Ich habe ihm gesagt, du bist hier.«

»Bin ich nicht.«

»Bist du nicht?« Wenn der Ton seiner Mutter derart nüchtern wurde, musste man aufpassen. »Du hast meine Balkontür eingetreten. Aber für den Glaser, den ich für dich angerufen habe, hast du keine Zeit?«

Warum die Balkontür ihre Balkontür war, wäre die bisher sinnvollste Frage gewesen, aber Finn verzichtete darauf, sie zu stellen.

»Ich habe die Scheibe nicht eingetreten. Ich habe sie mit dem Klavierschemel eingeschlagen.«

»Ach so. Ist natürlich was anderes.«

»Ich kann nicht. Paul hat gesagt, ich soll noch mal vorbeikommen.«

Finns Mutter zögerte. Nur kurz.

»Ich rufe den Glaser an«, sagte sie. »Ab drei bin ich ja zu Hause.«

Wenn sie etwas von dir wollten, musstest du ihnen nur etwas geben, was sie noch mehr wollten. So einfach war das.

II

DER KERL IM SPIEGEL

5. JULI – *War klar, dass Finn irgendwann einpennt. Er war die ganze Nacht wach, weil er mich wachhalten wollte, aber so richtig funktioniert hat das wohl nicht. Noch fast zwei Stunden bis Berlin. Ich lasse ihn schlafen, er hat es verdient. Ein bisschen Angst habe ich schon, aber pennen werde ich bestimmt nicht mehr. Wer schläft schon ein in einem Horrorfilm?*

Fand ich total irre, dass mich Finn mitten in der Nacht geweckt hat und so komisch ansah. Und klar war ich baff, dass ich in seinem Zimmer lag. Aber wäre ja nicht der erste Filmriss. Plötzlich fängt Finn an, totalen Blödsinn zu labern, und ich denke, was ist mit dem los? So was macht Finn eigentlich nicht, so kranke Gags sind eigentlich Khalils Ding. Finn sagt, ich muss alles wissen. Weil wir gleich wegfahren. Ich bin hundemüde, komplett hinüber, ich will weiterschlafen und werde sauer, und auf einmal fotografiert mich Finn mit seinem Handy. Weil er in seinem Zimmer keinen Spiegel hat, sagt er.

Finn zeigt mir das Foto und sieht mich dabei an, als müsste er mir gleich Sauerstoff verabreichen. Ich schau mir das Foto an, das er angeblich gemacht hat, und denke: wow! Muss wirklich ein Foto von mir sein, aber 1a bearbeitet. Ich bin richtig dick auf dem Bild. Meine Haare sind total kurz, so kurz hatte ich sie das letzte Mal mit zwölf und vielleicht nicht mal da. An meiner rechten Schläfe ist eine tiefe Delle, an meinem Hals eine Narbe. Total eklig, aber gut gemacht. Ich habe keine Ahnung, was für einen abartigen Scheiß Finn abzieht und warum er ausgerechnet jetzt damit kommt, aber er hat sich voll Mühe gegeben. Ich fange an zu lachen, und jetzt ist es Finn, der sauer wird. Er schleift mich aus dem Zimmer und zerrt mich im Bad vor den Spiegel. Da sehe ich es: Finn und daneben das Gesicht vom Foto. Plötzlich bin ich hellwach und mir gleichzeitig absolut sicher, dass ich träume. Ich will aufwachen, ich wache nicht auf. Ich fang an zu kotzen. Erst ins Waschbecken, dann ins Klo. Logisch, denke ich, ich muss gesoffen haben wie blöd. Aber ich habe nicht gesoffen, das ist über ein Jahr her. Kapiere ich erst später. Finn ist die ganze Zeit bei mir, er hält mich fest.

Als wir aus dem Bad kommen, steht Nele im Flur, und mich haut es gleich wieder um. Nele tapert nachts immer durch die Wohnung, hat sie schon gemacht, als sie noch ganz klein war. Irgendwie schläft sie nicht gut. Aber das war nicht Nele. Ich meine, sie war es, und sie war es nicht. Nele war unfassbar groß, ging Finn über die Schulter, hatte Brüste, ihr Gesicht sah ganz anders aus. Das war kein kleines Mädchen mehr. Hat mich noch mehr geschockt als der Typ im Spiegel. Ich dachte immer noch, das muss einer dieser irren Träume sein, in denen man glaubt, man ist wach, aber man schläft noch und schafft es einfach nicht aufzuwachen. Vielleicht hat Nele mich so komisch angestarrt, weil sie meine Panik bemerkt hat, oder sie hat mein Gewürge gehört. Trotzdem ging sie auf mich zu, ich glaube, sie wollte mich umarmen. Da hat uns Finn schon in sein Zimmer geschoben, damit wir ja keinen wecken.

Nele ist supercool geblieben, als Finn ihr gesagt hat, sie darf niemandem erzählen, dass sie mich gesehen hat, auch den Eltern nicht, und dass wir gleich nach Berlin fahren und dass sie das auch niemandem sagen soll. Ein alter Schulfreund braucht unsere Hilfe, hat er gesagt, weil er Probleme hat, mit denen er nicht allein klarkommt. Und dass ich unbedingt mitwill, aber die Klinik nicht verlassen darf, obwohl es überhaupt nicht gefährlich ist und er gut auf mich aufpassen wird. Wir fahren erst mal, hat er ihr gesagt, später rufen wir an. Dann muss sich keiner Sorgen machen, aber wir sind schon in Berlin.

Ich habe nur dagesessen, die Schnauze gehalten und so getan, als wüss-

te ich Bescheid. Obwohl ich kein Wort verstanden habe und am liebsten laut geschrien hätte. Keine Ahnung, ob Nele das mitbekommen hat. Jedenfalls hatte sie kein Problem mit irgendwas. Sie hat nur okay gesagt und sich von Finn ohne Murren ins Bett schicken lassen. Sie musste ja am Morgen in die Schule. Zum Abschied hat sie mich dann wirklich umarmt, aber Finn nicht. Sie hat sich nur vor ihn gestellt und ihn angegrinst, als hätte er gerade erzählt, dass er einen Marathon gewonnen und danach den Jackpot geknackt hat. Sie soll endlich abhauen, hat Finn gesagt, aber gegrinst hat er auch.

Finn hat sich hingesetzt und mich eine ganze Weile nur angestarrt. Erst hat er den Kopf geschüttelt, als wäre er ein Bulle, der mich mit drei Kilo Gras erwischt hat, dann hat er fuck gesagt und noch mal und noch mal. Fuck, fuck, fuck. Hat mir keine Angst mehr gemacht, glaube ich. Jedenfalls nicht noch mehr Angst. Gleich knallt er mir wieder was Irres an den Kopf, habe ich gedacht, und ich habe gedacht, scheiß drauf, geht's halt so weiter. So bald wache ich anscheinend nicht auf, aber irgendwann hört es auf, und bis dahin halte ich das aus. Habe ich auch, ich habe mir alles angehört, was Finn erzählt hat.

Immer wieder hat Finn gefragt, ob ich alles verstehe, und ich habe nur genickt und gedacht, was gibt es da zu verstehen. Ich muss es nur aushalten, ich muss da durch und sehen, was passiert. Es kann kein Spaß sein, einem anderen so was in den Schädel zu hämmern. Aber einer muss es ja tun. Anscheinend jeden Tag. Am Wochenende und den Feiertagen und so was kriege ich den Einlauf von Mama oder Papa, sagt Finn, da bin ich zu Hause, und in der Woche bringt mir jemand von der Reha bei, dass das Datum auf meinem Handy richtig ist und ich im Arsch bin. Meistens macht das ein Typ, der Maik heißt. Finn sagt, ich mag ihn. Hat mir auch noch keiner gesagt, dass ich jemanden mag, den ich nicht kenne.

Als Finn fertig war und es nicht danach aussah, dass ich sein Zimmer kurz und klein schlage oder mich heulend auf den Boden werfe, haben wir die Sachen verstaut, die ich aus der Klinik mitgebracht habe, damit sie dort keiner klaut. Ich kannte nichts davon, aber irgendwie sind sie mir wichtig.

Sagt Finn. Woher weiß ich, was mir wichtig ist? Weil Finn es gesagt hat. Weil mir wahrscheinlich immer einer was sagt. Weil ich es in diesem Buch lesen kann. Hier steht auch was über diese komische Therapiekiste, die ich zu Finn mitgeschleppt habe, und den ganzen Kram da drin. Ist wichtig, die Kiste, okay, kapiert. Geholfen hat das Ding trotzdem nicht, oder?

Als wir unsere Rucksäcke gepackt haben, hat Finn genau darauf geachtet, dass ich ja alle Tabletten und Pillendosen in den großen Herschel stecke, den er mir gegeben hat, und auch lauter Ersatzpackungen, die er mindestens zweimal mit der Medikamentenliste abgeglichen hat, die vorne in meinem Notizbuch steckt. Keine Ahnung, ob er denkt, wir könnten irgendwo eingeschneit werden. Mich würde es nerven, den Babysitter zu spielen. Kann mir nicht vorstellen, dass es bei ihm anders ist. Bestimmt hat er Angst. Ich hätte Angst. Die reißen ihm den Kopf ab, wenn was passiert. Wenn das alles stimmt, bin ich der Spast, mich lassen sie in Ruhe. Auf dem Weg zum Bahnhof hat mich Finn die ganze Zeit so von der Seite angesehen, wahrscheinlich um zu gucken, ob ich nicht weglaufe oder zusammenbreche oder so. Habe ich nicht mal dran gedacht. Ich habe mich nur umgesehen. Sah alles aus wie immer.

Im Zug hat Finn in einer Tour gelabert. Über irgendeine Serie mit einer Transe, über Tom und die nackte Tante, die in seinem Bett war, und was weiß ich alles. Keine neuen Scheißnachrichten, nur sinnloses Zeug. Aufregen sollte ich mich nicht, einschlafen auch nicht. Damit die ganze Oper nicht von vorn losgeht und jetzt auch noch mit den ganzen Leuten drum herum. Dabei hat er die Augen selbst kaum aufhalten können und ist bald weggeratzt. Als er eingeschlafen war, habe ich versucht, in diesem gelben Monster hier zu lesen, bin aber nicht weit gekommen. Ich habe schon was gelesen, logisch, aber ich habe nicht lange durchgehalten. Irgendwie geht mir alles auf die Nerven. Zu viel Infos und doch wieder nicht. Immer dasselbe Zeug oder irgendein Mist, den ich nicht verstehe. Ich kann nicht alles auf einmal lesen. Ertrage ich nicht. Keine Ahnung, wie ich das sonst mache. Muss ich das Buch jeden Tag komplett durchlesen, bevor ich irgendwas tun kann? Wie eine leere Festplatte, auf die man erst mal ein Be-

triebssystem spielen muss? Gerade war es mir zu viel. Ich habe gedacht, vielleicht schreibe ich besser was. Ich muss ja aufschreiben, was passiert.

Wenn ich das alles richtig verstehe, muss ich für jemanden schreiben, der nicht den kleinsten Schimmer hat, für einen völlig Fremden. Ich muss genau beschreiben, was ich gehört, gerochen, gedacht, gefühlt habe. Ich muss eine Kopie ziehen von dem, was in mir ist, damit sie sich ein anderer – ich! – draufladen kann. Aber so was kann ich nicht. Konnte ich noch nie. Hat ja schon die blöde Haber gemerkt, gleich bei der ersten Deutscharbeit in der Fünf. War die erste Arbeit auf dem Gymnasium überhaupt, und sofort hatte ich die Arschkarte.

Wir sollten einen Aufsatz über unsere neue Klasse schreiben. Wir waren gerade erst zusammengewürfelt worden, und die meisten von uns kannten sich noch nicht gut. Fand ich geil. Ich mochte die damals alle. Vor manchen hatte ich ein bisschen Bammel, aber es hat noch eine ganze Weile gedauert, bis ich wusste, wer scheiße oder schräg war. Damals fand ich sie noch alle witzig und nett und die meisten Mädchen total hübsch. Ich war froh, in meiner Klasse zu sein. Sie hatten super Räder und geile Rucksäcke und abgefahrene Eltern aus Japan und Brasilien, sie spielten Instrumente und waren echt klug. Die meisten fand ich viel klüger als mich. Ich kann mich noch genau erinnern, dass ich dachte, Mann, ist das eine einfache Arbeit, schaffe ich locker. Ich habe sofort losgelegt und es irre schnell hingekriegt. Ich habe aufgeschrieben, wer neben wem saß. Nur das, mehr nicht. Warum auch? Am Tisch vorne, gleich neben der Tür, da sitzt Jana neben Lotte, und um die Ecke neben Lotte sitzt Hanna. Hanna sitzt neben Mia, und Daniel sitzt vor Mia am selben Tisch, neben Daniel sitze ich. Hinter mir ist der Tisch am Fenster. Da sitzt Lisa neben Johanna, Johanna sitzt neben Lars, und Lars sitzt neben Anton, vor ihm sitzt Frederike, die neben Mali sitzt. So ähnlich war es, glaube ich, ich war jedenfalls längst fertig, als wir abgeben mussten, und absolut zufrieden. Für mich bedeutete jeder Name etwas. Ich musste ihn nur lesen, und schon hatte ich alles im Kopf. Daniel, das war der, der jeden schwindlig dribbelte. Johanna sang ständig »Because of You«, mit einer Stimme, mit der sie alles singen konnte. Vor Mia hatte ich ein bisschen Angst, sie war das schönste Mädchen, das ich je gesehen hatte. Nick roch immer nach seinen Zimtkaugummis und hatte in der Parallelklasse einen Zwillingsbruder mit langen Haaren, der Harfe spielte. Ich war echt stolz auf mich. Auf weniger als einer Seite hatte ich sie alle untergebracht, alle meine neuen Freunde und wie toll sie waren, aber die Haber hat das anders gesehen. Sie gab mir eine Vier, aber nur, weil eine Fünf in der ersten Arbeit zu hart wäre, hat sie gesagt. Sie hat sich aufgeplustert, als müsste ich ihr den Rest meines Lebens dankbar sein. Mama war total geschockt und hat mich dauernd gefragt, was ich mit der albernen Aufzählung wollte, dabei hatte ich es ihr schon tausendmal erklärt. Ich glaube auch nicht, dass es eine Frage war. Klang eher wie: Wie konntest du mir das antun? Papa hat laut gelacht, aber ich habe nicht eine Sekunde gedacht, dass er mich auslacht. Ich hätte ein modernes Gedicht geschrieben, hat er gesagt, avantgardistische Lyrik. Mama hat ihn angeguckt, wie sie ihn immer anguckt, dann hat er den Mund gehalten. Er hat nichts mehr gesagt, bis er wieder runter in den Laden ist, aber er hat mich angegrinst, als hätte ich ihm ein Geburtstagsgeschenk gemacht.

Man schreibt ja nicht immer für später. Ich schreibe nicht für später, ich schreibe nicht für mich. Ich schreibe nicht mal über mich. Ich schreibe über den Kerl im Spiegel.

Ich habe Finn gefragt, ob es besser wird und was die Ärzte sagen, und er hat gesagt, ist doch schon viel besser geworden. Wird's noch besser, habe ich gefragt, werde ich wieder normal? Vielleicht, hat er gesagt, und mehr nicht, dann hat er angefangen, seinen Rucksack zu packen. Netter kann man nicht nein sagen, schätze ich.

Nach dem Unfall war ich lange im Krankenhaus, sehr lange, sagt Finn, dann war ich kurz zu Hause, und dann bin ich in die Reha gekommen. Da bin ich seit über einem Jahr. Seit über einem Jahr. Und ich sitze hier und weiß nicht mal, wie es dort aussieht. Okay, hier sind ein paar Fotos drin, von den Leuten dort, von den Räumen, damit ich sie wiedererkenne, wenn ich irgendwo hinmuss, auch von Feiern und so was. Ich habe viel auf-

geschrieben, aber wenn ich das Buch durchblättere, habe ich das Gefühl, ich scrolle die Facebook-Seite von jemand anderem durch. Keine Ahnung, was ich da die ganze Zeit gemacht habe, die ganzen Monate, ich habe auch keine Ahnung, warum ich diese alberne Kiste mit zu Finn geschleppt habe. Das Zeug darin gehört zur Therapie, hat Finn gesagt, ein Stift, ein Namensschild, CDs, ein Schal, eine Tasse, eine kleine Stoffgiraffe und lauter so Kram. Soll mir helfen, mich an die Leute zu erinnern, die mir was gegeben haben. Eigentlich gehört da auch ein Notizbuch dazu (noch ein Notizbuch?), Therapietagebuch nennt sich das Teil. Das habe ich anscheinend bei der Psychologin liegen lassen. Die heißt Paula Alvarez und sieht nicht aus wie eine Therapeutin, jedenfalls nicht auf dem Foto hier drin. Anfang dreißig, rattenscharf, ein echter Schuss. Pocahontas mit irrsinnig blauen Augen und einem brutal engen Rammstein-T-Shirt, das sie sicher nicht angezogen hat, um ihre Titten zu verstecken. Wenn ich mal nicht hinwill, müssten sie mir nur das Foto zeigen. Diese Alvarez glaubt anscheinend, es steckt alles in mir drin, alle Erinnerungen, auch alles, was ich jetzt erlebe. Ich komm da nicht dran, aber angeblich ist es da, und irgendwie könnte ich es auch spüren.

Finn hat gesagt, ich hätte ihm das so erklärt, und so ähnlich steht es hier, und hier steht auch, in dem Therapietagebuch steht mehr. Was denn noch? Bevor wir die Kiste heute Morgen weggepackt haben, habe ich mir das Zeug angesehen. Sagt mir alles nichts. Keine Ahnung, wer mir ein Kuscheltier gibt und ein Brillenetui, einen uralten iPod und lauter anderen Scheiß. Nur den großen, rostigen Schlüssel, der da auch drin war, den kenne ich, glaube ich. Aber wenn das wirklich der ist, den ich meine, dann hat er eigentlich nichts in der Kiste verloren.

Seit dreizehn Monaten bin ich also in der Reha und mache da irgendwas, Therapie, Sport und was weiß ich, und dann kommt vor zwei Tagen dieser Brief. Von Khalil. Hab ihn gerade gelesen. Totaler Schwachsinn. Aber wegen dem Schwachsinn sitzen wir jetzt im Zug und fahren nach Berlin. Klingt übel, was Khalil schreibt. Wenn das kein beschissener Gag ist, müssen wir hin.

Khalil wohnt jetzt in Berlin, hat mich aber wohl ständig besucht, fast jede Woche. Sagt Finn. Muss ich nachher alles lesen, Finn weiß ja nur, was er von mir weiß. Eigentlich müsste Khalil in Amerika sein, weiß ich noch, er hat dort einen Collegeplatz. Hatte. Damals. Khalil muss totalen Beef gehabt haben und darf nicht mehr hin und hat jetzt irgendwie einen Riesenprass, und klar kann er scheißwütend werden. Aber dann macht er doch nicht so was. Es gab viele Anschläge, hat Finn erzählt, in Nizza, London, sogar in Berlin. Leute, die mit Lastwagen in Menschenmengen gefahren sind. Und? Ist doch kein Hobby, das man sich zulegt. Aber wir erreichen Khalil nicht, also müssen wir da hin. Deswegen habe ich mich gestern Nacht aus der Reha rausgeschlichen, und Finn hat draußen auf mich gewartet. Den Kram, den ich mitnehmen wollte, hatte er schon tagsüber zu sich gebracht. Finn hat Papa irgendwas erzählt und sich von ihm im Laden den Schlüssel zu unserer Wohnung geben lassen, während Mama bei mir war, dann hat er alles zusammengesucht, was wir brauchen, Kontokarten, meinen Ausweis, frische Klamotten und so was. Hat keiner was gemerkt. Wir sind zu Finn, als seine Eltern und Nele schon im Bett waren, und der Plan war, wir bleiben wach, bis wir losmüssen. Jedenfalls ich, das Problem bin ja ich. Aber ich bin eingenickt. Als er mich wachgekriegt hat, war es zu spät. Da war ich schon der Kerl im Spiegel.

Wir müssen mit Khalil reden, verstehe ich. Wenn das mit dem Brief kein kranker Scheiß ist, will er das wahrscheinlich sogar. Ich würde ihn am liebsten nie mehr sehen, aber ich bin ihm was schuldig. Wenn er uns auslacht, dann gebe ich ihm was auf die Fresse, und dann war ich wenigstens in Berlin. Auch wenn ich mich nicht daran erinnern werde. Scheiß drauf. Wir machen Fotos, Finn hat sein Handy dabei, und die klebe ich hier rein und überlege mir jedes Mal, wenn ich sie sehe, eine neue Geschichte dazu. Klingt cool, wenn man nur den letzten Satz liest. Niemand würde wissen, was für eine Scheißangst er mir macht. Ich würde es nie wissen.

Ich schreibe und schreibe und höre gar nicht mehr auf. Keine Ahnung, warum. Weil ich dann nicht allein bin, glaube ich. Ich bin ja nicht allein.

Finn ist bei mir und tausend andere Leute. Ich meine, wenn ich schreibe, bin ich nicht allein mit mir. Aber wenn ich so weitermache, ist das Buch gleich voll. Sind eh nur noch ein paar leere Seiten. Ein Wunder, dass das Ding überhaupt so lange gehalten hat. Ich habe wohl nicht jeden Tag geschrieben. Es fehlen viele Tage, manchmal ganze Wochen. Was habe ich da gemacht? Ich weiß es nicht, ich werde es nie wissen. Ich wüsste nicht mal, wen ich fragen könnte. Weg, alles. Für immer. Es gibt nicht viel, auf das ich mich verlassen kann. Mein Herz schlägt, ich atme, ich habe Hunger und Durst, ich pinkle und scheiße, und das war's. Sonst gibt es nur das, was hier drinsteht oder was andere mir erzählen. Alles andere existiert nicht.

»Schreib, was war. Nicht mehr, nicht weniger«, steht hier auf der ersten Seite unter meinem Namen, meiner Handynummer und unserer Adresse. Der Spruch ist geklaut. Als ich damit angefangen habe, muss ich mir eingebildet haben, das hier ist mein Weißes Buch. Die Schweizer sind komisch, wird man vielleicht, wenn man zwischen Bergen eingebuchtet ist, aber den Brauch in diesem Alpenkaff fand ich cool. Weiß ich noch genau, den Roman hatte ich ja gelesen, bevor ich in der Phantomzone gelandet bin. Gesa hatte das Buch Papa zum Geburtstag geschenkt, und es lag die ganze Zeit im Wohnzimmer rum. Ich war neugierig, vielleicht war ich auch ein bisschen eifersüchtig. Die beiden schenken sich immer Bücher, als würden sie sich damit was erzählen, und diesmal war schon der Titel so, als wäre das Buch nur für Papa geschrieben worden. Ich habe angefangen zu lesen und fand es gar nicht schlecht. In dem Roman gibt es ein Dorf, da hat jeder sein eigenes Weißes Buch. Das heißt so, weil es am Anfang nur weiße Seiten hat, die nach und nach gefüllt werden sollen. Jeden Tag notieren die Dorfbewohner, die keine Kinder mehr sind, darin ihre Tage. Jeden Tag, bis zum Tod. Lang, kurz, jeder auf seine Art. Ein dickes, ein gigantisches Buch, ein Foliant. Das Wort hat mich an Fossil erinnert. Passt ja auch, schließlich ist das, was die Leute zum zwölften Geburtstag feierlich überreicht bekommen, ein Saurier von einem Notizbuch, mit so unendlich viel Platz, dass am Anfang keiner glaubt, dass er das Teil jemals

füllen könnte. Andererseits: Man hat nur die Seiten, die man hat. Für ein ganzes Leben. Total spooky. Hat mir trotzdem gefallen. Besser jedenfalls als die Sache mit den Särgen, die im Dorf vor jedem Haus stehen. Fand ich zu krass, dass die Leute bei ihrer Geburt den Sarg bekommen, in dem sie irgendwann beerdigt werden, und ihn sich ihr ganzes Leben lang ansehen müssen. Aber was soll's, ist ein Roman. Niemand ist gezwungen, irgendwas zu glauben, niemand muss ihn lesen. Ich wollte, ich könnte dasselbe von meinem Buch sagen.

Habe ich an die Weißen Bücher gedacht, als ich anfing, hier reinzuschreiben? Vielleicht. Am Ende habe ich vielleicht sogar gedacht, wenn das Ding voll ist, ist es bei mir auch vorbei. Nicht, dass ich dann sterbe. Dass ich wiederauferstehe. Dass dann alles wieder ist wie früher. Leere Seiten habe ich kaum noch, nichts ist wie früher, aber tot bin ich auch nicht. Glaube ich jedenfalls.

Finn legt seinen Kopf ständig von einer Seite zur anderen, ich schätze, er wacht gleich auf. Wir haben neun Minuten Verspätung, sagen sie gerade durch, um 11 Uhr 31 kommen wir in Berlin an. Voraussichtlich. Was für ein komisches Wort. Ich könnte mich totlachen. Voraussichtlich.

III

LET IT BE

DIE FÜNF FRAUEN waren kaum älter als Finn und Paul, zwei von ihnen vielleicht sogar jünger. Jede hatte ein Kleinkind dabei, vier schoben es in wackligen Buggys vor sich her, eine, die jüngste vermutlich, trug ihr höchstens Zweijähriges auf dem Arm. Paul ließ sie nicht aus den Augen. Vor dem Ausgang des Hauptbahnhofs schossen die fünf mit den Kindern auf einen älteren Mann im Anzug zu, umringten ihn so dicht, dass er kaum mehr zu sehen war, und bettelten ihn gestenreich an. Was sonst noch geschah, konnte Paul nicht erkennen, aber er konnte sich nicht vorstellen, dass sie erfolglos geblieben waren, als sie ihre Belagerung aufgaben und den Mann ziehen ließen, der eher verängstigt als verärgert schien. Finn blieb stehen. Er hatte die jungen Roma-Frauen auch gesehen und wartete ab, bis sie sich ein neues Ziel ausgesucht hatten, eine Frau um die vierzig, die einen großen Rollkoffer neben sich herschob und erschrocken stehenblieb, als ihr die Frauen mit den großen Ohrringen den Weg abschnitten.

Finn ging schnell los. Paul folgte ihm hinaus, blickte sich um und hatte keine Mühe, sich zu erinnern. Dreimal war er schon in Berlin gewesen, einmal mit seiner Mutter, weil sie ihm, als er zwölf oder dreizehn war, unbedingt die Hauptstadt mit ihren Todesstreifen, Hinterhöfen und Museen zeigen wollte, später noch zwei weitere Male mit Khalil und den anderen Jungs. Da wohnte Gesa schon hier, und Paul hatte sie beide Male kurz getroffen, weil er nicht in Berlin sein konnte, ohne sie zu sehen. Er hatte schon vorher gewusst, dass sie ihn behandeln würde wie den Geheimagenten ihrer Mutter, bestenfalls wie ein naives Kind, das noch nicht weiß, wie man das Böse erkennt.

»Wir nehmen den Bus«, sagte Finn. »Aber ich brauche erst mal eine Kippe.«

Er zog eine zerdrückte Zigarettenpackung aus der Hosentasche, friemelte sich eine Zigarette heraus und zündete sie sich an.

»Rauche ich noch?«, fragte Paul.

»Nein. Wäre nicht gut für dich.«

Paul sah Finn enttäuscht an und bekam einen grimmigen Blick zurück.

»Stört 's dich? Soll ich sie ausmachen?«

Paul hätte gern gewusst, was passieren würde, wenn er ja sagte, aber er schüttelte den Kopf.

»Du musst gleich deine Medikamente nehmen. Aber vorher musst du was essen, oder?«

»Das fragst du mich?«

»Nicht wirklich.«

Finn lächelte endlich, die Zigarette schien ihn zu entspannen. Paul hatte nichts dagegen, dass sie eine Weile schwiegen. Es war warm, die Sonne schien, er war mit Finn in Berlin. Alles andere war nicht wichtig. Es gab nichts anderes. Was konnte schon passieren, wenn sich ein Augenblick an den anderen reihte?

»Was sagst du ihm?«, fragte Finn plötzlich.

»Wem?«

»Wem wohl.«

»Dass er den Scheiß lassen soll.«

»Und wenn er nicht auf dich hört?«

»Dann schlagen wir ihm was vor, was lustiger ist, als Leute abzumurksen. Warte mal ... – Gar nicht so einfach. Fällt dir was ein?«

»Im Ernst jetzt.«

»Keine Ahnung. Vielleicht ist der Brief nur Verarsche. Oder ihr steckt unter einer Decke, und wenn wir bei ihm aufschlagen, ruft ihr beide: Überraschung! Woher zur Hölle soll ich das wissen?«

Vielleicht brauchte er wirklich irgendwelche Medikamente, dachte Paul, irgendwas, was ihn lockerer machte. Der Augenblick begann zu zerreißen, die Phantomzone drohte ihn einzusaugen. Wie in der Schule. Wenn es etwas zu lernen gab, was er nicht lernen konnte. Mathe, Französisch, Chemie. Paul geriet in eine unerträgliche Anspannung, wenn er nicht verstand, was er verstehen sollte, fand sich jedes Mal in einem stockfinsteren Raum wieder, in dem es keinen Ausgang gab und er irgendwann wie gelähmt stehenblieb, überschwemmt von Angst. Die, die gut waren, hielten die Verwirrung aus. Auch sie verstanden am Anfang nicht viel, aber sie wussten, dass sie *noch nicht* verstanden, sie ertrugen die Dunkelheit, weil sie die Gewissheit hatten, dass sie nicht lange anhalten würde. Paul fehlte diese Zuversicht, dunkle Räume betrat er nicht.

»Wann hast du mich heute geweckt?«, sagte Paul. »Wie lange habe ich über den ganzen Scheiß nachdenken können?«

Finn ließ seine Zigarette fallen und trat sie aus. Sein unerträglich mitleidiger Blick galt vermutlich nicht der zerdrückten Zigarette.

»Wir könnten was essen und fahren dann einfach zurück«, sagte er, »fährt jede Stunde ein Zug.«

»Wo ist die Bushaltestelle?«, fragte Paul.

Auf der oberen Etage des Doppeldeckers waren die Panoramaplätze vorne alle besetzt, weiter hinten fanden Finn und Paul zwei freie Plätze nebeneinander, setzten sich und nahmen ihre Rucksäcke auf die Knie. Schweigend blickten sie hinaus. Paul, der am Gang saß, nahm sich vor, die Stadtrundfahrt und das gute Wetter zu genießen, aber es gelang ihm nicht. Das da draußen war Berlin, aber er hätte sich nicht wundern dürfen, wenn es Hongkong oder New York gewesen wäre.

Er wandte seinen Blick in den Innenraum, weil ein Bus überall und immer ein Bus war, und bemerkte die junge schwarze Frau, die keine zwei Meter von ihm entfernt im Gang stand und ihn unverfroren anstarrte. Eine Pennerin, kaum älter als Finn und Paul, falls sie älter war. Sie trug eine eingerissene Latzhose, darunter ein löchriges, völlig verdrecktes Sweatshirt und an den Füßen aufgeplatzte Sneakers, die irgendwann pinkfarben gewesen waren. Ihr Gesicht und ihre Hände waren so schmutzig, als hätte sie sich in Schlamm gewälzt und danach mit Motoröl zu waschen versucht, doch ihre Fingernägel waren kurz und gepflegt, und ihre rotgefärbten Haare sahen aus, als hätten sie ohne professionelles Zutun niemals in diese perfekte Form gelangen können.

»Siehst du das?«, flüsterte Paul. »Wie sie glotzt?«

»Ja«, sagte Finn. Er flüsterte nicht. »Sie glotzt.«

Zwei, drei jähe Schritte, dann war die Frau bei Paul, ließ sich auf den freien Sitz hinter ihm fallen, umfasste seine rechte Schulter und brabbelte los, direkt in sein Ohr, doch so laut, dass nur die Fahrgäste sie nicht hören mussten, die Kopfhörer trugen.

»Sagt er auf einmal, Mohammed hatte Probleme mit Frauen. Einfach so. Mohammed hat keinen hochgekriegt, sagt er. Deswegen hat er den Islam erfunden, sagt er. Da kommt sie her, deine Religion. Ich sag, halt's Maul, Mann, du beleidigst mich. Du beleidigst meine Religion. Das weißt du doch, du weißt, ich bin Muslima. Halt einfach die Fresse, sag ich. Aber er hält seine Fresse nicht.«

Fast alle sahen zu ihr, auch die, die sich mit ihrer eigenen Beschallung von der Umgebung abzuschotten versuchten. Ein junger Mann, der am Geländer des Aufgangs lehnte, filmte ungeniert mit seinem Smartphone. Finn drehte sich aufgeregt nach hinten um, Paul sah die Sorge in seinen Augen. Um ihn zu beruhigen, legte er ihm die Hand auf den Oberschenkel.

»Wo zur Hölle ist dann dein verdammter Schleier, fragt er. Sag schon, warum verhüllst du dich nicht? Du trägst ja nicht mal ein Kopftuch. Beten sehe ich dich auch nie. Muss man das nicht? Fünfmal am Tag? Tust du aber nicht, sagt er. Du säufst, sagt er. Du holst jedem einen runter, der mit einem Fünfeuroschein vor dir rumwedelt. Und du willst Moslem sein?«

Sie gurgelte die Worte heraus. Sie sprach, als fehlten ihr Zähne. Aber sie roch gut, ihre letzte Dusche konnte nicht länger als ein paar Stunden her sein. Pauls Schulter, die sie immer noch fest umklammert hielt und an der sie beim Reden zog und schüttelte, begann allmählich zu schmerzen, aber er unternahm nichts. Finn wurde immer nervöser, hielt es auf seinem Sitz kaum aus.

»Was hätte ich denn tun sollen?«, sagte die Frau in einem Ton, in dem sich Verzweiflung und Wahnsinn die Waage hielten. »Sag mir, was hätte ich tun sollen? Ich hatte doch keine Wahl.«

Sie ließ ihren Kopf auf Pauls Nacken sinken und verharrte eine Ewigkeit lang so. Bis sie den Kopf wieder hob und seine Schulter losließ, spürte Paul ihren Atem. Das kurze Geräusch, das er danach hörte, konnte er erst einordnen, als er neben sich die offene Klinge des Springmessers sah, das sie in der Hand hielt.

»Er hätte doch bloß die Schnauze halten müssen. Hat er aber nicht. Hat er einfach nicht. Ich habe ihn anders nicht still gekriegt.«

Sie klang hoffnungslos, zerfetzt von Schmerz und Schuld. Vielleicht merkte sie nicht einmal, dass sie mit dem Messer herumfuchtelte und Pauls Gesicht und Hals immer wieder beängstigend nahekam. Finn sprang auf, versuchte Paul von der Irren wegzuschieben, schrie sie an.

»Genug jetzt! Weg mit dem Messer. Paul, steh auf.«

Er war der Einzige im Wagen, der etwas tat. Alle anderen rührten sich nicht, sahen nur schweigend zu ihnen, manche erschrocken und entsetzt, nicht wenige neugierig oder amüsiert. Der Typ am Aufgang filmte ungerührt weiter.

»Steh endlich auf, Paul!«

»Schon gut, alles okay«, sagte Paul und hielt Finn mit der Hand auf Abstand, »lass sie einfach. Setz dich.«

Finn blieb stehen. »Lass sie einfach? Schnappst du jetzt auch über?«

Paul antwortete nicht. Er konzentrierte sich wieder auf die junge Frau, deren schmutziges, wunderschönes Gesicht er leider nur kurz gesehen hatte. Sie schwieg, sein Wortwechsel mit Finn schien sie irritiert zu haben. Paul drehte sich auf seinem Platz zu ihr um, sie war wirklich unglaublich hübsch, und nickte ihr freundlich zu. Nachdem sie ein widerspenstiges Lächeln unterdrückt hatte, sprach sie weiter.

»Ich habe nur einmal zugestochen, nur ein einziges Mal! Im Görli, da sind wir morgens immer. Wenn sie ihn nicht gefunden haben, liegt er da immer noch. Selbst wenn er tot ist, ich habe ihn nicht getötet. Er hat mich umgebracht. Verstehst du? Er hat *mich* umgebracht!«

Sie schrie es heraus, Tränen flossen ihr über das Gesicht. Sie lehnte sich zurück, legte die Hand mit dem Messer auf ihren Beinen ab, sank vollkommen in sich zusammen. Jetzt war es so still, dass Paul sie atmen hören konnte, bis aus den Lausprechern die Haltestellendurchsage kam. Als sie wieder hochsah, strahlte die junge Frau.

»Danke«, flüsterte sie, während sie die Klinge zurückschnappen ließ.

»Danke, Leute«, sagte der Kerl, der gefilmt hatte. »Macht euch keine Sorgen, das war nur eine Performance. Und die gute Nachricht ist: Sie kostet euch keinen Cent. Wir sind Schauspielschüler von der Ernst Busch, und das war eine Hausaufgabe. Danke für eure Aufmerksamkeit, ihr wart ein großartiges Publikum!«

Der Bus hielt an. Die vermeintliche Mörderin, die eine Verzweiflung aus sich herausgeholt hatte, die sie hoffentlich nur auf Bühnen brauchte, gab Paul einen schnellen Kuss auf die Wange und stand auf.

»Sorry, dass es dich erwischt hat. Der Sitz hinter dir war frei.«

»Kein Problem«, sagte Paul, »war cool.«

Er bekam noch ein dankbares, verschwenderisch süßes Lächeln, dann ging sie mit ihrem Kameramann hinunter.

»War cool?« Finn atmete durch. »Sag nicht, du hattest keinen Schiss.«

»Doch. Am Anfang. Aber sie roch so gut.«

Finn blickte ihn verdattert an. »Sie roch gut?«

»Pfirsich, glaube ich. Oder Aprikose. Irgendwie nach Sommer.«

Finn sah ihn an, wie er die junge Schauspielerin angesehen hatte, als sie noch die wahnsinnige Mörderin war, schüttelte den Kopf und lachte los. Paul fiel in Finns Lachen ein, die unsichtbaren Mauern seiner Phantomzone waren verschwunden. Ein paar Leute sahen zu ihnen, die anderen saßen wieder in ihren Booten und trieben auf ihren eigenen Meeren.

Ein paar Haltestellen später stiegen sie aus dem Bus und standen auf der Sonnenallee. Finn schaltete sein Smartphone an, um die Karten-App aufzurufen; die Signaltöne, die die angesammelten Nachrichten und Anrufe verkündeten, hörten erst auf, als er den Ton abstellte.

»Deine Eltern?«, fragte Paul.

»Und eine Nummer, die ich nicht kenne.« Finn hielt Paul das Display hin. »Du?«

»Meine Mutter. Ihre Nummer scheint sich nicht geändert zu haben.«

»Sie bestimmt auch nicht«, sagte Finn, während er schon auf seinem Smartphone herumtippte. »Da lang. Und dann gleich links.«

Handygeschäfte, türkische und arabische Lebensmittelläden, ein Sonnenstudio und eine Eckkneipe, die vor dreißig Jahren sicher nicht anders ausgesehen hatte.

»Ich dachte, Neukölln ist das neue Prenzelberg«, sagte Paul.

»Wart 's ab. Die Hipster arbeiten sich bestimmt erst von den kleinen zu den großen Straßen vor.«

Sic bogen ab, und tatsächlich sahen die Fassaden der Altbauten schlagartig heller aus. Kleine Cafés, eine Papeterie mit angeschlossener Druckerei, ein Geschäft mit japanischen Dekoartikeln, ein Comedy-Club. Hier hatte die Zukunft schon begonnen.

»Wenn du Khalil seinen Mordplan schnell ausredest, hat er vielleicht noch Zeit für eine Stadtführung«, sagte Finn.

Mordplan. Finn schien die Geschichte auch nicht ernst nehmen zu können. Sie war nicht zu glauben, so wenig wie alles andere. Pauls Zeitreise. Seine Auslöschung, der er anscheinend nicht entrinnen konnte, sobald sich der Schlaf über ihn gesenkt hatte. Die Hunderte von verlorenen Tagen, an denen er geatmet, gegessen und geschissen hatte, ohne eine Spur zu hinterlassen, die er selbst erkennen konnte. Solche Dinge geschahen nicht, es gab sie nicht. Paul sehnte sich nach einem Fetzen Wirklichkeit.

»Ist Darja nach Afrika gegangen?«, fragte er.

»Sie ist in Tansania«, sagte Finn. »Seit Oktober. In Daressalam.«

»Seid ihr noch zusammen?«

Paul hoffte, dass sein Ton vorsichtig genug war.

»Weiß ich nicht.«

»Weißt du nicht? Wie kann man so was nicht wissen?«

»Darja ist noch mit mir zusammen.«

Paul sah ihn erstaunt an.

»Darja ist mit dir zusammen, aber du bist nicht mit ihr zusammen? Macht das für irgendjemanden Sinn?«

»Sie schreibt Mails, mehrmals die Woche, und ständig schickt sie WhatsApps und tausend Fotos. Ich antworte nie.«

»Warum nicht?«

»Weiß ich nicht.«

Es klang nicht genervt oder abschließend, Finn gab eine sachliche Auskunft. Paul konnte nicht einschätzen, ob er sich wünschte, eine Antwort zu haben.

»Und was machst du so?«

Finn blieb stehen und sah Paul an. »Wie?«

»Studierst du?«

Finn schüttelte den Kopf.

»Ein Job oder ein Praktikum oder so was?«

»Nein.«

»Was machst du den ganzen Tag?«

»Weiß ich nicht.« Finn ging weiter. »Klavier spielen. Gitarre spielen. Was gucken. Laufen. Schlafen. Die Zeit vergeht.«

»Du hängst nur rum? Seit dem Abi?«

Finn nickte.

»Und deine Eltern machen da mit?«

»Ja.«

Eine Silbe nur, aber Paul glaubte, Bitterkeit zu hören, vielleicht Zorn. Finn blieb wieder stehen, sah ihn zögernd an. Es dauerte eine Weile, bis er zu reden begann.

»Hör zu, Paul, ich habe dich nie besucht. Ich meine, vor dem Scheiß mit Khalil. Ein paarmal war ich da, weil mich meine Alten mitgeschleppt haben, Weihnachten und so was, aber allein nur ein einziges Mal und auch nur, weil du den ganzen Tag angerufen und nicht lockergelassen hast. Ich habe mich nicht um dich gekümmert, die ganze Zeit nicht, und ich habe nicht die geringste Ahnung, warum.«

Es hatte rausgemusst, das war Finn anzusehen, erleichtert wirkte er nicht.

»Schon gut«, sagte Paul und hatte nicht den Hauch eines Zweifels, dass er es genauso meinte. »Kein Problem.«

»Kein Problem? Heute vielleicht nicht. Und morgen? Nächste Woche, in zwei Monaten? Wenn du in deinem Buch liest, dass ich dich Tag für Tag alleingelassen habe? Wenn du immer wieder merkst, du hast angerufen und gewhatsappt und gewartet, und ich habe nicht reagiert?«

Gute Fragen, eine besser als die andere. War eine Enttäuschung eine Enttäuschung, wenn man ohne Hilfe nicht einmal wusste, dass es sie je gegeben hatte? Klang vergeben und vergessen andersherum nicht noch besser? Es war keine Überraschung für Paul, dass Finn ihn nie besucht hatte. Es stand in seinem Buch, deswegen hatte er im Zug aufgehört, darin zu lesen. Paul hatte es nicht ertragen, von Eintrag zu Eintrag weniger, hatte nicht immer wieder lesen wollen, dass er letztes Jahr nicht nur sein Leben, sondern auch Finn verloren hatte, sich sogar davon abhalten musste, ihn je wieder anzurufen. Paul hatte sich gewünscht, irgendwo im Buch eine Entwarnung zu finden, eine Erklärung, das Happyend. Da war nichts. Aber hatte ihn Finn nicht aus seinem Verlies geholt, war er nicht mit ihm nach Berlin gefahren? Jetzt war Finn bei ihm, nichts anderes war wichtig. Mehr als dieses Jetzt hatte Paul ohnehin nicht.

Plötzlich zog irgendeine Säure durch seinen Körper und verätzte die Zukunft. Die Tage, an denen er einsam gewesen sein mochte, konnten ihm gleichgültig sein, er hatte sie vergessen. Er konnte sein verdammtes Buch verbrennen und würde sich nie daran erinnern. Sein kaputtes Hirn erwies ihm eine echte Gnade. Leider war es noch intakt genug, jetzt, im selben Jetzt, um sich auszumalen, wie die Tage aussehen konnten, die noch kamen. Finn sah ihn an, als sei ihm Paul noch etwas schuldig, einen Vorwurf, ein Schulterzucken, einen Schlag ins Gesicht, eine Frage. Paul hatte nichts davon, er deutete auf die Schilder der Querstraße vor ihnen.

»Da ist seine Straße, oder? Rechts oder links rein?«

Finn warf einen Blick auf sein Display.

»Links. Nummer 73.«

Schweigend gingen Paul und Finn weiter bis zur 73 und fanden dort ein Klingelschild mit den Namen *Esser/Gonzales/Landmann/Bukhari*. Die Gegensprechanlage blieb stumm, aber die Tür sprang auf. Über den Hof gingen sie ins Hinterhaus und stiegen hoch in den zweiten Stock, wo ein verschlafener, barfüßiger Engel an der offenen Wohnungstür stand. Die junge Frau trug nur ein ausgebeultes weißes T-Shirt, das ihr kaum bis unter die Hüfte ging, das blonde, lockige Haar fiel ihr über Schultern und Augen, sie hatte so viele Sommersprossen, dass ihre helle, nahezu durchscheinende Haut beinahe komplett bedeckt war. Mit Besuch hatte sie ohnehin nicht gerechnet, sagten ihre Augen, aber dieser verblüffte sie wirklich.

»Finn! Paul! Was macht ihr denn hier?«

»Landmann!«, sagte Finn.

Berit konnte nicht wissen, warum ihr Exfreund sie mit Nachnamen ansprach, aber es hinderte sie nicht daran loszulachen.

KHALIL WAR NICHT da, und Finn hatte nichts dagegen. Er hatte genug damit zu tun, dass ›Landmann‹ Berit war, gleich zwei Gespenster aus der Vergangenheit hätte er kaum ertragen können. Finn hatte Berit zum letzten Mal auf dem Abiball gesehen, davor hatten sie in der Schule ab und zu ein paar belanglose Worte gewechselt. Berit schien nicht nachtragend zu sein, sie wirkte, als könne sie sich nicht einmal vorstellen, dass sie mit Finn je etwas anderes verbunden haben könnte als mit Paul.

»Ihr seid einfach so los?«, fragte Berit. »Ohne Khalil Bescheid zu sagen? Sollte eine Überraschung werden, oder wie?«

»Wir haben ihn nicht erreicht«, sagte Finn. »Anscheinend hat er eine neue Nummer.«

»Schon lange. Habt ihr die nicht?«

»Nein.«

Vermutlich würde Berit nicht nur sich selbst, sondern irgendwann auch sie fragen, warum man sechshundert Kilometer fuhr, um spontan jemanden zu besuchen, der einem nicht einmal seine Handynummer gab. Finn und Paul hatten sich keine Geschichte zurechtgelegt, die sie erzählen konnten.

»Du auch nicht?«, fragte sie Paul verwundert. Sie schien zu wissen, wie gut Khalil und Paul befreundet waren.

Paul schüttelte den Kopf. »Wie lange ist er schon in London?«

»Keine Ahnung. So knapp eine Woche, schätze ich.«

Der Brief war in Deutschland verschickt worden. Khalil musste sofort danach abgereist sein.

»Ich weiß nie, ob er hier oder in London ist«, sagte Berit. »Khalil hängt da ständig ab.«

»Ich denke, er studiert«, sagte Finn.

»*Sein Vater* denkt, er studiert. Khalil hat sich nur eingeschrieben, damit ihm nicht der Geldhahn abgedreht wird. Berlin ist weit genug weg, um den Alten vom Hals zu haben.«

»Was macht er in London?«, fragte Paul.

»Er ist bei Bruce. Sein Freund, sein Lover, keine Ahnung, wie sie es nennen. Sie haben sich hier in Berlin kennengelernt, aber Bruce musste zurück nach London.«

Berit grinste. »Du hast nicht gewusst, dass Khalil schwul ist?«

Finn sah zu ihr, merkte erst jetzt, dass er Paul angestarrt hatte. Was auch immer Paul durch den Kopf ging, überrascht war er nicht.

»Doch«, sagte Finn und log nicht. Er hatte es gewusst, es hatte ihm nur nie jemand gesagt.

»Jungs, ich habe noch nichts gegessen, und mein Kühlschrankfach ist ratzeleer. Nebenan ist ein geiles Café. Kommt ihr mit?«

Paul strahlte sie an. »Auf jeden Fall, hab auch tierischen Hunger. Wir laden dich ein.«

»Nichts anderes wollte ich hören«, sagte Berit lächelnd und stand auf. »Ich zieh mich schnell an.«

Sie ging hinaus und ließ Paul und Finn in der Küche allein am roten Resopaltisch, der wie alles, was Finn in der hellen Altbauwohnung bisher gesehen hatte, vom Sperrmüll stammen konnte oder aus einem teuren Laden, in dem es auch Originalschallplatten aus den 60er und 70er Jahren gab.

»Sie ist supernett«, sagte Paul.

»Soll ich euch lieber allein lassen?«

Paul sah ihn verwundert an.

»Ist Berit nett oder sind's ihre Titten? Die hast du jedenfalls die ganze Zeit angestarrt.«

Berits Schlafshirt hatte nicht viel verborgen. Seit über einem Jahr war Paul einem solchen Anblick wahrscheinlich nicht mehr so nahe gewesen. Wenn er es selbst nicht wusste, wusste es sein Körper.

»Bullshit«, sagte Paul, aber er musste lächeln. »Vielleicht ein bisschen. Wenn schon. Jedenfalls hat sie mich nicht angeglotzt wie einen Zombie, obwohl ich definitiv einer bin. Sie hat mich auch nicht mitleidig gefragt, wie es mir geht. Sie *ist* nett.«

Paul hatte recht. Es war nicht Berits Fehler, dass sie nicht Darja gewesen war.

»Ist sie«, sagte Finn. »War sie eigentlich immer.«

»Ihre Titten sind auch nett«, flüsterte Paul grinsend, dann schwiegen sie, bis Berit zurückkam. Vielleicht war auch Paul damit beschäftigt, Khalil zu ignorieren, der unsichtbar mit am Tisch saß.

Berit führte sie eine Straße weiter in ein Café, das hieß wie ein Beatles-Song und nur vegane Speisen anbot. An den Wänden hingen neben Tafeln mit den Tagesgerichten kitschige Ölbilder mit düsteren Waldszenen, alte Landkarten für den Erdkundeunterricht und bunte Lichterketten. Die Tische und Sitzbänke aus hellem Kiefernholz sahen aus, als seien sie selbstgezimmert, die meisten anderen Gäste sprachen Englisch, manche mit starkem Akzent. Anne, die Besitzerin, begrüßte Berit mit einer Umarmung und gönnte Paul und Finn ein zweites, wärmeres Lächeln, nachdem sie ihr als alte Schulfreunde vorgestellt worden waren.

»War das ernst gemeint mit der Einladung?«, fragte Berit, während sie in die Speisekarte sah. »Muss echt nicht sein. Aber nein würde ich auch nicht sagen.«

»Absolut ernst«, sagte Paul.

Paul hatte genug Geld auf seinem Konto, er gab nichts aus. Auch Finn brauchte nicht viel mehr als das, was Tom an ihm verdiente.

»Ich glaube, ich fange mit den Miley Cyrus-Pancakes an, und dann ein Burger, den Chrissie Hynde, der ist echt gut. Würde ich euch auch empfehlen. Beides. Zum Nachtisch vielleicht ein Moby-Crêpe. Apfelmus und Zimt, saugeil.«

Finn musste lächeln. Berit und Darja hatten eine Gemeinsamkeit, die ihm damals nicht weiter aufgefallen war, die maßlose Liebe zum Essen, die bei beiden außer guter Laune keine Spuren hinterließ.

»Was nehmt ihr?«

Finn und Paul brauchten einen Moment, bis sie sich auf der Karte zurechtfanden, und beschlossen schließlich, sich die Pancakes zu teilen, die sich Berit auch bestellt hatte. Finn wollte danach einen Burger, weil er so hieß wie der großartige Zwerg aus *Game of Thrones*, Paul nahm einen Woody Harrelson-Crêpe und ein Kokosnusswasser. Berit ging an die Theke, um die Bestellung aufzugeben.

»Kokosnusswasser?«, sagte Finn.

»Habe ich noch nie getrunken. Stand auf der Karte.«

»Ich weiß. Aber trinkt man das Zeug, oder wäscht man sich damit die Hände?«

Berit kam mit Besteck zurück.

»Danke für die Einladung, echt«, sagte sie. »Bin bisschen klamm im Moment. Khalil hat vergessen, mir Geld dazulassen.«

»Sonst lässt er dir Geld da?«, fragte Finn erstaunt.

»Warum nicht? Schließlich bin ich seine Verlobte.«

Berit ließ ihre Worte wirken. Da Paul sich nicht rührte, tat Finn Berit den Gefallen und fragte nach.

»Du bist Khalils ... Verlobte?«

»Kind of. Seine Leih-Verlobte, würde ich sagen. Im April musste Khalil auf eine Hochzeit nach Amsterdam. Ein Cousin von ihm hat geheiratet. Er hat mich mitgenommen und allen als seine Verlobte vorgestellt. »

Paul hielt sich immer noch zurück, aber er sah Berit aufmerksam an, begierig, die Geschichte weiter zu hören.

»Seine Eltern wissen nicht, dass Khalil schwul ist?«, fragte Finn.

»Und ob. Sie ziehen es nur vor, es zu ignorieren. Sein Vater vor allem. Er möchte einen richtigen Kerl als Sohn, selbst wenn es nur so aussieht. Also spiele ich die charmante Zukünftige. Sehr überzeugend übrigens. Würde ich auch ohne Gage machen, aber Khalil hat genug Kohle.«

In Pauls Gesicht ereignete sich ein kurzes, stummes Beben, doch er schwieg. Finn fragte sich, ob er Hilfe brauchte, und plötzlich fiel ihm ein, dass er ihm jetzt wirklich helfen musste. Hektisch nahm er Pauls Rucksack hoch, holte sein Notizbuch heraus und wühlte weiter darin, bis er die vier verschiedenfarbigen Pillendosen gefunden hatte, die er suchte. Orange, blau, grün, weiß. Er legte sie auf den Tisch.

»Ich glaube, mittags ist es die blaue, aber besser, ich schau mal nach.»

Finn holte den Zettel heraus, der vorne im Notizbuch in einer eingeklebten Hülle lag, und überflog ihn.

»Ja, blau.«

»Wow«, sagte Berit, »du hast ja deine eigene Krankenschwester dabei.«

Sie klang nicht spitz, und sicher war es nur ein flapsiger Spruch, dennoch musste Finn gegen die Kränkung ankämpfen, die er in sich aufsteigen fühlte.

Paul lächelte Berit an. »Sieht so aus. Nicht schlecht, was?«

»Das war *dein* Rucksack, oder? Und *dein* Notizbuch?«

»Und?« Finn hatte seinen Ton nicht mehr vollständig unter Kontrolle.

»Ach, nichts. Wenn ich jemanden gut kenne, kriege ich das auch immer durcheinander. Deins und meins und das alles.«

»Ist schon okay«, sagte Paul und versuchte, Finn aus der Schusslinie zu nehmen. »Wenn ich hier umfalle, muss es amtlich einen geben, der Scheiße gebaut hat, und ich bin's bestimmt nicht. Schätze, mich nimmt keiner mehr ernst.«

»Fällst du denn um?«, fragte Berit.

»Keine Ahnung.« Mit einem entspannten Lächeln sah Paul zu Finn. »Falle ich denn um?«

Finn war froh, dass er nichts sagen musste, Anne kam mit den Pancakes.

»Wow!«, sagte Berit. »Danke, Anne.«

Sofort fing sie an zu essen, Paul griff auch nach seinem Besteck. Finn ließ seines liegen.

»Wie kommt's eigentlich, dass ihr zusammenwohnt?«, fragte Paul.

»Anfang des Jahres hat Khalil gepostet, dass er ein Zimmer in Berlin sucht, und bei uns war Didi gerade am Ausziehen. Hat gut gepasst.«

Paul war überrascht. »Hattet ihr früher viel miteinander zu tun?«

»Nicht so richtig. Aber ich mochte ihn. Fand ich super, dass er seinen Stiefel durchzieht. Khalil war nie ein Kriecher wie die anderen. Anwesende natürlich ausgenommen.«

Berit lachte, obwohl es nichts zu lachen gab. Dass Khalil geübt darin war, seinen Stiefel durchzuziehen, gehörte zu den Gewissheiten, die niemand brauchen konnte, heute weniger denn je.

»Was macht ihr hier eigentlich?«, fragte Berit übergangslos.

»Wie meinst du das?«, sagte Paul. »Khalil besuchen. Was sonst?«

»Und die Reha hat dir Urlaub gegeben?«

Khalil hatte Berit offenbar erzählt, wie Pauls Leben aussah.

»Ich bin da nicht eingesperrt.« Arglos klang auch Pauls Ton nicht mehr. »Ich kann gehen, wann ich will.«

»Na, klar«, sagte Berit, »wäre ja noch schöner.«

Sie nahm noch einen Happen von ihrem Teller, der schon fast leer war, und kaute lustvoll daran herum, bis ihr die Pause lange genug erschien.

»Ihr habt Khalil auf dem Handy nicht erreicht und auch nicht per Mail oder sonst was. Trotzdem steht ihr plötzlich auf der Matte. Finns Handy ist stummgeschaltet, aber ständig glotzt er panisch drauf, als würde von Darth Vader eine Nachricht nach der anderen eintrudeln. Und er hat eine Scheißangst um dich. Als könntest du ihm jeden Moment unter den Händen wegsterben. Aber klar, ihr macht nur einen Trip in die Hauptstadt, um einen alten Kumpel zu besuchen.«

Paul und Finn sahen sich an, schwiegen.

»Kein Ding«, sagte Berit gelassen und schabte die Reste auf ihrem Teller zusammen. »Geht mich nichts an.«

Paul zögerte. So unauffällig er konnte, schüttelte Finn den Kopf, bekam aber nur ein Schulterzucken. Paul griff in den Rucksack, holte sein Buch heraus und schlug es an der Stelle auf, an der Khalils Brief lag. Finns Blicke blieben ohne Wirkung, wortlos gab Paul Berit den Brief.

Verblüfft sah Berit auf den Umschlag. »Landmann? Und unsere Adresse? Was ist das für ein Scheiß?«

»Lies«, sagte Paul.

Während Berit den Brief aus dem Umschlag holte und zu lesen begann, trat Finn Paul unter dem Tisch gegen die Wade. Paul hielt seinen Blick auf Berits Gesicht, ließ sich von Finns Tritt nicht beeindrucken. Am Anfang sah Berit aus, als könnte sie jeden Augenblick loslachen, doch ihre Blicke wurde immer ernster.

»Fucking hell, was für ein Wichser!«

Berit ließ den Brief auf den Tisch fallen, als könnte sie sich daran verbrennen.

»Scheiße, Paul, das tut mir leid. Habt ihr den Mist echt geglaubt? Irgendein Arschloch erlaubt sich einen beschissenen Gag, und ihr kommt gleich hergefahren?«

»Irgendein Arschloch?«, sagte Finn.

»Von Khalil ist der Brief jedenfalls nicht.«

Paul und Finn sahen sie verwirrt an.

»Ich kenne doch Khalils Schrift. Das ist nicht seine, garantiert nicht. So einen Scheiß würde er nie schreiben. Der Bullshit ist nicht von Khalil.«

Paul nahm Finns Blicke nicht wahr. Fassungslos griff er nach dem Brief und starrte darauf wie jemand, der etwas verloren hat, was er unter keinen Umständen verlieren wollte.

Von: *Jan Ewert [mailto: jan.ewert@uni-koeln.de]*
Gesendet: *Dienstag, 04. Juli 2017 14:57*
An: *Finn <finn.ewert@gmail.com>*
Betreff: *Razzia*

Okay, lieber Finn, habe ich verstanden: Du willst weder telefonieren noch auf unsere Nachrichten antworten. Musst Du nicht. Machst Du ja vielleicht noch. Das hier solltest Du dennoch wissen:

Vorhin sitze ich im Arbeitszimmer und bereite mein Mittwochsseminar vor, da klingelt es plötzlich Sturm. Mama ist auf irgendeiner Baustelle, Nele in der Schule, und Du schläfst noch, denke ich und bin sicher, bei dem Höllenlärm kann das nicht lange so bleiben. Keine fünf Sekunden später ist Beate oben, und Martin keucht ihr in gehörigem Abstand hinterher. Beate fragt nach Dir, geht aber, ohne eine Antwort abzuwarten, an mir vorbei in die Wohnung, schnurstracks auf Deine Zimmertür zu. Ich bin viel zu perplex, um sie aufzuhalten, und im Gegensatz zu ihnen baff, als ich sehe, dass Du nicht da bist.

Beate beginnt, auf mich einzureden und hat ein ernstes Problem mit ihrer Lautstärke. Zum Glück übersetzt Martin ihre Suada in halbwegs verständliche Worte: Paul ist verschwunden, und Du bist daran beteiligt. Angeblich hast Du Martin gestern ausgetrickst, um in ihre Wohnung zu kommen und Sachen herauszuschmuggeln, die Paul für seine Flucht gebraucht hat, wobei Beate der Ansicht ist, dass es sich weniger um eine freiwillige Flucht als um eine Entführung handelt. Ausdiskutieren können wir den Punkt nicht mehr, denn Beate ist schon dabei, Dein Zimmer auf den Kopf zu stellen. Sie hört mir nicht zu, also frage ich Martin, ob ich einen Blick auf den Durchsuchungsbeschluss werfen darf, bereue den Spruch aber sofort, als ich ihm in die Augen sehe: Der arme Kerl stirbt vor Scham.

In Deinem Schrank wird Beate fündig. Sie holt eine Sporttasche und einen weißen Karton heraus und stellt beides auf Deinen Schreibtisch, nachdem sie alles, was darauf lag, weggefegt hat. Beate zieht den Reißverschluss der Tasche auf, hebt kurz das Tablet an, das oben liegt, und wühlt weiter, bis sie ein Handy in der Hand hat, mit dem sie herumfuchteln kann. Du weißt, ich habe schon viele Strafprozesse erlebt, aber so spektakulär ist in meinem Beisein noch nie ein Beweisstück präsentiert worden.

»Pauls Handy!«, brüllt Beate. »Kein Wunder, dass er nicht zu erreichen ist.«

Du hast alles genau geplant, behauptet sie, und will wissen – auf der Stelle! –, was Du mit ihrem Sohn vorhast. Es klingt, als erwarte sie jeden Moment eine Lösegeldforderung. Wie sie darauf komme, dass es Deine Idee gewesen sei, frage ich und bekomme im Gegenzug den Beate-Blick, den wir alle nur zu gut kennen. Den lässt sie eine Weile wirken; wenn Du mich fragst, heute einen Tick zu lang, um wirklich effektiv zu sein. Als sie zu sprechen beginnt, spricht sie so leise, auch das kennen wir gut, dass man das Atmen einstellen muss, um sie zu verstehen. Sie sagt:

»Wenn ich an Ostern Bock habe, Weihnachten zu feiern, dann mache ich das einfach. Paul merkt nicht den geringsten Unterschied.«

»Pauls Therapiekiste«, flüstert Martin mir zu, als Beate danach an den weißen Karton geht, den Deckel hebt und eine kleine Stoffgiraffe herausholt. Ich verstehe nicht, was er meint.

»Süß, oder?«, sagt Beate. »Damit spielt mein 19-jähriger Sohn. Das Ding soll ihm helfen, sich an ein Gesicht oder einen Namen zu erinnern, aber das Einzige, was er am Ende weiß, ist, dass er ein abgewetztes, stin-

kendes Stofftier in der Hand hält. Du fragst dich wirklich, wessen Idee das war?«

Beate lässt die Plüschgiraffe zurück in den Karton fallen und legt den Deckel darauf. Ich habe das Gefühl, sie schließt einen Kindersarg. Das Schlimmste haben wir überstanden, hoffe ich, aber der Auftritt ist noch nicht zu Ende:

»Monatelang interessiert sich dein Sohn einen Scheißdreck für Paul, dann besucht er ihn plötzlich? Hat er sich gelangweilt, der Arme? Kein Studium, kein Job, zu wenig Abwechslung? Hat er einen Spielgefährten gebraucht, der sich nicht wehren kann?«

Beate hat sich warmgeredet, und es sieht aus, als hätte sie noch einiges auf dem Herzen. Ich will nicht lachen, außerdem fange ich an, mich zu langweilen, also sage ich zur Abwechslung auch etwas: »Wie hat Finn eigentlich Pauls Sachen so schnell bei Euch gefunden? Muss ihm nicht jemand gesagt haben, wo alles liegt?«

Beate zögert. Martin wirkt sehr erleichtert, als sie schließlich auf eine Erwiderung verzichtet, die Tasche und den Karton nimmt und losgeht. An der Wohnungstür bleibt Beate kurz stehen, schärft mir ein, ihr umgehend Bescheid zu geben, wenn Du Dich bei uns meldest, und rundet den Besuch mit ein paar düsteren Prophezeiungen über Deine Zukunft ab. Martin sieht mich bedauernd an und stellt mir im Hinausgehen noch eine Frage, die ich mit einem wortlosen Schulterzucken beantworte, dann kann ich endlich die Tür schließen und mir meine eigenen Gedanken machen.

Das hier wären meine Gedanken, falls sie Dich interessieren: Paul ist volljährig, Du bist volljährig. Punkt. Rechtlich sehe ich für keinen von Euch irgendeine Notwendigkeit, sich von irgendjemandem für irgendetwas eine Erlaubnis einzuholen. Da die Welt sich nicht nur unter rechtlichen Gesichtspunkten begreifen lässt, wäre da noch die Frage der Verantwortung. Aber die hast Du Dir sicher schon beantwortet, sonst würdest Du nicht tun, was Du tust. Was immer Ihr tut.

Melde Dich einfach, wenn Du was brauchst, und pass auf Dich auf, ja? Auf Euch beide.

Sei gedrückt!

Papa

PS: Weißt Du, was Martin an der Tür gesagt hat? Er wollte wissen, warum ich die ganze Zeit so grinse. Ich hätte es nicht in Worte fassen können, erst recht nicht in Beates Hörweite, aber ich glaube, Du kennst die Antwort.

Finn legte sein Smartphone auf die Ablage über dem Waschbecken, drückte sich zwei Tabletten in die Hand, jede aus einem anderen Alustreifen, schluckte sie mit Wasser aus dem Hahn hinunter, wusch sich das Gesicht und sah ihm im Badezimmerspiegel beim Trocknen zu, bis er bereit war, seinem Vater eine SMS zu schreiben: *Alles gut. Ich bin okay, Paul auch.*

Finn hatte es gut, er konnte tun, was er wollte. Seine Eltern ließen ihn auch dann in Ruhe, wenn sie ihn nicht verstanden, gaben ihm mehr Raum, als ein Verschollener hat, der auf der Suche nach dem rettenden Schluck Wasser in der Wüste umherirrt.

Finn steckte das Smartphone in die Hosentasche, ließ seinen Blick auf dem Spiegel und dachte darüber nach, ob er sich einen Bart stehen lassen würde, wenn er in der Lage dazu wäre. Ein Bart könnte dabei helfen, weniger sichtbar zu sein, nicht weil er etwas verbarg, sondern weil er seinen Träger, mit der passenden Kleidung und den richtigen Accessoires, zur Kopie machte und Fragen nach dem Original überflüssig werden ließ. Ändern würde es am Ende nichts, nicht bei ihm, und hier zu stehen und sich etwas vorzustellen, was er wahrscheinlich niemals sehen würde, änderte auch nichts daran, dass er zurück in Khalils Zimmer musste.

Berit und Paul blickten ihn nur wortlos an, als er zurückkam. Finn hatte gehofft, in seiner Abwesenheit sei irgendetwas verstanden, geklärt oder entschieden worden, aber die beiden sahen nicht aus, als sei ihnen etwas eingefallen, was die Verwirrung abschwächen konnte.

»Was machen wir jetzt?«, fragte Finn.

»Er meldet sich«, sagte Berit.

Als sie aus dem Café zurückgekommen waren, war es Berit unangenehm gewesen, in Khalils Zimmer zu gehen, aber zum Glück hatte Paul darauf bestanden, falls es ein Glück war, nun noch mehr Fragen zu haben als zuvor. Gemütlich hatte es sich Khalil hier in den letzten Monaten nicht gemacht, er besaß kaum Möbel oder andere Einrichtungsstücke. Berit war daher am Anfang nur aufgefallen, dass das Foto nicht mehr über Khalils Schreibtisch hing, ein Gruppenbild der *CCC*-Mitglieder, aufgenommen am Tag von Pauls Unfall, kurz vor dem Angriff der anderen Schulen. Erst danach hatte sie erschrocken bemerkt, dass nicht nur das Foto fehlte. Der Schrank war leer, der Schreibtisch ausgeräumt, bis auf die Möbel hatte Khalil fast alles mitgenommen. Zurückgelassen hatte er nur ein paar Bücher, überwiegend solche, die er fürs Studium angeschafft hatte, seine Bettwäsche, den Elefantenfuß auf dem Fensterbrett, den ihm Berit zum Einzug geschenkt hatte, und einen zugeklebten Umschlag, der auf dem Schreibtisch lag. Berits Name stand darauf.

»Und wenn er sich nicht meldet?«, sagte Finn.

»Er meldet sich«, sagte Berit noch einmal.

Finn war sicher, dass Berit sich selbst zu beruhigen versuchte. Der Umschlag hatte ihr noch mehr zugesetzt als das ausgeräumte Zimmer. Fünf 500-Euroscheine hatten darin gelegen, sonst nichts, keine Nachricht, keine Erklärung, kein Hinweis auf etwas, was irgendeinen Sinn ergab. Berit hatte Khalil schon aus dem Café angerufen, dann noch einmal, als sie zurück waren. Beide Male war sofort die Mailbox angesprungen. Sie hatte ihm auch eine WhatsApp-Nachricht geschickt, ohne eine Antwort zu bekommen, aber lange war es noch nicht her.

»Und dieser Bruce«, sagte Paul, »mehr als seinen Nachnamen hast du wirklich nicht?«

Auf Facebook und Instagram hatten sie schon nachgesehen, es

gab Tausende, die Bruce Callahan hießen, nicht wenige von ihnen wohnten in London, nicht alle hatten ein Profilfoto. Es würde ewig dauern, alle durchzugehen, falls es überhaupt etwas brachte.

»Ich habe ihn vielleicht vier-, fünfmal gesehen. Morgens in der Küche. Wir hatten keinen Grund, Nummern auszutauschen. Er ist Khalils Freund, nicht meiner.«

Berits Verstimmung, die sich wahrscheinlich gleichermaßen aus Verunsicherung und Verärgerung speiste, war ihr langsam anzuhören. Als sie heute aufgestanden war, geweckt von Finn und Paul, hatte sie nicht damit rechnen können, dass ihr Mitbewohner sich heimlich aus dem Staub gemacht hatte, erst recht nicht damit, dass sie vielleicht Tür an Tür mit einem potentiellen Terroristen gelebt hatte.

»Aber der Typ wohnt irgendwo in Hackney, das weißt du. Und er arbeitet in einem Museum in Hampstead?«

Paul ließ nicht locker. Finn schwieg, obwohl er sofort verstand, worauf es hinauslief. London war eine geile Stadt, die coolste, die er kannte. Er war mit seinen Eltern und Baby-Nele dagewesen, während eines Sommerurlaubs auf der Durchreise nach Schottland, und Jahre später auf der Abschlussfahrt des Deutsch-Leistungskurses. Da hatten ihn Beefeater und Madame Tussauds längst nicht mehr interessiert, die Stadt hatte so viel anderes zu bieten. Damals hatte er sich nicht sattsehen können, schon gar nicht mit Lehrern im Nacken, die abends im Hostel ungeduldig auf die Rückkehr ihrer Herde warteten.

»Bruce arbeitet im Freud-Museum«, sagte Berit. »Als Aushilfe bei der Aufsicht. Eigentlich macht er seinen Master. Irgendein Stuss, Anthropologie der Medien oder so was.«

Paul blickte zu Finn. »Dann lässt er sich doch finden.«

»Denk nicht mal dran«, sagte Finn scharf und nahm sich fest vor, sich selbst daran zu halten.

FINN HATTE SCHON Kaffee, Paul wartete noch auf seinen. Er stand am Wohnzimmerfenster und sah hinunter, wo Finn auf der anderen Seite der Nostitzstraße an einem Cafétisch im Freien saß und seinen Blick abwechselnd auf sein Smartphone und den Eingang gegenüber richtete, durch den Paul vor ein paar Minuten ins Haus gegangen war. Hätte er Finn mitnehmen sollen? Gesa und er hätten sich sicher etwas zu erzählen gehabt. Sie arbeitete in einer Firma, die Untertitel herstellte, auch für Netflix- und Amazon-Serien, und Finn hatte gewiss Verbesserungsvorschläge für sie. Falls seine Schwester dort noch arbeitete. Falls Finn immer noch verrückt nach Serien war.

Beim ersten Wiedersehen nach so langer Zeit hatte er Finn nicht dabeihaben wollen. Weihnachten zählte nicht, darüber hatte Paul nur gelesen. Nach seiner eigenen Zeitrechnung war es anderthalb Jahre her, dass er mit Khalil, Tom und Ben ein langes Wochenende in Berlin verbracht und währenddessen kurz auch Gesa gesehen hatte. Eine dreiviertel Stunde hatten sie beieinandergesessen, wenn überhaupt so lange, in einem Angebercafé in Mitte, wo vermutlich auch die unbequemen Sessel laktose- und glutenfrei waren. Ihr anderes Treffen, ein weiteres Jahr zuvor, war ähnlich verlaufen. Da hatten sie sich ein Eis auf die Hand geholt und waren spazieren gegangen, schweigend die meiste Zeit, bis Gesa sich verabschiedet hatte, weil sie dringend an die Uni musste. In ihrer Wohnung, in der sie mit ihrem Freund schon lange wohnte, war Paul bisher nie gewesen. Das war leicht zu verstehen. Was er nicht sah, konnte er seiner Mutter nicht berichten.

»Nur ein bisschen Milch, kein Zucker?« Gesa kam mit einem gefüllten Kaffeebecher herein. Sich selbst hatte sie keinen Kaffee mitgebracht.

»Genau. Danke.«

Gesa gab Paul den Kaffee und blieb stehen, forderte auch ihn nicht auf, sich zu setzen. Paul nahm einen Schluck und stellte den Becher auf dem Schreibtisch ab. Er konnte nicht erkennen, ob an ihm seine Schwester oder ihr Freund arbeiteten.

Paul wusste nicht, wie er anfangen sollte. Musste er das? War das nicht Gesas Aufgabe? Sie sah ihn nur an, vielleicht ein wenig ungeduldig, sicher nicht nervös.

»Geile Wohnung«, sagte Paul. »Und die Lage erst. Wie seid ihr da drangekommen?«

»Glück.«

»Ist das dein Schreibtisch oder der von Mark?«

»Paul, was machst du hier?«

Wie immer kam Gesa ohne Vorgeplänkel aus. Ohne eine Umarmung, ohne jede Vorsicht, ohne Zögern. War sie ihrer Mutter wirklich so ähnlich, oder hatte sie sich bei ihr nur abgeschaut, wie man mit ihm umgehen musste?

»Ich dachte, du freust dich, mich zu sehen.«

»Und ich dachte, du hast eine Hirnverletzung.«

»Davon habe ich auch gehört«, sagte Paul. »Vor ein paar Stunden erst.«

Sich eine Kränkung anmerken zu lassen, war so hilfreich, wie sich mit einer Bleiweste vor dem Ertrinken zu schützen. Das war eine der Spielregeln, die Paul zu Hause gelernt hatte, und er hätte sie nicht einmal vergessen, wenn ihn kein Auto, sondern ein Mähdrescher erwischt hätte.

»Hast du auch gehört, dass man nicht einfach aus dem Krankenhaus abhaut, wenn man so angezählt ist wie du? Schon gar nicht, ohne was zu sagen.«

»Das ist kein Krankenhaus. Man nennt es Reha. Und man ist da freiwillig, wenn man nichts Besseres mit seiner Zeit anfangen kann.«

Paul begann zu argumentieren. Das verstieß nicht gegen die Regeln, war aber meist der falsche Spielzug, wenn man nicht verlieren wollte. Den Blick, den er jetzt bekam, kannte er, vielleicht nicht von Gesa, aber er kannte ihn gut. Sie nahmen Anlauf, wenn sie ihn so ansahen. Paul ließ Gesa keine Gelegenheit zu springen.

»Außerdem bin ich nicht allein hier«, sagte er. »Alles unter Kontrolle.«

»Wer passt auf dich auf? Finn? Spricht er inzwischen in vollständigen Sätzen?«

»Das klappt schon ganz gut«, sagte Paul. »Es holpert nur ein bisschen, wenn er sich die Schnürsenkel bindet, aber da helfe ich ihm dann.«

Gesa hatte Finn nicht mehr gesehen, seit sie ein Jahr vor ihrem Abi von zu Hause ausgezogen war. Sie musste noch den unsicheren, ewig grinsenden Zwölfjährigen vor Augen haben. Unwahrscheinlich, dass ihr Blick auf Paul ein wesentlich anderer war.

»Das ist doch alles Schwachsinn, Paul. Du kannst nicht einfach losziehen. Du brauchst Medikamente, du brauchst deine Ärzte.«

»Medikamente habe ich, und Ärzte hätte ich hier genug. *Falls* ich einen bräuchte.«

»Okay«, sagte Gesa betont leise und verzog ihr Gesicht. Paul sollte sehen, dass sie übermenschliche Kräfte mobilisieren musste, um ruhig zu bleiben. »Dann leg mal los. Was machst du hier?«

»Könnte ich nicht einfach Sehnsucht nach meiner Schwester haben?«

»Könntest du«, sagte Gesa nach einem Moment des Schweigens,

den sie sicher nicht dafür genutzt hatte, um darüber nachzudenken. »Hast du? Bist du deswegen hier?«

Paul konnte sich gut daran erinnern, wie er an ihrer Hand gegangen war. Gesa hatte ihm *Jeremy James* vorgelesen und ihm Spiegeleier auf Toast gemacht. Sie hatte mit ihm *Ferien auf Saltkrokan* geschaut, wenn sie abends allein zu Hause waren, obwohl sie selbst längst zu alt dafür gewesen war, und in der Toskana hatte sie ihn einen ganzen Urlaub lang abgelenkt, als ihre Eltern nicht eine Sekunde aufhören konnten zu streiten. Sie war auf seiner Seite. Dann war sie weg.

»Du musst mir helfen, Gesa. Ich brauche ein bisschen Zeit. Ruf Mama und Papa an und sag ihnen, dass du mich gesehen hast. Dass es mir gutgeht. Sonst kriege ich sie nicht vom Hals.«

»Lustig. So was Ähnliches wollte ich auch gerade sagen. Ich dachte echt, ich hab's hinter mir. Aber heute habe ich schon dreimal mit ihr telefoniert.«

»Sie hat angerufen? Nicht Papa?«

»Nachdem ich ihre Nachricht abgehört hatte, habe ich sogar freiwillig zurückgerufen. Blieb mir ja nichts anderes übrig.«

Breaking News. Seine Mutter und seine Schwester hatten seit Jahren nicht mehr miteinander gesprochen. Nach Gesas überstürztem Auszug, der einen einzigen Anlass, aber eine Million Gründe gehabt hatte, hatte Pauls Mutter seine Schwester noch zwei, drei Jahre verfolgt wie ein Zielfahnder, der einen entflohenen Serienkiller zurück in den Hochsicherheitstrakt bringen muss, irgendwann jedoch aufgegeben. Zu ihrem Vater hatte Gesa den Kontakt nie abgebrochen. Obwohl er es nie erwähnte, wusste Paul, dass sein Vater mehrmals die Woche mit ihr telefonierte. Vermutlich besuchte er sie auch, wenn er auf seinen Geschäftsreisen war, die zahlreich geworden waren, seit er sein Fahrradgeschäft um einen immer erfolgreicheren Onlinehandel erweitert hatte.

Zweimal im Jahr, zum Geburtstag und zu Weihnachten, bekam

Paul ein Päckchen von seiner Schwester, in dem eine Karte und ein Buch lagen, das er nicht verpassen durfte; wenigstens hatte sie nie die Hoffnung aufgegeben, ihn zum Lesen zu bringen. Mehr gab es nicht. Paul war dem feindlichen Lager zugeschlagen worden, ohne je zu erfahren, womit er es verdient hatte. Dass dort auch Kriegsgefangene lebten, schien Gesa nicht zu wissen. Falls sie es wusste, konnte sie keine Rücksicht darauf nehmen.

»Warum zur Hölle ruft sie dich an?«, fragte Paul. »Hat sie sich gedacht, dass ich hier bin?«

»Sie hat *jeden* angerufen. Du kennst sie doch. Würde mich nicht wundern, wenn sie im Internet Suchmeldungen mit deinem Foto gepostet hätte.«

»Hast du ihr gesagt, dass ich in Berlin bin? Ich meine, nachdem ich dich vorhin angerufen habe.«

»Paul, warum bist du hier?«

Gesa hatte nicht gezögert, Pauls Frage mit einer Gegenfrage zu beantworten. Er hatte seine Antwort und sicher nicht mehr viel Zeit.

»Ruf sie an. Bitte. Oder Papa. Sie sollen aufhören, nach mir zu suchen. Sag ihnen, es geht mir gut.«

»Ich weiß nicht, wie es dir geht.« Gesa hielt kurz inne, als wolle sie ihm den unvermeidlichen Rest ersparen. »Es geht dir nicht gut. Es kann dir nicht gutgehen.«

Den Kaffee brauchte Paul sicher nicht auszutrinken, aber irgendetwas musste er wahrscheinlich noch sagen. Gesa war ohnehin nicht fertig.

»Seid ihr bei Khalil?«

Sie sprach den Namen genauso falsch aus wie seine Mutter, aber es änderte nichts daran, dass Paul ihn verstand und seinen Herzschlag im Hals spürte.

»Wie kommst du darauf?«

»Mama sagt, er studiert hier. Und dass ihr befreundet seid.«

»Das hat sie gesagt?«

»Der Typ rückt dir nicht von der Pelle. Ich glaube, sie hat es so ausgedrückt.« Gesas Grinsen hielt sich nicht lange. »Bist du bei ihm?«

»Und wenn?«

»Hat Khalil Ärger?«

Wahrscheinlich konnten sie immer noch nicht Gedanken lesen, weder seine Schwester noch seine Mutter, obwohl es nicht ausgeschlossen war, aber vielleicht war er unvorsichtig gewesen. Hatte seine Mutter Zugang zu seinem Notizbuch? Wo bewahrte er es in der Reha auf? Er wusste nicht einmal, wie es dort aussah, woher sollte er wissen, wo er es liegen hatte? Paul gelang es nicht, nein zu sagen, nicht einmal ein halbes Kopfschütteln bekam er schnell genug hin.

»Jedenfalls haben seine Eltern Ärger«, sagte Gesa.

»Wie meinst du das?«

»Mama und Papa waren erst bei Finns Eltern, und danach sind sie zu den Eltern von diesem Khalil gefahren. Sie dachten, vielleicht weiß er was, und wollten seine Nummer. Da war überall Polizei.«

»Polizei?«

»Ein Haufen Polizeiautos vor dem Haus und lauter Beamte, die rein- und rausgelaufen sind. Eine Hausdurchsuchung oder so was. Mama hat natürlich gefragt, was los ist, vermutlich hat sie mit ihrem Presseausweis rumgewedelt, der vor fünfzig Jahren abgelaufen ist, aber sie haben ihr nichts gesagt.«

Was Gesa erzählte, ergab nur Sinn, wenn schon etwas passiert war, aber er konnte schlecht fragen, ob sie etwas von einer detonierten Bombe gehört hatte oder von einem Auto, das in eine Menschenmenge gerast war. Als Smalltalk ging so was nicht durch.

»Hat Khalil Schwierigkeiten? Bist du deswegen hier?«

Paul konzentrierte sich auf die nächsten beiden wichtigen

Schritte in seinem Leben, den Kopf schütteln, schnell und deutlich genug, und ein paar Worte herausbringen, die verständlich und überzeugend waren.

»Ich muss jetzt gehen, Gesa. Finn wartet.«

»Auf keinen Fall! Ich habe Mark auf der Arbeit angerufen. Er ist gleich da, dann kann ich los. Ich bringe dich nach Hause, Paul. Finn kann mit, wenn er will. Von mir aus kann er auch hierbleiben und den Touri spielen. Berlin ist super bei dem geilen Wetter.«

Zum Kopfschütteln musste Paul sich jetzt nicht mehr zwingen, auch seine Beine setzten sich von allein in Bewegung. Er ging los, Gesa stellte sich ihm in den Weg.

»Paul, bitte.«

Paul ging wortlos an ihr vorbei.

»Du bist noch nicht so weit, verstehst du das nicht? Ich kann dich nicht gehen lassen.«

Vielleicht machte sich Gesa wirklich Sorgen. Dann könnte Paul sie einfach fragen, welches der tausend Bücher im Zimmer er lesen sollte. Ohne lange nachzudenken, würde sie an ein Regal gehen, ein Buch herausziehen, ihm mit glänzenden Augen und strengem Ton erklären, was so herausragend und wichtig daran war, und Paul würde sich auf das seltsam blaue Sofa setzen und lesen, bis er darauf einschlief, ohne sich vor dem Aufwachen zu fürchten. Aber Gesa machte sich keine Sorgen. Sie versuchte, einen rostigen Fleck aus ihrem Leben zu kratzen. Paul ging weiter.

»Du bleibst hier!«

Gesa fasste ihn am Arm, fest und entschlossen genug, um ihn aufhalten zu können. Paul schloss die Augen und konzentrierte sich darauf, ihre Hand zu spüren. Dass er sich nicht erinnern konnte, wann sie ihn das letzte Mal berührt haben mochte, hatte nichts mit dem verdammten Auto zu tun, das ihn erwischt hatte. Irgendwann riss Paul sich los und traf mit dem Handrücken Gesas Gesicht. Unabsichtlich. Wahrscheinlich unabsichtlich, ganz sicher unabsichtlich. Sie schrie auf und taumelte zurück. Er sah, dass sie aus der Nase blutete.

»Oh, Scheiße, nein. Scheiße! Das wollte ich nicht, Gesa, das wollte ich nicht. Tut mir leid. Das wollte ich nicht.«

Paul ging zu Gesa zurück, sah sie hilflos an. Er hatte keine Chance, sie zu umarmen, konnte ihr nicht einmal in die Augen sehen. Sie stand wie erstarrt da, den Kopf gesenkt, beide Hände vor dem Gesicht.

»Gesa …«

Ein Baby begann zu weinen, laut und eindringlich, vermutlich im Hausflur, unterwegs in ein anderes Stockwerk. Gesa richtete sich sofort auf, schob Paul beiseite und ging los. Erst als sie an der Zimmertür war, verstand er.

»Ist das … – Das ist dein Baby?«

Wortlos verließ Gesa den Raum, unmittelbar danach war das Kind still. Gesa hatte es sicher auf dem Arm, vielleicht stillte sie es. Paul ging auf den Flur, sah die offene Tür zum anderen Zimmer. Er konnte hineingehen und seine Nichte oder seinen Neffen kennenlernen, seine Schwester als Mutter sehen und das Kind vielleicht selbst auf den Arm nehmen. Es gab Millionen Fotos, auf denen ihn die sechs Jahre ältere Gesa in den Armen hielt. Paul blieb unschlüssig stehen, dann ging er weiter. Zur Wohnungstür.

»Gehen wir«, sagte Paul, als er atemlos an Finns Tisch kam.

Finn lächelte ihn an.

»Entwarnung. Khalil hat Berit angerufen. Der Brief ist Schwachsinn. Es ist alles okay!«

Paul hatte keine Ahnung, was Finn von ihm erwartete. Er ging weiter, Finn würde ihn schon nicht verlieren. Er drehte sich nicht noch einmal um, er blickte nicht hoch. Paul wollte seine Schwester nicht am Fenster sehen, mit einem Baby auf dem Arm, und er wusste nicht, wie er weiterleben sollte, wenn sie nicht am Fenster stand.

FINN SAH PAULS Gesicht im Spiegel. Die Sonnenbrille, die er anprobierte, hatte verspiegelte runde Gläser, ein silbrig glänzendes Holzgestell und stand ihm unglaublich gut. Wie der Hoodie, den er davor gekauft hatte, wie die Sneaker, die beiden Hosen, die zahllosen T-Shirts und das weiße kragenlose Hemd, das er früher nie getragen hätte.

»Was hältst du davon?«, fragte Paul.

»Steht ein Shooting für ein Albumcover an? Dann ist sie perfekt.«

Pauls Mundwinkel gingen leicht nach oben, vermutlich lächelte er.

»Genau dafür habe ich eine gesucht.«

Paul zog die Sonnenbrille ab und ging mit ihr zur Kasse. Irgendetwas hatte ihn bei seiner Schwester schwer durchgerüttelt, doch Paul hatte kein Wort darüber verloren. Er hatte sich wortlos angehört, was ihm Finn über Khalils Anruf bei Berit erzählte hatte, und war nur damit beschäftigt gewesen, so schnell wie möglich aus Gesas Kiez wegzukommen, um Finn danach in Mitte von einem Laden in den nächsten zu schleppen. Nachdem er sich ein Prepaid-Handy besorgt hatte, das im Laufe des Tages freigeschaltet werden sollte, war er dazu übergegangen, sich um sein Äußeres zu kümmern. Finn konnte nicht einschätzen, ob die abgefahrene Sonnenbrille, die sich Paul nach dem Zahlen gleich aufsetzte, der Abschluss der Tour war oder nur ihr vorläufiger Höhepunkt. Paul nickte ihm zu und ging zum Ausgang, Finn folgte ihm mit den Einkaufstaschen hinaus und hielt sie ihm hin.

»Nimmst du sie mir ab oder reden wir über meinen Stundenlohn?«

»Was schwebt dir vor?«, sagte Paul.

»Kommt drauf an. Buchst du mich nur als Träger, oder willst du das ganze Paket, inklusive Security und Stilberatung?«

»Ich glaube, da bräuchte ich ein schriftliches Angebot.«

Paul griff nach den Taschen. Finn behielt zwei, gab ihm die restlichen.

»Brauchst du noch was? Seidentuch, Herrenduft, Filzpantoffeln?«

»Gibt's Filzpantoffeln von Doc Martens?«

»Ich fürchte nicht. Zurück zu Berit?«

Paul nickte, sie schlenderten los in Richtung Hackescher Markt. Finn genoss die Sonne und den Trubel um sie herum. Er bekam Lust auf ein Eis, eine Partie Minigolf und einen Mittagsschlaf, am liebsten in dieser Reihenfolge. Für einen kurzen Moment dachte er, er könne vergessen, dass nichts echt war. Konnte er nicht. Es war nicht echt, es war alles nur geliehen.

»Was ist eigentlich los mit dir?«, fragte Finn.

»Was soll los sein? Was meinst du?«

»Als du von Gesa zurück bist, dachte ich, du hast Feuer gelegt und musst fliehen. Du brummst durch die Gegend wie ein angeschossener Bär, kriegst dann plötzlich einen Rappel, marschierst in jeden Laden, der dich reinlässt, und haust Geld raus, als gäbe es kein Morgen.«

Paul blieb stehen und wandte sich Finn zu. Seine Augen waren hinter den verspiegelten Gläsern der Sonnenbrille nicht zu erkennen.

»Shit« sagte Finn, erschrocken über seine Gedankenlosigkeit, »sorry.«

»Was denn? Klingt doch, als würde ich mich zum ersten Mal im Leben angemessen verhalten.«

Sie lachten beide und brauchten einen Moment, bis sie weitergehen konnten.

»Warst du so mies drauf wegen deiner Eltern?«, fragte Finn zögernd. »Hat dich Gesa verpfiffen?«

»Belagern sie dein Handy immer noch?«

»Nachdem du Gesa vorhin angerufen hast, hat deine Mutter so was wie eine Standleitung gelegt. Ich habe die Nummer jetzt blockiert.«

»Hättest du gleich machen sollen.«

»Du bist sauer auf deine Schwester.«

»Weiß ich nicht. Nein. Vielleicht hätte ich an ihrer Stelle dasselbe getan.«

»Vielleicht?«

»Sie macht sich Sorgen.«

Finn wusste sehr gut, dass das schlimmer sein konnte als alles andere, doch da war noch irgendetwas anderes. Paul hatte sein Herz eigentlich auf der Zunge. Wenn es jemanden gab, auf den der seltsame Text zutraf, über den sie in der Neunten eine Arbeit geschrieben hatten, dann war es Paul. Er hatte meist erst beim Reden verstanden, was er dachte, wollte oder nicht wollte, mochte, hasste oder vermisste, und nie hatte er Scheu gehabt, Finn und den Rest der Welt an seinen Erkundungen und Irrwegen teilhaben zu lassen. Konnte sich das innerhalb eines Tages verändert haben? Mehr Zeit war für Paul selbst nicht vergangen. Konnte aus einem entspannten, übermütigen Plappermaul von heute auf morgen ein ernster, vorsichtiger Schweiger geworden sein? Oder war bei Pauls Schwester etwas geschehen, was sogar einen wie ihn aus dem Tritt bringen konnte?

Über seine Schwester hatte Paul nur selten gesprochen. Sie war schon lange weg, und nie hatte es ausgesehen, als hätte er ein Problem damit. Finn selbst konnte sich kaum an Gesa erinnern, zumal der Altersunterschied so groß war, dass die beiden Jungs für sie damals kaum etwas anderes als sprechende Möbelstücke waren, die ihr im Weg gestanden hatten. In den letzten Jahren hatte Gesa für Finn gar keine Rolle mehr gespielt. Für Paul musste es anders gewesen sein. Finn merkte, dass er nie darüber nachgedacht hatte.

»Ist das besetzt?«, fragte Paul.

Er ging zum Rand des Bürgersteigs und hob die Hand. Ein Taxi fuhr an ihnen vorbei. Auf der Rückbank saßen zwei Frauen.

»Du willst ein Taxi nehmen?«

»Warum nicht? Sieht man mehr als in der U-Bahn. Außerdem wollte ich schon immer mal ein Taxi auf der Straße anhalten.«

»Kein Morgen?«, sagte Finn lächelnd.

»Und wenn schon. Was fängt man in einem Käfig mit Geld an?«

Paul sah ein weiteres Taxi. Wieder hob er die Hand, auch dieses fuhr an ihnen vorbei.

»Schätze, sie ist schlimmer geworden, oder?«, fragte Paul.

»Wer?«

»Meine Mutter. Seit dem Unfall.«

Da bestand bei Beate kein Zweifel, aber woher sollte Finn das wissen? Vielleicht konnte er Paul von ihren zahllosen Facebook-Posts erzählen, die seine Mutter ihm am Anfang alle gezeigt hatte, akribische Schilderungen von Pauls Zustand und seinen Fortschritten, wütende Anklagen gegen die Abiturienten wegen ihrer lebensgefährlichen Kriegsspiele, endlose Vorwürfe gegen die Schulen, die Stadt und die Polizei, die nicht genug unternommen hatten, um die Katastrophe zu verhindern, ein Haufen Presseartikel über die Nacht von Pauls Unfall und über den weit angemesseneren Umgang mit jugendlichen Ausschweifungen an anderen Orten der Welt. Seit der Geburt ihrer Kinder hatte Beate nur noch gelegentlich als freie Journalistin gearbeitet, bis sie ihren Beruf irgendwann ganz aufgegeben hatte, aber auf Facebook konnte sie sich austoben. Unter ihren tausend Freunden fanden sich anscheinend genug, die auf ihre Posts reagierten und ihr ein ausreichendes Gefühl von Widerhall gaben.

Alles jämmerlich und ein bisschen eklig, aber keine Antwort auf Pauls Frage.

»Keine Ahnung«, sagte Finn. »Ich habe nicht viel mitbekommen.«

»Ach ja«, sagte Paul.

Es klang, als sei ihm nur ein unbedeutendes Detail entfallen. Finn konnte sich nicht erinnern, dass er sich jemals so nach einem Vorwurf gesehnt hatte wie in diesem Augenblick. Paul hob wieder die Hand und hatte diesmal Glück, das Taxi hielt.

Eine knappe halbe Stunde dauerte die Fahrt, beinahe genauso lange schwiegen Finn und Paul, die beide auf der Rückbank saßen und Berlin an sich vorbeiziehen sahen. Die wechselnden Bilder hinter den Seitenscheiben des Taxis, der Soundtrack aus arabischen Stücken, die der Fahrer leise hörte, nachdem er höflich gefragt hatte, ob er das Gerät eingeschaltet lassen dürfe, seine Tabletten und seine Müdigkeit versetzten Finn in eine angenehme Gleichgültigkeit, gegen die er sich nicht mehr wehren musste. Es war alles in Ordnung, Finn konnte sich zurücklehnen und sich in seiner Raumkapsel weiter durch dieses bizarre Universum gleiten lassen.

Khalil war wirklich geflohen, aber nicht, weil er vorhatte, auf der Straße wahllos Passanten niederzustechen oder sich auf einem Open-Air-Konzert in die Luft zu sprengen, sondern weil er sein Leben leben wollte. Er hatte genug vom Versteckspielen, hatte er Berit gesagt, genug von seinen Eltern. Khalil wollte nicht mehr verheimlichen, wer er war, wollte nicht studieren, nur weil sein Vater das wollte. Er würde ab jetzt in London leben, mit Bruce, ihn sogar heiraten, damit er dort nach dem Brexit bleiben konnte. Er würde sich einen Job suchen und vielleicht irgendwann wieder studieren, wenn er selbst so weit war. Er brach mit seiner alten Welt, doch er hatte nicht vor, sie vorher in Brand zu setzen. Es ging nicht um Syrien und tote Kinder und Gerechtigkeit, es ging um London, Freiheit und Schwänze. Und es bedeutete wahrscheinlich, dass Finn

Khalil nie mehr sehen würde. Finns Raumgleiter geriet ins Schlingern.

»Krass, oder? Er will heiraten«, sagte Finn.

Wie in Zeitlupe wandte sich Paul Finn zu, er hatte die Sonnenbrille im Auto nicht abgenommen. »Klingt logisch.«

»Logisch?«

»Die Engländer sind aus der EU ausgetreten, hast du gesagt?«

Anscheinend hatte Paul ihm vorhin doch zugehört. Was nicht hieß, dass er im Schnelldurchlauf den ganzen Wahnsinn des letzten Jahres verstanden haben konnte.

»Noch nicht. Aber sie werden austreten, sie haben darüber abgestimmt.«

Paul nickte. »Und Khalil scheint Angst zu haben, dass er dann nicht mehr bleiben kann. Also heiratet er. Wenn das dort erlaubt ist, ist es doch logisch.«

»Er ist neunzehn.«

»Ja«, sagte Paul und sah wieder aus dem Fenster.

Logisch war das letzte Wort, das Finn eingefallen wäre. Nichts war an der ganzen Geschichte logisch. Weder Pauls Ungerührtheit noch der merkwürdige Zufall, dass er den gefakten Brief genau in dem Moment bekommen hatte, in dem sich Khalil aus dem Staub zu machen begann. Es gab genug Leute, denen Khalil nicht nur sinnbildlich auf die Füße getreten war. Viele von ihnen wussten, wie nahe er Paul stand, und nicht wenigen war zuzutrauen, sich auf so ätzende Weise zu rächen. Aber wer hatte wissen können, dass Khalil dabei war zu verschwinden? Erst dadurch war der Brief glaubwürdig geworden. Falls Paul eine Meinung dazu hatte, würde Finn sie im Taxi nicht mehr zu hören bekommen. Er hielt es nicht einmal für ausgeschlossen, dass er nie wieder etwas von ihm hören würde. Das war nicht Paul, der neben ihm saß. Seit letztem Jahr war mehr als ein Tag vergangen, aber nicht nur Paul wollte daran glauben, dass Zeit keine Rolle spielte.

Vor Berits Haustür parkte ein weißblauer VW-Bus, der mindestens vierzig Jahre alt war, vielleicht sogar älter. Vor der offenen Schiebetür saßen zwei bärtige junge Kerle auf niedrigen Campingstühlen, tranken Bier aus winzigen Flaschen und hörten die Foo Fighters. Sie nickten Finn und Paul freundlich zu, einer schaffte es sogar, die Hand zu heben.

»Warte mal«, sagte Paul, als Finn seinen Finger fast schon auf der Klingel hatte. »Ich weiß nicht, ob wir das oben besprechen sollten.«

Finn hielt inne, sah ihn an. »Was?«

»Es gab eine Hausdurchsuchung. Heute. Bei Khalils Eltern.«

»Was denn für eine Hausdurchsuchung?«

»Weiß ich nicht. Meine Alten waren dort, weil sie nach Khalil fragen wollten. Da haben sie die ganzen Bullen gesehen, aber die haben ihnen nicht gesagt, was los ist.«

»Woher weißt du das?«

»Von Gesa.«

Finn hörte, was Paul sagte, aber, wie passte das alles zu Sneakers, Hoodies und Sonnenbrillen? Finns Raumkapsel raste ungebremst auf den Boden zu.

»Warum sagst du das jetzt erst?«

»Khalil hat doch angerufen. Du hast selbst gesagt, bei ihm ist alles okay. Sein Alter hatte früher ständig Ärger mit dem Finanzamt, so was wird's sein.«

Paul log, und wie immer log er mitleiderregend schlecht, daran hatte sich nichts geändert. Er war nicht so naiv, wie er vorgab. Vermutlich wusste er wirklich nicht, was diese Hausdurchsuchung zu bedeuten hatte, aber er hatte auch keine Lust, es herauszufinden.

»Was machen wir jetzt?«, fragte Paul mürrisch. Vielleicht hielt er Finns skeptischen Blick nicht mehr aus.

Die Bärtigen sahen von ihren Sesseln aufmerksam zu ihnen hinüber, wollten die Antwort auf keinen Fall verpassen. Finn überlegte, ob er sie um ein Bier bitten sollte. Er drückte auf den Klingelknopf.

PAUL HATTE GESA an Weihnachten gesehen, das wusste er, das hatte er schwarz auf weiß, aber da stand nichts von einem Baby oder ihrer Schwangerschaft. Weihnachten war erst sechs Monate her. Wenn Gesa ein Kind hatte, hatte sie es damals schon, oder sie musste schwanger gewesen sein. Auf der Zugfahrt hatte er kein Wort darüber in seinem Buch gelesen. Als sie zu Berit zurückgekommen waren, hatte er in seiner Kladde die Einträge seit Ende des letzten Jahres überflogen, aber keine einzige Passage gefunden, in der es um Gesa ging, schon gar nicht um ein Kind. Auch über seinen Vater hatte er kaum etwas gelesen. Nur seine Mutter hatte ihren Weg in das Buch gefunden, wie sie ihn immer auch in seinen Kopf fand.

»Paul? Hörst du überhaupt zu?«

Immerhin hatte Paul Finn die ganze Zeit angesehen, anscheinend reichte das nicht.

»Was mache ich denn sonst?«

Vielleicht waren Pauls Eltern gar kein Paar mehr. Warum sollte sich nicht irgendetwas verbessert haben in dem Jahr, das Paul in einer Nacht durchrast hatte? Sie waren zwar heute zusammen bei Finns Vater gewesen und später bei Khalils Eltern, aber das musste nichts bedeuten; schließlich gab es einen Notfall, der sie beide betraf.

»Keine Ahnung«, sagte Finn. »Sieht aus, als wärst du woanders.«

Finn ging einen Schritt auf Berit zu, die mit angezogenen Knien auf Khalils Bett saß. Sie wich seinem Blick aus und sah zu Paul, der sich auf dem Schreibtischstuhl kaum merklich hin- und herdrehte und dabei eine Hand auf seiner zugeschlagenen Kladde ließ, als sei sie eine Bibel, auf die er schwören wollte. So abwegig war das nicht. Mit beiden Büchern konnte man nur etwas anfangen, wenn man verzweifelt genug war, um an sie zu glauben.

»Ist schon krass alles«, sagte Berit, »wer soll da durchblicken?«

Berit versuchte Paul zu verteidigen. In ihrem Blick lag inzwischen etwas unerträglich Nachsichtiges, das sie am Anfang nicht für nötig gehalten hatte. Irgendwann stellte sich dieser Blick wahrscheinlich bei jedem ein, der Paul länger ausgesetzt war.

»Ich weiß nicht, was du hören willst«, sagte Paul zu Finn, klang aber nicht annähernd so scharf, wie er klingen wollte.

»Ich wüsste zum Beispiel gern, was wir jetzt machen.«

»Was sollen wir denn machen? Gar nichts!« Paul wandte sich Berit zu. »Khalil geht's gut. Der Scheißbrief ist nicht von ihm. Wir wissen, warum er sich aus dem Staub gemacht hat, und sonst alles. Was er vorhat. Warum er dir Geld dagelassen hat. Ist doch alles okay.«

Berit sah zum Umschlag mit den 2500 Euro, der noch auf Khalils Schreibtisch lag. Ihrem Blick nach zu urteilen, war es kein Vergnügen, dass ihr Name darauf stand.

»Ich weiß nicht, ob alles okay ist«, sagte sie.

»Du hast doch mit ihm gesprochen.«

»Genau.«

»Genau was?«

Paul hatte genug. Es war nicht das erste Spektakel, das Khalil veranstaltete. Falls Paul je einen Grund gehabt hatte, auf seinen Partys mitzutanzen, hatte er heute eine Million Gründe, es nicht zu tun.

»Zuerst war ich beruhigt«, sagte Berit. »Logisch. Khalil hat über den Brief nur gelacht, hat mir alles erklärt. Klang absolut einleuchtend.«

»Und?« Paul gab sich keine Mühe, seine Ungeduld zu verbergen. Finn ließ ihn nicht aus den Augen, aber er hielt sich zurück.

»Nur so ein Gefühl«, sagte sie. »Er ist schon wieder nicht erreichbar, er ruft euch nicht an. Ich habe ihm doch gesagt, dass ihr euch Sorgen macht und sofort hergefahren seid. Du kommst wegen ihm her, Paul, in deinem Zustand, und Khalil meldet sich nicht?«

In deinem Zustand. Berit hatte nicht gezögert, es auszusprechen.

»Leute sind manchmal beschäftigt«, sagte Paul, »vielleicht vögelt ihm sein Bruce gerade den Arsch wund.«

Pauls Worte liefen ins Leere. Berit ließ nicht einmal erkennen, ob sie die Unterbrechung bemerkt hatte.

»Ich verstehe einfach nicht, warum er mir nichts gesagt hat, bevor er weg ist. Ich habe seine Verlobte gespielt, warum soll er mir so was verheimlichen? Und die ganze Kohle? Khalil sagt, für die Miete, bis wir jemand neuen haben. So viel? Er weiß genau, dass es keine zwei Wochen dauert, bis das Zimmer weg ist.«

»Glaubst du, er lügt?« Finn klinkte sich wieder ein.

»Keine Ahnung. Nein. Ich wüsste nicht, warum. Aber komisch ist es schon. Der Brief an dich, der plötzlich kommt ...«

»Nicht von Khalil«, unterbrach Paul, »hast du das nicht selbst gesagt?«

Berit nickte, vermutlich aus Freundlichkeit. Überzeugt schien sie nicht mehr zu sein.

»Und diese Hausdurchsuchung bei seinen Eltern, wieso jetzt?«

»Weil sein Vater Syrer ist, geht's gleich um Terror?«

Paul bekam endlich den gereizten Blick, auf den er aus war. Berit ließ ihn schnell hinter einem verrutschten Lächeln verschwinden.

»Ist mir eigentlich auch egal. Khalil kann machen, was er will.« Berit stand auf. »Ich muss zur Arbeit. Kommt ihr nach? Die Musik ist gar nicht schlecht, und es gibt ein super IPA. Ihr könnt hier natürlich heute Nacht pennen.«

Finn öffnete die Tür für Berit. Im Türrahmen blieb sie stehen und drehte sich zu ihnen um.

»Am besten, ihr vergesst den ganzen Scheiß. Wenn ihr euch wirklich Sorgen macht, können sich da andere darum kümmern.«

Berit ging und ließ die Tür offen. Finn schloss sie und sah Paul aufreibend lange an, bevor er zu sprechen begann.

»Du weißt, was sie meint?«

»Die Bullen.«

Paul zuckte gleichgültig mit den Schultern. Die Reaktion, die Finn bekam, war sicher nicht die, die er erwartet hatte.

»Ist dir egal?«, sagte Finn aufgebracht. »Als ich vorgestern gesagt habe, du sollst zur Polizei, bist du ausgerastet. Du hast mich zu seinen Eltern geschickt, und es war deine beschissene Idee, nach Berlin zu fahren.«

»Hast du mir erzählt, stimmt. Muss ich glauben. Ich muss alles glauben, was ich erzählt bekomme, oder? Jedem.«

Finns Ärger brach in sich zusammen, sofort glommen in seinen Augen Vorsicht und Schuldbewusstsein auf. Pauls *Zustand* hatte eindeutig Vorteile, aber eine Methode konnte er daraus wohl nicht entwickeln. Dafür musste man sich an solche Momente erinnern können.

»Was schlägst du vor?«, fragte Paul, nachdem er Finn zappeln gelassen hatte.

»Um halb elf geht ein Flug nach London-Stansted. Ryan Air. Sind noch Plätze frei.«

»Seit wann bist du so scharf darauf, Khalil zu sehen?«

»Seit wann geht er dir am Arsch vorbei? Ich dachte, er ist dein Freund.«

Tat ein Freund das, was Khalil getan hatte? Paul schwieg, sah Finn so gleichgültig an wie möglich.

»Wenn wir das der Polizei überlassen, und es ist nichts dran, kriegt er trotzdem Riesenstress«, sagte Finn. »Wie in Amerika.«

Paul hätte nachfragen müssen, aber er ließ es. Er hatte gelesen, dass Khalil in Boston Ärger gehabt hatte, und Finn hatte ihm heute Morgen irgendwas darüber erzählt, doch er brachte es nicht mehr zusammen. Es war nicht wichtig.

Finn ließ nicht locker. »Wenn du Khalil Bukhari heißt, kriegst du heute auf jeden Fall Stress. Willst du das?«

»Sind meine Eltern noch zusammen?«, fragte Paul.

»Was?« Finn sah ihn verwirrt an.

»Meine Eltern. Sind sie getrennt oder zusammen?«

»Warum sollen die sich getrennt haben? Wie kommst du jetzt darauf?«

»Halb elf?«, sagte Paul. »Von Schönefeld oder Tegel?«

IV

THAT PROFOUND SECRET AND MYSTERY TO EVERY OTHER

SEIN NACKEN SCHMERZTE, sein rechter Arm fühlte sich taub an, er schlug die Augen auf. Er hatte auf einem Sessel geschlafen. Auf welchem? Er hatte keinen Sessel in seinem Zimmer. Das war nicht sein Zimmer, und er war nicht wach, er hatte einen Traum. Die Schmerzen fühlten sich echt an, genauso wie das unangenehme Kribbeln im Arm, aber es war Schwachsinn. Er saß in einem unglaublich engen Krankenhauszimmer. Ohne Fenster, die Wände bis zur Hälfte gekachelt, über den Kacheln Anschlüsse und Leitungen, und da stand ein Klinikbett. Er träumte von Finn. Das war Finn, der in dem Metallbett lag und schlief, eine Leitung im Arm, die zu einer Infusionsflasche führte. Warum träumte er von Finn? Gut, dass er von Finn träumte. Er hätte auch von Khalil träumen können und der verdammten Scheiße, die er abgezogen hatte. Er träumte von Finn und dachte an Khalil. Was träumte er eigentlich? Warum war Finn im Krankenhaus? Warum wusste er nichts? Wusste man nicht alles, wenn man träumte? Musste er irgendwas tun?

Er bewegte sich, alles tat weh, er richtete sich auf. Das war alles. Mehr geschah nicht. Es fühlte sich echt an, alles, absolut echt, aber nichts war echt. Konnte es nicht sein. Er schloss die Augen, alles weg. Er öffnete sie, Finn war wieder da, im Dämmerlicht, alles war da, war genau wie zuvor. Er war wach. Er war nicht wach. Er schloss wieder die Augen. Man konnte etwas anderes träumen, wenn man wegwollte, man konnte wechseln, das geschah häufig. Wahrscheinlich war er am Aufwachen, dann änderten sich die Träume ständig, manchmal erinnerte er sich danach an mehrere. Augen auf. Nichts hatte sich geändert. Er hatte keinen Grund, Angst zu haben, das war klar, das musste er sich nicht sagen. Er schwitzte. Man konnte im Schlaf spüren, dass man schwitzte. Wenn er gleich aufwachte, würde sein Kopfkissen nass sein. Warum sollte er Angst haben? Wovor? Er hatte keine Angst. Er machte sich nur Sorgen. Wusste nicht, worüber. Seine Beklemmung konnte keinen Grund haben. Er hatte keine Angst.

Er war völlig blau gewesen. Vielleicht hatte Finn einen Unfall, und er war mitten in der Nacht benachrichtigt worden und hergekommen und irgendwann eingeschlafen. Er hatte einen Filmriss. Logisch. Aber wo waren Finns Eltern? Warum war hier alles so klein? Warum waren die Schilder an der Tür und der Wand auf Englisch? Warum hörte es nicht endlich auf? Manchmal konnte man sich wünschen, woanders zu sein, dann war man plötzlich woanders. Im Traum. Er war nicht wach. Er konnte aufstehen. Er setzte sich wieder.

»Finn«, sagte Paul. Er sagte es noch einmal und wieder und wieder, schließlich sehr laut: »Finn!«

Finn schlug die Augen auf, sah Paul, setzte sich sofort auf.

»Bleib cool, okay? Alles in Ordnung. Ich erkläre dir alles.«

Endlich ging es los, Paul spürte das Lächeln in seinem Gesicht. Dieser Finn mit dem karierten Klinikhemd und der Infusion im Arm versuchte ihn zu beruhigen. Es war witzig. Auf der Brust spürte er einen unerträglichen Druck.

»Wir sind in London, jedenfalls in der Nähe. Am Flughafen. In einer Art Krankenstation oder so was. Wir sind gestern Nacht angekommen. An der Passkontrolle ist mir schlecht geworden, und ich bin kurz umgekippt. Die haben mich hergebracht und wollen mich nicht gehen lassen, bis sie irgendwelche Testergebnisse haben.«

Paul konnte sich entspannen. Er amüsierte sich, war neugierig darauf, wie es weiterging. Gleichzeitig hatte er das Gefühl, von einem Schraubstock eingequetscht zu werden, während sich ein Feuer durch seinen Körper fraß. Kurz blitzte ein Bild in ihm auf. Finn lag auf dem Boden, eine Frau beugte sich über ihn, neben den beiden ein Mann in Unform, der in sein Funkgerät sprach. Paul hatte Angst gehabt. Todesangst. Entsetzliche Panik, plötzlich allein auf der Welt zu sein. Verlorenzugehen für immer. Er hatte Angst gehabt? Hatte er nicht. Dieses unerträgliche Gefühl, das war keine Erinnerung, es war nur ein Traumfetzen, der sich an einen anderen Traumfetzen anheftete. Der Würgereiz wurde immer stärker. Paul gelang es, ihn niederzukämpfen.

»Hör zu ...«, setzte Finn vorsichtig an, kam aber sofort ins Stocken.

Finn schien nachzudenken, setzte seine Füße auf den Boden und merkte, dass die Infusionsleitung spannte. Sie war so kurz, dass er nicht auf dieser Seite des Betts aufstehen konnte. Er blieb sitzen.

»Paul, du hattest einen Unfall.«

Finn lag im Krankenhaus, aber es sollte Paul sein, der einen Unfall gehabt hatte? Hirnrissig. Gut. In Träumen gab es keine Logik.

»Das war vor einem Jahr«, sagte Finn, »vor *über* einem Jahr. Kurz vor dem Abi. Ich weiß, wie bescheuert das klingt. Du kannst es nicht verstehen. Weil du ... – Du kannst dich nicht erinnern.«

Er hielt wieder inne, wartete ab, wollte anscheinend sehen, wie Paul reagierte. Paul schwieg. Es war witzig, unglaublich witzig. Aber er wollte nicht lachen. Finn gab sich so viel Mühe, da konnte er nicht einfach loslachen.

»Wenn du aufwachst, dann kriegst du gesagt, was mit dir los ist. Jeden Morgen. Und danach ... – Ich meine, du kannst dich an alles erinnern, was während des Tages passiert. Aber wenn du wieder schläfst, dann ist alles weg. Alles. Dann ist es ... – wie jetzt.«

Langsam verstand Paul, was ihn erheiterte: Finns idiotisches Gesicht. So besorgt, so ernst, so bedeutungsvoll. Es war brüllend komisch. Und laut war es. Das Johlen, das Schreien, das Klatschen.

Paul lief und lief, irgendetwas in den Händen, das er sich fest an die Brust drückte. Jetzt lachte er doch. Stand auf. Lachte. Für Finn tat es ihm leid, aber er konnte nicht mehr. Er musste lachen.

»Setz dich, Paul. Bitte. Ich weiß, das haut dich um. Aber du kriegst das auf die Kette. Du machst das großartig. Jeden Tag. Ich werde dir alles erklären, nach und nach. Ich bin bei dir.«

Die Tür ging auf, eine Frau kam herein. Kurzer hellroter Kittel über der weißen Jeans, Stethoskop um die Schultern, vollkommen blass.

»Oh, you're awake«, sagte sie zu Finn. »Good morning!«

Ihr Gruß sollte Paul beiläufig einschließen, aber sie ließ ihren Blick auf ihm, irgendetwas beunruhigte sie. Anscheinend konnte ihn niemand ansehen, ohne sich Sorgen zu machen.

»Hi«, sagte sie zu Paul, »is there something I can do for you?«

»He's fine. Just a bit tired«, sagte Finn und sprach schnell auf Deutsch weiter. »Ich habe denen nichts von deinem Problem gesagt. Ich will nicht, dass sie uns hierbehalten.«

Die Frau scannte Paul mit ihren Blicken ab, gründlicher diesmal, dann deutete sie ein Nicken an und wandte sich wieder Finn zu.

»Good news. Your blood test results are really good. Actually you don't need to worry about anything.«

»Great«, sagte Finn, ließ Paul dabei nicht aus den Augen. »Thank you.«

Eine gute Nachricht, die Finn da bekommen hatte, ein gutes Stichwort. Paul ging los. Er musste hier raus. Die Szene wechseln, eine neue Geschichte finden, Luft bekommen.

»Paul«, sagte Finn panisch, »wo willst du hin?«

Paul ging schneller. Die Frau würde ihn nicht aufhalten. Konnte sie nicht, schließlich wollte er nicht, dass sie ihn aufhielt. Wenn er sie dafür ausgesucht hatte, ihn aufzuhalten, würde er plötzlich draußen sein. Oder durch sie durchgehen. Vielleicht aufwachen. Er würde hier rauskommen. Jetzt.

»Paul, bleib hier! Bitte.«

Paul blickte noch einmal zu ihm, nachdem er die Tür geöffnet hatte, und sah, wie Finn aufstand und sich mit schmerzverzerrtem Gesicht den Zugang aus der Armbeuge riss. Paul beeilte sich, verließ das Zimmer.

Ein schmaler Flur, von dem mehrere Zimmer abgingen, ein paar Leute mit und ohne Krankenhausbekleidung, ein Empfangstresen, davor ein paar tiefe Sessel, auf denen ein alter Mann und eine junge Frau saßen, eine Glastür. Paul stieß sie auf, nahm die Treppen, nicht den Aufzug, wusste nicht, warum er rannte. Unten musste er durch zwei weitere Türen durch, automatische Schiebetüren, viel zu langsam, dann war er in einer großen Halle. Schalter, Geschäfte, Menschen. Lärm. Eine Flughafenhalle. London, hatte Finn gesagt.

»Paul!«

Paul drehte sich um. Finn war gerade durch die Tür gekommen und lief auf ihn zu, barfuß und mit wehendem Klinikhemd, das hinten offen war und beim Laufen viel preisgab. Paul sah, dass er immerhin eine Unterhose anhatte, und den Ausgang sah er auch. Er lief weiter. Auf den Ausgang zu.

»Paul, warte!«

Ein Ausgang war nur ein Ausgang, wenn draußen etwas anderes war als drinnen. Durch die Glasfront konnte Paul die Straße sehen, die Autos, die Busse, die Menschen. Das war kein Ausgang. Draußen war nichts anders als drinnen. Für Paul gab es keinen Ausgang. Er blieb stehen, Finn kam atemlos bei ihm an.

»Verdammte Scheiße, Paul! Warum haust du ab?«

Zwei Polizisten mit Schutzwesten und Maschinenpistolen vor der Brust wurden auf sie aufmerksam, starrten zu ihnen wie auch alle anderen in der Nähe. Sie gingen los. Auf der anderen Seite der Halle sah Paul die Frau, die im Krankenzimmer mit Finn gesprochen hatte. Kopfschüttelnd kam sie auf sie zu, neben ihr ein dicker Mann in blauer Krankenhauskleidung, der kaum mit ihr Schritt halten konnte.

»Wir schaffen das«, sagte Finn. »*Du* schaffst das. Vertrau mir bitte.«

Paul schwieg. Die Frau und ihr Kollege waren schon fast bei ihnen. Die Polizisten bemerkten die beiden und blieben stehen, sicher erleichtert darüber, sich nicht selbst um das Problem kümmern zu müssen.

»Paul, hey. Paul! Sieh mich an bitte. Vertraust du mir?«

Das war die falsche Frage. Seit Paul ihn kannte, hatte er nie jemandem mehr vertraut als Finn, nicht einmal Gesa. Es war Finn, der Paul nicht über den Weg traute, schon lange nicht mehr, der ihn nicht ernst nahm und seine Enttäuschung nie verbergen konnte, wenn er ihn ansah.

»Paul?«

Die Frau im hellroten Kittel erreichte sie. Ihr Kollege blieb ein paar Schritt zurück, hielt sich bereit.

»Just a bit tired«, sagte sie mit einem ironischen Lächeln. »Right?«

PAUL LAS IN seinem Buch, Finn saß neben ihm am Fenster, sah hinaus und versuchte den Mund zu halten. Wie viel konnte Paul in fünfzig Minuten aufnehmen, was verstehen? Mit dem Stansted Express fuhren sie zur Liverpool Street Station.

Nachdem er die besorgten oder vorwurfsvollen, allesamt berechtigten Fragen zu Pauls merkwürdigem Verhalten ausgehalten hatte und schließlich aus der Klinik entlassen worden war, hatten sie in einem Starbucks am Flughafen gefrühstückt, wo Paul widerwillig seine Morgentabletten genommen und ihm fast anderthalb Stunden zugehört hatte, schweigend die meiste Zeit. Finn konnte nicht einschätzen, was er verstanden hatte, noch weniger, wie es ihm ging.

Vom Baby seiner Schwester hatte Finn ihm nichts gesagt. Musste er es? Hatte Paul es notiert? Oder absichtlich nicht? Finn hatte ihn gestern nicht mehr schreiben gesehen, auch nicht im Flugzeug. Zum ersten Mal dachte er, dass Paul seiner Lage nicht nur ausgeliefert war. Seine Abhängigkeit von seinem Buch verlieh ihm eine Superkraft, um die ihn andere beneiden konnten. Paul konnte vergessen, wirklich vergessen, woran er sich nicht erinnern wollte. Was nicht verlorengehen sollte, musste er aufschreiben, aber vielleicht war ebenso wichtig, dass er entscheiden konnte, was er behalten wollte und was nicht. Finn konnte das nicht.

Finn hatte noch genug Tabletten; ein, zwei hätte er jetzt vertragen können. Aber es war keine gute Idee. Tom hatte ihn gewarnt. Sein Zusammenbruch gestern, was immer das war, hatte wahrscheinlich mit dem Zeug zu tun.

Womit sonst?

ES KANN NUR an Benedict Cumberbatch liegen. Die Frau mit den blaugrauen Haaren, die neben Paul am Fenster sitzt und sich auf ihrem kleinen Handybildschirm völlig gebannt *Sherlock* anschaut – Staffel 4, Episode 2, falls Finn richtig gesehen hat –, geht sicher schon auf die siebzig zu. Eigentlich kann das nicht ihr Programm sein, bei ihr hätte er eher auf *Call the Midwife* oder *Downton Abbey* getippt, andererseits kennt Finn überhaupt keine älteren Damen, die sich Serienfolgen auf ihr Smartphone herunterladen, um sie sich unterwegs anzusehen. Paul, der neben ihr auf dem mittleren Platz sitzt, hat schon lange nichts mehr gesagt. Finn blickt immer wieder zu ihm, hat Angst, dass er einschlafen könnte, was im Flugzeug eine Katastrophe wäre. Finn will aufstehen, muss weg, nur kurz, aber das Risiko kann er nicht eingehen. Die Flugzeit nach London beträgt nicht einmal zwei Stunden, das hält er aus. Wahrscheinlich hält er es aus. Aber die Kraft geht, die Angst kommt, und die Scham kriecht neben ihr her.

Finn wollte nach London. Auf diese Reise, zu Khalil, ins Ungewisse. Er hat sich nicht gefragt, warum. Er hat gedacht, das schafft er. Locker. Nein, er hat gar nicht darüber nachgedacht. Jetzt lässt die Zuversicht nach, der Akku ist leer, jetzt sitzt Paul neben ihm und schweigt. Paul, der jederzeit einschlafen könnte. Oder toben. Oder zusammenbrechen. Einfach umfallen, weil sie vielleicht nicht gut genug aufgepasst haben und er doch nicht alle Medikamente genommen hat oder die falschen oder weil das alles einfach zu viel für ihn ist. Ausgebrochene Zootiere muss man nicht nur deswegen einfangen, weil sie gefährlich werden könnten, die meisten überleben draußen ohne Hilfe nicht. Finn ist da, um Paul zu helfen, das haben sie so ausgemacht, aber kann ein Zootier dem anderen helfen? Finn muss dafür sorgen, dass er es kann, er muss jetzt aufstehen. Das wird schon gehen, er wird nicht lange weg sein, es kann nichts passieren.

»Ich gehe kurz auf die Toilette«, sagt er.

Paul nickt.

»Bin gleich wieder da. Schlaf bitte nicht ein.«

Der missmutige Blick war zu erwarten. Das ist okay, es ist ein gutes Zeichen. Finn lächelt Paul entschuldigend an, steht auf und entscheidet sich, die hinteren Toiletten zu benutzen. Sie sind beide frei, er geht in die linke und schließt ab. Pinkeln müsste er auch, aber das hält er nun wirklich aus bis London, er darf keine Zeit verlieren. Er drückt sich zwei Tabletten auf die Hand, nimmt sie in den Mund und pumpt mit dem Fuß Wasser aus der Leitung. Kein Trinkwasser, weiß er, steht ja da, aber das macht nichts, er wird nicht daran sterben. Ohne Wasser kann er keine Tabletten schlucken. Er schluckt sie, jetzt muss er nur noch warten, nicht lange, dann ist er wieder ganz da. Er hätte sich auch etwas kaufen sollen in Berlin, Finn gefällt nicht, was er im Spiegel sieht. Paul hat sich bei Berit umgezogen, trägt seine neuen Klamotten. Warum hat er sie überhaupt gekauft? Er wusste nicht, dass sie zu Khalil nach London fahren, als er die neuen Sachen gekauft hat, warum hat er sich umgezogen? Khalil ist immer cool angezogen. Cool und teuer. Finn hat sich seit über einem Jahr keine neuen Klamotten gekauft, vielleicht ist es schon zwei Jahre her. Was er sieht, besaß er schon, als er noch in die Schule ging. Er muss sich auch etwas Neues kaufen. Vielleicht in London. Sie fahren nicht zum Shoppen hin. Er hat jetzt keine Zeit für so etwas, da hätte er auch pinkeln können. Er muss raus, zurück zu Paul. Er entriegelt die Tür, er geht hinaus.

Paul ist tief in den Sessel gesunken, hat die Augen zu. Schläft.

»Paul!«, sagt Finn. Er schreit es und rüttelt ihn. »Paul, wach auf!«

Paul öffnet sofort die Augen, sieht ihn erzürnt an, setzt sich auf, rempelt dabei die ältere Dame neben ihm an, kümmert sich aber nicht darum.

»Bist du bescheuert? Was soll der Scheiß?«

Nicht nur die ältere Dame starrt zu ihnen.

»Sorry«, sagt Finn zu ihr, »my fault.«

Sie nickt höflich und sieht sofort wieder auf ihren kleinen Bildschirm. Die meisten sind nicht so diskret wie sie. Auch eine Flugbegleiterin lässt ihren Blick auf ihnen. Ihre Augen sagen, es ist spät, sie hat viel zu lange gearbeitet und keine Lust auf Stress.

»Jetzt setz dich endlich«, sagt Paul.

Finn setzt sich, versucht, den Blicken der anderen Passagiere auszuweichen.

»Du hast sie nicht mehr alle. Ich hatte nur kurz die Augen zu.«

»Okay. Ja, klar. Sorry.«

Danach sind sie still, ein Ende des Schweigens ist nicht abzusehen. Wahrscheinlich interessiert sich niemand mehr für sie, Finn blickt sich lieber nicht um. Paul wird nicht mehr einschlafen. Finn auch nicht. Wenn es nichts anderes gäbe, das ihn wachhielte, wäre da immer noch die Scham.

»Sie hat ein Kind« sagt Paul plötzlich. »Wusstest du das?«

»Wer?«

»Gesa.«

»Was?«

»Meine Schwester, sie hat ein Baby. Wusstest du das?«

Finn schüttelt wortlos den Kopf, sieht Paul nur an, wagt nicht, die Frage zu stellen die er stellen will. Paul beantwortet sie dennoch.

»Ich auch nicht.«

Jetzt muss Finn etwas sagen. Oder fragen. Es fällt ihm nichts ein. Nichts, was es mit der uferlosen Traurigkeit aufnehmen könnte, die er in Pauls Stimme zu hören glaubt.

»Scheiße«, sagt Finn.

Paul sagt nichts, bewegt sich nicht, starrt auf die Sitzlehne vor ihm.

»Sie haben dir nichts gesagt?«, fragt Finn.

»Keine Ahnung. Jedenfalls habe ich in dem verdammten Buch nichts darüber gelesen. Vielleicht habe ich es übersehen.«

»Wie alt ist das Baby?«

»Weiß ich nicht.«

Wahrscheinlich ist es besser, Paul nicht zu drängen, aber genauso gut ist möglich, dass er einen Lotsen braucht. Finn entscheidet sich abzuwarten. Er hält sich mit Mühe davon ab, seine Hand auf Pauls Arm zu legen. Er will ihn trösten, er braucht selbst Trost.

»Ich weiß gar nichts«, sagt Paul. »Ich weiß nicht, wie das Kind heißt. Nicht mal, ob es ein Junge oder Mädchen ist.«

»Und woher weißt du ...« Finn zögert, setzt neu an. »Tut mir leid, Paul, ich verstehe es nicht, glaube ich. Du warst doch bei ihr.«

»Gesa hat kein Wort gesagt. Plötzlich hat das Baby geweint, und sie ist ins andere Zimmer. Ich bin einfach abgehauen.«

»Dann weißt du doch gar nicht, ob es ihr Baby ist. Vielleicht hat sie nur auf das Kind aufgepasst.«

»Du hast ihre Augen nicht gesehen.«

Paul ist so laut, dass die höfliche Frau neben ihm unwillkürlich zu ihnen sieht, obwohl sie es sicher nicht will. Finn will ihn nicht noch wütender machen, schweigt.

»Sie war Weihnachten da«, sagt Paul nach einer Weile.

»Wer?«

»Gesa. Sie war da. Bei uns zu Hause. Und ich habe sie gesehen. Habe ich alles aufgeschrieben. Was es zu essen gab, dass wir uns einen Film reingezogen haben und was weiß ich alles. Da stand nichts von einem Baby. Oder dass sie schwanger ist. Wie soll das gehen?«

Finn hat keine Antwort, und er bezweifelt, dass Paul eine will. Er will den Horrorfilm vorführen, in dem er die Hauptrolle spielt, und hat jedes Recht dazu. Finn hält es aus. Finn ist wieder da, beinahe jedenfalls, er ist nicht mehr müde, hat keine Angst. Er kann stark sein, stark genug für zwei.

»Meine Mutter hat es gewusst, ganz sicher. Selbst wenn Gesa ihr nichts gesagt hat, die weiß alles. Sie hat es gewusst, aber sie hat mir nichts gesagt. Ich hätte es doch aufgeschrieben, wenn ich was gewusst hätte. Ich hätte doch ein Foto von dem Baby oder so was. Da ist aber nichts. Sie kommt jeden Tag in die Reha und quatscht mich voll, jeden beschissenen Tag, und jeden Tag schreibe ich auf, dass sie da war und was sie gesagt hat. Aber nichts von Gesas Baby. Weil sie es nicht wollte. Weil sie nicht will, dass wir uns verstehen. Wollte sie nie.«

Finn kann sich nicht erinnern, dass Paul über Beate jemals so gesprochen hätte. Paul ist seiner Mutter aus dem Weg gegangen, so gut er konnte, hatte Angst vor ihr, hat sich unsichtbar gemacht. Aber diese Bitterkeit ist neu. Sie ist nicht neu, Finn müsste es eigentlich wissen, sie war nur eingesperrt.

»Sie hat immer schlecht über Gesa geredet«, sagt Paul. »Ich war noch nicht mal in der Schule, da hat sie mir schon ständig erzählt, was Gesa alles falsch macht. Wie schlecht sie sich benimmt, in der Schule, zu Hause, dass sie unbelehrbar ist, wie sie jeden gegen sich aufbringt. Dass sie die falschen Freunde hat, furchtbare Freunde. Dass ich viel netter bin als Gesa, klüger, verständnisvoller, was für ein Riesenglück sie mit mir hat. Ich habe ihr geglaubt, Finn. Ich habe Gesa total geliebt, ich habe doch gesehen, wie gut sie zu mir ist, wie sie mich zu beschützen versucht, aber gleichzeitig war ich total wütend auf sie. Immer. Ich habe gedacht, warum kann Gesa nicht ein bisschen netter zu ihr sein. Warum kann sie nicht endlich dafür sorgen, dass Mama aufhört, so über sie zu sprechen. Ich habe damals nicht verstanden, dass es für Gesa bedeutet hätte, sich selbst aufzugeben.«

Finn schweigt. Paul braucht seine Zustimmung nicht, erst recht keine Unterbrechung.

»Mit meinem Vater dasselbe«, sagt Paul. »Vielleicht war ich acht, höchstens neun, wir waren noch in der Grundschule, da hat sie mir erzählt, dass Papa sie betrügt. Mit Astrid aus dem Laden. Die Astrid, die uns beiden immer Geld zugesteckt hat, damit wir uns vom Kiosk gegenüber Eis holen können. Sie hat's einfach gesagt und nie wieder darüber gesprochen. Was meinst du, wie ich meinen Vater danach angesehen habe. Und Astrid erst. Und dauernd hat sie gesagt, dass er Gesa lieber hat als mich. Schwachsinn, nein, natürlich hat sie es anders gesagt. Sie hat gesagt, sie macht sich *große Sorgen*, wie wenig er mit mir unternimmt. Dass sie sich wünscht, er würde nur ein Viertel der Zeit für mich übrighaben, die er mit Gesa verbringt.«

»Bitch«, entfährt es Finn. Er merkt, dass ihn die Frau neben Paul auch gehört hat, obwohl sie Kopfhörer trägt und sich alle Mühe gibt, sie zu ignorieren. »Das hast du mir alles nie gesagt.«

»Ich habe dir vieles nicht gesagt. Dich konnte sie auch nie leiden. Sie hat mir einzureden versucht, dass du neidisch auf mich bist, dass du dich an mir festkrallst, weil du keine anderen Freunde findest. Dass du dumm bist und in der Schule nur weiterkommst, weil deine Eltern jeden Tag mit unseren Lehrern telefonieren. Eigentlich war das bei jedem so. Bei Khalil ist sie später so richtig durchgedreht, obwohl sie ihn nicht mal kannte.«

»Sie wollte dich für sich selbst.«

»Hat sie ja jetzt geschafft. Ich sitze in der Falle. Sie kann kommen und gehen, wann sie will, sie kann mir erzählen, was sie will. Ich muss ihr zuhören und glauben. Ich kann nicht weg.«

»Wolltest du denn weg?«, fragt Finn.

»Wie meinst du das?«

»Nach dem Abi. Ich meine, wenn du ... – Wenn das alles nicht passiert wäre.«

Paul schweigt einen Moment, scheint nachzudenken, dann sagt er:

»Hättest du es mir gesagt?«

»Was gesagt?«

»Dass Gesa ein Kind hat. Wenn du es gewusst hättest. Hättest du es mir gesagt?«

»Logisch.«

»Und wann?«

Finn begreift sofort. Es ist Zahltag. Er wird es aushalten, er ist wieder stark genug.

»Ich hätte es dir gar nicht sagen können, meinst du? Weil ich nie da war.«

»Ja.«

»Ja«, sagt Finn.

»Und warum? Heute Morgen hast du gesagt, du hängst nur rum. Warum hast du mich nie besucht?«

Finn hört nicht den Hauch eines Vorwurfs, vielleicht nicht einmal Traurigkeit. Paul versteht nicht, aber er will verstehen. Er bittet um eine Antwort, und er hat eine verdient. Finn würde sie ihm gern geben.

»Ich weiß nicht«, sagt er.

Der Junge mit der Flagge in den Armen, Finn kannte ihn, flüchtig. Lars. Er ging aufs Kant, spielte in einer Band mit dem idiotischen Namen *Madame Rosie* und hatte auf Finns Schule eine Freundin, die in der Elf war. Paul rannte ihm mit hochrotem Kopf hinterher. Alle Goethe-Schüler, an denen der Flaggenräuber im Zickzack vorbeilief, versuchten ihn aufzuhalten, doch keinem gelang es. Als Lars auf Finns Höhe war, stieß er ihn fast an. Finn hätte ihn nur packen oder sich ihm in den Weg stellen müssen, aber er ließ ihn passieren.

Er wollte sehen, wie es mit Paul weitergeht. Er wusste, wie es weitergeht.

»Wenn du jemanden fast umgebracht hast, wie oft besuchst du ihn danach?«

Paul sieht Finn perplex an.

»Ich habe dich vor das Auto gestoßen«, sagt Finn.

Pauls Verblüffung weicht Entsetzen. Er drückt die Armlehne zwischen ihnen hoch, wendet sich Finn ganz zu und stößt wieder die Frau neben ihm an, die ihre britische Zurückhaltung langsam zu verlieren droht.

»Hast du nicht«, sagt Paul. »Was soll der Scheiß?«

»Der Typ, der sich unsere Fahne geschnappt hat, du bist ihm hinterher und hast ihn erst am Straßenrand erwischt. Mir ist er vorher direkt in die Arme gelaufen. Ich hätte ihn aufhalten können. Da, wo ich stand, wäre nichts passiert. Ich habe ihn einfach laufen lassen.«

»Deswegen hat du mich doch nicht vors Auto gestoßen.«

»Ich wusste, was passieren wird. Und als es passiert ist, als das Auto dich erwischt hat, dachte ich, hey, das ist okay, das muss so sein. Ich war nicht überrascht. In dieser ganzen Nacht war ich keinen Augenblick überrascht. Und es gab nichts, was ich nicht richtig fand.«

Pauls Fassungslosigkeit scheint nicht von Wut eingefärbt. Er schüttelt nur den Kopf, setzt sich wieder richtig hin, blickt Finn nicht mehr an. Finn hat es zum ersten Mal ausgesprochen, zum ersten Mal gedacht. Als er es aussprach. Er wusste es nicht, jetzt weiß er es, jetzt wissen es beide. Paul hat seine Antwort. Finn drückt die Armlehne zwischen ihnen wieder hinunter. Er hat keine Angst, er schämt sich nicht.

»Diese weiße Kiste, heute Morgen bei dir«, sagt Paul, »wo die ganzen Sachen drin sind, die mir helfen sollen, mich zu erinnern. Meine Therapiekiste? Heißt das so?«

»Ja. Und? Was ist damit?«

»Hast du mir auch was gegeben?«

»Das Zeug ist von Leuten, die du vor dem Unfall nicht kanntest. Brauchst du was, um dich an mich zu erinnern?«

»Hast du mir was gegeben?«, fragt Paul noch einmal.

Er ist geduldig. Finn hat keinen Zweifel, dass Paul die Frage so lange wiederholen wird, bis er eine Antwort bekommt. Er schweigt.

»Da war ein Schlüssel in der Kiste«, sagt Paul, »ein alter, rostiger Schlüssel.«

Jetzt könnte Finn etwas sagen, er müsste etwas sagen. Er sagt – nichts.

»Der Schlüssel vom Gartenhaus in Collias«, sagt Paul. »Stimmt's? Wir haben vor der Abreise abgeschlossen und den Schlüssel mitgehen lassen. Wir wollten nicht, dass da jemals andere reingehen. Den hattest du noch?«

Das Gartenhaus, ihre Fluchtburg, ihr eigener Kontinent. Die Kommandobrücke eines Sommers, der hundert Jahre her ist.

»Du hättest mir dein Scheiß-Zippo geben können, ein Plektrum oder irgendeine abgefuckte Schwarz-Weiß-Postkarte mit Kurt Cobain drauf. Aber du hast mir den Schlüssel gegeben. Und du hast recht, an *dich* musste ich mich ja nicht erinnern.«

Sie waren zehn, es war der Sommer nach der vierten Klasse. Ihr Sommer. Ihre Eltern hatten schnell gemerkt, dass ein gemeinsamer Urlaub kaum erfreulicher als ein Höhleneinsturz war, aber Paul und Finn war es egal. Sie waren fast immer allein, stromerten herum, schwammen im Gardon, sprangen wie die Jungs aus dem Dorf von den Felsen ins Wasser, brannten in der Sonne, bis jemand sie fand oder der Hunger sie zurücktrieb. Dass die Grundschule vorbei war, war kein Grund für Trübsal, im Gegenteil, es bedeutete, dass sie groß wurden. Dass die Zukunft anbrach, die sie sich im Gartenhaus stundenlang ausmalten. Da kamen Mädchen vor und eine Band, wie es sie noch nie vorher gegeben hatte, unglaubliche Reisen, ununterbrochen Siege und alles im Doppelpack. Freunde waren sie immer gewesen, aber in Collias wurden sie zu einer Person, die es in zwei Ausführungen gab. Im Gartenhaus begann die Ewigkeit.

»Du fandest den Unfall okay?«, sagt Paul. »Echt jetzt? Fick dich. Wem willst du den Scheiß erzählen?«

Finn hält es aus, alles, auch die Tränen, die ihm in die Augen schießen. Sherlock hält so etwas auch immer aus. Er hat John Watson erklärt, was das ist. Nichts als ein chemischer Defekt.

SIE FUHREN IN die Liverpool Street Station ein, Paul packte sein Buch in seinen Rucksack und stand auf. Wie viel hatte er in der kurzen Zeit darin lesen können? Wusste er jetzt, dass seine Schwester ein Kind hatte und Finn ein Verräter war? Hatte er schon eine, noch so blasse Vorstellung davon, dass er zwar nach London gebeamt worden war, aber dennoch in einem Gefängnis saß, aus dem er nicht ausbrechen konnte?

»Was ist mit deinem Arm?« fragte Paul.

»Mein Arm?«

»Das da.«

Paul fasste an Finns rechten Unterarm und legte seinen Daumen neben die frische Narbe. Er musste sie schon in den letzten drei Tagen gesehen haben, aber er hatte sich nicht dafür interessiert. Ohnehin sah er sie jetzt zum ersten Mal.

»Ich bin durch die Glasscheibe unserer Balkontür gefallen. Na ja, fast.«

»Echt jetzt? Warst du breit?«

»Ich habe die Scheibe eingeschlagen. Mit dem Klavierschemel.«

Paul sah aus, als würde er gleich loslachen. »Hast du nicht.«

»Doch.«

»Und warum zur Hölle?«

»Schätze, ich war wütend.«

»Auf wen?«

Finn hatte sich die Frage selbst noch nicht beantwortet, er hatte sie sich nicht einmal gestellt.

»Keine Ahnung.«

Der Spott wich langsam aus Pauls Gesicht. Er begann Finn zu glauben.

»Hast du das auch deinen Eltern gesagt? *Keine Ahnung?*«

»Mein Vater war dabei. Er hat was gesagt, und ich bin los und habe die Scheibe eingeschlagen.«

Der Zug hielt, die Fahrgäste standen schon fast alle im Gang.

»Du warst auf ihn wütend.«

»Nein.«

Seit wann wollte Paul alles verstehen? Ohne auch nur eine Sekunde nachzudenken, war er aus jedem Fenster gesprungen, das ihm Leute wie Khalil aufgehalten hatten. Vielleicht lag es daran, dass er jetzt auf Finn angewiesen war und allen Grund hatte, sich zu fürchten, falls Finn im letzten Jahr zum Psycho mutiert war. Die Leute hinter ihnen begannen zu drängen, Finn konnte endlich losgehen.

Sie stiegen aus, fuhren mit der Rolltreppe hoch zum Ausgang, anstatt hinunter zur Tube zu gehen, weil Finn erst eine Zigarette brauchte, und stellten sich vor das Kindertransportdenkmal, das dort stand. Fünf Kinder aus Bronze, Koffer, Taschen, ein Geigenkasten und die Namen der Städte, aus denen die Kinder 1938 und 1939 hergekommen waren: Danzig, Breslau, Prag, Hamburg, Mannheim, Leipzig, Berlin, Wien. Zehntausend Kindern, die allein losgeschickt worden waren, war die Zukunft gerettet worden, darauf wies die Gedenktafel hin, doch da stand kein Wort darüber, dass ihnen ihr gesamtes bisheriges Leben genommen worden war. Während Finn rauchte, ging Paul um das Denkmal herum und sah es sich gründlich an.

»Was hat dein Alter gesagt?«, fragte er, als er wieder bei Finn stand. »Ich meine, bevor du die Scheibe zertrümmert hast.«

»Deine Schwester hat ein Kind«, sagte Finn.

PRACHTVOLLE HÄUSER AUS rotem Backstein, efeuberankt und von immergrünen Hecken umrandet, baumgesäumte, schattige Straßen, eine Ruhe, die Paul in London nicht erwartet hätte. Sie waren nur acht Stationen mit der Metropolitan gefahren und immer noch mitten in der Stadt, aber dennoch in einer anderen Welt. In Hampstead war London eine beschauliche, wohlhabende Kleinstadtidylle. Das Freud-Museum, in dem Khalils Freund Bruce hoffentlich noch als Aufsicht arbeitete, lag in einer ruhigen Straße, in der man nur die wenigen parkenden Autos wegfahren musste, um einen historischen Film drehen zu können, und war in einer imposanten Villa untergebracht, die so malerisch englisch aussah wie alle anderen. Vor dem Eingang blieb Finn stehen, holte sein Handy aus der Tasche und blickte düster aufs Display.

»Eine WhatsApp von Berit«, sagte er. »Deine Eltern sind bei ihr aufgetaucht, und sie hat es nicht geschafft, das Maul zu halten. Sie wissen, dass wir in London sind.«

Finn erwartete offenbar eine Reaktion von Paul, aber die Nachricht ließ ihn kalt. Berit saß mit ihm in Bio, und Paul wohnte zu Hause. Dass er in Berlin gewesen war, dort die Berit der Zukunft getroffen hatte und sich ein Jahr nach dem Abi auf der Flucht vor seinen Eltern befand, wusste er von Finn, aber er wusste es so, wie man weiß, dass die Erde sich um die Sonne dreht.

Finn war wütend. »Sie macht sich Sorgen um dich, schreibt sie, und dann noch ein beschissenes *Sorry*, und das war's.«

Paul nickte, den Gefallen konnte er Finn immerhin tun, und ging hinein.

Im Durchgang zum Museumshop, in dem auch die Kasse war, blieb Paul stehen und überließ es Finn, mit der Museumsmitarbeiterin zu sprechen. Er konnte nichts hören, und er wollte nichts hören. Er wollte Khalil nicht sehen. Dass er diesen Unfall gehabt hatte, dass er sich nicht erinnern konnte, dass er über ein Jahr in die Zukunft geschleudert worden war, das alles war lächerlich genug. Aber es war absolut unmöglich, dass er Khalil wiedersehen, ihm in die Augen blicken sollte. Finn schien Erfolg zu haben. Die Frau hob den Telefonhörer ab, wählte eine Nummer und reichte den Hörer an ihn weiter, nachdem sie selbst ein paar Sätze gesagt hatte. Finn gestikulierte beim Sprechen mit der freien Hand und sah angestrengt aus, wirkte aber zufrieden, als er der Frau den Hörer zurückgab. Er wechselte noch ein paar Worte mit ihr, nickte ihr zum Abschied zu und kam dann zu Paul zurück.

»War nicht leicht«, sagte er. »Bruce hat heute frei, und die Tante war ziemlich störrisch. Irgendwann hat sie mir geglaubt, dass ich kein Stalker oder so was bin. Ich habe mit Bruce gesprochen.«

»Und?«

»Er kommt gleich her und holt uns ab. Wir dürfen uns bis dahin die Ausstellung ansehen, hat sie gesagt. Die Tickets hat sie uns geschenkt.«

»Was ist mit Khalil?«, fragte Paul.

»Keine Ahnung. Schätze, Bruce bringt uns zu ihm.«

Es hatte keinen Sinn, sich zu fürchten, es hatte auch keinen Sinn, sich auf irgendwas vorzubereiten. Paul konnte sich nicht vorbereiten. Wer sich vorbereiten wollte, musste wissen, wo er stand. Paul sah sich nur einen Film an. Einen Film, in dem seine Schwester ein Kind hatte, Khalil möglicherweise ein Terrorist war, er jeden Tag auf Zeitreise ging und Finn mit Klavierschemeln Scheiben einschlug. Vielleicht konnte er den Film für eine Weile anhalten und sich darauf konzentrieren, was er hier sah und hörte.

»Dann lass uns mal einen Museumsbesuch machen«, sagte Paul und ging los.

Sie sahen sich zuerst im oberen Stockwerk um, das vor allem Freuds Tochter Anna gewidmet war, die nach dem Tod ihres Vaters über 40 Jahre mit ihrer Lebensgefährtin in diesem Haus gelebt und hier auch Kinder therapiert hatte. Paul las die Schautafeln alle durch, obwohl nichts seine Aufmerksamkeit erregte, und sah sich auch jedes der düsteren Schwarz-Weiß-Fotos in der Sonderausstellung an. Es half. Paul blieb von neuen Hiobsbotschaften verschont, Finn ließ ihn in Ruhe. Als sie im Erdgeschoss in den imposantesten Raum des Museums kamen, Freuds Behandlungszimmer, wurde Finn langsam unruhig, schien das Schweigen nicht länger zu ertragen. Dunkle Regale mit ledergebundenen Büchern, unzählige antike Skulpturen, ägyptisch, griechisch, römisch, Ledersessel, Schreibtische und schwere Orientteppiche, einer auch auf der Behandlungscouch, auf die Finn mit einem zur Schau gestellten Grinsen deutete.

»Liegst du bei deiner Therapeutin auch auf so einem Ding?«, fragte er.

Paul zuckte wortlos mit den Achseln. Sofort änderte sich Finns Gesichtsausdruck.

»Entschuldige«, sagte er schuldbewusst, »vergesse ich immer.«

»Ich auch«, sagte Paul. Er war nicht sicher, ob er das passende Lächeln zusammenbekam.

Paul entfernte sich ein paar Schritte von Finn und wandte sich so deutlich wie möglich einem Teil von Freuds Sammlerstücken zu, die auf einem alten, dunklen Holztisch vor einem der Bücherregale standen. Er lag bei ihr nicht auf einer Couch, sie saßen sich auf bequemen Schwingsesseln gegenüber. Manchmal stand er auf und lief herum, sie hatte nichts dagegen, im Gegenteil. Manchmal schrieb er etwas, manchmal zeichnete er sogar.

»Du hast in der Reha eine Therapeutin, zu der du jeden Tag gehst«, sagte Finn irgendwo hinter Pauls Rücken. »Total hübsch. Hast du ihr Foto in deinem Buch gesehen?«

»Nein«, sagte Paul, ohne sich umzudrehen.

Sie war hübsch, ja, unglaublich hübsch, aber vor allem war sie nett und geduldig und hatte ständig neue Ideen. Sie gab nicht auf.

»Wie heißt sie?«, fragte Paul.

»Dr. Alvarez. Paula Alvarez. Hast du mir gesagt.«

»Und woher weiß ich das?« Paul drehte sich zu Finn um, blieb am Tisch mit den Skulpturen stehen.

Finn sah ihn verwundert an, vielleicht besorgt. Anscheinend machte es ihm Paul heute schwerer als in den letzten Tagen.

»Aus deinem Buch.«

Paul nickte.

»Du hattest heute nicht viel Zeit, darin zu lesen«, sagte Finn. »Aber du hast alles im Griff mit dem Buch. Du bist damit echt selbständig. Da bewundern dich alle.«

»Da bin ich ja beruhigt.«

Finn konnte nichts dafür. Er bemühte sich, es ihm so leicht wie möglich zu machen, aber er bekam Pauls Bitterkeit in Überdosis ab. Gab es Tage, an denen er anders war? Falls es sie gab, waren es sicher keine, an denen er darauf wartete, Khalil wiederzusehen.

»Ich weiß nicht genau, was du bei deiner Therapeutin machst«, sagte Finn. »Aber du hast da zum Beispiel so eine Kiste, da sind Sachen drin, die dir Leute gegeben haben, damit du dich an sie erinnerst. Die haben wir zu mir gebracht, bevor wir losgefahren sind.«

»Was für Sachen?«, fragte Paul.

Ein Schlüsselanhänger, zwei CDs, eine hässliche Stoffgiraffe, ein noch hässlicherer Schal, ein Brillenetui.

»Ich weiß nicht«, sagte Finn. »Eine Tasse, ein Schal, Stifte, ein kleines Stofftier. So ganz normales Zeug halt.«

Finn zögerte, schien nicht sicher zu sein, ob er weitersprechen sollte.

»Ich habe dir auch was gegeben«, sagte er schließlich.

»Brauche ich was, um mich an dich zu erinnern?«, sagte Paul.

»Nein, natürlich nicht, aber ich ... Ich habe dir den Schlüssel gegeben. Von unserem Gartenhaus.«

Unser Gartenhaus? Finn kam ihm jetzt mit Collias? Seit sie in der Oberstufe waren, hatte Finn nur missbilligende Blicke für ihn übriggehabt und war ihm aus dem Weg gegangen, jetzt sah er ihn verletzlich an und sprach von Collias, als überreiche er ihm ein Geschenk?

»Das Schloss haben sie doch längst ausgetauscht«, sagte Paul und ignorierte den bekümmerten Blick in Finns Augen.

Ein junger schwarzer Mann um die fünfundzwanzig kam in den Ausstellungsraum und sah sich um. Er war sicher einen Kopf größer als Finn und Paul, sah nicht nur unglaublich gut aus, sondern war auch angezogen, als hätte er sich für einen Clubabend zurechtgemacht. Das musste Bruce sein. Es war Bruce, denn einen Wimpernschlag später kam Khalil durch die Tür. Zuerst bemerkte er Finn, dem er knapp zunickte, weil er nicht unhöflich war, dann sah er Paul, und sein Gesicht hellte sich auf.

»Paul!«

Erfreut kam er auf ihn zu und hob schon die Arme, um ihn zu umarmen. Paul wartete wortlos ab, bis Khalil nahe genug war. Dann stieß er ihm sein Knie in den Unterleib, packte ihn an den Haaren und schlug ihm zweimal mit der Faust ins Gesicht, bevor er ihn losließ. Beim Fallen stieß Khalil den Tisch mit Freuds antiken Sammlerstücken um. Paul hätte gern gewusst, ob sie kaputtgegangen waren, aber er konnte nicht hinsehen, weil er damit beschäftigt war, auf den am Boden liegenden Khalil einzutreten. Zwei- oder dreimal gelang es ihm, bevor ihn Finn wegriss und Bruce sich zu

Khalil hinunterkniete. Die anderen Besucher im Raum, von denen ein oder zwei aufgeschrien hatten, als Paul auf Khalil einzuschlagen begann, waren nun alle still.

Finn hielt Paul fest umklammert. »Bist du wahnsinnig geworden? Warum hast du das gemacht?«

»Schätze, ich war wütend«, sagte Paul.

LONDON LAG AUSGEBREITET vor ihnen. Finn erkannte The Shard und das Hochhaus, das aussah wie eine Gurke, Westminster Palace, die Kuppel von St. Pauls, London Eye und ganz rechts Canary Wharf. Der Himmel war wolkenlos klar, bei diesem Wetter hatten sie einen unglaublichen Blick auf das Themsetal und beinahe die ganze Stadt. Nachdem die Museumsleute sie schließlich gehen gelassen hatten, hatte Khalil sie auf den Parliament Hill in Hampstead Heath geführt, einem riesigen Park, der sicher gut gepflegt wurde, aber auf den ersten Blick wie eine urwüchsige, sich selbst überlassene Landschaft aussah. Trotz seines geschwollenen Auges, der aufgeplatzten Lippe und dem Ärger mit dem Museum, den Paul vor allem Bruce bereitet hatte, wirkte Khalil so unbefangen, als sei nichts vorgefallen.

Zum Glück war tatsächlich nichts geschehen, was sich nicht in Ordnung bringen ließ. Einige von Freuds Skulpturen waren zerbrochen, aber der entstandene Schaden war kein unersetzlicher, nicht einmal ein großer. Entgegen der vollmundigen Werbeaussage, dass in London die Originale von Freuds Sammlerstücken ausgestellt seien, während sich im Wiener Freud-Museum nur Kopien befänden, wurden aus Sicherheitsgründen auch hier ausschließlich Duplikate der wertvollen Stücke gezeigt. Wie richtig diese Entscheidung gewesen war, hatte Paul eindrucksvoll bewiesen. Bruce hatte seine Kollegen davon abhalten können, die Polizei zu rufen. Selbstverständlich musste Paul seine Personalien angeben und seine Kreditkarte für eine akzeptable Vorauszahlung auf den Schadenersatz belasten, aber die Museumsmitarbeiter reagierten nach dem ersten Schreck, wie man es von Briten erwartete: angenehm unaufgeregt, fast gespenstisch gelassen. Die größten Schwierigkeiten hatte jetzt sicher Bruce, der diese gewalttätigen jungen Deutschen irgendwie in das Haus im beschaulichen Maresfield Gardens gelockt hatte, durch das die Besucher üblicherweise ehrfürchtig schweigend, allenfalls flüsternd schritten. Bruce war im Museum geblieben, um die Dinge weiter zu glätten und um seinen Job zu kämpfen, bestimmt aber auch, weil ihn Khalil nicht dabeihaben wollte. Auf Finn hätte Khalil sicher ebenfalls gern verzichtet. Er hatte ihn kaum angesehen, seit sie das Museum verlassen hatten, und ihn nicht ein einziges Mal angesprochen. Wahrscheinlich hatte er keine Idee, wie er ihn loswerden konnte.

Rauchend stand Finn ein paar Schritte neben der Bank, auf der Khalil und Paul saßen, und versuchte, seine Augen auf dem beeindruckenden Panorama vor ihm zu lassen, doch sein Blick ging immer wieder zu Khalil, dessen Gesichtsausdruck zwischen Erheiterung und Bestürzung schwankte, während er den Brief, den Paul ihm gegeben hatte, zum zweiten oder schon dritten Mal las. Die Verletzungen in seinem Gesicht hatten es noch markanter gemacht, in seiner engen Jeans und dem blassblauen, an den Armen hochgekrempelten Leinenhemd, das seine Hautfarbe sanft betonte, sah er atemberaubend gut aus. Kein Wunder, dass Bruce und er sich gefunden hatten. Wahrscheinlich waren sie sogar in einer Stadt wie London ein Paar, das die Blicke auf sich zog.

»Mann, Paul, das ist echt schräg«, sagte Khalil. »Unfassbar schräg. Wie konntest du nur glauben, dass der Scheiß von mir ist?«

Paul antwortete nicht, sah ihn nicht einmal an. Vielleicht brütete er über einer Antwort auf die Frage, die Khalil eigentlich stellen sollte. Er hatte bisher kein Wort darüber verloren, dass Paul ihn angefallen hatte. Wunderte er sich nicht, oder schob er es Pauls unberechenbarem, vielleicht immer debilerem Zustand zu und überging es diskret? Finn hatte noch nicht mit Paul gesprochen, sie waren keinen Augenblick mehr allein gewesen. Paul war heute anders als an den anderen Tagen. Am Flughafen war er weggelaufen, er war auffällig schweigsam, und wenn er doch etwas sagte, klang er bitter. So unberechenbar wie im Museum hatte er sich bisher jedoch nie verhalten. Ein solcher Gewaltausbruch geschah nicht ohne Grund, Finn ging jedenfalls nicht davon aus, dass es zum guten Ton im *CCC* gehört hatte, sich zur Begrüßung erst einmal zusammenzuschlagen. Gestern, nach Pauls Zeitrechnung gestern, hatten die Jungs das Kriegsvideo gedreht. Das war die Nacht, an die sich Paul erinnerte, wenn er aufwachte, hatte er gesagt. Sie hatten noch ein bisschen gefeiert, und danach war er nach Hause gefahren. Es war seine letzte Erinnerung an sein altes Leben. War damals irgendwas geschehen, was ihn heute so wütend auf Khalil gemacht hatte? Vielleicht war es viel einfacher, vielleicht hatte Paul seinen knurrigen Tag heute damit verbracht, darüber nachzudenken, wer für seinen Unfall verantwortlich war, und war zu einem Schluss gekommen, den Finn ihm nicht verübeln konnte. Ohne Khalil wäre Paul nicht im *CCC* gelandet. Ohne Khalil hätte er nie angefangen, so viel zu saufen. Ohne Khalil wäre Paul Paul geblieben.

»Warum hätte Paul es denn nicht glauben sollen?«, sagte Finn.

Paul zeigte keine Regung, hatte Finn vielleicht nicht einmal gehört, doch von Khalil bekam er endlich den Blick, nach dem er sich gesehnt hatte, durchdringend und höhnisch, unerbittlich kampfbereit. Ein solcher Blick ging der Vernichtung voraus. Finn würde ihr nichts entgegensetzen können, hatte keine andere Wahl, als sie zu genießen.

»*Du* würdest mir das zutrauen?«, fragte Khalil. »Einen Anschlag oder so einen Scheiß? Wow.«

Finn schwieg, sah Khalil herausfordernd an. Er bemühte sich jedenfalls.

»Warum? Weil ich ein Kanake bin?«

»Bist du das? Hat man nie viel davon gemerkt. Fast zu wenig, wenn du mich fragst.«

Khalil lächelte ihn an. Lange, sehr lange. Die Provokation schien ihm zu gefallen.

»Wie hättest du mich denn gern in der Schule gesehen, in Pluderhosen und Turban? Hätte ich mir einen Bart stehenlassen sollen?«

Paul nahm anscheinend keine Notiz von ihnen. Dass er die spektakuläre Aussicht genoss, war nicht besonders wahrscheinlich. Finn hätte sich um ihn kümmern müssen, aber er konnte nicht riskieren, dass Khalil das Interesse verlor.

»Irgendwann haben sie dir ja endlich den Gefallen getan und dich zum Kanaken gemacht«, sagte Finn. »Welches Ohr ist das taube, das rechte oder linke? Soll ich rüber auf die andere Seite, damit du mich besser hören kannst?«

Khalils Lächeln fror für einen kurzen Augenblick ein. Er schien gegen den Impuls zu kämpfen, aufzuspringen und Finn das Nasenbein zu brechen, aber er hatte sich schnell wieder im Griff. In seiner Stimme war keine Unebenheit zu hören.

»Ich krieg was ab, und die ganze Welt muss dafür blechen? Meinst du das?«

»Du erträgst keine Ungerechtigkeit«, sagte Finn und fragte sich, was er gegen den bewundernden Ton in seiner Stimme unternehmen konnte. »Du siehst nicht weg. Wenn du Scheiße siehst, gehst du hin und machst dir die Hände schmutzig, egal, ob du Ärger kriegst oder nicht. Das Problem ist nur, dass du dir immer sicher bist, wer scheiße ist. Bei dir muss wirklich immer jemand blechen, vorher gibst du keine Ruhe.«

Khalil lächelte nicht mehr. Er war nicht wütend, er sah überrascht aus. Er blickte Finn an, als bemerke er erst jetzt, dass dort jemand stand.

»Du hast den Brief nicht geschrieben, habe ich kapiert«, sagte Finn. »Aber du hättest ihn schreiben können.«

Es war nicht die ganze Wahrheit. Khalil hätte den Brief nicht nur schreiben können, er hätte ihn schreiben sollen. Die meisten hatten sich damit abgefunden, dass die Welt ein dröger Ort war. Sie feilschten um ihre Noten, als hinge von der Zahl hinter dem Komma ihr Leben ab. Sie stellten sich Lautsprecher ins Zimmer, die mit ihnen sprachen und für sie das Licht ein- und ausschalteten. Sie verbrachten Monate in Urwäldern und Wüsten, um wenigstens zwei beeindruckende Zeilen in ihrem Lebenslauf zu haben, saßen mit ihren federleichten Surfaces und iMacs in Cafés und kopierten Absätze aus dem Internet, um sie in ihre Hausarbeiten und Bewerbungen einzufügen, ihre Sneaker waren nie älter als ein paar Monate und niemals schmutzig. Es gab keinen Hintergrund, vor dem sie ihr Gesicht noch nicht fotografiert hatten, keinen öffentlichen Platz, in dem ihre Ausgelassenheit nicht zu hören war, keinen Amazon-Gutschein, der ihnen entging. Auf ihren Smartphones sahen sie immer, wo sie waren und wie gut oder schlecht sie es dort finden mussten, aber sie hatten keine Ahnung, wo sie in ein paar Jahren sein würden oder sein wollten. Sie waren damit aufgewachsen, dass ihnen das nie jemand glaubhaft sagen würde, notgedrungen hörten sie nun auch den Lauten und Irren zu, ohne sie ernst zu nehmen. Sie hatten längst akzeptiert, dass keiner unterscheiden konnte, was wahr und was unwahr ist, richteten sich in ihrer Ohnmacht ein und wollten ihr Leben genießen. Wenn ihnen das nicht 24 Stunden am Tag gelang, machten sie die dafür verantwortlich, die im Regen bettelnd vor ihren Supermärkten saßen oder sich in Ghuta vergasen, in einem Pariser Konzertsaal erschießen, auf einem Weihnachtsmarkt überrollen ließen.

Sie hätten etwas daran geändert, wenn sie gewusst hätten, wie sie es anstellen sollten, jeder Einzelne von ihnen, davon war Finn überzeugt, aber sie wussten es nicht, also duckten sie sich weg. Sogar seine Eltern, die ihm sein halbes Leben lang erzählt hatten, dass alles erkennbar auf etwas anderem aufbaute, um dann selbst die Grundlage für etwas Besseres zu werden, sogar diese beiden Traumtänzer, die früher nie einen Zweifel daran hatten, dass man die richtigen Antworten bekam, wenn man die richtigen Fragen stellte, waren auffällig still geworden in letzter Zeit. Sie wollten, dass Finn aus seinem Zimmer kam, aber sie sprachen es nur halbherzig aus. Als hätten sie selbst keine Ahnung mehr, wofür das gut sein sollte.

Eliot Alderson war ein schwer gehemmter Mensch, der ständig mit einer imaginären Person sprach und in einer düsteren, eigentlich schon untergegangen Welt lebte, aber mit seiner Computertastatur, tat er alles, um sie zu retten. In Carrie Mathisons Umgebung wimmelte es von verblendeten Monstern und machtgierigen Verrätern, gingen ununterbrochen Bomben hoch und starben so viele Menschen, dass sie keiner mehr zählen konnte. Sie vernachlässigte ihr Kind und wurde von ihrer bipolaren Störung immer wieder in die Knie gezwungen, aber sie wusste, was sie tun musste und tun *konnte*. Eliot und Carrie und all die anderen waren in Finns Zimmer gewesen, draußen hätte Khalil sein müssen, einer wie Khalil. Jemand, dem es nicht gelang zu übersehen, dass etwas getan werden musste, und der wusste, was er tun wollte. Menschen zu opfern, um an den Schmerz zu erinnern, der in der Welt nicht weniger wurde, war kein Ausweg, und Finn hätte alles unternommen, um zu verhindern, was in dem Brief angekündigt wurde. Aber er hatte den Brief verstanden, den tiefen Schmerz gefühlt, den sein Verfasser zu haben schien, den er für seine Dummheit verachtet, für sein Mitgefühl und seine Entschlossenheit aber bewundert hatte.

Der Brief war nicht von Khalil. Khalil hatte sich nur aufgemacht, um in London teure Leinenhemden und Bootsschuhe zu kaufen, die nur eine ironische Erinnerung an Bootsschuhe waren, um mit Bruce in angesagte Clubs zu gehen, die in alten Fabrikhallen und Schlachthöfen lagen, und sich von ihm im Morgengrauen irgendwo in Hackney den Schwanz lutschen zu lassen.

»Du hättest mir das niemals erzählen dürfen«, sagte Paul, als wache er langsam aus einem Trancezustand auf, den er noch nicht ganz hatte abschütteln können. »Warum erzählst du das ausgerechnet mir?«

»Was erzählen?«, fragte Khalil.

Wortlos deutete Paul auf den Brief, den Khalil immer noch in der Hand hielt. Seine Augen zeigten, wie zornig er war.

»Echt jetzt?« Khalil sah Paul mit einer Mischung aus Besorgnis und Empörung an. »Denkst du immer noch, der Brief ist von mir? Ist er nicht, verdammte Scheiße. Ich weiß überhaupt nicht, wie du das auch nur einen Augenblick glauben konntest. Allein die Schrift, du kennst doch meine Schrift. Glaubst du, die würde ich verstellen, wenn ich dir so was schreiben würde? Warum sollte ich das tun?«

Khalil war nicht nur empört, auf einmal war auch eine seltsame Furcht in seiner Stimme. Finn wünschte sich nichts mehr, als dass er sich täuschte, Khalil hatte sich noch nie gefürchtet. Irgendetwas schien ihn aufzuschrecken. Irgendetwas lief zwischen den beiden, das Finn nicht einmal ansatzweise verstand. Glaubte Paul Khalil wirklich nicht? Und warum hatte er *erzählt* gesagt? Er hatte einen Brief bekommen, keinen Anruf oder Besuch, und selbst wenn – wie hätte er sich daran erinnern können?

»Paul, sieh mich an«, sagte Khalil scharf. »Paul, verdammt, ich rede mit dir!«

Finn war vergessen. Jetzt gab es nur noch Paul und Khalil, der nicht die geringste Scheu hatte, unverhohlen autoritär zu reden und es sicher nicht zum ersten Mal tat. Finn war nicht sicher, ob er eingreifen und seinem Impuls nachgeben sollte, Paul zu beschützen. Seine Neugier siegte. Er wollte die Show nicht unterbrechen, die beiden bis zum Schluss erleben, mit eigenen Augen sehen, wie sich Paul verhalten würde.

Paul stand auf. Er taumelte, sah hilfesuchend zu Finn, sein ganzer Körper spannte sich plötzlich an, als durchfahre ihn ein Blitz. Er fiel einfach um, ohne den geringsten Versuch, sich abzufangen, begann zu krampfen, wurde hin und her geschüttelt und schlug immer wieder mit dem Kopf gegen den Boden. Er hatte nicht mehr die geringste Kontrolle über seinen Körper.

»Paul!«, schrie Finn und war fast im selben Moment bei ihm wie Khalil, der sich neben Paul hinkniete, aber vor Entsetzen wie gelähmt war.

Finn sah sich um, riss Pauls Rucksack auf, der auf der Bank stand, und holte heraus, was er greifen konnte, Hemden und T-Shirts vermutlich, hob mit einer schnellen Bewegung Pauls Kopf an und legte ihm die Kleidungsstücke darunter, dann fasste er ihn sanft an der Schulter, versuchte aber nicht, ihn festzuhalten und ihn an seinen unwillkürlichen, herzzerreißenden Bewegungen zu hindern. Paul sollte spüren, dass er nicht allein war, aber er durfte um keinen Preis noch mehr Schmerzen bekommen.

»Worauf wartest du?!«, schrie Finn, »ruf endlich einen Krankenwagen!«

Benommen stand Khalil auf, holte sein Handy heraus und wählte. Sein Englisch war fehlerfrei, sein Aussehen verstörend, seine Angst riesengroß.

IN COLLIAS HATTEN sie sich geschworen, lieber zu sterben, als zu solchen Langweilern zu werden wie ihre Eltern. Bisher hatte Paul sich nichts zuschulden kommen lassen. Man konnte ihm viel vorwerfen, aber sicher nicht, dass sein Leben langweilig war. Wer hatte schon das Vergnügen, von einer Sekunde auf die andere unangeschnallt in einer Achterbahn zu sitzen, die jederzeit unter ihm zusammenbrechen konnte. Im ersten Augenblick war Paul von einer Höllenangst angefallen worden wie noch nie im Leben, doch als er auf dem Boden gelegen hatte, durchzuckt von einem Stromschlag nach dem anderen, hatte er unversehens begonnen, seine Ohnmacht zu genießen, und war bald nur noch neugierig gewesen zu erfahren, was als Nächstes passieren würde. Finn hatte ihn sanft wissen lassen, dass er bei ihm war, und Paul hatte alles glasklar mitbekommen, ohne große Schmerzen. Es war ihm gutgegangen, es ging ihm immer noch gut. Viel besser als zuvor.

Das Krankenhaus, in das sie ihn gebracht hatten, lag auch in Hampstead, die Fahrt hatte keine drei Minuten gedauert. Eigentlich hätte er selbst laufen können oder gar nicht erst herkommen müssen, doch die Sanitäter hatten darauf bestanden, obwohl der Anfall längst vorbei gewesen war, als sie auf dem Parliament Hill eingetroffen waren. Finn war im Krankenwagen mitgefahren und hatte der Ärztin, deren Pensionierung wahrscheinlich eher Monate als Jahre entfernt lag, alles gesagt, was es über Paul zu sagen gab, jedenfalls in medizinischer Hinsicht, und ihr alle seine Pillen gezeigt. Sie war keinen Augenblick verwundert über Pauls Geschichte und auch nicht besorgt über seinen Zustand, als Neurologin hatte sie in ihrem langen Berufsleben sicher schon bedauernswertere Geschöpfe gesehen. Erst als sie Deutsch mit ihnen zu sprechen begonnen hatte, ein lustiges und verstaubtes, aber sehr selbstbewusstes Deutsch mit starkem britischen Akzent, hatte Paul auf ihr Namensschild geachtet. Dr. Margaret Blumenthal war zu jung, um mit einem der Kindertransporte hergekommen zu sein, an die das Denkmal an der Liverpool Street erinnerte, aber vielleicht waren ihre Mutter oder ihr Vater so in London gelandet, oder ihre Großeltern waren Geflüchtete wie Freud, dessen Nachkommen, wie Paul vor ein paar Stunden gelernt hatte, fast alle in Großbritannien geblieben waren. Paul hätte sie gern gefragt, aber es war nicht seine Aufgabe gewesen, Fragen zu stellen.

»Nicht betrachtend die Umstände, Sie sind jetzt zufrieden mit sich?«, hatte Dr. Blumenthal gesagt und Pauls Herz endgültig erobert.

So eine schöne und genaue Frage war ihm wahrscheinlich noch nie gestellt worden. Nicht betrachtend die Umstände war Paul wirklich absurd zufrieden, mit sich und allem anderen, so sehr, dass er sich vorgenommen hatte, in seinem Buch zu notieren, dass er, falls kein Anfall in Reichweite war, zur Not in eine Steckdose greifen sollte, wenn er wieder rettungslos trüb war wie vorhin.

»Aber ja« hatte Paul ihr geantwortet, und das Lachen hatte Finn für ihn übernommen.

Finn hatte bei allen Untersuchungen dabei sein dürfen. Sogar als Paul in der Röhre lag, hatte er auf der anderen Seite der Glasscheibe gestanden und die medizinische Assistentin irgendwie davon überzeugt, ihm das Mikro zu überlassen, um ein paar dumme Sprüche abzulassen, die Paul über Lautsprecher in der Dunkelheit erreicht und zum Lachen gebracht hatten. Jetzt lag Paul allein in einem Krankenzimmer und wartete auf Dr. Blumenthals Befund und auf Finn, der ihm etwas zum Trinken versprochen hatte, das nicht lauwarmes Wasser ohne Kohlensäure war. Als die Tür aufging, sah er erleichtert, dass Finn mit zwei Halbliterflaschen Cola hereinkam. Paul hatte keine Angst, aber es war ihm lieber, dass Finn bei ihm war, wenn die Ärztin mit ihm sprach. Dass es ihm plötzlich so gutging, als hätte er zwei Wochen Strandurlaub in der Karibik hinter sich, bedeutete nicht, dass er nicht immer noch ein löchriges Fass war, in dem spätestens morgen früh kein Tropfen mehr sein würde.

»Eiskalt, der Automat funktioniert«, sagte Finn und reichte Paul eine der Flaschen. »Ich habe deine Maggie auf dem Flur getroffen. Sie ist gleich da.«

»Maggie? Wir sind schon bei Kosenamen?«

Finn grinste nur, schraubte seine Flasche auf und nahm einen großen Schluck. Auch ihm ging es gut. Er musste einen entsetzlichen Schreck bekommen haben, als Paul vor ihm gezappelt hatte, als werde er bei lebendigem Leib gegrillt, und bestimmt war ihm ein Felsbrocken vom Herzen gefallen, als es vorbei war und Paul weder unverständlich lallte noch ein Bein hinter sich herzog. Vielleicht war Finns gute Laune nicht nur seiner Erleichterung zu verdanken. So cool sich Finn gern gab und selten auf einen überheblichen Spruch verzichten konnte, war es ihm früher nie gelungen, sich nicht von Pauls Sorglosigkeit anstecken zu lassen. Paul mochte den Gedanken, dass es immer noch so sein könnte. Es war nicht wichtig, was in dem verdammten Buch stand. Auf der kurzen Fahrt vom Flughafen hatte er ohnehin nicht viel lesen können und war vielleicht noch nicht bis zum beruhigenden Ende vorgedrungen.

»Du hast Glück«, sagte Finn, »das Royal Free Hospital gehört zu den besten Krankenhäusern in London, vielleicht im ganzen Land, zu den besten staatlichen jedenfalls. Die sind extrem gut ausgestattet und behandeln hier sogar Ebola-Patienten. Die Forschungsabteilung für Lebermedizin ist führend, und auf vielen anderen Gebieten halten sie auch locker mit. HIV und Aids zum Beispiel, da waren sie die Ersten in Großbritannien, die Behandlungen durchgeführt haben. Elton John hat hier einen Garten eröffnet, der zur HIV-Station gehört.«

Paul musste lächeln. Solche Vorträge konnten jederzeit aus Finn heraussprudeln, selbst wenn er noch in der Sekunde zuvor völlig unbeteiligt gewirkt hatte. Wann immer er Gelegenheit dazu gefunden haben mochte, auf dem Weg zum Automaten oder während Pauls Untersuchungen, er hatte sein Smartphone intensiv benutzt. Es reichte Finn nie, etwas zu sehen, er musste auch wissen, was er sah.

»Elton John?«, sagte Paul. »Wohnt der auch in Hampstead? In einer der Villen, die wir gesehen haben?«

»Weiß ich nicht«, sagte Finn und gab seinem Reflex, nach seinem Handy zu greifen, nicht nach. »Aber Sting lebt hier und Jamie Oliver, Ringo Starr, Judi Dench, Liam Gallagher. In Hampstead haben schon immer die Reichen und Berühmten gewohnt. Wenn du ein Sternerestaurant suchst, ein schickes Yogastudio, einen buddhistischen Biobäcker oder eine Privatschule, die mehr im Monat kostet als ein Lehrer bei uns im Jahr verdient, dann kannst du hier zu Fuß hin.«

Finn war wissbegierig und klug, klüger als alle anderen, die Paul kannte. Er war begabt, wirklich begabt, ein echter, leidenschaftlicher Musiker. Aber er fing nichts mit alledem an. Er zeigte es nicht, er zeigte *sich* nicht. Paul hatte das nie verstanden. Paul selbst hatte nichts, was man ein Talent nennen konnte. Er konnte nicht schreiben, er konnte nicht malen, und von Musik verstand er schon gar nichts. Wenn er ehrlich war, hätte er sich nicht einmal als besonders sportlich bezeichnen dürfen. Im Gegensatz zu ihm hatte Finn wirklich was drauf, besaß etwas, was andere nicht hatten, aber er versteckte es. Finn ertrug und ignorierte seine Familie, die er schlecht aus der Wohnung werfen konnte, wenn er spielte, und irgendwann hatte er auch aufgehört, Paul zu beachten, wenn er am Klavier saß oder Unglaubliches aus seiner Gitarre herausholte, doch außer ihnen hatte ihn nie jemand spielen hören.

Wenn Paul nur fünf Prozent von Finns Begabung besessen hätte, wäre er auf jede Bühne gesprungen, die er finden konnte, aber Finn war noch nie aufgetreten, hatte nie in einer Band gespielt, wo er gleich an zwei Instrumenten der Star gewesen wäre, und er hatte sich auch nie die Gitarre geschnappt, um zu zeigen, wie es wirklich geht, wenn sie im Sommer am Fluss saßen und irgendein Stümper unter ihnen versuchte, mit den jämmerlichen drei Akkorden, die er beherrschte, Mädels zu beeindrucken. Vielleicht konnte man für sich selbst schreiben oder etwas zeichnen, was besser niemand sah, aber Musik ergab nur Sinn, wenn sie jemand zu hören bekam. Andererseits, woher sollte er wissen, ob seine Empörung über Finns verschwendetes Talent noch berechtigt war. Nur Paul war in den letzten fünfzehn Monaten derselbe geblieben, in einer grotesken Bedeutung, die man gar nicht wörtlich genug nehmen konnte. Warum sollte sich Finn nicht verändert haben? Vielleicht studierte er inzwischen an einer Musikhochschule, Paul hatte ihn nie woanders gesehen.

»Bist du ...«, begann er zögernd, noch gefangen in seinen Gedanken. »Ich meine, studierst du? Musik?«

Verwundert schüttelte Finn den Kopf.

»Spielst du in einer Band oder so was?«

»Nein. Wie kommst du jetzt darauf?«

Paul winkte ab. Er war neugierig, welchen Weg Finn nach dem Abi eingeschlagen hatte und wie er sich die Zeit nehmen konnte, um mit Paul bis nach London zu fahren, nur um sich bestätigen zu lassen, was sie auch schon zu Hause hätten wissen können: dass der schwachinnige Brief auch hier ein schwachsinniger Brief blieb und Paul besser nie wieder auf Khalil getroffen wäre. Aber es war ganz sicher nicht der richtige Moment, um Finn solche Fragen zu stellen.

»Wo steckt eigentlich Khalil?«, fragte Paul.

Finn stutzte noch mehr als bei Pauls letzter Frage und nahm einen Schluck Cola, als brauche er Zeit, um darüber nachzudenken.

»Er hat mir gesimst. Sie haben ihm gesagt, mehr als eine Begleitperson können sie nicht zu dir lassen. Erst hat er unten gewartet, jetzt sitzt er in einem Pub. Er sagt, wir sind daran vorbeigekommen. *The Garden Gate* oder so was, an der Overground. Ich soll ihn anrufen, sobald ich was weiß.«

»Okay«, sagte Paul nur und versuchte, sich weder eine Regung anmerken zu lassen noch irgendeine zu spüren.

Finn zögerte: »Soll ich ihn rufen? Hättest du lieber ihn hier?«

War es das gewesen, die ganzen letzten drei Jahre? Die drei Jahre vor seinem angeblichen Unfall. Finn war eifersüchtig? Er hätte es nicht sein müssen, nie, man konnte neue Freunde kennenlernen, ohne seine alten zu verlieren. Paul musste kein schlechtes Gewissen haben, er hätte zwei gute Freunde haben können. Wenn er sich nicht so von Finn hätte wegtreiben lassen, weil er den Lärm gebraucht hatte, der ständig um Khalil getobt hatte. Wenn er es ohne diesen Lärm ausgehalten hätte. Er hätte zwei Freunde haben können. Wenn Khalil ein Freund gewesen wäre.

»Ich darf mir aussuchen, wer bei mir ist?«, sagte Paul. »Dann nehme ich Liam Gallagher. Ich mag Oasis.«

Finns Lächeln blieb aus.

»Warum bist du auf Khalil losgegangen?«, fragte er.

Die Frage war logisch und fällig, längst, sie musste Finn seit Stunden unter den Nägeln gebrannt haben. Paul hatte jede Sekunde mit ihr gerechnet, aber er konnte sie nicht beantworten, noch nicht, vielleicht nie. Nie.

»Ich kann mich erinnern«, sagte Paul.

»Was?«

Paul zögerte.

»Woran kannst du dich erinnern? Was meinst du?«

»Als du mir im Museum von der Therapeutin erzählt hast, da habe ich mich an sie erinnert. Glaube ich. Ich meine, ich habe diese Alvarez vor Augen gehabt, jedenfalls irgendeine Frau, die vor mir sitzt, und auch diese Kiste und was da drin ist. Auf einmal wusste ich, was ich mache, wenn ich bei ihr bin. Auch heute Morgen, am Flughafen, als du gesagt hast, ich hatte einen Unfall, da habe ich plötzlich die ganzen Leute gesehen, unsere Leute und die anderen, ich habe gehört, wie sie gegrölt und geklatscht haben. Ich bin durch die Menge gelaufen, habe was ganz fest an mich gedrückt. Die Fahne, oder? Du hast doch gesagt, ich hatte unsere Fahne.«

Finn sah ihn sprachlos an.

»Das müssen doch Erinnerungen sein, oder? Das wüsste ich doch sonst nicht.«

»Du kannst dich erinnern?« Fassungslos war Finn, keine Frage, aber war er auch wütend? »Seit wann kannst du dich wieder erinnern?«

»Seit wann? Keine Ahnung, seit wann. Heute erinnere ich mich. Jetzt. Vorhin. Vielleicht erinnere ich mich immer wieder an irgendwas, und dann vergesse ich es wieder. Ich …– Keine Ahnung. Ich weiß doch nicht mal, ob das wirklich Erinnerungen sind oder nur irgendein Scheiß, den ich mir einbilde.«

Finn fixierte ihn mit einem misstrauischen Blick, als müsse er sich jederzeit bereithalten, Paul in Fesseln zu legen. Waren es keine guten Nachrichten, die Paul für ihn hatte? Womit hatte er Finns Verärgerung verdient? Dass Finn Angst hatte, seinen neuen Job zu verlieren, weil Paul geheilt sein könnte, war nicht anzunehmen. So angenehm konnte es nicht sein, den Babysitter zu spielen.

»Warum hast du Khalil vorgeworfen, dass er dir das alles erzählt hat?«

»Was?«

»Du hast zu ihm gesagt, er hätte dir das nie erzählen dürfen. Wieso *erzählen*? Du hast nicht gesagt, ›du hättest mir den Brief nie schreiben dürfen‹ oder so was.«

Paul wusste nicht, ob er die Frage verstand. Er verstand sie vielleicht, auf irgendeine seltsam dunkle Weise, aber dort, wo sie hinführte, das spürte er scheppernd und hohl, wollte er nicht sein.

»Das habe ich gemeint, schätze ich«, sagte Paul.

»Schätzt du?«

»Mann, ich bin gleich danach umgekippt und habe erst mal eine Runde gezappelt. Schon vergessen? Was weiß ich, was ich für einen Bockmist gelabert habe.«

Paul wollte nicht, dass ihre ausgelassene Stimmung von einem Ernst vertrieben wurde, den er nicht verstand, der sich aber bei ihnen beiden unüberhörbar eingenistet hatte. Er wusste nicht, warum ihn Finn so ansah, warum er selbst so laut geworden war, und auch nicht, wie er das alles Dr. Blumenthal, die er jetzt bemerkte, erklären sollte, falls sie eine Erklärung erwartete. Sie war hereingekommen und an der Tür stehengeblieben. Sie ließ ihren Blick diskret auf dem Tablet in ihrer Hand, bis die Raumtemperatur ausreichend abgekühlt war und Finn und Paul sie wortlos ansahen.

»Wir können uns nicht beklagen«, sagte sie. »Alles normal, so normal, wie es möglich ist für Sie. Ich denke, es gibt keine besondere Gefahr.«

Um seine Dankbarkeit zu zeigen, nickte Paul so erleichtert, wie er nur konnte. Maggie war cool. Erkennbar hatte sie selbst Freude daran, Deutsch zu sprechen, aber sie tat es vor allem, damit ihr Patient alles verstand, was er verstehen musste. Sie gab sich seriös und wirkte mit dem geblümten dunkelblauen Kleid unter dem offenen Kittel und ihren nach hinten zusammengebundenen grauen Haaren fast altjüngferlich-bieder, doch wenn ihre Augen aufleuchteten, sah sie aus, als sei sie sehr damit beschäftigt, sich ein Lächeln, vielleicht sogar ein Lachen zu verkneifen. Falls sie Kinder hatte, und die hatte jemand wie sie bestimmt, waren es erfolgreiche, aber bescheidene, ungeheuer freundliche Menschen, die langsam selbst auf ihre Lebensmitte zugingen, dennoch mehrmals in der Woche ihre Mutter anriefen und nie abwarten konnten, mit ihren eigenen Kindern in den Winter- und Frühjahrsferien zurück in ihr Elternhaus zu kommen, das auch in Hampstead lag, vielleicht nicht so groß war wie das der Freuds, aber auch einen schönen Garten hatte, mit einem alten, wahnsinnig hohen Apfelbaum, den nie jemand beschnitt, obwohl er inzwischen viel zu viel Licht wegnahm. Wenn die Familie kam, kochte Maggies Mann, ein pensionierter Collegeprofessor, stundenlang einen Lammeintopf, das einzige Gericht, das er perfekt beherrschte und das sämtliche seiner Kinder und Enkelkinder jahraus, jahrein nicht nur klaglos, sondern überaus gern aßen. Paul spürte eine schmerzhafte Enttäuschung, nie bei einem Familientreffen im Haus der Blumenthals gewesen zu sein.

»Ich vermute, Sie haben vergessen, ein Mittel zu sich nehmen. Vielleicht Sie waren zu spät damit. Ein Mittel für *seizure disorder.*« Sie dachte einen Moment nach. »Man sagt Epilepsie?«

»Epileptiker bin ich auch?«, fragte Paul und sah zu Finn. »Wusstest du das?«

Finn schüttelte den Kopf und sah so erschrocken aus, wie Paul sich fühlte. Dr. Blumenthal blickte Paul freundlich an.

»Das ist nicht Epilepsie, nicht richtig Epilepsie, nur ein Element, das bei Ihnen kommt vor manchmal. Die Prognose ist sehr gut dafür, wenn Sie alle Medikamente benutzen. Immer benutzen. Mit der Zeit das Risiko wird kleiner werden. Wir können zuversichtlich sein.«

Die Frau machte Paul fertig. Er glaubte ihr, er wollte es nicht nur, er glaubte es. Weil er ihr glauben konnte. Wir können zuversichtlich sein. Sobald er allein war, würde er dieses dämliche gelbe Buch herausholen und den Satz aufschreiben, jedes Wort groß auf eine eigene Seite. WIR. KÖNNEN. ZUVERSICHTLICH. SEIN.

»Wegen der Sicherheit hatte ich einen Anruf mit der Klinik, wo Sie waren. Das war nicht verkehrt, nicht?«

Dass es für Paul und Finn verkehrt sein könnte, ahnte sie sicher, bevor die beiden einen schnellen, alarmierten Blick wechselten, sonst hätte sie die Frage nicht gestellt. Ein kleiner Punktabzug für Maggie, aber sie lag immer noch unschlagbar weit vorn.

»Mein Kollege, der da war für Sie, Dr. Ritter, er sagt, er hat keine Sorgen. Medizinisch. Sie machen alles, wie Sie sollen, Ihre Medikamente und so weiter, dann ist nur ein kleines Risiko. Ich denke auch so. Eine andere Frage ist die Psychologie.« Sie bemerkte Pauls irritierten Blick und fügte schnell hinzu: »Die Ansicht von Dr. Ritter.«

»Und Sie?«, sagte Paul. »Sie denken auch so? Die Psychologie ist eine Frage?«

Dr. Blumenthal sah zwischen Paul und Finn hin und her, bis etwas in ihr Gesicht zog, das Paul als Lächeln durchgehen lassen wollte.

»Wir kennen uns nicht gut«, sagte sie. »Ich fürchte, ich habe keine Antwort, aber Sie wahrscheinlich? Vielleicht Sie beide zusammen?«

Das Achselzucken, zu dem er schon angesetzt hatte, fing Paul rechtzeitig ab, um es durch ein möglichst überzeugendes Nicken zu ersetzen.

»Das heißt, es ist alles in Ordnung. Sie können mich entlassen?«

»Morgen. Sie bleiben noch eine Nacht, wegen der Sicherheit. Wir sprechen morgen. Sie können dann gehen, wohin Sie gehen.«

Margaret Blumenthal hatte keine Frage gestellt, aber Paul war sich sicher, dass sie an der Antwort interessiert war. Unglücklicherweise kannte er sie. Wohin sollten sie morgen schon gehen? Ihre kindische Mission war erfüllt. Sie hatten Khalil gefunden, und nichts sprach dafür, dass er Leute in die Luft sprengen wollte. Er war nur ein selbstsüchtiges, gelangweiltes Dreckschwein, das schon die nächste Schlammgrube gefunden hatte, in der es sich suhlen konnte. Paul blickte zu Finn, der Dr. Blumenthal ansah, als sei sie ihm etwas schuldig geblieben.

»Bis morgen«, sagte sie und wandte sich zur Tür.

»Warum können Sie eigentlich so gut Deutsch?«, fragte Paul.

»Aus dem gleichen Grund wie Sie. Aber ist lange vorbei.«

Sie öffnete die Tür und war schon fast draußen, als Finn sie aufhielt.

»Dr. Blumenthal, entschuldigen Sie.«

Sie blieb stehen, drehte sich zu ihm um.

»Als Sie mit Pauls Klinik telefoniert haben, haben Sie da auch mit seiner Therapeutin gesprochen?«

Margaret Blumenthal sah ihn nur an, hilfsbereit, aber irritiert.

»Paul hat in der Klinik eine Psychotherapeutin«, sagte Finn, schien sich aber nicht sicher zu sein, ob sie ihn verstand. »His psychotherapist, Dr. Alvarez, did you talk to her?«

Blumenthal schüttelte den Kopf. »Ich hätte es tun sollen?«

Finn sah zu Paul, als sei es dessen Aufgabe, der Ärztin zu antworten. Paul schwieg. Irgendwas glitt ihm aus den Händen, etwas Schweres, sehr Zerbrechliches, und würde gleich unangenehm laut zu Bruch gehen. Finn wandte sich wieder Dr. Blumenthal zu.

DER PUB HATTE einen großen schattigen Biergarten, in dem schon am Nachmittag die Hälfte der Tische belegt war, überwiegend von jungen Leuten, darunter Müttern mit Kinderwagen, die alle aussahen, als seien sie schon von den Groß- oder Urgroßmüttern der Babys benutzt worden. Finn hatte erwartet, dass auch Bruce hier sein würde, aber Khalil saß allein da, vor sich einen schlichten Tumbler mit einer klaren Flüssigkeit, in der eine Limettenscheibe schwebte. In der Schulzeit war für Khalil und seine Entourage Wodka das Getränk der Wahl gewesen. Vielleicht servierten sie ihn hier mit Limette, oder Khalil war auf Gin Tonic umgestiegen. Er stand auf, als er Finn auf sich zukommen sah.

»Wie geht es Paul?«

»Hi«, sagte Finn und setzte sich.

Mit einer Umarmung hatte Finn nicht gerechnet, aber Khalil ersparte es ihm zum Glück auch, ihm die Hand geben zu müssen. Er setzte sich wieder, sah Finn ungeduldig an.

»Geht es ihm gut?«

»Ja. Er bleibt zur Beobachtung da. Morgen kommt er raus.«

»Und was war das vorhin?«

»Weiß man nicht so genau.«

»So was passiert doch nicht einfach.«

Seine Stimme klang brüchig. Dieser Khalil machte sich Sorgen und gab sich keine Mühe, es zu verbergen.

»Die Ärztin sagt, solche Anfälle können vorkommen. Kann sein, dass Paul vergessen hat, ein Medikament zu nehmen. Oder zu spät oder so.«

»Wer kümmert sich darum? Um die Medikamente, meine ich. Wenn er nicht in der Klinik ist.« Khalil klang immer beunruhigter.

»Er selbst. Ich helfe ihm.«

Auf Streit schien Khalil nicht aus zu sein, aber er hatte seinen skeptischen Blick nicht schnell genug unter Kontrolle.

»Du meinst, ich habe einen Fehler gemacht?«, sagte Finn ruppig. »Paul hätte die Reha gar nicht verlassen dürfen?«

Khalil beeilte sich, den Kopf zu schütteln. »Jetzt seid ihr ja hier.«

So versöhnlich hatte Finn Khalil noch nie erlebt, nie ein so scheues Lächeln in seinen Augen gesehen.

»Darf man Paul besuchen?«

Vor fünfzehn Monaten hatte Khalil ihm dieselbe Frage gestellt. Damals hatte Finn gelogen.

»Darf man, klar«, sagte Finn, »aber er will nicht, dass du ihn besuchst.«

Finn konnte den Kummer in Khalils Augen noch sehen, bevor er den Kopf wegdrehte und durch das offene Gartentor auf die Straße sah. Er war enttäuscht und niedergedrückt, aber er war nicht überrascht. Als er wieder zu Finn sah, hatte er alles beseitigt, was auf Schwäche schließen lassen konnte.

»Willst du was trinken?«, fragte er. »Muss man an der Theke holen.«

»Dasselbe wie du.«

»Wasser?«

Ohne zu fragen, nahm Finn Khalils Glas hoch, roch daran und nahm einen Schluck. Khalil grinste ihn spöttisch an, mit dieser Chuzpe hatte er so wenig gerechnet wie Finn selbst. Finn stellte das Glas wieder ab. Es war Wasser.

»Was dachtest du?«, fragte Khalil.

»Gin Tonic.«

»Willst du einen?«

»Trinkst du einen mit?«

»Wenn sie Hendrick's haben«, sagte Khalil und stand auf.

Es ging zu schnell. Finn hatte sich noch nichts zurechtgelegt, als Khalil zurückkam und den Eröffnungszug machte.

»Dieser verschissene Brief«, sagte Khalil, kaum dass er die Gläser abgestellt und sich gesetzt hatte, »du hast gesagt, ich hätte ihn schreiben können. Warum?«

»Was?«

»Cheers«, sagte Khalil und hob sein Glas, »auf Paul!«

Er wiederholte seine Frage nicht, das tat er nie, er wusste, dass Finn ihn verstanden hatte. Finn blieb die Zeit, die er für den ersten Schluck aufwenden konnte. Unversehens war Khalil wieder so souverän und spöttisch, wie er ihn kannte, regierte mit seinen Augen.

»Ich habe dir gesagt, warum«, sagte Finn, obwohl er wusste, dass es die schlechteste aller möglichen Antworten war.

»Ich fürchte, ich habe dich vorhin nicht ganz verstanden.«

»Spielt es noch eine Rolle? Der Brief ist nicht von dir.«

Khalil lachte auf. »Ach? Ganz was Neues.«

»Wenn du so willst, bist du offiziell entlastet. Seit einer Viertelstunde ungefähr.«

Finn misslang das überlegene Lächeln, das er sich von seinem Wissensvorsprung erhofft hatte. Gegen den beißenden Hohn in Khalils Augen kam er ohnehin nicht an.

»Seit einer Viertelstunde?«, sagte Khalil. »Wie das?«

Finn hätte gar nicht erst damit anfangen dürfen; trotz allem hatte Paul es nicht verdient, vorgeführt zu werden. Er griff nach seinem Glas, nahm noch einen Schluck und stellte es bedächtig wieder ab, als erfordere diese Aufgabe seine ganze Konzentration.

»Du bist ständig wütend«, sagte Finn, »warst du jedenfalls früher.

Du bist nicht einverstanden, mit gar nichts, aber du hast nie versucht, deine Ansichten mit anderen Ansichten wenigstens so in Einklang zu bringen, dass es am Ende kein Blutvergießen gibt. Und du magst Paul. Sehr. Wer auch immer diesen Brief geschrieben hat, er kennt dich gut.«

Es war unanständig leicht. Finn wusste, dass er recht hatte, weil er wusste, wer den Brief geschrieben hatte.

»Du scheinst mich auch gut zu kennen«, sagte Khalil.

Finn kannte ihn besser, als er es jemals gewollt hatte. Er konnte nur hoffen, dass Khalil niemals ahnen würde, wie richtig er lag.

»Und was glaubst du, warum bin ich … *wütend*?«

Der höhnische Ausdruck in Khalils Augen war nicht verschwunden, sein bissiger Unterton war gut zu hören, dennoch spürte Finn die Angst in sich aufsteigen, dass er die Frage ernst meinen könnte. Irgendwo hinter der Coolness war Neugier, ein kindliches, echtes Wissenwollen.

»Hast du deine Krankenkassenkarte dabei?«, sagte Finn. »Müsste ich schnell durchziehen, bevor wir mit der Sitzung beginnen.«

Das verächtliche Lächeln hatte Finn verdient. Ihr Moment war vorbei, Khalils Rollgitter ging wieder herunter. Aber es hatte den Boden noch nicht erreicht.

»Warum du wütend bist?«, sagte Finn. »Lass mich nachdenken. Vielleicht weil du nicht weißt, wie du jemals gegen einen Bruder ankommen sollst, den du nie kennengelernt hast? Einen Bruder, den du ersetzen sollst, aber nie ersetzen kannst, egal was du tust, weil ein toter Sohn immer besser ist als ein lebender?«

Die Schläge gegen Khalils Deckung zeigten sofort Wirkung, ein paar Atemzüge lang starrte Khalil ihn erschüttert an, bevor er seine Fassung wiedergewann. Obwohl er nichts weniger wollte, als Khalil wehzutun, setzte Finn seinen Angriff fort, drängte ihn in Richtung der Seile.

»Weil du immer der Beste bist, es dir aber nie jemand gönnt? Weil jeder Lehrer, der dir wieder eine Einser-Arbeit zurückgeben musste, dich angesehen hat, als würde er schon irgendwann rauskriegen, wie du ihn reingelegt hast? Weil die ganze Kohle deines Alten nie zu etwas anderem geführt hat, als die Leute hinter deinem Rücken nur noch wütender zu machen?«

Khalil lehnte sich lässig zurück, in der Hand den Gin Tonic und in den Augen die alte Spottlust, die er nur mühsam zurückzuhalten schien. Finn hätte nichts dagegen gehabt, wenn sie durchgebrochen wäre.

»Weil du nicht freundlich sein willst, nachdem es nie etwas gebracht hat, freundlich zu sein? Weil jemand, der Angst vor dir hat, dich wenigstens respektiert?«

Finn hätte noch stundenlang weiterreden können, aber es war genug, mehr als genug. Er hatte nie vorgehabt, irgendetwas zu sagen, nicht einmal gewusst, dass er das alles dachte.

»Bist du fertig?«, fragte Khalil.

»Eigentlich schon. Aber vielleicht gibt es eine viel simplere Erklärung. Vielleicht bist du einfach ein verwöhntes, reiches Arschloch, das tun und lassen kann, was es will, weil ihm am Ende immer jemand den Arsch aus der Scheiße zieht.«

Finns Nachtrag diente der Sicherheit, wie Dr. Blumenthal es vermutlich ausgedrückt hätte. Er sollte dafür sorgen, dass sich Khalil wie Khalil verhielt. Khalil beugte sich vor, stellte sein Glas ab und sah Finn unentschlossen, beinahe hilfesuchend an. Als erwarte er von ihm, die richtigen Worte souffliert zu bekommen.

»Du hast viel über mich nachgedacht«, sagte Khalil zögernd. »Warum?«

Natürlich bekam er keine Antwort, obwohl sie beide die Antwort kannten, spätestens jetzt.

»Ich dachte immer, du hältst mich für Abschaum«, sagte Khalil, »für eine ansteckende Krankheit, die Paul heimtückisch erwischt hat. Und jetzt das?«

Khalil hatte kein Recht, so mit ihm zu sprechen. Ihn so anzusehen. Die Getränke waren bezahlt, Finn konnte aufstehen und gehen. Er wollte nicht gehen, aber er wusste nicht, wie lange er es aushalten konnte. Er hätte jeden abfälligen Spruch ertragen, jede Demütigung, jeden Schlag ins Gesicht, aber das hier, diese teuflische Sanftheit, ertrug er nicht. Sich zermalmen zu lassen, war etwas anderes, als sich auszuliefern.

»Warum will Paul nicht, dass du ihn besuchst?«, fragte Finn, so ruhig er konnte. »Warum ist er auf dich losgegangen?«

Khalil schien den abrupten Themenwechsel zu bedauern, wirkte aber nicht verunsichert.

»Hast du ihn nicht gefragt?«

»Ich frage dich.«

»Er hat es dir nicht gesagt.«

Finn schwieg. Von Khalil würde er seine Antwort schon bekommen, feige war er nicht. Sein kurzes Zögern schien denn auch nur der Rücksicht auf Finn zu entspringen.

»Ich habe ihn verlassen. Das hat er mir nicht verziehen.«

Die Pause war ungewöhnlich für Khalil, normalerweise scherte es ihn nicht, wie seine Worte ankamen. Finn konnte sich nicht erinnern, dass er sich selbst je zuvor so bemüht hatte, seine Blicke unter Kontrolle zu behalten.

»Wir sind zusammengekommen, als wir das *CCC*-Video gedreht haben. Früher oder später hat es passieren müssen, das wusste ich schon lange. Wir waren so verliebt, wir waren glücklich. Total glücklich. Ich habe Paul sogar meinen Eltern vorgestellt. Natürlich hat mein Alter getobt, wenn man das überhaupt so nennen kann, was er abgezogen hat. Ich bringe einen Kerl mit nach Hause und sage, ›das ist der Mann, den ich liebe‹? War mir egal, wollte ich so. Ich dachte, wir bleiben ewig zusammen. Zum ersten Mal wollte ich, dass meine Eltern kapieren, wer ich bin. Wir hatten eine Wahnsinnszeit, Paul und ich, und das Beste daran war, dass es noch viel geiler werden würde, wenn wir die Schule und den ganzen Mist hinter uns hätten. Die Zeit war auf unserer Seite. Bis zur Nacht vor den Osterferien. Bis zu dem beschissenen Unfall.«

Finn hörte, was er hörte, er sah, was er sah, den Aufruhr in Khalils Augen, die winzigen Beben in seiner Stimme. Kein Faden führte zu Zweifel oder Argwohn, aber zusammensetzen ließ sich nichts. Khalils Geschichte war eine von denen, die weder verwirren noch erleuchten und nicht einmal funktionieren müssen. Sie genügen sich selbst. Sie werden erzählt, weil sie erzählt werden. Auf der Tischplatte waren unzählige Glasränder. Offensichtlich wurden den Gästen keine Bierdeckel mitgegeben, wenn sie sich an der Theke ihre Getränke holten.

»Danach war alles anders. Anders? Was rede ich für einen Scheiß? Entsetzlich war es, unerträglich, da gibt es keine Worte. Für Paul sowieso, für mich auch. Ich war jeden Tag bei ihm, auch als er noch im Koma lag. Ging mir am Arsch vorbei, dass seine gruselige Mutter mich nicht zu ihm lassen wollte, ich bin trotzdem jeden Tag hin und habe gewartet. Die hatte das mit uns auch spitzgekriegt, und ihr hat das genauso wenig gefallen wie der Ratte bei mir zu Hause. Gegen Schwule hatte sie natürlich nichts, haben solche Frauen nie, da ging's um mich. Habe ich ihr beinahe abgenommen. Irgendwann hat sie mich zu ihm gelassen, und ich habe mit Paul gesprochen und gesprochen, ihm vorgelesen und gewartet und gewartet. Darauf, dass er endlich wieder aufwacht. Und das ist er ja dann auch.«

Der Schmerz in Khalils Augen war unübersehbar. Finn fragte sich, ob auch irgendetwas in seinen eigenen Augen zu erkennen war. Erzählten sie, was er damals und in den Monaten danach gemacht hatte? Er hatte fürs Abi gelernt, jede mögliche Sekunde mit Darja verbracht, sich ausgeruht und unmerklich darin geübt, perfekt und perfide zu vergessen. Damals hatte Finn keinen Schmerz gespürt.

»Er konnte sich nicht erinnern. Als Paul aufgewacht ist, war alles weg, er wusste nicht mehr, dass wir zusammen waren. Er wusste es nicht, und er ...– Das Schlimmste war, er konnte es sich nicht mal vorstellen. Ich habe ihm unsere Geschichte erzählt, immer und immer wieder, aber er sah mich jedes Mal an, als würde ich ihn verarschen. Gibt es etwas Grausameres? Du hast die unglaublichste Liebesgeschichte der Welt erlebt, nein, du bist mittendrin, aber der, mit dem du sie hast, den du liebst, wie du noch nie jemanden geliebt hast, der weiß nichts davon? Der glaubt dir nicht mal?«

Finn wollte nicht nach Sinn graben, er wollte es hinter sich bringen, so schnell wie möglich, aber seinen Verstand konnte er nicht ausschalten.

»Ihr seid in der Nacht zusammengekommen, in der das Video gedreht wurde?«, sagte Finn. »In der zweiten Nacht?«

Khalil nickte, schien die Frage aber nicht zu verstehen.

»Das ist Pauls letzte Erinnerung an früher. Danach ist es zappenduster, aber an diese Nacht erinnert er sich jedes Mal, wenn er aufwacht. Er denkt, es ist der Morgen danach.«

Khalil verstand immer noch nicht, worauf Finn hinauswollte, aber er nickte wieder, schien zu wissen, was für Paul der letzte Tag des Lebens war, das er gekannt hatte.

»Wenn er sich *daran* erinnert und du sagst, ihr seid in dieser Nacht zusammengekommen, dann wird er sich doch auch daran erinnern, dass ihr zusammen wart.«

Khalil sah ihn ratlos an, hilfsbedürftig, durchflossen von einem Kummer, für den er anscheinend keine Worte hatte. Er schüttelte den Kopf. Und Finns Unmut durfte endlich vor die Tür.

»Kapiere ich nicht. Du sagst, Paul ist auf dich los, weil du ihn verlassen hast. Weil er dir nicht verziehen hat. Aber er wusste nie was von euch? Er hat's nicht mal geglaubt? Kommt da noch eine Pointe?«

»Ich habe ihn doch wirklich im Stich gelassen, ich war nicht mehr für ihn da. Eigentlich wollte ich gar nicht mehr an die Brown, ich wollte nicht weg von Paul. Aber irgendwann habe ich gemerkt, es ist besser, wenn ich fort bin. Nicht für mich, für mich auch, klar. Ich bin ja fast verrückt geworden. Vor allem für Paul. Damit er mir nicht mehr jeden Tag so ausgeliefert ist, meinen erbärmlichen Versuchen, ihn mit Gewalt daran zu erinnern, was wir verloren haben.«

Khalil hatte Paul verlassen, weil er es ihm leichter machen wollte. Welchen Grund hatte Finn gehabt? Gingen Zorn und Scham als Gründe durch, und falls ja, musste man wissen, auf wen man zornig war, warum man sich schämte?

»Ich hab's wieder versucht«, sagte Khalil, »als ich zurück war, weil ich wegen dieser ganzen Trump-Scheiße nicht mehr in die Staaten durfte. Ich dachte, vielleicht hilft uns die Zeit ja, vielleicht ist irgendwas besser geworden. Vielleicht kann *ich* es besser ertragen. Aber die Zeit hat einen Scheiß geholfen. Für Paul gab es keine Zeit mehr. Ich habe ihn besucht, sooft ich konnte, und er hat sich immer gefreut, mich zu sehen, seinen alten Freund aus der Schule. Mehr war ich nicht mehr für ihn.«

Wer konnte sicher sein, dass Paul der Kranke war? Vielleicht hatte er recht und alle anderen nicht. Vielleicht gab es keine Zeit, die für jeden galt. Warum sollte nicht jeder seine eigene besitzen, die er anhalten, zurückdrehen, schnell vorspulen oder einfach ignorieren konnte? Finn wusste, dass er nicht verrückt geworden war, Wünsche kleideten sich oft in irre Gedanken. Als er zwölf gewesen war, hatte er sich für erwachsen gehalten, den einzigen wirklichen Erwachsenen im Haus, ohne den nicht nur Nele aufgeschmissen gewesen wäre. Heute hielt er sich für zwölf, und das Wünschen fiel ihm nicht leichter als das Fliegen.

»Ich habe die Reißleine gezogen«, sagte Khalil, »ich habe Paul geliebt, ich liebe ihn immer noch, aber so konnte ich nicht weitermachen. Ich hatte Bruce kennengelernt und wir ...– Es läuft echt gut zwischen uns, weißt du? Irgendwann bin ich nicht mehr zu Paul gefahren, habe ihn nicht mehr angerufen, ihm nicht mehr geschrieben. Wegen ihm habe ich sogar meine Handynummer geändert. Ich habe mich gefühlt wie ein Schwein, ich habe mich ja auch so benommen, aber es ging nicht mehr. Für uns beide nicht.«

Khalil war am Ende seiner Geschichte, und die Dinge fügten sich zusammen, seine neue Nummer, sein scheinbares Verschwinden, die ausbleibenden Rückrufe, das abweisende Verhalten seiner Eltern und die Feindseligkeit des Bärtigen mit dem Hund, dem Finn den Kiefer gebrochen hatte, eigentlich alles. Fast alles. Was Khalil erzählt hatte, verwandelte Finn in ein Kriechtier, aber es war plausibel. Dennoch erklärte nichts davon, warum Paul einen monströsen, in seiner Lage beinahe übermenschlichen Aufwand betrieben und sich mit einem derart ausgeklügelten Plan selbst so kunstvoll betrogen hatte. Riss man sich so zusammen, mobilisierte man alle seine Kräfte, nur um einen *alten Freund* wiederzusehen und dann auf ihn einzuschlagen? Finn konnte Khalil fragen, aber er wollte nicht. Das hier war Pauls Reise, Pauls und seine Reise, Khalil hatte damit nichts zu tun.

»Du hast das alles nicht gewusst«, sagte Khalil. »Ich meine, von Paul und mir. Er hat dir nie was erzählt damals. Oder?«

So bitter hatte Khalil noch nie geklungen. Hing von Finns Kopfschütteln oder Nicken der Schlussakkord des Stücks ab, lag es in seiner Hand, Khalil zu trösten, ihm seine Geschichte zumindest ein bisschen erträglicher zu machen?

»Doch«, sagte Finn und sprach mit einer Lüge die Wahrheit aus, »klar wusste ich es.«

Finn hielt Khalils forschendem Blick nicht stand. Mitleid war das, was Khalil am wenigsten ertragen würde, aber darüber musste er sich keine Gedanken machen. Finn hatte kein Mitleid mit ihm, er hatte nicht an Khalil gedacht, als er geantwortet hatte. Er griff in seine Hosentasche, fühlte die Tablettenstreifen unter seinem Handy, das er herauszog, um demonstrativ auf den Sperrbildschirm mit der eingeblendeten Uhrzeit zu blicken.

»Ich muss zurück zu Paul«, sagte Finn. »Keine Ahnung, wie lange sie mich heute noch zu ihm lassen.«

Er stand auf, Khalil blieb sitzen. Finn hatte wieder Glück, sie würden sich nicht berühren. Als Paul operiert worden war, hatte Finn ihn am Arm gefasst. Er hatte es nie vergessen.

»Rufst du mich an, wenn er mich doch …–« Khalil brach ab, lächelte plötzlich wieder sein Khalil-Lächeln, das der Welt unmissverständlich zeigte, was sie ihn konnte. »Sag ihm einfach, wir sehen uns, wenn wir uns sehen.«

Finn nickte. Um Khalil musste sich niemand Sorgen machen. Er konnte umschalten, hatte es längst. Finn hob kurz die Hand, betrachtete das letzte Bild, das er von Khalil im Erinnerung behalten würde, drehte sich um und ging aus dem Biergarten hinaus. Er hätte nach links gehen müssen, um zur Klinik zu kommen, er ging nach rechts, obwohl er wusste, dass Khalil ihm nachsah.

Gleich hinter der Overground-Station bog Finn in eine Straße ein, die einen Hügel hinaufführte. Nach ein paar Metern sah er auf der rechten Seite einen kleinen öffentlichen Garten, der hinter einem verrosteten Metallzaun zwischen Straße und den Bahngleisen lag. Finn öffnete das Tor, ging die Stufen hinunter, setzte sich auf eine Bank, die aus großen runden Holzscheiben angefertigt war, und sah sich um. Klanghölzer an den Bäumen, die im Wind aneinanderschlugen, ein von Steinen umrandeter Teich und eine Bambuswand, an der kleine Zettel hingen, auf denen Besucher Wünsche notiert hatten, um die Finn sie beneidete. Einer wünschte sich, dass alle Kriege auf der Welt beendet werden sollten, eine andere, dass ihr Mann nicht mehr gewalttätig war, damit er endlich zurück nach Hause konnte. Finns Telefon klingelte, Paul rief ihn zum ersten Mal mit dem Handy an, das er sich in Berlin besorgt hatte. Finn drückte ihn weg und sah sich die Liste der Anrufe und Nachrichten an, die wieder unendlich lang geworden war. Pauls Mutter hatte aufgegeben, ihn erreichen zu wollen, inzwischen war es Finns Vater, der immer drängender um Rückruf bat.

Finn steckte das Handy ein und beschloss sitzenzubleiben. Er hatte es nicht eilig, sie hatten es alle nicht mehr eilig.

6. JULI – *Royal Free Hospital, London-Hampstead*

Jetzt bin ich endgültig im Arsch, und bedanken kann ich mich nur bei mir selbst. Finn ist wütend abgezogen. Hätte ich auch gemacht an seiner Stelle. An seiner Stelle würde ich nicht mehr zurückkommen. Tut er wahrscheinlich auch nicht, er geht nicht mal ans Telefon. Morgen schmeißen sie mich hier raus, das wird lustig. Wer erklärt mir, was los ist, wenn ich aufwache? Dr. Blumenthal? Die weiß doch nichts. Adoptiert sie mich, den Zeitreisenden aus Deutschland? Ich muss mit den Sprüchen aufhören. Ich muss hier was reinschreiben, damit ich morgen was damit anfangen kann. Falls Finn nicht zurückkommt. Er kommt zurück. Er dampft ab und kommt zurück. Und wenn er nicht zurückkommt? Dann holen sie meine Mutter. Ich sag ja, ich bin im Arsch.

Seit der Zugfahrt nach Berlin habe ich nichts mehr geschrieben. Gestern sind Finn und ich nach Berlin gefahren, jetzt sind wir in London. Weil wir Khalil gesucht haben. Das muss ich kurz aufschreiben, auch wenn ich kaum noch leere Seiten habe, wie soll ich es sonst morgen verstehen? Also, ich habe einen Brief von Khalil bekommen, nein: Ich dachte, ich habe einen Brief von Khalil bekommen. Er hat sich von mir verabschiedet, für immer. Ganz große Oper. Und warum? Weil er einen Anschlag plant.

Ich habe das alles geglaubt. Ich habe auch geglaubt, dass der Brief von Khalil ist. Er war nicht zu erreichen, da habe ich Finn angerufen. Er ist auch auf die Scheiße reingefallen, und dann sind wir – Kurzfassung, viel mehr weiß ich eh nicht – nach Berlin, um ihn zu suchen. Von Berlin sind wir nach London, weil Khalil hier ist, und heute Morgen haben wir ihn dann in einem Museum getroffen. Ich bin auf ihn los und habe ihn geschlagen, und irgendwann hatte ich einen epileptischen Anfall.

Deswegen bin ich hier gelandet. Die haben mich komplett auf den Kopf gestellt, und am Ende hat Dr. Blumenthal gesagt, die Ärztin, ich muss mir keine Sorgen machen. Damit sie nichts übersieht, hat sie in der Reha angerufen, und die haben auch gesagt, ist alles soweit okay mit mir, aber Finn hat Dr. Blumenthal plötzlich gefragt, ob sie auch mit meiner Therapeutin gesprochen hat.

Vielleicht hat er was geahnt. Jedenfalls habe ich was geahnt, glaube ich, ich hatte sofort ein beschissenes Gefühl. Ich wollte nicht, dass sie da anruft, ums Verrecken nicht, aber ich habe nichts gesagt, und Dr. Blumenthal hat angerufen und mit ihr gesprochen, also mit der Therapeutin. Dann hat sie mir das Telefon gegeben, weil die Therapeutin, Paula Alvarez heißt sie, mit mir sprechen wollte, wegen Schweigepflicht und so. Und schon war die Kacke am Dampfen.

Diese Alvarez scheint cool zu sein. Sie hat sich richtig gefreut, mit mir zu sprechen, und was sagt sie als Erstes? Sie gratuliert mir. Kein Scheiß. Sie hat mir dafür gratuliert, dass ich abgehauen bin. Sie findet, es ist ein gutes Zeichen, dass ich mich selbst in Bewegung gebracht habe. Vielleicht war es ein bisschen leichtsinnig, denkt sie, und sie darf auch niemandem sagen, dass sie so was für einen Fortschritt hält. Aber eigentlich findet sie es richtig gut. Es passen ja zwei auf mich auf, hat sie gesagt, mein Freund und ich selbst, ich bin nicht allein. War ich auch nicht, hat sie recht, aber wer weiß, wie das jetzt aussieht.

Ich war erleichtert, dass sie mir keine Vorwürfe macht, ich kannte sie ja nicht, da ruft Finn plötzlich rein, sie soll sich meine Sachen angucken, das Therapietagebuch, das hätte ich bei ihr liegen lassen. Sie fand es komisch, glaube ich, aber sie hat das Therapietagebuch geholt. Dann klang sie plötzlich ganz anders, richtig erschrocken, und hat nur gesagt, sie ruft gleich zurück. Leider hat sie zurückgerufen.

Das war alles Fake. Mein Fake, meine Erfindung. Den Brief gibt es gar nicht. Klar gibt es ihn, ich habe ihn ja hier, aber er ist nicht von Khalil. In diesem Therapietagebuch, das ich sicher nicht unabsichtlich in Alvarez' Zimmer gelassen habe, stehen lauter Entwürfe für den Brief drin, hat sie erzählt, mit verschiedenen Handschriften. Ich muss sagen, das war ziemlich clever für einen Kerl mit abgeschrammtem Hirn, ich glaube trotzdem nicht, dass mir jemand Bonuspunkte dafür gibt. Ich habe den Scheißbrief selbst geschrieben – und zwar mit voller Absicht, mich selbst damit reinzulegen! Ich muss lange daran gefeilt haben. Irgendwann bin ich auf die Idee gekommen und habe sie dort – nur dort, nicht im gelben Buch! – aufgeschrieben, um mich jedes Mal, wenn ich das Therapietagebuch aufschlage, daran zu erinnern und mich selbst davon zu überzeugen, dass ich das machen will. Sieht leider aus, als wäre es mir gelungen. Verstehe ich nicht. Ich werde das doch nicht jeden Tag für eine geile Idee gehalten haben. Jedenfalls habe ich es durchgezogen. Abgeschickt habe ich den Brief, als die Therapeutin für ein paar Tage im Urlaub war. Gar nicht blöd. Das Tagebuch lag bei ihr im Zimmer, ich konnte nicht rauskriegen, dass der Brief ein Fake ist. Ich bekomme also den Brief und Panik gratis. Den Rest habe ich ja schon geschrieben.

Diese Alvarez glaubt, ich wollte mich selbst unter Druck setzen, mich motivieren, wirklich loszugehen und mich aus den Krallen meiner Mutter zu befreien. Hat sie wirklich so gesagt, genauso. Ich hoffe, sie ist wirklich Therapeutin. Das kann nicht alles sein, ist doch bestimmt nicht der einzige Grund. Im Therapietagebuch hat sie einen Hinweis auf mein iPad gefunden. Da soll ich nachsehen, steht da. Aber das iPad ist zu Hause, bei Finn. Hat er mir noch gesagt, bevor er ausgerastet und abgedampft ist. Verübeln kann ich es ihm nicht. Ich habe ihn da reingezogen, tagelang durch die Gegend gescheucht – und für was? Für nichts. Für ein Hirngespinst, einen Prank. Das mit Finn ist eigentlich auch nicht logisch. Warum war ich mir sicher, dass er mir hilft, Khalil zu suchen? Hier drin steht, ich soll ihn nicht mehr anrufen, weil er nie zurückruft.

Und warum wollte ich zu Khalil? Das ist doch eigentlich die Frage. Diesen ganzen Aufstand habe ich ja nur gemacht, um ihn zu finden. Jemanden, den ich niemals wiedersehen wollte. Ich will unbedingt jemanden finden, der mir so was angetan hat, und denke mir dafür so eine Geschichte aus? Wenn ich nur aus der Klinik weggewollt hätte, hätte ich mir doch was anderes einfallen lassen können. Total krass, absolut unlogisch, aber Tatsache. Finn lügt mich doch nicht an. Warum habe ich das gemacht, das ist doch kompletter –

Paul hielt inne und blickte auf, weil er die Tür hörte. Finn kam herein, schloss behutsam die Tür, setzte sich in den Sessel, der in der Ecke stand, und sah ihn schweigend an. Paul legte sein gelbes Buch auf den Nachttisch, ließ die Beine aus dem Bett hängen, stand aber nicht auf. Er wartete ab, blickte Finn an und suchte in seinem Gesicht nach verlässlichen Anzeichen dafür, dass er sich beruhigt hatte. Vor allem kämpfte er dagegen an, aufzuspringen und jubelnd durchs Zimmer zu laufen. Finn war wieder da. Paul musste morgen nicht aus dem Fenster springen.

»Hi«, sagte Paul, als ihm das Schweigen zu lang geworden war.

»Hi«, sagte Finn, mehr sagte er nicht.

Paul wartete noch ein paar Sekunden ab, aber es kam wirklich nichts mehr. Auch Finns Ausdruck änderte sich nicht.

»Alles okay?«, fragte Paul.

»Alles okay«, sagte Finn.

Wieder folgte Schweigen. Paul kratzte sich die Worte zusammen, die Finn offensichtlich brauchte.

»Es tut mir leid.«

Das reichte nicht, Finn sah immer noch aus wie eine Wachsfigur.

»Finn, ehrlich, ich habe keinen Schimmer, warum ich das gemacht habe. Ich kann mir vorstellen, wie sauer du bist. Wäre ich auch. Logisch wäre ich das. Aber ich wusste doch nichts davon. Ich meine …– jetzt. Ich wusste es jetzt nicht mehr. Ist eine beschissene

Entschuldigung, weiß ich, aber ich …– Scheiße, Mann, tut mir echt leid.«

»Du warst mit Khalil zusammen.«

»Was?«

»Du warst mit Khalil zusammen.«

»Wie meinst du das?«

»Wie kann man das meinen? Ihr wart ein Paar. Ein Liebespaar.«

Paul schüttelte den Kopf, stand auf, konnte nicht aufhören mit dem Kopfschütteln, das automatisch ablief, weil er sich zu sehr darauf konzentrieren musste, das Atmen nicht zu vergessen. Finns Ruhe und sein unaufgeregter, distanzierter Ton machten alles noch schlimmer.

»Ich wusste nicht, dass du schwul bist«, sagte Finn.

»Ich bin nicht schwul.«

»Nein?«

In Paul brandete eine Wut hoch, die nur durch seine Verzweiflung im Zaum gehalten wurde.

»Wer hat dir das gesagt? Khalil? Hast du mit ihm gesprochen?«

Finn nickte, jetzt lächelte er sogar. Er schien sich zu amüsieren.

»Er hat Liebeskummer, der arme Kerl. Er hat dich geliebt, er liebt dich immer noch. Irgendwie. Aber er geht daran ein, dass du dich nicht daran erinnerst, dass ihr zusammen wart.«

Finn war nicht ruhig, er amüsierte sich auch nicht, er war zornig. Paul verstand es nicht. Er hatte das nicht verdient.

»Das ist nicht wahr!«, sagte Paul.. »Ich bin nicht schwul.«

Wieder sah ihn Finn lange schweigend an, bevor er sprach.

»Khalil lügt also? Da war nichts zwischen euch? Nie?«

Paul war nicht bereit, Finn irgendeine Erleichterung zu geben. Er war auch nicht bereit, sich selbst weiter zu quälen.

»Doch«, sagte Paul, »da war was.«

Finn hielt erstaunt inne, sah ihn aufmerksam an.

»Er hat mich vergewaltigt.«

Paul hatte es nicht auf das Entsetzen in Finns Augen abgesehen, aber er hatte auch nichts dagegen. Es war gut, in den Spiegel zu sehen.

»Was?«

»Soll ich es noch mal sagen?«

Finn stand auf, ging drei, vier Schritte auf Paul zu, blieb ratlos stehen.

»Kannst du ... – Willst du's erzählen?«

Paul wandte sich kurz ab, bevor er zögernd zu sprechen begann.

»Ich hatte längst gemerkt, dass er mich immer so komisch anguckt. Nicht nur wie einen Freund oder so. Er hat nie raushängen lassen, dass er schwul ist, ist ja auch nie mit einem Typen aufgekreuzt oder so was. Aber irgendwie wusste ich, was bei ihm los ist. Schätze, das haben viele gewusst. Oder irgendwie geahnt. Wir haben nie darüber gesprochen, hat sich keiner getraut, glaube ich. Ich habe mir da eh nichts draus gemacht, warum auch, und dass er mich gut fand, hat mich auch nicht gestört. Er wusste ja, dass bei mir nichts läuft. Ich fand's eher lustig.«

Paul ging an Finn vorbei zum Sessel, setzte sich, sah auf sein leeres Bett, dem er die Geschichte weitererzählte.

»Ich habe keine Ahnung, warum ich mich an diese beschissene Nacht erinnere. Alles andere habe ich doch auch vergessen, aber daran erinnere ich mich. War das Erste, woran ich heute Morgen gedacht habe. Am Flughafen, als du noch geschlafen hast. Ist mir sofort in den Kopf gehämmert. Ich dachte, ich träume, und dann dachte ich, wie gut, dass ich von dir träume. Dass ich den Scheiß nicht noch mal erlebe.«

Paul kam ins Stocken, schwieg einen Moment, sah Finn nicht an. Er bekam keine Frage und keine Ermunterung zum Weitersprechen. Er bekam Zeit.

»Khalil hat mich nach Hause gefahren. Nachdem wir diesen Wahnsinn auf der Domplatte abgezogen hatten, mit dem Schwein und so, für das Video. Ich bin abgestiegen und dachte, er fährt weiter. Aber Khalil ist auch runter vom Motorrad und hat das Ding aufgebockt. Ich war total blau, und für einen Absacker war es zu spät. Wir mussten ja am Morgen in die Schule. Habe ich ihm auch gesagt, weiß ich noch genau, und er nur: Ja, ja, klar. Aber er ist trotzdem mitgegangen. Ich war echt zu fertig, um mir irgendwelche Gedanken zu machen. Ich dachte, er will wieder irgendeinen Gag machen. In den Hausflur schreien, wenn ich drin bin, auf alle Klingeln drücken, was weiß ich. In dem Zustand war's mir egal. Ich wollte nur ins Bett.«

Länger konnte Paul es nicht hinauszögern, mehr Anlauf hatte er nicht.

»Im Durchgang zum Hof hat er mich plötzlich an die Wand gedrückt und versucht, mich zu küssen. Ich habe ihn weggedrückt, ihn ausgelacht, die Scheiße gar nicht ernst genommen. Aber er hat weitergemacht, ohne ein einziges Wort, hat mir seine Zunge in den Mund geschoben. Ich weiß nicht, warum ich mich nicht gewehrt habe, nicht richtig jedenfalls. Er ist stärker als ich, klar, war er immer, er war auch nicht so blau wie ich. Aber das war es alles nicht, glaube ich, ich wollte ihm nicht weh tun. Nicht körperlich, das hätte er locker weggesteckt. Ich wollte ihm einfach nicht weh tun.«

Paul hörte Finn atmen. Wahrscheinlich stand er reglos da und starrte ihn an. Er tat Paul nicht den Gefallen, einen dummen Spruch zu reißen, eine rauchen zu gehen, so durstig zu sein, dass er nicht länger warten konnte und sich sofort etwas vom Automaten holen musste.

»Ich habe es ausgehalten, ich habe einfach dagestanden, den Rücken an der Wand, ich habe mich nicht mehr gerührt. Auch nicht, als er mir die Hand in die Hose geschoben hat, als er sie geöffnet hat, als er anfing, mir einen runterzuholen. Ich habe mich einfach nicht gerührt.«

Paul wagte einen Blick. Finn stand tatsächlich da wie eine Statue, aber er hatte sich abgewandt und sah aus dem Fenster. Paul wusste nicht, ob Finn es ihm leichter machen wollte oder seinen Anblick nicht ertrug.

»Er tat mir leid. Kannst du das glauben? Er tat mir unglaublich leid. Ich wollte nicht, dass er sich schämt. Ich habe einfach stillgehalten. Was ist schon der Unterschied, ob man sich selbst einen abwichst oder ein anderer, irgendwann ist es ja vorbei. Und dann ... – Als es vorbei war ... – Ich habe sein Gesicht gesehen, Finn. Er war nicht verunsichert oder so was, er hat sich nicht geschämt, und er wollte auch nicht wissen, was er in meinen Augen sehen konnte. Diesen Blick kannte ich. Er hatte gewonnen. Er war zufrieden.«

Diesmal war die Pause länger. Finn schwieg noch immer, aber viel hatte Paul nicht mehr zu sagen.

»Bis morgen, hat er nur gesagt und mir noch über die Wange gestreichelt wie einem Kind, dann war er weg, und ich habe sein Motorrad gehört. Ich bin hoch und habe geduscht und geduscht, obwohl ich kaum noch stehen konnte. Irgendwie bin ich ins Bett gekommen. Ich glaube nicht, dass ich aufgehört habe zu heulen, bevor ich eingeschlafen bin.«

Finn stand immer noch mit dem Rücken zu ihm, sah hinaus, rührte sich nicht. Er musste merken, dass es für Paul nichts mehr zu sagen gab.

»Finn?«

Langsam, sehr langsam drehte sich Finn um. Eine solche Eiseskälte hatte Paul noch nie in seinen Augen gesehen.

»Hast du das nie jemandem erzählt?«, fragte Finn.

»Wann hätte ich das tun sollen? Seit gestern Abend.«

Finn schloss kurz die Augen, schüttelte verlegen den Kopf.

»Entschuldige.«

Er musste sich nicht entschuldigen. Nach dieser Nacht waren bis zum Unfall Wochen vergangen. Wochen, in denen ihm Paul nichts davon erzählt hatte.

»Warum sagt er, dass ich mit ihm zusammen war?« Paul war froh, aufbrausen zu können. »Warum braucht er das auch noch?«

Finn schwieg, wandte den Blick ab, schüttelte wieder den Kopf.

»Das war ich nicht, Finn. Das ist unmöglich, scheißegal, ob ich mich daran erinnern kann oder nicht. Du hättest doch irgendwas mitbekommen. Oder Nico, Elias, Tom. Haben die irgendwas gesagt? Hast du jemals was gehört? Warum erzählt er so was? »

Paul rechtfertigte sich. Er musste sich nicht rechtfertigen, nicht vor Finn, das wusste er doch.

»Du hast weiter mit ihm abgehangen«, sagte Finn, und seine Stimme klang sachlich und fremd wie nie. »Im *CCC* und sonst auch. Du bist ihm nicht aus dem Weg gegangen.«

Finn beschimpfte und verfluchte Khalil nicht, er empörte sich nicht, er nahm Paul nicht in den Arm. Er machte ihn auf Ungereimtheiten aufmerksam.

»Glaubst du mir nicht?«

Finn brauchte zu lange für eine Antwort.

»Was glaubst du nicht?«, fragte Paul. »Dass es passiert ist? Oder dass ich nicht mit ihm zusammen war?«

Wieder ein Kopfschütteln von Finn.

»Paul …«

Weiter kam er nicht. Eine Krankenschwester trat ins Zimmer und wies freundlich darauf hin, dass die Besuchszeit vorbei sei, sie sich aber gern morgen wiedersehen könnten. Finn nickte, Paul nicht.

»Hier ist ein Hotel um die Ecke«, sagte Finn, »Drei, vier Minuten zu Fuß. Ich bleibe da heute Nacht, und morgen bin ich wieder hier, bevor du aufwachst. Okay?«

Die Krankenschwester wartete ungeduldig, irgendwann musste auch Paul nicken.

»Okay«, sagte er.

»Okay«, sagte Finn. Sein Blick war nicht mehr kalt, aber Paul fiel kein Wort ein, das den Ausdruck in seinen Augen beschreiben konnte.

Finn ging. Paul blieb sitzen, ließ sich von der Krankenschwester den Blutdruck messen.

Von: *Finn <finn.ewert@gmail.com>*
Gesendet: *Donnerstag, 06. Juli 2017 22:31*
An: *Darja [mailto: Darjgor@gmx.de]*
Betreff: *?*

Krieg keinen Schreck, Deine Prophezeiung geht in Erfüllung: Hier kommt die Flaschenpost.

Wie hast Du das ausgehalten, Darja, warum hast Du einfach weitergemacht? Acht Monate ohne Antwort, 97 Mails, Hunderte von Nachrichten, so viele Fotos und nie eine Antwort von mir. Dabei habe ich jedes Wort gelesen, jedes Foto hundertmal angeschaut, im Internet jedes Mal nachgesehen, wo Du gerade bist und was man darüber wissen muss. Ich habe mit Dir über die ungeschickte Adama gelacht, mir Sorgen über die kranke Tochter Eures Pförtners gemacht, mich maßlos geärgert über den Elektriker, der beinahe Euer Büro abgefackelt hat. Mir wurde schwindlig, als würde ich selbst über die Seilbrücke wanken, über die Du im April gegangen bist, ich dachte, ich rieche das Obst auf dem Markt, auf dem Du abends immer einkaufst, und die Party im Goethe-Institut fand ich genauso lahm wie Du. Und trotzdem habe ich Dir nie geantwortet.

Ich würde gern sagen, ich weiß nicht, warum, aber das kann ich nicht mehr. Ich fürchte, Du liegst nicht falsch mit dem, was Du in Deiner letzten Mail geschrieben hast, und ich weiß, ich muss Dich um Entschuldigung bitten. Ich weiß aber nicht, wie ich es anstellen soll. Ich weiß nicht ein-

mal, ob ich um Entschuldigung bitten kann. Kann man sich dafür entschuldigen, dass man nicht nur einer ist?

Wenn wir zusammen waren, habe ich Dich nie angelogen, jedes Wort von mir war wahr und echt, und doch war gleichzeitig alles eine Lüge. Weil es nicht alles war, weil ich nicht nur der war, den Du gesehen hast. Sehen konntest Du nur einen, aber da ist immer auch ein anderer, der im Raum steht und vor Wut kocht, weil er unsichtbar ist. Unsere erste Nacht war unheimlich, hast Du geschrieben. Das war sie, sie war ein entsetzlicher Albtraum, sie war unverzeihlich. Wir waren nicht nur zu zweit, das waren wir nie. Das kannst Du nicht verstehen, so wenig wie ich es je verstanden habe. Aber ich konnte es nie ändern. Ich kann es immer noch nicht.

Wir sind in London, Paul und ich. Lange, seltsame Geschichte. Ich erspare sie dir lieber. Vor drei Stunden ungefähr hat mir Paul von dem furchtbarsten Moment in seinem Leben erzählt. Ich habe sie schon beim Zuhören kaum ertragen, es muss entsetzlich für ihn gewesen sein. Ich war völlig fertig, am liebsten hätte ich Paul in den Arm genommen und wäre dann los, um ihn zu rächen. Gleichzeitig war er mir egal, wirklich scheißegal. Ich war neidisch auf ihn, hätte gern mit ihm getauscht. Ich musste mich zurückhalten, um den Jammerlappen nicht auszulachen. Du glaubst mir nicht? Du kennst mich nicht.

Ich habe Paul nie besucht, so gut wie nie. Seit Du weg bist, habe ich ihn nur dreimal gesehen. Meinen Freund. Paul ist mein Freund, mein bester Freund, war er immer. Ich habe nie mit jemandem lieber Zeit verbracht, und gleichzeitig habe ich ihn verachtet, hat er mich gestört, wollte ich ihn weghaben. Nicht erst seit dem Unfall, schon lange.

Gleichzeitig. Das ist das Wort, das mich vernichtet. Ich weiß, wie das alles klingt, aber leider bin ich weder besoffen noch high, ich bin komplett nüchtern. Ich bin so. Ich bin nicht nur einer.

Du hast immer gewusst, was Du willst. Nein, vielleicht ist es so richtiger: Du hast immer gewusst, was Du machen wirst, und Du hast es gemacht. Deswegen bist Du jetzt in Tansania und wirst studieren, wenn

Du zurück bist, Du wirst Dein Zimmer in Münster so einrichten, wie Du es einrichten wirst, keinem Streit und keiner Anstrengung aus dem Weg gehen. Wir haben uns immer lustig gemacht über die Leute, die sich nicht entscheiden konnten, für keinen Pizza-Service, keinen Film, kein Prüfungsfach, keine Freundin und keinen Freund. Sie hatten Angst, dass ihnen das Bessere entgehen könnte. Ich wollte, ich wäre auch so. Ich wollte, ich wäre gelähmt durch die Sucht nach dem Besseren. Das wäre einfacher, das könnte jeder verstehen.

Wenn ich einen Schritt in eine Richtung gehe, dann gehe ich auch einen Schritt in die andere Richtung. Gleichzeitig. Wenn ich etwas mache, mache ich gleichzeitig auch das absolute Gegenteil. Obwohl ich längst außer Atem bin und nicht mehr kann, sieht es aus, als wäre ich nicht vom Fleck gekommen. Das stimmt auch. Ich stehe da und rühre keinen Finger. Ich kann es nicht besser erklären. Ich kann es gar nicht erklären.

Du musst mir nichts verzeihen, das kannst Du nicht, darum kann ich nicht einmal bitten. Ich weiß nicht, was ich will. Ich wollte Dir schreiben, das weiß ich, und das habe ich. Ich wollte Dir sagen, dass Du mich nicht kennst und dass das meine Schuld ist.

Wenn ich die Mail nicht noch einmal lese, schicke ich sie ab.

Bis bald vielleicht,

Finn

FINN SASS IN seinem Hotelzimmer und starrte auf sein Smartphone, das auf dem schmalen Schreibtisch vibrierte. Wieder ein Anruf seines Vaters, der ihm seit Stunden keine Atempause ließ und zwischen Textnachrichten und Anrufen fast lückenlos hin- und herwechselte. Die SMS und WhatsApps wurden immer dramatischer: *Jetzt ruf endlich an! Vielleicht bist Du in Gefahr.* Sein Vater neigte nicht zu Übertreibungen, andererseits war Finn noch nie ohne eine Erklärung verschwunden, schon gar nicht zusammen mit einem Entlaufenen, der nicht viel mehr über sich wusste als seinen Namen.

Wenn seine Eltern ihn in den letzten Monaten gesucht hatten, hatte es eine 95-prozentige Wahrscheinlichkeit gegeben, ihn in seinem Zimmer zu finden. Irgendwann musste Finn mit ihnen sprechen. Wenn er es jetzt tat, konnte er vielleicht ein paar Stunden schlafen, ohne gestört zu werden. Das Telefon auszuschalten, kam nicht Frage, dann hätte ihn auch Paul nicht mehr erreichen können. Finn griff nach dem Handy und nahm das Gespräch an, meldete sich aber nicht.

»Finn?«

»Hast du jemand anderen angerufen?«

Grobheit hatte sich bisher immer ausgezahlt, warum sollte sie ihm nicht auch heute Luft verschaffen?

»Wo bist du?«

»Ist das wichtig?«

Sein Vater stöhnte leise. Es war sicher nicht der einzige Impuls, den er unterdrücken musste.

»Ist das ein Geheimnis?«

Finn schwieg.

»Finn?«

»London.«

»Was macht ihr in London?«

»...«

Diesmal fiel das Stöhnen seines Vaters lauter aus. Er verlor die Geduld.

»Ist Khalil dort? Seid ihr bei ihm?«

Mit dem Hieb hatte Finn nicht gerechnet, der Punkt ging eindeutig an seinen Vater.

»Was soll die Frage? Sitzt Beate neben dir?«

»Nein, aber sie hat mich angerufen. Gestern, nachdem sie mit Martin bei Khalils Eltern war. Sie sind dort in irgendeine Polizeiaktion geplatzt, und sie hat mich gefragt, ob ich was weiß. Ich hatte keinen blassen Schimmer, aber die Sache hat mir keine Ruhe gelassen. Die durchsuchen das Haus von Khalils Eltern, und ihr macht euch zur gleichen Zeit aus dem Staub? Ich dachte, vielleicht steckt Khalil in Schwierigkeiten, und mein Sohn ist edel, hilfreich und gut.«

Finns Vater hielt inne, gab ihm die Gelegenheit, die Sache abzukürzen, aber er wartete vergebens. Finn schwieg.

»Im Internet stand den ganzen Tag nichts, auch nicht auf der Presseseite der Polizei. Heute auch nichts, weder in der Zeitung noch im Netz. Da habe ich Robert angerufen, meinen Studienfreund, der jetzt bei der Staatsanwaltschaft ist. Du kennst ihn.«

»Weiß ich nicht.«

»Er war oft zum Essen bei uns, früher, mit seiner damaligen Frau. Die neue kann uns nicht ausstehen, glaube ich.«

»Wie heißt sie?«, fragte Finn. »Wie sieht sie aus, wo kommt sie her, was macht sie beruflich?«

»Du hast recht«, sagte sein Vater, und Finn hatte sein Lächeln sofort vor Augen. »Robert wollte mir nichts sagen, weil die Sache auf keinen Fall an die Öffentlichkeit soll. Aber ich bin ein ehrenwerter Jurist, dem man uneingeschränkt vertrauen kann. Und er ist mir wirklich was schuldig, du willst gar nicht wissen, warum.«

»Stimmt. Aber vielleicht willst *du* wissen, wie spät es ist. Eine Stunde früher als bei euch, aber trotzdem spät. Richtig spät.«

Finn war nicht so unbeteiligt, wie er sich zu geben versuchte. Angst kroch in ihm hoch, doch davon musste sein Vater nichts erfahren. Der ließ sich ohnehin nicht irritieren.

»Nach einem anonymen Hinweis hat die Polizei im Hamburger Hafen einen verdächtigen Container gefunden, der nach Mersin verschifft werden sollte. Mersin liegt in der Türkei, keine vierhundert Kilometer von der syrischen Grenze entfernt. Der Container war Teil einer Lieferung von Elektronikwaren, die von einer Firma abgewickelt wird, die zur Unternehmensgruppe von Khalils Vater gehört.«

Die Pausen seines Vaters waren für Finn kaum zu ertragen. Wahrscheinlich machte er sich wirklich Sorgen, aber gleichzeitig genoss er die Aufregung, die in seinem Leben immer rarer geworden sein musste.

»Und?«, sagte Finn unwirsch.

Wieder beeindruckte sein Tonfall seinen Vater nicht. »Auf den ersten Blick alles in Ordnung: Flatscreen-Fernseher, Router, Tablets, Telefone. Bis oben hin. Aber nicht in jedem Karton. In einigen, ganz, ganz hinten, nehme ich an, waren Behälter mit einem chemischen Stoff, der ... warte, ich hab's mir aufgeschrieben ... – Das Zeug heißt Methylphosphonsäuredifluorid und gehört zu den Stoffen, die nach dem Kriegswaffenkontrollgesetz nicht ausgeführt werden dürfen. Toxisch, aber noch nicht wirklich gefährlich. Wenn man allerdings

Isopropanol hinzufügt, entsteht Giftgas. Sarin. Etwas Schlimmeres kann man sich nicht vorstellen.«

Finns Vater hatte eine Reaktion verdient, die Geschichte, die er erzählte, war gut. Doch Finn war damit beschäftigt, Herzschlag und Atmung unter Kontrolle zu bekommen.

»Sie haben Khalils Vater nach Karlsruhe gebracht, wo er von der Bundesanwaltschaft und dem BKA vernommen wird. Ich nehme an, der Haftbefehl ist schon ausgestellt.«

»So ein Schwein«, sagte Finn, weil er irgendwann irgendetwas sagen musste, aber Khalils Vater war ihm vollkommen egal. Finns wachsende Panik ließ keinen Platz für Empörung.

»Finn, was macht ihr in London? Hat es was mit Khalil zu tun? Ist er in London?«

Natürlich hatte es etwas mit Khalil zu tun, wenn dessen Vater ein Verbrecher war, einer von denen, die bei Massakern nicht nur zusehen, sondern sie ermöglichen. Khalil musste längst erfahren haben, dass sein Vater festgenommen worden war. Es war unmöglich, dass er nichts von dem Wahnsinn wusste, der sich bei seinen Leuten abspielte, und er hätte durchdrehen müssen. Aber er hatte kein Wort gesagt, sich nicht das Geringste anmerken lassen.

»Und wenn?«, sagte Finn. »Glaubst du, Khalil hängt mit drin? Er ist groß in den Giftgasexport eingestiegen, und wir sind hier, um uns bei ihm ein paar Euro dazuzuverdienen?«

Nun war es eher ein ratloses Seufzen als ein Stöhnen, das Finn hörte. Sein Vater ließ einen Moment verstreichen, bevor er weitersprach.

»Der anonyme Hinweis, der bei der Polizei eingegangen ist, kann nur von jemandem gekommen sein, der Khalils Vater sehr nahesteht. Ein enger Mitarbeiter von ihm, ein Hamid Ferzat, hat sich abgesetzt. Nach ihm wird gefahndet.«

Der Kerl mit dem Rottweiler, der Mann für alles. Der Hurensohn.

»Hat *er* Khalils Vater verpfiffen?«

»Weiß man nicht, aber es wäre auf jeden Fall die bessere Variante. Es gibt auch eine andere, und die macht mir Sorgen.«

»Welche?«

»Was ist, wenn es Khalil war, der seinen Vater denunziert hat, und dieser Ferzat wäre unterwegs, um ihn dafür zu bestrafen? Dann hätte ich nicht gern, dass du in der Nähe wärst. Im Moment würde es mir grundsätzlich nicht gefallen, wenn du irgendwas mit dieser Familie zu tun hättest.«

»Gibt's überhaupt etwas, was dir an mir gefällt?«

Fair war es nicht, aber wirksam. Sein Vater wurde nie wütend oder laut, Sorge und Angst änderten anscheinend seine Gewohnheiten.

»Warum sagst du so was? Was haben wir dir eigentlich getan?«

Nichts, lautete die Antwort, und das war keine gute Nachricht. Niemand war geduldiger als seine Eltern, verständnisvoller, nachsichtiger. Sie bedrängten und kritisierten ihn nicht, ließen ihm seine Freiheit, sie ließen ihm Zeit. Sie betrieben jeden Aufwand der Welt, um sicherzugehen, dass sie ihn respektierten, aber sie vergaßen zu oft, dass es für Schiffbrüchige nicht das Wichtigste war, respektiert zu werden.

»Tut mir leid«, sagte Finns Vater. »Ich wollte dich nicht anschreien.«

»Es geht mir gut, Papa, ehrlich. Paul auch. Hier ist alles okay.«

»Und Khalil? Seid ihr bei ihm?«

»Wir haben ihn gesehen. Aber wir wohnen nicht bei ihm oder so was.«

»Hat er euch nichts erzählt? Von seinem Vater und der ganzen Sache? Er muss doch in heller Aufregung sein.«

Finn musste seinen Vater loswerden. Er stellte die richtigen Fragen, aber wenn Finn eine Antwort auf diese Fragen wollte, durfte er sich nicht mit ihm aufhalten.

»Wenn ich spitzgekriegt hätte, dass du ein Massenmörder bist, würde ich es vermutlich auch nicht überall herausposaunen.«

Sein Vater schwieg. Bestimmt nicht, weil er überzeugt war.

»Khalil ist hier, weil er mit seinen Eltern nichts mehr zu tun haben will, vor allem nicht mit seinem Vater. Den hasst er. Er ist zu seinem Freund gezogen und will hierbleiben. Er will ihn sogar heiraten.«

»Khalil ist schwul?«

»Ist das ein Problem?«

»Und ob, kennst mich doch. Volker und Hans-Jürgen kommen bei uns nicht durch die Wohnungstür. Und am Christopher Street Day organisiere ich jedes Jahr eine Protestdemo gegen die Perversen.«

Die Antwort bot sich an, und sie war billig. Die Frage hatte sich ohnehin nicht an seinen Vater gerichtet.

»Da ist noch was, Finn.«

»Was?«

»Der Container war schon auf, als die Polizei ihn fand. Sie sind sich nicht sicher, ob irgendwelche Behälter mit dem Teufelszeug fehlen, aber es scheint nicht sehr wahrscheinlich: Es ging um Lieferungen nach Syrien, nicht um ein Attentat. Dennoch sind die Behörden in Alarmbereitschaft, morgen beginnt in Hamburg der G20-Gipfel.«

Finn schloss die Augen, spürte sein Herz hinter den Schläfen. Er musste das Gespräch beenden, aber vorher musste er es schaffen, ein paar zusammenhängende Worte herauszubekommen.

»Willst du wissen, ob Khalil mit irgendwelchen Giftgasampullen durch die Gegend läuft? Einen Bart bis zu den Eiern hat er jedenfalls nicht, und er läuft auch nicht mit Kaftan und Strickkäppi durch die Gegend.«

»Schon gut, das habe ich nicht gemeint.«

»Was denn?«

»Ich weiß nicht. Sei einfach vorsichtig, ja? Die ganze Sache ist nicht ohne. Für Khalil ganz bestimmt nicht.«

Wenn sie Pech hatten, war es die schlimmste Untertreibung, die Finn je gehört hatte.

»Ich bin vorsichtig, und ehrlich gesagt bin ich wirklich total müde.«

»Ja, klar, klar. Geh schlafen. Nur ...«

»Ja?«

»...«

»Papa?«

»Weißt du schon, wann ihr zurückkommt?«

Sein Vater war vorsichtig, wollte ihn nicht bedrängen. Immer noch nicht. Er hätte ihm eine Szene machen und lautstark darauf bestehen können, dass Finn nach Hause kommt, hätte ihm die Entscheidungen abnehmen und ihn aus dem Schlamassel ziehen müssen. Aber er respektierte seinen Sohn. Koste es, was es wolle.

»Ich weiß nicht. Morgen vielleicht. Oder übermorgen.«

»Okay, dann ... Du meldest dich, wenn du was brauchst.«

»Mach ich. Bis dann.«

»Pass auf dich auf, ja?«

»Ja, klar. Mach's gut.«

»Du auch. Pass auf dich auf.«

Kaum hatte Finn aufgelegt, wählte er Khalils Nummer, ohne darüber nachzudenken, ob er ruhig genug war, um mit ihm sprechen zu können. Er hatte keine Zeit, sich Worte zurechtzulegen. Bruce ging sofort dran. Keine dreißig Sekunden später stürmte Finn aus dem Zimmer.

Zwei Buchläden, Boutiquen von jungen Modedesignern, die ihre eigenen Kreationen anboten, ein Weinladen, Feinkostgeschäfte und Biometzger, Läden mit Modeschmuck und ausgefallenen Postkarten, eine Galerie, ein Inneneinrichtungsgeschäft, Cafés, Pubs: Die Straße, in der Bruce wohnte, Broadway Market, galt als Zentrum des gentrifizierten Hackney, wie Finn in der Overground gelesen hatte, als er sich ablenken wollte, und man sah es auf den ersten Blick. Die Nummer 4 war ein dreistöckiger Bau, in dessen Erdgeschoss Naturkosmetika verkauft wurden. Finn blickte hoch, auf allen Etagen war Licht hinter den Fenstern. Knapp unter der Dachkante stand über der ganzen Breite der Fassade ein akkurat aufgemalter Satz von Charles Dickens: *Every human creature is constituted to be that profound secret and mystery to every other.* Entweder war der Hausbesitzer ein Mensch mit großem Sendungsbewusstsein oder mit großen Problemen. Finn klingelte bei Graham.

Das ganze Apartment war keine 25 Quadratmeter groß, aber jeder Zentimeter, von der Küchenzeile bis zur kleinen Sitzecke, war so intelligent und geschmackvoll eingerichtet, als stände ein Fotoshooting für den neuen IKEA-Katalog an. Bruce saß am Tisch, der gleichermaßen zum Arbeiten und Essen diente, und starrte seinen späten Gast düster an. Finn war sich nicht sicher, ob sein Englisch ausreichen würde, um Bruce zu trösten, andererseits war er nicht hier, um ihn zu trösten. Er wollte Antworten, genauso wie Bruce, dessen Job in Gefahr geraten war, nachdem Finn und Khalils anderer geistesgestörter Freund aufgetaucht waren, und der am selben Tag aus heiterem Himmel nun auch seinen Freund verloren hatte.

Khalil hatte Bruce sein Handy und einen kargen Abschiedsbrief dagelassen und im Austausch Bruce' Brieftasche mit seinen beiden Kreditkarten mitgenommen. Der Brief erklärte nichts. Er sei glücklich über jeden Tag, den sie zusammen verbracht hätten, aber er habe keine Wahl und müsse gehen, stand darin, geschrieben mit einer Schrift, die, wie Finn beruhigt sah, kraftvoll und eigen war, nicht im Geringsten so kindlich wie jene in Pauls Fake. Khalil schrieb, dass er nicht zurückkehren könne und nur nach London gekommen sei, um Bruce ein letztes Mal zu sehen. Khalil werde immer an Bruce denken, bitte ihn aber darum, ihn zu vergessen. Dieser Abschiedsbrief klang mehr nach Khalil als Pauls Fälschung, war knapp und beinahe nüchtern, kaum mehr als pflichtbewusst.

»Das ist alles?«, fragte Finn auf Englisch. »Du hast ihn gar nicht mehr gesehen?«

»Wir haben ... Wir hatten uns hingelegt«, sagte Bruce zögernd.

Finn nahm an, dass sie ein letztes Mal Sex gehabt hatten, ohne dass Bruce sich der Bedeutung des Moments bewusst gewesen sein konnte.

»Ich bin eingeschlafen. Die Tür habe ich irgendwann gehört, aber ich dachte, er holt uns nur etwas zum Essen. Ich habe mich noch mal umgedreht. Als ich richtig wach wurde, war er weg.«

»Tut mir leid«, sagte Finn.

»Hat das mit euch zu tun?«

Finn schüttelte den Kopf.

»Warum sonst? Warum jetzt? Dieser andere Kerl, warum hat er Khalil geschlagen?«

Ein weiteres Kopfschütteln würde nicht reichen, Finn war sich nicht einmal sicher, ob er ohne Blessuren davonkommen würde. Bruce war groß und schien durchtrainiert zu sein, lange würde die Trauer seine Wut wahrscheinlich nicht im Zaum halten.

»Paul ist sein Exfreund. Da war noch eine Rechnung offen. Khalil hat sich ziemlich mies verhalten.«

Wenn Finn Paul glauben konnte, war es eine Lüge, aber sie konnte funktionieren. Sie schien auch für Khalil nützlich gewesen zu sein:

»Er hat so etwas angedeutet«, sagte Bruce kläglich. »Ich dachte nie, dass er so sein könnte.«

»Khalil hat deine Brieftasche?«

Bruce nickte und fragte sich sicher, warum Finn in seinem Schmerz herumwühlte.

»Und deine Kreditkarten.«

»Ja.«

Wahrscheinlich hatten Khalils Eltern seine eigenen Kreditkarten, die von ihnen bezahlt wurden, sperren lassen, um ihm den Saft abzudrehen, erst recht, wenn sie wussten oder ahnten, dass der anonyme Hinweis, der seinen Vater ins Gefängnis gebracht hatte, von ihm stammte. Aber Khalil musste sich bewegen können.

»Hast du schon nachgesehen, ob er deine Karten benutzt hat? Du kannst das bestimmt online.«

Bruce schüttelte den Kopf, Geld war gewiss das Letzte, was ihn interessiert hatte, aber er zog das Notebook an sich, das auf dem Tisch stand, und begann zu tippen. Nach ein oder zwei Minuten, in denen Finn nicht eine einzige harmlose oder logische Erklärung für Khalils Verhalten eingefallen war, blickte Bruce verblüfft hoch.

»Er hat einen Flug gebucht. Nach Hamburg.«

Finn versuchte, sein Entsetzen unter Kontrolle zu bekommen. Alles passte. Nichts passte. Der Brief, der sie hergeführt hatte, war eindeutig eine Fälschung; es war Paul, der ihn geschrieben hatte. Aber Khalil flog nach Hamburg. Wo morgen der G20-Gipfel begann und bereits heute dagegen demonstriert worden war. Wo Khalils Vater einen Container mit Giftgas gelagert hatte, der schon offen war, als die Polizei ihn fand. Die Leute müssen Angst bekommen, sie müssen wissen, dass sie sich selbst nicht mehr sicher fühlen können: Paul hatte diese Sätze Khalil in den Mund gelegt, Finn erinnerte sich an jedes Wort. Wenn ihm sein verdammter Unfall keine Superkraft verliehen hatte, besaß Paul keine hellseherischen Fähigkeiten. Es war ausgeschlossen, dass der Brief wahr sein konnte, und doch sah alles danach aus. Finn stand auf. Er musste los, zu Paul, obwohl er nicht wusste, was er sich von jemandem versprach, dem er erst erklären musste, in welchem Jahr er sich befand.

»Er war gerade erst dort«, sagte Bruce.

»Khalil? In Hamburg?«

Bruce nickte. »Er ist von dort hergeflogen. Ich habe ihn in Heathrow abgeholt.«

Der Albtraum ging weiter, die Steinchen passten, obwohl sie nicht passen konnten.

»Weißt du, was er dort gemacht hat?«, fragte Finn.

»Er hat eine Freundin besucht. Nina? Sie macht dort ein Praktikum, hat Khalil gesagt. Ich glaube, bei einer Zeitung.«

Es gab zwei Ninas in ihrer Jahrgangsstufe. Finn hatte mit keiner von beiden Kontakt gehabt. Khalils Freundinnen mussten aber nicht alle auf seiner Schule gewesen sein.

»Mehr weißt du nicht?«

Bruce schüttelte den Kopf, dann schien ihm etwas einzufallen, er griff nach seinem Handy, tippte und scrollte.

»Er hat mir ein Selfie geschickt.«

Bruce hatte das Foto gefunden. Bitter sah er aufs Display, viel zu lange, Finn konnte es ihm nicht verübeln.

»Darf ich mal sehen?«

Bruce hielt ihm das Display hin. Khalil stand vor einem großen, ausgefallenen Gebäude mit einer grauen Fassade, die aussah, als sei sie aus Metall. Mit seinen großen runden Bullaugenfenstern und den versetzten Balkonen erinnerte es entfernt an ein Schiff.

»Da arbeitet die Freundin«, sagte Bruce. »Er wollte sie gerade abholen, als ich ihn angerufen habe. Er hat mir das Selfie von dort geschickt.«

Finn konnte sich nicht genau erinnern, aber er hatte das markante Gebäude schon einmal gesehen und würde sicher herausfinden können, wo es lag. Er versuchte es sich einzuprägen, weil er Bruce nicht darum bitten wollte, ihm das Bild zu schicken.

»Ich muss los«, sagte er.

Bruce sah ihn entgeistert an, stand auf, ging auf Finn zu. Seine Wut begann sich Platz zu schaffen.

»Was hat das alles zu bedeuten?«

Mehr als ein Schulterzucken gelang Finn nicht. Rückwärts ging er in Richtung Tür. Er würde höchstens zwei, drei Schritte brauchen.

»Warum kommst du her?« Bruce schrie ihn an. »Warum stellst

du diese ganzen Fragen? Das hat doch mit euch zu tun. Du weißt doch etwas.«

Finn sah ihn wortlos an, stand reglos da. Schon ein Kopfschütteln wäre nicht nur eine Lüge, sondern eine Beleidigung gewesen. Bruce atmete schwer, kam bedrohlich näher. Unvermittelt blieb er stehen, als habe er sich verlaufen und müsse sich orientieren, drehte sich um, ging zum Tisch zurück, setzte sich wieder. Er wandte sich ab, als wolle er nichts mehr mit Finn zu tun haben. Mit niemandem, der ihn an Khalil erinnern konnte. Er sank in sich zusammen.

»Tut mir leid«, sagte Finn und öffnete die Tür.

»Wir wollten heiraten«, sagte Bruce, als Finn beinahe schon draußen war. »Wusstest du das? Ich wollte eigentlich nicht, wir sind viel zu jung für so was. Aber er wollte es. Weil er hierbleiben wollte. Bei mir.«

»Ja«, sagte Finn und ging.

Ja konnte man immer sagen. Dafür musste man nichts verstehen.

Finn hatte keine Schwierigkeiten, in die Klinik zu kommen. Auch um diese Uhrzeit standen Patienten und Krankenhausarbeiter rauchend vor der Tür, und der Pförtner, der sich auf einem Tablet einen Film ansah, blickte nicht einmal auf, als Finn an ihm vorbeiging. Auf der Station schlich sich Finn am Schwesternzimmer vorbei und kam bis zu Pauls Tür, ohne von jemandem gesehen worden zu sein. Er öffnete sie, hatte sofort das Bett mit dem schlafenden Paul im Blick und trat ein. Finn graute vor den nächsten Minuten und Stunden. Er musste Paul wecken, seinen Schock aushalten, diese verdammte Panik, ihm alles erklären, ihn beruhigen und dann verzweifelt versuchen, aus ihm etwas herauszubekommen, was vermutlich gar nicht in ihm war.

»Guten Abend, Finn«, sagte eine Frauenstimme.

Erschrocken sah Finn zur Seite, zum Sessel, der nicht in seiner Blickrichtung gelegen hatte. Pauls Mutter saß darin.

EIGENTLICH GAB ES nichts zu lachen, aber komisch war es irgendwie doch, eigentlich unglaublich komisch. Vielleicht lag es am Schock, dass er sich so amüsierte, denn einen Schock hatte Paul ganz bestimmt. Er war in London geweckt worden, nachdem er gerade noch zu Hause gewesen war, hatte viele Monate übersprungen und musste irgendwie damit klarkommen, dass von ihm anscheinend nicht mehr übrig war als das Gehäuse.

Paul war von Angst eingefroren, nachdem seine Mutter ihn aus dem Schlaf gerüttelt und ihm mit ein paar mageren Sätzen erklärt hatte, dass es seine Welt nicht mehr gab. Irgendwann aber war der Vorhang hochgegangen, und Paul hatte nicht anders gekonnt, als sich an der Komödie zu erfreuen, die vor ihm aufgeführt wurde. Es war wie in dem Stück, das sie in der Zehnten besprochen hatten, der Geschichte mit den zwei Frauen, die beide an einem Kind zerren, und dem Richter, der eigentlich kein Richter ist. Die Frage war nur, ob schließlich jemand auch Paul loslassen würde und ob die Ärztin danach ein Urteil sprechen durfte.

Seine Mutter schien die besseren Argumente zu haben, ohnehin war sie die, die am meisten sprach. Paul war krank, sehr krank, er konnte sich nicht um sich selbst kümmern, seine Lage nicht einmal einschätzen. Sonst hätte ihn Finn nicht zu dieser verantwortungslosen, absurden Reise überreden und ihn derart in Gefahr bringen können. Er musste zurück nach Hause, sofort, in seine vertraute

Umgebung, er musste jemanden um sich haben, auf den er sich verlassen konnte. Die Rückflüge hatte sie bereits gebucht und auch schon mit seinen Ärzten zu Hause telefoniert, damit er noch heute Nachmittag untersucht werden konnte, um festzustellen, wie groß der Schaden war, den Finn zu verantworten hatte.

Die Ärztin, auf die seine Mutter ihren Blick fast durchgängig gerichtet hielt, obwohl sie mit Paul sprach, sah von Wimpernschlag zu Wimpernschlag unglücklicher aus; ihre Rolle schien ihr so wenig klar zu sein wie Paul. Hatte sie zu entscheiden, was mit ihm passieren sollte? Das Schlechteste wäre es nicht, dachte Paul, sie war ihm auf Anhieb sympathisch gewesen, nicht nur wegen des süßen Deutsch, das sie sprach. Obwohl er sie erst vor ein paar Minuten kennengelernt hatte, war er sich seltsam sicher, dass er ihr vertrauen konnte. Von seiner Mutter hingegen wurde Dr. Blumenthal misstrauisch beäugt.

»Mein Sohn kann die Klinik verlassen, nehme ich an? Oder spricht etwas dagegen?«

»Nein, alles ist gut«, sagte Dr. Blumenthal. »Er kann die Klinik verlassen. Er ist nicht krank.«

Dr. Blumenthal musste sich der Wirkung ihrer Worte bewusst gewesen sein. Sie wirkte nicht überrascht, als seine Mutter sie mit einem ihrer Blicke ansah, vor denen Paul sich so fürchtete wie er sich für sie schämte.

»Er ist nicht krank?«, sagte sie sehr leise und dehnte die letzten beiden Wörter. »Alles ist gut?«

»Ihr Sohn, er hatte einen Unfall, sehr schwer, sehr unglücklich. Aber er ist stabil. Es gibt kein großes Risiko, wenn er seine Mittel nimmt. Er muss nicht bleiben, natürlich. Wohin er gehen will, wird er gehen.«

Beim letzten Satz sah Dr. Blumenthal erst Paul und dann Finn an. Paul hatte das Gefühl, das sie Finn etwas zu verstehen gab, was er verstand. Pauls Mutter ließ ihren empörten Blick kurz auf der Ärztin und entschied sich, keinen weiteren Kampf zu beginnen.

»Gut. Dann machen wir uns jetzt fertig. Paul? Wollen wir los?«

»Ja, wir sollten langsam los«, sagte Finn.

Verärgert drehte sich Pauls Mutter zu Finn um.

»Wohin, Finn? Reicht dir nicht, was du Paul angetan hast? Glaubst du wirklich, du hast ihm was zu sagen?«

Finn blieb beängstigend ruhig. »Glaubst du, du hast ihm was zu sagen?«

Paul hatte keinen Zweifel, dass sich die Verärgerung seiner Mutter spätestens jetzt in brodelnden Zorn verwandelte, der jederzeit wie heiße Lava aus ihr ausbrechen und sich über Finn, vielleicht sogar die Ärztin ergießen konnte. Er stand auf, bereit, alles zu tun, um die beiden zu schützen und den Ausbruch zu verhindern. Seine Mutter hatte registriert, dass er aufgestanden war, aber sie war nicht fertig mit Finn.

»Ja, glaube ich«, sagte sie, »ich bin seine Mutter. Ich weiß nur nicht, was du bist. Pauls Freund sicher nicht. Sonst hättest du dich in den ganzen Monaten seit dem Unfall ein bisschen um ihn gekümmert, oder? Wie oft hast du Paul besucht? Einmal, zweimal? Wie oft hast du angerufen?«

Manchmal log Pauls Mutter, sie log oft, aber ihre Lügen blieben keine Lügen. Sie wurden zur Wahrheit, weil sie sie ununterbrochen wiederholte und ihr niemand widersprach. Weil jeder vergaß und vergessen musste, dass es je etwas anderes als diese Wahrheit gegeben hatte. Finn würde ihr widersprechen, er konnte es. Er hatte nichts zu verlieren.

»Sie hat recht«, sagte Finn, »ich habe dich nicht besucht, und ich hatte lange keine Ahnung, warum. Aber in den letzten Tagen, seit wir die ganze Zeit zusammen sind, da kapiere ich langsam, warum ich mich wie ein Arschloch benommen habe. Das war ich wirklich, Paul, ich war ein echter Arsch.«

Dr. Blumenthal ließ Paul nicht aus den Augen. Ganz bestimmt hatte sie Besseres zu tun, als hier herumzustehen und zuzusehen, wie fremde Leute, irgendwelche deutschen Touristen mit einer kranken Geschichte im Gepäck, schmutzige Wäsche wuschen. Doch sie blieb stehen, blieb aufmerksam, hielt sich bereit. In ihrer Gegenwart fühlte Paul sich sicher.

»Dann wäre das ja geklärt«, sagte Pauls Mutter. »Oder?«

Finn sah sie nicht einmal an.

»Im Augenblick kannst du nichts verstehen«, sagte er zu Paul. »Das ist immer so, und viel besser wird es im Laufe des Tages auch nicht. Später, wenn du geschlafen hast, dann ist sowieso alles weg. Jeden Tag, immer wieder. Aber du weißt viel mehr, als du jetzt denkst. Vielleicht wird es langsam besser.«

»Hör auf damit!«

Pauls Mutter wurde laut, ihre Geduld war aufgebraucht. Paul wusste nicht, wie er am Ende hier gelandet war, in diesem Krankenhauszimmer, mit seiner Mutter, mit Finn und dieser fremden Frau, aber er kannte die Gefühle, die ihn überfluteten, diese Angst, die Scham, den Wunsch wegzulaufen. Er kannte seine Mutter.

»Du machst ihm Hoffnungen? Willst du wirklich so grausam sein? Ja, willst du, stimmt's? Macht dir Spaß, das sehe ich doch.«

Paul wollte zurück ins Bett, sich ins Kissen vergraben, es gegen seine Ohren drücken. Er sah Dr. Blumenthals Augen. Sie hielten ihn fest. Finn ging zum Schrank, holte einen Herschel heraus, vermutlich Pauls Rucksack, warf ihn aufs Bett.

»Hier. Dich anziehen und packen musst du sowieso. Egal, mit wem du gehst.« Finn nahm ein dickes gelbes Notizbuch vom Nachttisch und legte es behutsam neben den Rucksack. »Gehört dir. Da steht alles drin, was du wissen musst. Was du selbst denkst.«

Beim letzten Satz sah Finn Pauls Mutter an, wartete einen Moment ab, aber mehr als ein furchteinflößender Blick kam nicht. Noch nahm sie Anlauf. Finn wandte sich wieder Paul zu.

»Im Gegensatz zu mir bist du von zu Hause ausgezogen. Du bist in der Reha, aber du kannst dort tun, was du willst. Eine Stunde am Tag kommt deine Mutter und erklärt dir die Welt. Aber nur eine von vierundzwanzig, Paul. Den Rest der Zeit bestimmst du über dein Leben. Es ist ja auch dein Leben. Krank oder nicht krank, scheißegal.«

»Du meinst es wahrscheinlich nur gut, Finn, aber du erreichst das Gegenteil. Das bringt nichts.«

Pauls Mutter hatte einen Gang zurückgeschaltet, sprach mit einer alarmierend sanften Stimme. Entweder wollte sie Finn in Sicherheit wiegen, bevor sie ihn sich endgültig vornahm, oder sie sah ein, dass sie ihn hier, im Beisein der Ärztin, nicht folgenlos zertreten konnte. Sie ging auf Paul zu, blieb aber auf der anderen Seite des Bettes stehen.

»Das ist so schwer, mein Schatz, unglaublich schwer. Ich kann kaum ertragen, dich so zu sehen. Was Schlimmeres habe ich nie erlebt. Du bist so unglaublich stark. Aber allein schaffst du es nicht.«

Sie hatte nie Schwierigkeiten, einen Satz an den anderen zu reihen. Wenn sie eine Pause setzte, dann nur um zu sehen, wie das Gewicht ihrer Worte ihr Gegenüber niederdrückte. Doch jetzt schien sie wirklich ins Stocken zu geraten.

»Wunderst du dich eigentlich nicht, wo Papa steckt? Du verschwindest spurlos, tauchst nach einem epileptischen Anfall in einem Krankenhaus in London auf, und er ist nicht hier?«

Paul bekam nur ein Nicken hin. Er wunderte sich nicht, er war längst in Panik. Er hatte nicht einmal diese zerbrechliche dünne Glasscheibe, die seine Mutter von ihm trennte.

»Er will ein guter Vater sein.« Ein eisiges Lächeln setzte sich im Gesicht seiner Mutter fest, irgendetwas hatte sich in ihr wieder zurechtgerückt. »Bei Astrid haben die Wehen eingesetzt, er musste zu ihr. Astrid aus dem Laden. Schau nicht so, das wundert dich doch jetzt nicht. Natürlich musste Papa hin, natürlich ist er bei der Geburt dabei. So macht man das als verantwortungsbewusster Mann. Man ist da für Mutter und Kind.«

Paul sah Finns fassungslosen Blick und fragte sich, wie er ihn beruhigen konnte. Er selbst war weder überrascht noch entsetzt. Von allen Neuigkeiten war diese die logischste. Sein Vater hatte vermutlich jahrelang auf Paul Rücksicht genommen, hatte geduldig abgewartet, aber jetzt lohnte sich das Warten nicht mehr. Paul würde kein Abitur machen, nicht weggehen, er würde sich nicht retten können, nie mehr. Also hatte sein Vater sich selbst gerettet, Paul konnte es verstehen.

»Etwas Besseres als dein Unfall hätte nicht passieren können«, sagte Finn. »Du kannst ihr nicht mehr verlorengehen, du bleibst, wo du bist. Ich glaube übrigens nicht, dass du zurück in die Reha darfst. Sie nimmt dich mit nach Hause. Dann bist du da, wenn sie redet. Du musst gar nichts sagen, du musst nicht mal zuhören. Es reicht, wenn du stillhältst.«

Beate wirbelte herum, funkelte Finn wütend an.

»So sprichst du nicht mit mir!«

»Ich spreche nicht mit dir«, sagte Finn ruhig und ließ seinen Blick auf Paul. »Wir sollten langsam los, wir haben eine Menge zu erledigen. Erzähl ich dir alles unterwegs.«

»*Zu erledigen*? Und was?« Pauls Mutter schrie. »Wo ziehst du Paul da rein? Ich weiß nicht, was du vorhast, Finn, aber ich werde ganz sicher nicht zulassen, dass du ihm weiter weh tust.«

Finn ignorierte sie weiter, wendete seinen Blick von Paul nun aber ab, als wolle er Druck von ihm nehmen.

»Und Sie? Wollen Sie sich da raushalten?« Pauls Mutter sah zu Dr. Blumenthal. »Wollen Sie zulassen, dass mein Sohn in Gefahr gerät? Sie tragen die Verantwortung.«

Offensichtlich konnte sich Dr. Blumenthal noch bewegen. Sie ging einen Schritt auf Pauls Mutter zu, lächelte sie an, mild und verständnisvoll.

»Sie sind die Mutter, Sie machen sich Sorgen. Das ist gut, natürlich. Ich bin nur Arzt. Ich kann nur sagen, im Moment alles ist gut. Er kann gehen.«

»Allein?« Pauls Mutter hatte ein neues Ziel gefunden, eine Person, die immerhin mit ihr sprach und sie ansah. »Sie sagen, er ist in der Lage, für sich selbst zu sorgen? Mit dieser Hirnverletzung? Machen Sie das so in England?«

Dr. Blumenthals Blick wurde noch nachsichtiger. »Ich denke, er ist nicht allein. Und Ihr Sohn, ich denke, er hat die Verantwortung. Er ist erwachsen, nicht? Neunzehn Jahre?«

»Ja, neunzehn«, sagte Pauls Mutter höhnisch. »Fragen Sie ihn mal, wie sein neunzehnter Geburtstag war. Wo er ihn gefeiert hat, wie ihm die Geschenke gefallen haben.«

Neunzehn, Paul war neunzehn, darüber schienen sie sich einig zu sein. Neunzehn. Es war nur eine Zahl, aber mehr als alles andere hämmerte sie ihm in den Magen, dass etwas geschehen war, was nicht geschehen konnte. Er hatte etwas verloren, was er nie wiederfinden würde, etwas, auf das niemand verzichten konnte.

»Gut, was können wir tun?«, fragte Dr. Blumenthal wohlwollend. »Sie haben vielleicht ein Papier?«

»Ein Papier?«

Dr. Blumenthal brauchte einen Moment, schien nach dem richtigen Wort zu suchen.

»Für die ...– Als Vormund. Sie sind vielleicht der Vormund von Ihrem Sohn? Dann können Sie entscheiden.«

Pauls Mutter starrte die Ärztin einen Moment fassungslos an, drehte sich dann abrupt um und ging zu Paul, legte ihm ungeniert eine Hand in den Nacken.

»Wir sollten uns beeilen, Schatz. Wir verpassen sonst den Flug.«

Sie zog den Rucksack näher zu Paul. Finn sah ihn kurz an und ging ein paar Schritte zurück in Richtung Tür. Er ließ Paul los.

»Ziehst du dich um?«, fragte seine Mutter.

Paul nickte. Er wusste nichts, so gut wie nichts, aber er wusste immerhin, dass Finn ihn nach seinem Unfall im Stich gelassen hatte. Nur Arschlöcher benahmen sich so, er hatte recht. Und sein Vater? Wenn er sich aus dem Staub machen wollte, um eine neue Familie zu gründen, nachdem sein Sohn alles verloren hatte, was jemand verlieren konnte, dann war das eben so. Wenn er weg war, war er weg. Aber alles andere war bestimmt noch da. Pauls Viertel, in dem er aufgewachsen war und jeden kannte, den er auf der Straße sah, der Platz, auf dem sie sich im Sommer trafen, sein Kiosk, wo ihm Cüneyt Wodka und Zigaretten verkaufte, seit er vierzehn war, ihre Bäckerei mit den unglaublichen Nussecken, seine alte Grundschule, auf deren Pausenhof sie nachts schlichen, um zu kiffen, die Wohnung, sein Zimmer und das Bett, in dem er gestern Nacht eingeschlafen war, sein Bett, nach dem er sich jetzt so sehnte. Zu Hause war er sicher. Dort, irgendwo vor seiner Zimmertür, würde seine Mutter auf ihn warten. Sie wollte für ihn da sein, und das würde sie sein. Sie würde ihn nicht verlassen. Nie.

»Ja, wir sollten langsam gehen«, sagte Paul.

Er sagte es zu Finn.

Von: *Darja <Darjgor@gmx.de>*
Gesendet: *Freitag, 07. Juli 2017 10:04*
An: *Finn <finn.ewert@gmail.com>*
Betreff: *Re: ?*

Mein Herz bebt! Mein verschollener Geliebter ist zurück, sicher aus größter Gefahr und höchster Not, und sofort denkt er an mich und schreibt mir einen so zärtlichen, romantischen Brief, der meine Seele zum Schwingen bringt. Er ist nicht nur einer, schreibt er mir, und ein Lügner ist er auch, und immer steht da einer neben ihm, der zornig ist, weil ihm nicht gefällt, was mein Geliebter tut. Kann es nach dieser langen Zeit der Trennung schönere, treffendere Worte geben? Kann man das Herz einer Frau tiefer berühren, hat ein Mann je einfühlsamere, selbstlosere Worte gefunden? Ich taumle vor Glück, kann nicht glauben, was ich doch schwarz auf weiß lesen darf.

Du weißt schon, dass man kein Wort von Deinem kryptischen Geschwurbel versteht, oder? Ich jedenfalls nicht, mein Esoterik-Lexikon habe ich zu Hause gelassen. Du sagst, Du warst nicht betrunken oder high, als Du mir geschrieben hast? Okay, aber was sonst, lieber Finn? Fieber? Verdorbene Meeresfrüchte, eine Gehirnerschütterung?

Denkst Du eigentlich, dass ich immer dieselbe bin? Wenn ich mir die Fußnägel schneide, wenn ich arbeite, mit meinen Eltern spreche, mit Dir im Bett liege, in Tansania bin oder in Deutschland, wenn ich Paul

Theroux lese oder meine Timeline auf Facebook, wenn ich müde bin, schwimme, Fremde kennenlerne, meine Wäsche wasche, wenn ich an den Klimawandel denke oder an Ryan Gosling: immer dieselbe Darja? Oder meinst Du etwas ganz anderes, etwas echt Tiefes, Düsteres, so Schwarzer-Rollkragenpulli-mäßiges? Ist da ein Monster in Dir, das unbändig nach seinem Lebensrecht verlangt und immer unberechenbarer und grimmiger wird, je länger es eingesperrt ist, ein gefallener, rachsüchtiger Engel? So etwas wird es sein, fürchte ich. Ich meine, ich fürchte, DU denkst das. Und das macht mir schon lange Sorgen, nein: Angst, die auch in dieser Riesenferne nicht weniger geworden ist. Was glaubst Du, warum ich Dir immer weiter geschrieben habe, obwohl Du nie geantwortet hast?

Du hast recht, unsere erste Nacht war ein Albtraum. Nein, eigentlich nicht, das ist zu niedlich, zu schwammig, zu unschuldig. Was in dieser Nacht passiert ist, das war – was dagegen, wenn ich es anders mache als Du und die Dinge beim Namen nenne? – ein Vergewaltigungsversuch. Jetzt habe ich keine Ahnung mehr, wer mich zu vergewaltigen versucht hat. Du? Der Typ, wer auch immer das ist, der scheinbar wütend neben Dir steht? Ging es überhaupt um mich?

Aber eigentlich ist es egal. Ist ja nichts passiert, es gab keine Vergewaltigung. Ich habe es nicht zugelassen. Weil ich so etwas nicht zulasse. Weil ich wirklich mit Dir schlafen wollte. Weil Du mir leidgetan hast und ich nicht wollte, dass Du Dich schämst.

Mache ich es mir zu leicht, bin ich auch nur eine der Frauen, die unbedingt verzeihen, erklären, verstehen, vergessen wollen, statt dem Kerl, der so eine Nummer abzieht, einfach die Eier zu zerquetschen? Vielleicht. Beim nächsten Mal werde ich anders reagieren. Aber damals dachte ich, ich kenne Dich. Nein, ich dachte: Ich will Dich kennenlernen, ich will nicht, dass es vorbei ist. Nicht so, nicht deswegen.

Aber es war ja schon vorbei. Bevor es richtig angefangen hat. Ich habe Dich nie kennengelernt, nicht wirklich, und ich war froh – sorry, kann ich Dir leider nicht ersparen –, als ich nach Tansania konnte, weg von Dir und Deinem gespenstischen Zwischenreich. Ich habe mich selten so schuldig gefühlt. Ich habe Dich ja nicht einfach zurückgelassen, ich bin gegangen, obwohl ich wusste, dass es Dir nicht gutgeht. Nur wusste ich nicht, warum es Dir nicht gutgeht, Du hast nie etwas gesagt. Ich habe etwas ungeheuer Bedrückendes gefühlt, gleichzeitig habe ich gesehen und gespürt, wie sehr Du mich magst, wie sehr Du Dich um mich bemühst und deswegen versuchst, so zu tun, als sei alles in Ordnung. Vielleicht ist ja was dran an Deiner wirren Mail. Alles war echt zwischen uns und gut und schön und manchmal richtig lustig, aber da war noch etwas – etwas, was nicht da war, eine Leerstelle, eine unsichtbare Gummiwand. Ich glaube, an die bin nicht nur ich gestoßen.

Ich weiß nicht, was mit Dir los war, ich habe Dich nie gefragt, mich einfach nicht getraut. Ich wusste ja, ich werde bald weg sein. Ich wollte nicht streiten, nicht in diesen wenigen, so kurzen Wochen. Vielleicht hätte ich es tun sollen, sauer genug war ich auf Dich. Niemand fröstelt gern in der Nähe des eigenen Freundes.

Warum sagst Du nicht, was Du sagen willst? Du willst doch etwas sagen. Bist Du zu bequem, es zu Ende zu denken, oder hast Du Schiss, dass die Welt, wie wir sie kennen, aufhört zu existieren, wenn du sagst, was Sache ist?

Jedenfalls bin ich froh, dass Du mit Paul unterwegs bist, in London sogar. Das heißt, es geht ihm besser? Hat er wieder seine schönen Haare, geht er wieder zur Schule und holt das Abi nach? Ich habe ihm geschrieben, aber er hat nicht geantwortet, und dann habe ich es gelassen, weil ich nicht wusste, was bei ihm los ist, und es von hier aus gar nicht so genau wissen wollte. Manchmal bin ich wie Du, manchmal ist jeder so. Man sieht lieber nicht genau hin, wenn man nichts ändern kann. Grüß ihn von mir, ja? Wenn ich zurück bin, melde ich mich bei ihm.

Am 2. September bin ich wieder zu Hause. Reden wir dann? Suchst Du Dir bis dahin ein paar Wörter? Eigentlich weißt Du ja ziemlich gut, wie man welche findet, und sie müssen ja nicht alle gleich passen, ich kann sie mir gern zusammenschieben. Wenn Du schon jetzt ein paar hast, nehme ich die auch schon mal. Jederzeit. Ich puzzle gern.

– Schwachsinn, nein: Ich puzzle überhaupt nicht gern.

Ach, Finn. Finn, Finn, Finn. :-/ :S >:)

D.

»WIR HABEN KEINE Wahl, wir müssen zur Polizei.«

Paul hatte lange geschwiegen und klang nun, als hätte er alles mehrfach durchgerechnet und den Fehler endlich gefunden. Finn blickte hinüber zur schwarzen Frau, die mit ihrem sieben- oder achtjährigen Sohn im Großraumwagen auf der anderen Seite des Tisches saß. Sie sprachen Französisch miteinander, verwendeten aber immer wieder Wörter einer Sprache, die Finn nicht kannte, was nicht heißen musste, dass die Frau kein Deutsch verstand.

»Du willst nicht, oder?« Paul sah ihn herausfordernd an. »Warum noch mal?«

Paul war fokussiert, unglaublich aufgeräumt. So sicher und gelassen hatte Finn ihn nicht erlebt, seit sie von zu Hause losgefahren waren.

»Wir verpfeifen ihn bei den Bullen«, sagte Paul, »und dann ist an der ganzen Sache nichts dran?«

»Wir unternehmen nichts, und dann ist was dran?«

Finn schwieg, hatte keine Antwort, die irgendeinen Sinn versprach.

»Du glaubst, du kannst ihn davon abbringen«, sagte Paul.

»Das hast *du* geglaubt. Als wir nicht wussten, wer den Brief geschrieben hat. Der Brief war ein Fake, Paul, du hast das alles erfunden!«

Paul sah zu dem Jungen, der vor ihm saß und hochkonzentriert zeichnete. Die Familie im Zoo, Vater, Mutter, Kind, war ihm gelungen, aber mit dem Tiger, den er zu zeichnen versuchte, war der Junge unzufrieden. Immer wieder radierte er aus, was er zu Papier gebracht hatte, versuchte es aber ohne Anzeichen von Enttäuschung oder Ermüdung beharrlich weiter.

»Verrückt, oder?« sagte Paul. »Ich denke mir so einen Scheiß aus, und dann ist alles wahr?«

»Wer sagt, dass es wahr ist?«

»Khalils Vater versucht, Giftgas nach Syrien zu schmuggeln. Ein Teil davon verschwindet. Khalil verschwindet ebenfalls, nachdem er schon vorher auch eine ganze Weile nicht erreichbar war. Er verlässt seinen Freund, stiehlt ihm die Kreditkarte, lässt sein Handy da. Mit großer Wahrscheinlichkeit ist er in Hamburg, wo sich gerade die wichtigsten Politiker der Welt treffen und zehntausende Menschen auf der Straße sind. Und ich denke mir ein paar Tage vorher eine Geschichte aus, in der Khalil ein Attentat vorbereitet und sich für immer verabschiedet? Klingt das nach Zufall? Echt jetzt? Ich habe mir nur was ausgedacht?«

Paul hatte keine Scheu hinzusehen, sich selbst unters Mikroskop zu legen. Jetzt war er es, der den Abstand hatte, der Finn zunehmend verlorenging, zu sich selbst wie zu diesem Labyrinth, in das sie geraten waren. Paul war neugierig, Finn hatte Angst.

»Und wie erklärst du dir das alles?«, fragte Finn.

Paul zuckte mit den Achseln, sah wieder hinüber auf die Zeichnung des Jungen, dessen vergebliche Bemühungen ihn zu bekümmern schienen.

»Ich weiß nicht«, sagte er. »Du hast gesagt, an manche Dinge habe ich mich erinnert, an die Therapeutin, den Augenblick vor dem Unfall, und später hab ich's wieder vergessen. Was ist, wenn Khalil mir etwas erzählt hätte und ich hätte es nicht aufgeschrieben? Absichtlich nicht. Wenn ich versucht hätte, die Sache über den Brief zu klären.«

»Und warum? Warum solltest du so einen Wahnsinn nicht sofort jemandem erzählen? Es wenigstens für dich selbst aufschreiben?«

»Gute Frage.«

»Das hätte nur Sinn, wenn du ihn schützen wolltest. Glaubst du, du wolltest Khalil schützen?«

»Gute Frage.«

Paul hatte heute noch nicht in seinem Buch gelesen, bewusst nicht. »Erzähl es mir«, hatte er gesagt, »alles«, und Finn hatte versucht, alles zu erzählen, schon in Hampstead, auf dem Weg zur Tube, später in einem Costa in St. Pancras, wo sie bis zur Abfahrt des Eurostar fast zwei Stunden verbracht und literweise Kaffee getrunken hatten. Finn hatte nichts ausgelassen, nichts, was Paul betraf, hatte ihm auch gesagt, dass er inzwischen von Khalils Übergriff wusste, und danach vorsichtig erzählt, was Khalil über Pauls Beziehung zu ihm behauptet hatte. Paul war nicht nur cool geblieben, er hatte immer neugieriger gewirkt, wie gefesselt von einer mitreißenden Geschichte, die ihn manchmal sogar zu amüsieren schien.

»Würde ich jemanden, der so einen Scheiß mit mir gemacht hat, zu schützen versuchen? Ich kann mich doch daran erinnern, was passiert ist. Ich erinnere mich immer daran, sagst du?«

»Sieht so aus, ja.«

»Und was denke ich jetzt darüber, was glaubst du? Was würde ich am liebsten tun?«

»Ihm die Fresse polieren?«

Paul lachte. »Mindestens.«

»Hast du schon. Gestern im Museum.«

»Richtig.« Paul lächelte. »Schade, dass ich nicht dabei war. Warum sollte ich so einen schützen wollen?«

Paul erwartete keine Antwort, nicht von Finn, er dachte laut.

»Andererseits habe ich den Kontakt zu ihm offenbar nie abgebrochen. Ich bin im Kommando geblieben, hab den ganzen Blödsinn mitgemacht. Vielleicht ja nicht nur das. Vielleicht waren Khalil und ich wirklich zusammen. Warum nicht? Vielleicht habe ich ja entdeckt, dass es mit einem Typen geiler ist. Warum sollte er lügen? Was hätte er davon?«

Paul sezierte sich weiter, furcht- und schonungslos, schien beinahe Spaß daran zu haben, allemal die hartnäckige Neugier eines Forschers.

»Hättest du es nicht gemerkt? Vorher, meine ich. Vor dem Unfall. Dass du auf Typen stehst. Das wüsstest du doch.«

Paul ließ sich Zeit mit der Antwort, dachte offenbar gründlich nach.

»Hätte ich merken müssen, richtig. Habe ich nicht. Kann ich mir auch nicht vorstellen, überhaupt nicht. Aber das heißt nichts.«

»Das heißt nichts?«

»Das heißt nicht, dass sich Khalil darum geschert hat. Er nimmt sich, was er will.«

»Und du machst das mit? Über Wochen?«

»Habe ich nicht alles mitgemacht? Immer. Gehst du mir nicht deswegen aus dem Weg?«

»Ich gehe dir aus dem Weg?«

»Damals. Früher. Weiß ich, wie wir das jetzt nennen. Du hast mich nicht mehr mit dem Arsch angesehen.«

Damit hatte Finn nicht gerechnet. Er konnte lügen, er schwieg. Wenn das ein Fortschritt war, war es ein erbärmlicher.

»Schon gut«, sagte Paul. »Ich weiß, wie ich drauf war.«

Paul sah auf das Bild des Jungen, der seinen Tiger wieder wegradierte.

»May I?«, fragte Paul und deutete auf das Blatt.

Der Junge nahm Paul nicht wahr, aber seine Mutter verstand ihn sofort und lächelte ihn an, erfreut über die Aufmerksamkeit.

»Sure«, sagte sie und flüsterte dem Jungen etwas in der Sprache zu, die Finn nicht kannte, bevor sie das Papier zu Paul hinüberschob.

Paul griff sich einen Stift, zeichnete schnell und überraschend geschickt einen Tiger, der aussah wie ein Tiger, und schob das Blatt zu dem Jungen zurück.

»Thank you«, sagte die Mutter überschwänglich und stupste ihren Sohn am Arm: »Dis merci à Monsieur!«

»Merci, Monsieur«, sagte der Junge, ohne Paul anzusehen, nahm unterdessen seinen Radiergummi und radierte Monsieurs Tiger weg.

Beschämt wandte die Frau den Blick von Paul ab. Finn musste die Sprache, in der sie auf ihren Sohn einzureden begann, nicht kennen, um zu verstehen, was sie ihm eindringlich zu verstehen gab, bevor sie wieder zu Paul sah.

»Exuse me, my son is very rude.«

»No, no. I have to apologize«, sagte Paul, »Your son is right, completely right. He is the artist, not me.«

Die Frau lächelte Paul dankbar an und strich ihrem Sohn über den Kopf, als wolle sie mit ihrer Hand Pauls Vergebung weiterleiten. Der Junge hatte schon zwei Beine eines neuen Tigers gezeichnet, sie fielen ihm leichter als der Rest.

»Warum bist du so gut drauf?«, fragte Finn.

»Ich bin gut drauf?«

»So cool.«

Paul sah ihn erfreut an.

Finn gefiel, dass Paul sich freute. Er warf noch einen Scheit ins Feuer.

»Unerschrocken, gelassen, offen.«

»Wie bin ich sonst? Erschrocken, aufgeregt, verschlossen?«

»Heute bist du gut drauf.«

»Keine Ahnung«, sagte Paul. »Ich bin aus der Matrix gefallen. Irgendwie nicht unwitzig.«

»Du meinst, du bist deine Mutter losgeworden.«

»Bin ich das?« Paul lächelte bitter. »Morgen werde ich mich nicht daran erinnern können. Das weiß sie auch.«

Beate hatte überraschend aufgegeben, am Ende war sie implodiert. Nachdem Paul sich entschieden hatte, mit Finn mitzugehen, hatte sie erst laut und fordernd versucht, ihn aufzuhalten, später leise und jammernd, doch irgendwann hatte sie verstanden, dass ihr Sohn es ernst meinte und es ihm weiter gelingen würde, nicht hinzuhören. Sie war verstummt, hatte sich in den Sessel gesetzt und zugesehen, wie Paul seine Sachen packte. Sie war im Zimmer geblieben, als Dr. Blumenthal mit Paul und Finn hinausging, um im Stationszimmer den Papierkram zu erledigen. Finn war überrascht, beinahe schockiert gewesen, als er sich noch einmal zu Beate umgedreht hatte. Ihr Lächeln war matt, doch unverkennbar lächelte sie ihn an, als sei das letzte Wort noch nicht gesprochen.

»Ist eine Weile her, wir waren noch in der Grundschule«, sagte Paul, »da hat uns meine Mutter beim Abendessen erzählt, dass sie an einem Beitrag über spiritistische Sitzungen arbeitet. Damals hat sie ab und zu noch was fürs Radio gemacht. Sie fand die Leute, über die sie berichten sollte, total lächerlich und hat sich nur lustig gemacht, aber das war nun mal das bescheuerte Thema, das sie ihr gegeben hatten. Für knapp drei Minuten würden die Irren genug Unsinn im O-Ton verzapfen, hat sie gesagt. Mein Vater fand das gar nicht lächerlich. Er hat ihr von berühmten Schriftstellern erzählt, die früher an solchen Sitzungen teilgenommen und darüber geschrieben haben. Die dabei was sahen und spürten. Das würde er auch gern einmal erleben, hat er gesagt, nicht nur jeden Tag dasselbe, ewig das Normale. Nicht immer, dass oben oben ist und unten unten, sondern wirklich etwas ganz, ganz anderes. Etwas, was er sich nicht einmal vorstellen könnte.«

»Soll ich raten, was deine Mutter dazu gesagt hat?«

»Spar's dir«, sagte Paul, in dessen Lächeln Traurigkeit aufglomm.

»Mein Alter hatte recht. Man glaubt, alles ist an seinem Platz. Und bleibt an seinem Platz. Du weißt immer, wo du bist, wie spät es ist, was gestern war, was in zwei Wochen wahrscheinlich sein wird, wo du Weihnachten verbringst. Du kannst nachts im Dunkeln aufs Klo gehen, weil das Klo da ist, wo es immer ist. Du kannst besoffen umfallen, weil du weißt, wo du wieder aufwachst und weil du die Kopfschmerzen, die du haben wirst, schon tausendmal gehabt hast. Oben ist oben und unten ist unten, erst kommt früher, dann jetzt, dann später. Zeit ist Zeit, Raum ist Raum. Aber wenn das plötzlich nicht mehr so ist, wenn du nicht mehr weißt, wo oben und unten ist und was vorher bedeutet und nachher und jetzt, dann ist das … Ich meine, es ist nicht nur scheiße. Klar ist das scheiße, total, aber irgendwie denke ich, ich darf was sehen, was andere nie sehen dürfen.«

Finn verstand Paul sofort, aber er wusste nicht, was er sagen sollte, sah ihn nur an. Paul lachte auf.

»Klingt irre, oder? Na ja, ich bin ja auch auf den Kopf gefallen.«

Es war nicht verrückt. Paul erlebte etwas, wovor sich alle fürchteten wie vor nichts anderem, aber er saß hier neben Finn und zerfiel nicht in tausend Scherben. Er lebte weiter. Jeden Moment konnte alles verschwinden. *Das* war normal. Jeden Moment konnte alles vollkommen anders sein als in der Sekunde davor. Wer vor die Tür ging, wer etwas in die Hand nahm, mit jemandem sprach oder eine Mail schrieb, wer einen Wunsch äußerte oder seinen Groll, wer ein Auto benutzte oder ein Onlineformular, wer etwas tat, irgendetwas, konnte schuld daran werden, dass etwas verschwand, vielleicht sogar alles, dass sich auflöste, was immer da war und immer da sein musste.

»Macht dir das keine Angst?«, fragte Finn.

»Keine Ahnung, irgendwie schon. Heute Nacht, als meine Mutter mich geweckt hat, da habe ich gedacht, ich drehe durch. Aber jetzt, ich weiß nicht …– Du hast mir eine Menge Pillen gegeben, vorhin im Costa, vielleicht liegt's an denen. Gerade denke ich nur, es ist, wie es ist.«

Finn nickte nur. »Ich muss auf die Toilette.«

»Okay« sagte Paul grinsend. »Weckst du mich in einer halben Stunde?«

»Echt nicht.« Finn stand grinsend auf, ging los. »Brauche ich nicht noch mal heute. Ich lass dich schlafen und steig einfach aus, dann kannst du dir oben und unten selbst zusammensuchen.«

Finn schloss die Toilettentür ab, holte die beiden Tablettenstreifen aus der Hosentasche, drückte die Tabletten nacheinander alle heraus, ließ sie in die Toilettenschüssel fallen. Er wollte die Spülung bedienen, aber er konnte nicht, hielt inne, ging in die Hocke und holte die Tabletten alle wieder heraus. Er wusch sie im Waschbecken, so gut es ging, bekam Angst, sie könnten sich auflösen, trocknete sie mit den Papierhandtüchern aus dem Spender hektisch ab, schluckte zwei hinunter und stopfte sich den Rest in die Hosentasche. Er warf die Papiertücher und die leeren Tablettenstreifen in den Abfall, sah sich im Spiegel an. Es ist, wie es ist, hieß auch, dass es nicht so war, wie es sein sollte. Finn wusch sich das Gesicht, trocknete es so sorgfältig ab, wie er konnte, schloss auf und ging zurück zu seinem Platz.

Paul hatte das Blatt des Jungen wieder vor sich liegen und war mit dem Tiger, den er zeichnete, fast fertig.

»Ich hab's nicht ihm nicht aus der Hand gerissen«, sagte Paul, »Er hat mich darum gebeten.«

Paul gab das Blatt zurück. Der Junge sah sich das Bild mit einem Lächeln an, das sich zwischen Kummer und Freude nicht entscheiden konnte.

»Merci beaucoup«, sagte die Mutter.

Der Junge sagte nichts, begann die Gitterstäbe des Käfigs zu malen, hinter denen der Tiger eingesperrt sein sollte. Damit hatte er keine Schwierigkeiten. Erst als Paul verwundert zu ihm hochsah, merkte Finn, dass er noch stand, und setzte sich.

»Du denkst, wenn wir diese Nina finden, finden wir auch Khalil?«

Finn wusste nicht, was er dachte, aber immerhin gab es etwas, was er darauf sagen konnte.

»Ich glaube, das ist die, die im Deutsch-Leistungskurs von der Riethoff war. Würde passen. Bruce hat gesagt, sie macht ein Praktikum bei einer Zeitung. Die andere Nina war im Biologie-LK und sah aus wie Barbies Schwester. Kann mir nicht vorstellen, dass Khalil mit der zu tun hatte.«

»Selbst, wenn du weißt, wer sie ist, wie willst du sie finden?«

»Bruce hat mir ein Foto von Khalil gezeigt. Im Hintergrund war das Gebäude, in dem sie ihr Praktikum macht. Ziemlich auffällig, ich hab's im Internet gefunden. Ein Verlagsgebäude. Da sitzen ein paar Zeitschriften und so was alles. Warte, ich zeig's dir.«

»Und Khalil sitzt bei seiner Nina und wartet brav auf uns?«

Finn war nicht taub, aber er konzentrierte sich darauf, sein Smartphone aus der Tasche zu holen und es zu entsperren. Überrascht sah er, dass die letzte Nachricht, deren Vibration er bemerkt, aber ignoriert hatte, nicht von seinem Vater stammte. Sie kam vom Handy, das Khalil bei Bruce gelassen hatte. Finn öffnete die SMS und sah entsetzt aufs Display. Bruce hatte ihm ein Selfie geschickt. Sein Gesicht war so angeschwollen, dass er fast nicht mehr zu erkennen war. Er war zusammengeschlagen worden.

Erschrocken sah Paul auf das Foto. »Wer ist das?«

Paul hatte Bruce gestern gesehen. Er hatte ihn nie gesehen.

»Bruce. Khalils Freund. Sein Exfreund.«

»Wer hat ihn so zugerichtet?«

Finn gab Paul sein Smartphone, damit er die vier dürren Sätze lesen konnte, die unter dem Foto standen. Jemand, der wie ein Araber aussah, war bei Bruce aufgetaucht und hatte ihn nach Khalil gefragt. Am Ende hat ihm Bruce gesagt, dass Khalil in Hamburg bei einer Nina war.

»Ein Araber? Wer? Hamid? Der Kerl, der für Khalils Vater arbeitet?«

Finn nickte. »Wahrscheinlich. Mein Vater hat mir gestern erzählt, dass er sich abgesetzt hat. Er hatte Angst, dass der Typ nach Khalil suchen könnte, weil er seinen Alten an die Bullen verraten hat.«

»Und du willst immer noch nicht zur Polizei?«, sagte Paul wütend.

Das würde nicht nötig sein, dachte Finn. London lag auf einer Insel, aber die britische Polizei hatte Zugang zu Telefonen und Mailprogrammen. Die letzten beiden Sätze von Bruce' SMS lauteten: *What kind of sick fucking game are you playing? Anyway, the police will figure it out.*

»Diese Nina, die du suchst, die war nicht auf unserer Schule.«

»Was?« Finn sah Paul verwirrt an. »Woher willst du das wissen?«

»Sie hat bei ihm um die Ecke gewohnt. Die Eltern kennen sich gut, sie sind praktisch Tür an Tür aufgewachsen.«

»Was soll der Scheiß? Warum sagst du das jetzt erst?«

»Ich war mir nicht sicher, ob du das durchziehen willst. Ich wollte dich nicht auf dumme Gedanken bringen. Khalil hat mir Nina mal vorgestellt, als wir bei ihm waren. Ihr Nachname ist Heinz oder Heinze oder so was. Das lässt sich rausfinden, ihr Vater ist ein hohes Tier bei Ford.«

»Okay, gut. Super. Wir kriegen ihre Nummer heraus und rufen sie an.«

»Nein, du rufst die Polizei an!«, sagte Paul so aufgebracht, dass der Junge erschrocken von seinem Bild aufsah. »Von mir aus deinen Vater. Soll er das erledigen.«

Die Mutter schien nicht zu wissen, wie sie ihren Sohn diskret davon abbringen konnte, Paul und Finn anzustarren. Finn hätte sie gern mit einem Lächeln beruhigt, aber sie wich seinem Blick aus.

»Ruf an«, sagte Paul und knallte Finns Handy, das er noch in der Hand hielt, auf den Tisch.

BIS ZUM ABFLUG hatten sie weniger als anderthalb Stunden, würden aber mit dem Taxi, sagte Google Maps, nur eine knappe halbe Stunde bis Zaventem brauchen. Paul hatte Finn keine Wahl gelassen, als sie in Bruxelles-Central angekommen waren: Finn hatte endlich zu Hause angerufen, seinem Vater hastig gesagt, was Bruce zugestoßen war, ihm auch von Nina erzählt, damit er die Informationen an seinen Freund bei der Staatsanwaltschaft weitergeben konnte, und das Gespräch abrupt beendet. Sicher hatte er nicht hören wollen, was er spätestens jetzt von seinem Vater zu hören bekam, aber vor allem hatte er es eilig, im Netz nach der Privatnummer von Ninas Eltern zu suchen. Er hatte es tatsächlich geschafft, ihre Mutter ans Telefon zu bekommen, doch ob er mit der rührseligen Lügengeschichte, die er ihr auftischte, Erfolg hatte, wusste Paul noch nicht. Finn ging vor dem Eingang des Bahnhofs aufgeregt auf und ab und brachte sich immer wieder außer Hörweite. Paul verstand nicht, was Finn so verbissen antrieb, er verstand gar nichts. Er wünschte sich, der Unfall hätte nicht nur sein Gedächtnis beschädigt, sondern auch seinen Wunsch zu verstehen.

Finn steckte das Handy ein und kam zu Paul herüber. »Ninas Handynummer hat sie mir nicht gegeben. Aber sie hat versprochen, ihr meine zu geben. Wenn wir Glück haben, ruft Nina zurück, aber wir finden sie auch so.«

Finn ging auf den Taxistand zu und blieb nach ein paar Metern stehen, weil er merkte, dass Paul sich nicht rührte.

»Was ist? Wir verpassen den Flug, wenn wir uns nicht beeilen.«

»Warum gehen wir nicht wieder rein und nehmen den Zug?«, sagte Paul. »In zwei Stunden wären wir zu Hause. Den Rest erledigt die Polizei.«

»Glaub mir, du willst nicht nach Hause«, sagte Finn, drehte sich um und ging weiter in Richtung der Taxis.

So hatte Paul Finn noch nie sprechen hören, fahrig, aber dennoch zu allem entschlossen, konnte sich auch nicht erinnern, je einen solchen Blick in seinen Augen gesehen zu haben. Paul ging Finn nach. Wer wen mehr brauchte im Moment, schien nicht ausgemacht, aber einer von ihnen würde garantiert auf den anderen aufpassen müssen. Finn öffnete die hintere Tür des Taxis, auf das ein alter Mann in einer gelben Weste deutete, stieg ein und schloss die Tür. Paul ging um das Auto herum und setzte sich auf der anderen Seite zu ihm in den Fond. Er wartete ab, bis Finn dem Fahrer ihr Ziel genannt hatte und sie losgefahren waren.

»Alles gut bei dir?«

»Ja«, sagte Finn knapp und verkroch sich danach in ein schusssicheres Schweigen.

Paul schwieg auch. Er schwieg, so lange er konnte. Durch die Scheibe, auf die Regen zu klatschen begann, sah er Brüssel, das er noch nie gesehen hatte, und bald darauf die Autobahn, die er nicht sehen musste.

»Stop, please«, sagte Paul.

Der Fahrer hörte ihn nicht, fühlte sich jedenfalls nicht angesprochen.

»Was ist los?«, fragte Finn.

Paul ignorierte ihn. »Please stop the car!«

Verwundert sah der Fahrer in den Rückspiegel.

»No stop«, sagte der Fahrer mit starkem Akzent. »Motorway!«

»I'm sick. I will vomit.«

»Dir ist schlecht?«

Im Gegensatz zu Finn hatte der Fahrer ihn nicht verstanden. Paul half mit Würgegeräuschen nach.

»I'm serious. I will vomit. Do you want to clean your car?«

Finn sah ihn skeptisch an. Der Fahrer fuhr widerwillig auf den Seitenstreifen, hielt an.

»Thank you«, sagte Paul.

»Police will come«, sagte der Fahrer entnervt. »It is not okay!«

»I'll pay the ticket.« Paul stieg aus. »Keep the device running.«

Durch den Regen lief er ein paar Schritte über das angrenzende Brachland und musste nicht lange warten, bis Finn bei ihm war.

»Hey, was ist los?«

Paul sah ihn nur an.

»Kann ich was tun?«

Paul nickte. »Gib mir eine Kippe.«

»Was?«

»Eine Kippe.«

Finn schüttelte den Kopf. »Du rauchst nicht mehr.«

»Wer sagt das?«

»Ist nicht gut für dich, ehrlich.«

»Soll ich dir in die Hosentasche greifen?

Finn zögerte, griff dann aber schließlich in seine Tasche, gab Paul die Packung und das Feuerzeug und zündete sich anschließend selbst eine Zigarette an. Kopfschüttelnd sah der erboste Fahrer zu ihnen hinüber. Falls seine Verärgerung dazu führte wegzufahren, hätten sie ein großes Problem, ihre Rucksäcke lagen im Auto.

»Was ziehst du hier ab, Paul?«

»Was ziehst du hier ab, Finn?«

Finn starrte ihn an. Verwirrt, ertappt, wütend?

»Was soll das? Worüber bist du sauer?«

»Ich bin nicht sauer«, sagte Paul ruhig und hoffte, dass es die

Wahrheit war. »Ich habe nur das Gefühl, in meiner Lage kann ich mir nicht so viele blinde Flecken leisten.«

»Was für blinde Flecken? Wovon redest du?«

»Heute Morgen, ja? Ich wache mal eben so in einem Krankenhaus auf. In London. Nichts ist, wie es war. Schon lange nicht mehr. So lange anscheinend, dass ich 1a verkacken würde, wenn ich an einem Quiz über mein Leben teilnehmen müsste. Abi? Fehlanzeige. Habe ich nicht und kriege ich auch nicht mehr. Schätze, was zu lernen, ist für mich jetzt dasselbe wie für einen Pinguin das Fliegen. Meine Familie gibt's auch nicht mehr. Die Einzige, die da noch übrig ist, lass ich stehen, weil du mir sagst: Komm, wir gehen. Wir haben was Ultrawichtiges vor.«

Finn sah ihn fassungslos an. »Ich habe dich gezwungen?«

»Du hast mich nicht gezwungen. Ich habe dir vertraut, Finn. Ich vertraue dir immer noch.«

Paul log nicht, er verdrehte nichts, er konnte sagen, was er sagte, weil es die Wahrheit war. Er war gegangen, weil Finn ihn gebeten hatte, mit ihm zu gehen. Weil er zum ersten Mal eine Tür sah, die offenstand, und nicht allein war, als er durch sie durchgehen wollte. Es gab nichts, worauf er sich verlassen konnte, aber auch nichts, woran er gebunden war. Er war eingekerkert in der Gegenwart, und zum ersten Mal musste er an nichts anderes denken als an den Augenblick, in dem er sich befand und der keine Verbindung zu einem anderen besaß. Er war frei wie nie zuvor. Frei und ohne Finn vollkommen allein.

»Bei dir ist es nicht so, oder?«, sagte Paul. »Du vertraust mir nicht. Du sagst mir nicht alles.«

Finn brachte kein Wort hervor, machte einen ungeschickten Schritt zur Seite, schien zu taumeln. Paul wollte ihn provozieren, aber mit so einer Erschütterung hatte er nicht gerechnet. Der Regen wurde stärker.

»Was tun wir hier eigentlich? Was hast du vor? Willst du wirklich riskieren, dass was passiert? Woher weißt du denn, dass wir rechtzeitig kommen? Woher weißt du, dass wir irgendwas ausrichten können?«

Finn schwieg, dafür machte sich der Taxifahrer bemerkbar. Er hupte, einmal, zweimal, dreimal, schließlich durchgängig. Weder Finn noch Paul reagierten darauf, sahen nicht einmal hin. Irgendwann hörte das Hupen auf.

»Du willst doch nicht den Helden spielen, oder? Dich hinterher als Retter feiern lassen und dafür Menschenleben aufs Spiel setzen? So bist du doch nicht. Oder? Ich habe ja einiges verpasst in letzter Zeit.«

Finn tat ihm leid, aber Paul konnte nicht aufhören. Er hatte das Gefühl, dass er an irgendetwas zog, das er aus dem Wasser holen konnte.

»Das macht er nicht«, sagte Finn leise.

»Was?«, sagte Paul, obwohl er ihn gehört hatte.

»Das macht Khalil nicht«, wiederholte Finn lauter. »Du würdest so etwas Entsetzliches auch nicht machen. Oder ich. Warum sollte Khalil so ein Monster sein?«

Paul hatte tausend Fragen auf den Lippen, wollte Finn aber nicht verschrecken, wartete ab. Der Taxifahrer stieg aus, rief ihnen über das Autodach etwas zu, fuchtelte mit den Armen. Paul verstand ihn nicht und sah nur kurz zu ihm, weil er Finn im Blick behalten wollte.

»Irgendwas hat Khalil vor, stimmt«, sagte Finn, »was total Krasses wahrscheinlich, aber bestimmt keinen Massenmord oder so einen Scheiß. Ich glaube nicht, dass wir die Bullen brauchen, aber vielleicht braucht Khalil Hilfe.«

»Von uns?«

Finns knappe Kopfbewegung war vermutlich ein Nicken. Paul sah hinter ihm den Taxifahrer, der schon fast so durchnässt war wie sie. Er stieg wieder in sein Auto.

»Ich dachte immer, du traust Khalil alles zu«, sagte Paul, »aber du bist ja ein richtiger Fan.«

»Hör auf mit dem Scheiß, ich bin kein Fan. Ich will nur nicht …– Ich will nicht, dass ihm was passiert.«

Paul sah ihn an, sah Finns Augen, und plötzlich hatte er viele Möglichkeiten. Er konnte loslachen, er konnte sich auf Finn stürzen und ihn in den Schlamm stoßen, er konnte sich auch einfach nur still freuen, dass er endlich sah, was er seit drei Jahren, seit Beginn der Oberstufe, nicht gesehen hatte. Finn hatte seinen Blick nicht von ihm abgewendet, weil ihm nicht mehr gefiel, was er sah, sondern weil er jemand anderen nicht aus den Augen lassen konnte. Paul hatte im Weg gestanden, den Zugang versperrt, das Licht verdeckt.

»Scheiße«, sagte Paul und setzte sich in Bewegung. »Hey! Nein!«

Finn wandte sich in Pauls Blickrichtung um und sah es auch. Das Taxi fuhr auf dem Standstreifen an, beschleunigte, setzte den Blinker, wechselte auf die Fahrbahn und war kurz darauf nicht mehr zu sehen. Immerhin hatte der Fahrer an ihre Rucksäcke gedacht. Sie lagen auf dem nassen Asphalt, einer halb auf der Fahrbahn. Finn sah Paul an, als hätte er ihm in den Kaffee gepinkelt, dann stapfte er los. Paul folgte ihm, so langsam er konnte.

Finn hatte seinen Rucksack schon auf dem Rücken, als Paul auf dem Standstreifen ankam, hielt ihm den anderen hin.

»Na, los. Beeil dich.«

Paul nahm den Rucksack. »Was hast du vor? Willst du zum Flughafen laufen?«

Er bekam keine Antwort, aber Finn machte sich tatsächlich auf den Weg. Rückwärtsgehend hielt er den Daumen raus. Paul blieb stehen.

»Paul? Was soll das? Worauf wartest du?«

»*Was soll das?* Fragst du mich?« Paul musste gegen den Lärm der Autos und des Regens anschreien. »Du hast mich die ganze Zeit verarscht, du Arschloch. Du … du magst ihn.«

Finn blieb stehen. Er sah lächerlich aus. Gehetzt, kopflos, ramponiert.

»Ach was«, schrie Paul, »du bist scharf auf ihn! Die ganze Zeit schon. Du hast mich angelogen. Deine fiesen Sprüche über ihn, das ganze abfällige Gelaber, deine angeblichen Sorgen, dass er mich in die Scheiße reitet, alles nur Show. Du warst eifersüchtig.«

Finn begann auf Paul zuzugehen. Kopfschüttelnd, wütend, verstört.

»Das habe ich alles dir zu verdanken, stimmt's? Wegen dir stehe ich im Regen auf einer Scheißautobahn. Wegen dir bin ich in London im Krankenhaus gelandet. Wegen dir haue ich einfach ab und riskiere, dass mir sonst was passiert. Den Brief hast du geschrieben, oder? Und ihn mir angehängt.«

»Das ist nicht wahr, du Wichser!« Finn war fast bei ihm angekommen. »Das warst du. Du hast ihn geschrieben, habe ich dir doch alles erzählt.«

»Klar, hast du. Du hast mir viel erzählt«, schrie Paul. »Und warum? Weil du ihn wiedersehen wolltest? Und dann? Coming-out und Happyend?«

»Halt's Maul!«

»Du hast ihn ja wiedergesehen, in London. Falls das nicht auch gelogen ist. Wollte er nicht? Bist du nicht sein Typ?«

»Halt's Maul!«

Finn stieß ihn gegen die Schultern. Paul hatte keine Mühe, sein Gleichgewicht zu halten. Er lächelte Finn herausfordernd an.

»Echt jetzt? Okay, dann komm, du Schwuchtel.«

Diesmal schlug ihm Finn mit den flachen Händen auf die Brust, so fest, dass Paul nach hinten taumelte, rücklings über die Leitplanke stolperte und im Dreck landete. Finn stieg über die Leitplanke, ließ sich auf Paul fallen, bevor der eine Chance hatte, sich aufzurappeln, und begann, auf ihn einzuschlagen. Paul gelang es, ihn von sich wegzustoßen. Auf dem Boden liegend trat er nach Finn, erwischte ihn ein-, zweimal, stand auf, ließ Finn aber keine Zeit, selbst wieder auf die Beine zu kommen, trat ihn erst gegen das Bein und warf sich dann auf ihn. Sie umklammerten sich, versuchten, einander in den Schwitzkasten zu nehmen, rutschten und rollten durch den Schlamm, keuchten und tobten und schrien. Gekämpft hatten sie nie miteinander, auch nicht als Kinder. Sie gehörten zu denen, die lieber schmollten und grollten und ihren Ärger loswurden, indem sie ihn vergaßen. Sie hatten eindeutig etwas verpasst.

»Hör auf«, sagte Paul.

Finn, der Paul so fest im Griff hatte, dass er kaum mehr Luft bekam, dachte nicht daran, auf einen Sieg zu verzichten, wie auch immer der Sieger am Ende gekürt werden konnte.

»Hör auf«, wiederholte Paul. »Da sind Leute.«

Finn hielt inne, sah auf, ließ von Paul ab. Auf dem Standstreifen hatten zwei Motorräder angehalten. Einer der beiden Motorradfahrer bockte seine Maschine auf und zog seinen Helm ab. Unschlüssig sah der grauhaarige Mann um die 50 zu ihnen hinüber.

Finn sprang sofort auf. »Die können uns zum Flughafen fahren!«

»Bist du bescheuert?«, sagte Paul, während er sich auch hochrappelte. »Weißt du, wie wir aussehen?«

Sie waren vollkommen verdreckt, ihre Kleidung ebenso wie jede freie Hautfläche. Finns Lippe war aufgesprungen. Paul wischte ihm mit einem Finger das Blut weg und zeigte es ihm. »Blute ich auch?«

Finn sah ihm zerstreut ins Gesicht, schüttelte den Kopf und ging los. Er wollte dieses Flugzeug kriegen, er wollte nach Hamburg.

Werner und Rita waren ein hilfsbereites, redseliges Paar aus Aachen, das das Wochenende bei Freunden in Westerlo verbringen wollte. Vor allem Rita, die entschieden hatte, anzuhalten und nach dem Rechten zu sehen, war neugierig zu erfahren, was Finn und Paul ohne Fahrzeug an der Autobahn zu suchen hatten und warum sie versucht hatten, sich die Schädel einzuschlagen.

Finn hielt sich nicht lange mit Erklärungen auf. Er bat die beiden, sie zum Flughafen zu fahren, und bedrängte sie sogar weiter, nachdem Werner die Bitte wegen der fehlenden Helme unmissverständlich abgelehnt hatte. Rita, die anscheinend gewohnt war, für beide zu sprechen und Entscheidungen ihres Mannes nötigenfalls zu revidieren, gab irgendwann nach. Werner bestand darauf, dass Paul seinen Helm nahm, Rita setzte sich ihren selbst auf. Bevor Finn zu ihr auf den Sozius stieg, griff er in seine Hosentasche und holte etwas heraus. Paul konnte nicht erkennen, was er sich in den Mund steckte.

Der Regen ließ nach, sie fuhren ins Helle. Paul hielt sich an Werner fest, wie er sich immer an Khalil festgehalten hatte. Angst hatte er keine, doch so quälend frei und lebendig, so unverwundbar wie auf Khalils Motorrad fühlte er sich nicht.

V

TRANSPARENT

Von: *Finn <finn.ewert@gmail.com>*
Gesendet: *Sonntag, 30. Juli 2017 01:34*
An: *Darja <Darjgor@gmx.de>*
Betreff: *AW: OMG*

Liebe Darja,
im Anhang schicke ich Dir endlich den Rest, schneller habe ich es nicht geschafft.

Reicht es eigentlich zu erzählen, was passiert ist? Erfährt man dann, was wirklich wichtig war? Wenn Du etwas verstehst, irgendwas, erkläre es mir bitte.

War schön, dass du angerufen hast. Deine Stimme klang, ich weiß nicht, so anders. Nicht fremd, das meine ich nicht, sie war mir absolut vertraut und doch neu. Keine Ahnung, ob es an Dir lag oder an mir, aber vielleicht gibt es doch so etwas wie Zeit.

Wir sehen uns, wenn wir uns sehen
Finn

ALS WIR IN Hamburg gelandet sind, lag die Temperatur bei 23 Grad, die Luftfeuchtigkeit betrug 67 %, der Luftdruck 1016 Millibar, der Wind kam mit einer Geschwindigkeit von 14 Stundenkilometern aus Nordwest. Das habe ich nachgelesen, ich habe alles nachgelesen. Welche Politiker in der Stadt waren, worüber sie wann mit wem sprachen, was ihre Partner beim Begleitprogramm zu sehen bekamen, welche Sinfonie abends aufgeführt wurde, welche legalen und illegalen Protestaktionen es gegen den Gipfel gab, wo es zu Ausschreitungen kam, wo Autos brannten, Geschäfte geplündert wurden, Barrikaden standen, welche Polizeieinheiten im Einsatz waren, wie viele Personen festgenommen wurden, wo sie festgesetzt waren und wann sich die Leute wieder aus den Häusern trauten und anfingen, ihre Stadt aufzuräumen. Ich war da, aber das reicht nicht. Das reicht nie.

Das Flugzeug hat noch nicht aufgesetzt, wir sind knapp über den Baumwipfeln, da schalte ich den Flugmodus aus und höre meine Mailbox ab. Nina hat angerufen. Khalils Nina. Sie klingt verwirrt und verärgert. Sie möchte wissen, wer ich bin, was ich will. Ich soll sofort zurückrufen. Im Flugzeug kann ich nicht mit ihr sprechen. Ich stecke das Handy ein und sage:

»Nina hat sich gemeldet.«

Paul nickt, klappt sein gelbes Buch zu und legt es in seinen Rucksack. Er hat während des ganzen Fluges gelesen, seit der Prügelei haben wir keine zehn Worte miteinander gesprochen. Seine Klamotten sehen immer noch aus, als hätte er sie auf der Müllhalde gefunden, meine könnten direkt daneben gelegen haben. Am Flughafen in Brüssel haben wir uns schnell Hände und Gesicht gewaschen, zum Umziehen hat die Zeit nicht mehr gereicht. Als das Flugzeug am Finger angekommen ist, steht Paul, der am Gang sitzt, wie die anderen Idioten auf, obwohl es eine Ewigkeit dauern wird, bis die Tür auf ist. Weil Paul aufsteht, stehe ich auch auf, zwänge mich hinter ihn und sehe auf seinen Hinterkopf. Irgendjemand drückt mir von hinten etwas an mein Bein, einen Hartschalenkoffer vermutlich. Es tut weh, ich versuche, mir Platz zu verschaffen, aber das Ding rückt immer wieder nach. Ich müsste mich umdrehen und den Kofferträger anpflaumen, ich halte den Mund. Auf einen blauen Fleck mehr oder weniger kommt es nicht an.

»Tut mir leid«, sagt Paul, »ich hätte dich nicht anfallen dürfen.«

Er dreht sich nicht um, als er spricht. Nicht nur ich höre ihn gut.

»Du hast mich nicht angefallen«, sage ich leise, ich bin sicher, ich flüstere. »Ich habe angefangen.«

»Doch nur, weil ich dich Schwuchtel genannt habe.«

Paul spricht immer noch, ohne mich anzusehen, und sein Hirnschaden hindert ihn offensichtlich nicht daran, laut und deutlich zu artikulieren. Die beiden Frauen vor ihm drehen sich um, die Leute, die noch sitzen, sehen zu uns hoch. Dass der Mensch, der an dem Koffer an meinem Bein hängt, auch die Ohren spitzt, kann ich fast spüren.

»Schon okay«, sage ich und hoffe, dass Paul hört, wie ich es sage. Falls er es tut, bringt es ihn nicht dazu, die Klappe zu halten. Wenigstens wendet er mir jetzt sein Gesicht zu.

»Stimmt es überhaupt? Bist du schwul?«

Es ist der perfekte Ort und Zeitpunkt, mir diese Frage zu stellen.

Ich kann nicht weg, ich kann ihn nicht anbrüllen, ich habe ein aufmerksames Publikum.

»Irgendwie schon«, sage ich so drucksend wie möglich, ich sage es laut genug. »Aber eigentlich stehe ich nur auf die ganz jungen. Älter als elf oder zwölf dürfen sie nicht sein.«

Jetzt kapiert es Paul endlich. Er beißt sich auf die Lippen, drückt sich ein Grinsen weg und sieht sich um. Die anderen Passagiere starren mich an, bis ich zurückstarre, aber keiner sagt ein Wort. Ich habe es nicht anders erwartet. Immerhin berührt der Koffer mein Bein nicht mehr, sein Besitzer braucht jetzt Abstand.

Als wir endlich im Flughafengebäude sind, suche ich mir sofort eine halbwegs ruhige Ecke und rufe Nina an. Ich schaffe es gerade, meinen Namen zu nennen und ihr zu sagen, dass ich nach Khalil suche, da poltert sie schon los, als hätte sie eine alte Rechnung offen.

»Was ist los? Was willst du von Khalil?«

Natürlich habe ich mir etwas zurechtgelegt, aber ihr heftiger Ton und ihre Direktheit lassen mich zögern. Sie legt nach.

»Steckt Khalil in Schwierigkeiten?«

Ich kann nicht ewig schweigen, also stammle ich: »Wie kommst du darauf?«

»Was für Schwierigkeiten?«, fragt Nina.

Der Moment der Wahrheit. Oder für eine clevere Antwort. Ich sehe zu Paul, aber in seinem Gesicht finde ich auch keine Eingebung.

»Die Polizei war bei mir«, sagt Nina, als sei sie öffentlich ausgepeitscht worden. »In der Redaktion.«

»Was wollten sie?«

»Sie haben nach Khalil gefragt.«

»Und?«

Jetzt schweigt sie.

»Weißt du, wo er ist?«, frage ich.

»Wer bist du?«

»Was?«

»Wer bist du? Was hast du mit Khalil zu tun?«

»Finn. Finn Ewert. Ich war mit Khalil auf der Schule. Das habe ich dir doch alles gesagt.«

Wieder schweigt sie. Ich habe Angst, dass sie auflegen könnte.

»Ich bin ein guter Freund von Paul. Erinnerst du dich an Paul, ihr habt euch mal bei Khalil gesehen.«

»Ich kenne Paul«, sagt sie knapp.

»Wir sind zusammen hier. Wir wollen Khalil helfen.«

»Paul ist bei dir?«

»Ja.«

»Gib ihn mir.«

»Was?«

»Spreche ich so undeutlich?«

»Was?«, sage ich Gipskopf schon wieder und verstehe erst dann. »Du willst Paul sprechen? Klar. Warte.«

Ich winke Paul herbei, halte die Hand auf das Mikro und sage: »Sie will dich sprechen«

Paul wirkt weder verwundert noch nervös und zögert keine Sekunde. Er nimmt das Handy.

»Hi, Nina. Hier ist Paul. Wie geht's dir?«

Paul ist charmant und selbstbewusst und gut zu Fuß. Beim Telefonieren zieht er weite Kreise in der Halle. Ich will nicht neben ihm herlaufen und mich lächerlich machen, nur um ein paar Brocken zu hören, also warte ich, bis er zurückkommt und das Handy zurückgibt.

»Alles klar«, sagt er.

»Wie, alles klar?«

»Wir treffen Nina gleich.«

»Weiß sie, wo Khalil ist?«

»Ich glaube schon, aber am Telefon wollte sie mir nichts sagen.«

»Den Bullen hat sie auch nichts gesagt?«

Paul schüttelt den Kopf. »Sie hat Khalil gleich angerufen, nachdem sie da waren, aber sie erreicht ihn nicht.«

»Scheiße!«

Wir müssen der Polizei sofort sagen, was wir wissen, brüllt das Angstmonster in meinem Kopf, aber Paul lasse ich damit in Ruhe. Es reicht, wenn ich selbst den traurigen, aber ergebenen Blick sehe, mit dem Khalil sich ein letztes Mal umschaut, bevor er an seinem Sprengstoffgürtel zieht.

»Wir sollen zur Redaktion«, sagt Paul, »sie kommt zu uns raus, wenn wir da sind.«

»Dann los«, sage ich und bin schon unterwegs. »Hoffentlich kriegen wir hier heute ein Taxi.«

»Ganz sicher keines, das uns mitnimmt«, sagt Paul.

Er hat recht, wir müssen uns erst umziehen.

In zwei nebeneinanderliegenden Kabinen wechseln wir die Klamotten. Es ist eng, aber immerhin einigermaßen sauber.

»Finn? Du hast meine Frage nicht beantwortet!«, ruft mir Paul durch die Kabinenwand zu.

»Was für eine Frage?«

»Echt jetzt? Hat mich das Auto erwischt oder dich?«

Ich stehe in Unterhose und Socken in einer Toilettenkabine und denke an jeden Kuss, den ich bekommen habe, ich denke an Berit und Kaitlyn aus Montreal, und vor allem denke ich an dich, ich denke an Collias und Khalil.

»Ich weiß nicht«, stottere ich, so leise es für Paul gerade noch hörbar sein müsste. »Ich weiß es einfach nicht. Ich bin nicht … – Ich meine, ich glaube das nicht. Aber ich, ich weiß nicht.«

Jemand wäscht sich draußen die Hände, ein anderer tritt offenbar vom Pissoir weg und löst die Spülung aus. Was Paul macht, weiß ich nicht. Von drüben kommt nichts mehr.

»Paul? Hast du mich gehört?«

»Ja. Aber ich weiß nicht, wie ich's sagen soll.«

»Was?«

Ich setze mich auf den Klodeckel, lege die saubere Jeans auf meine Beine, rechne mit allem.

»Das ist doch kein Ding, wenn du schwul bist. Überhaupt kein Ding. Interessiert kein Schwein.«

Paul hat recht, es ist kein Ding. Nicht für Raymond Holt und Rosa vom 99. Revier oder für Cam und Mitchell und ihre große, moderne Familie, nicht für die Typen, die samstags Hand in Hand über die Schildergasse flanieren, nicht für Marie und Lena, die in jeder Pause knutschend auf dem Hof standen, und schon gar nicht für Volker und Hans-Jürgen, die sich als Anwalt und Richter kennengelernt und meinen Vater dazu gebracht haben, in ihrer schwulen Juristenmannschaft mitzukicken. Kein Ding, bestimmt nicht einmal mehr für einen Bergbauern aus Nepal oder eine Fischhändlerin aus Sizilien. Aber ich bin kein Bergbauer aus Nepal, und eine Fischhändlerin aus Sizilien bin ich auch nicht.

»Klar ist das kein Ding«, sage ich. »Es wäre kein Ding, wenn ich es wäre.«

Paul lässt einen Augenblick vergehen, schließlich sagt er: »Du bist verwirrt.«

Das ist keine Frage, ich darf schweigen. Ich ziehe mir die Jeans an und hole ein T-Shirt aus dem Rucksack.

»Khalil macht dich kirre, deswegen sind wir hier, stimmt's? Der hat was, das macht jeden fertig. Am Ende weißt du nicht mehr, wie du heißt.«

Mit Khalil hat es nichts zu tun, mit ihm hat es nicht angefangen. Aber das kann ich Paul nicht auf einer Flughafentoilette durch eine Holzwand zubrüllen.

»Ja«, sage ich und hoffe, es reicht. Ich ziehe das T-Shirt an, schließe den Rucksack und gehe hinaus.

Der Mann am Waschbecken muss alles gehört haben, im Spiegel

mustert er mich neugierig. Ich sehe weg und weiß nicht, wo ich mich hinstellen soll. Paul kommt aus der Kabine, bemerkt den Blick des Manns und wirft mir lächelnd ein Luftküsschen zu.

Die Stadt ist im Ausnahmezustand, das gefällt dem Taxifahrer. Er sieht aus wie eine jüngere Version von Fahri Yardım, der gegen unseren neuen Freund allerdings als Mönch mit Schweigegelübde durchgehen würde. Heute ist es nicht einfach, in die Innenstadt zu kommen, doch dort, wo wir hinwollen, gelangt man irgendwie hin. Es spielt ohnehin keine Rolle: Wenn es sein müsste, könnte uns der Vollprofi am Lenkrad überallhin fahren, sogar in die rote Zone, direkt auf Trumps Schoß, den Aufpreis könnten wir uns aber bestimmt nicht leisten.

»Seid ihr Touristen?«, fragt er und lacht schon wieder gequetscht los, bevor er an seiner Pointe angelangt ist. »Krawall-Touristen?«

Bedrückt sieht Paul, der neben mir auf der Rückbank sitzt, in den Rückspiegel, braucht einen Moment, bis er reden kann.

»Der Vater meines Freundes liegt im Sterben«, sagt er stockend, »Magenkrebs. Na ja, die Metastasen sind inzwischen überall, auch im Hirn. Wer weiß, ob er seinen Sohn überhaupt wiedererkennt. Aber er will seinen Vater unbedingt noch einmal sehen. Hoffentlich kommen wir noch rechtzeitig.«

Danach ist Ruhe. Während der restlichen Fahrt sagt der Typ kein Wort mehr, er stellt sogar das Radio aus.

Stau und Stop-and-go die ganze Zeit, Absperrungen, Umleitungen, mobile Verkehrsschilder, Mannschaftswagen, Polizisten und über uns ununterbrochen Rotorgeräusche. Transparente, die aus Fenstern hängen, unzählige besprühte Häuser- und Plakatwände und auf den Bürgersteigen immer wieder Gruppen von jungen Leuten, die mit den Bullen heute wahrscheinlich noch Fangen spielen werden. Dennoch ist von der Hölle, zu der sie hier gestern willkommen geheißen haben, nichts zu sehen.

Paul irrt sich, ich bin nicht hier, weil ich Khalil wiedersehen will. Ob ich verwirrt bin oder nicht, Khalil ist nicht mein Fixstern, er ist kein Magnet, er ist nur Khalil, und ich bin hier, weil Khalil Khalil ist und dafür nicht bestraft werden darf. Er sucht etwas, was außer ihm liegt und dennoch in ihm ist. Er nimmt die Dinge nicht hin, er nimmt sie ernst, und so viele Leute er auch immer um sich hat, meist ist er vollkommen allein. Im Kino oder vor dem Tablet werde ich nie rührselig, wenn sie sich am Ende doch in die Arme fallen, wenn einer stirbt, der nicht sterben sollte, wenn die Welt untergeht, aber wenn Rodrigo de Souza die New Yorker Symphoniker zu einer Baulücke in Brooklyn bringt, damit sie für die Anwohner Tschaikowsky spielen und ihre Leidenschaft wiederfinden können, wenn der erwachsene Billy Elliot am Ende darauf wartet, auf die Bühne zu fliegen und seiner Familie zu zeigen, wer er ist, wenn Afflecks Hilfsarbeiter Chuckie seinen besten Freund Will Hunting beschwört, ihn und sein beschissenes kleines Leben zu vergessen, um mit Hilfe seiner Begabung die Zukunft zu erreichen, dann rüttelt etwas an meinen Rollläden. Ich habe sie nie aufgezogen.

Obwohl Paul aufrundet, gibt ihm unser Taxifahrer das Rückgeld auf den Cent genau und steigt sogar aus, um mir seine Visitenkarte in die Hand zu drücken, falls wir ihn noch einmal brauchen, mir die Schulter zu tätscheln und viel Kraft zu wünschen.

»Hätte ich nicht gedacht«, sage ich zu Paul, als das Taxi losfährt. »Du kannst verdammt gut lügen.«

»Hätte ich auch nicht gedacht«, sagt Paul.

Plötzlich klingt er seltsam schuldbewusst, fast bitter, ernster jedenfalls, als es der geschwätzige Taxityp verdient. Von dort, wo uns der Fahrer absetzen musste, haben wir noch ein paar Minuten zu gehen, schließlich bleiben wir in einiger Entfernung zum Verlagsgebäude stehen. Ich rufe Nina an und werde sofort weggedrückt, vielleicht ist sie in einem Gespräch und kann nicht ans Telefon. Ich gebe ihr ein paar Minuten, versuche es noch einmal und werde wieder weggedrückt.

»Schick ihr eine SMS« sagt Paul, und ich schicke ihr eine SMS.

Auch hier sind überall Polizei und Einsatzfahrzeuge zu sehen. Auf der Grünfläche, auf der wir in Sichtweite zu Ninas Arbeitsstelle warten, sind viele Leute, etwa die Hälfte in Schwarz gekleidet, aber alle erschöpft, aufgedreht und irgendwie zufrieden. Sie wirken, als erholten sie sich von etwas und hätten gleichzeitig Grund zu feiern. Zahllose andere, die von dort kommen, wo ich die Elbe vermute, ziehen an uns vorbei, alle in dieselbe Richtung.

»Wo wollen die hin?«, fragt Paul.

Ich zucke mit den Achseln und entscheide, dass ich lange genug auf eine Antwort gewartet habe. Ich rufe Nina noch einmal an und werde wieder weggedrückt, doch das hindert mich nicht, es weiter zu versuchen.

»Die Kuh hat es sich anders überlegt«, sage ich schließlich. »Was jetzt?«

Diesmal zuckt Paul mit den Achseln. Ich rufe ein letztes Mal an und hinterlasse eine Nachricht auf Ninas Mailbox. In fünf Minuten sei ich bei ihr oben, behaupte ich. Wenn man mich nicht reinlasse, würde ich darum bitten, die Polizei zu rufen, und ihr dann erklären, dass Nina genau wisse, wo sich der Gesuchte Khalil Bukhari aufhalte. Am Ende frage ich zuckersüß, wie Nina ihr Praktikum gefalle und wie lange es eigentlich noch dauern solle.

Nina muss sich entscheiden, ob sie die Mailbox abhören will, danach müsste sie sie abhören und zurückrufen. Das kann eine Weile dauern. Es dauert keine Minute, bis mein Telefon klingelt.

»Was soll der Scheiß?«, rotzt Nina, als ich den Anruf annehme.

»Sind wir Seelenverwandte?«, sage ich. »Ich habe gerade das gleiche gedacht.«

Sie schweigt.

»Waren wir nicht verabredet? Warum gehst du nicht ans Telefon?«

»Hat sich erledigt.«

»Was hat sich erledigt?«

»Ist alles geregelt.«

Nina spricht so leise, dass ich sie kaum hören kann. Sie hat ein Praktikum ergattert, für das andere sich die Nase operieren lassen würden, klar hat sie Angst davor, irgendwie aufzufallen. Dass sie mit dem ganzen Scheiß nichts zu tun haben will, verstehe ich. Ich will auch nichts damit zu tun haben.

»Nichts ist geregelt«, sage ich, » Was ist los? Hast du mit Khalil gesprochen, oder was?«

»Was hat Khalil denn ausgefressen?«, fragt Nina.

»Das hat er dir nicht gesagt?«

»Ich habe nicht mit ihm gesprochen.«

»Nein? Und warum ist dann bitte ›alles geregelt‹?«

Wieder schweigt Nina. Ich höre sie atmen und habe keine Ahnung, ob sie gleich weinen, mich anschreien oder auflegen wird.

»Nina?«

»Mein Vater hat angerufen«, sagt sie zögernd.

»Und?«, sage ich ruppig, aber dann fällt mir ein, dass ihre Eltern gut mit Khalils Eltern befreundet sind. »Wegen Khalil?«

»Khalils Mutter macht sich Sorgen um ihn. Sie hat meinen Vater gebeten, mich nach ihm zu fragen.«

»Hast du ihm gesagt, wo Khalil ist?«

»Wem?«, fragt Paul von der Seite. Natürlich hat er meine Aufregung bemerkt.

»Warum sollte ich denn nicht?«, sagt Nina und wird dabei lauter, als sie vermutlich will.

»Wo ist er, Nina?«

»Ich muss jetzt weiterarbeiten«, sagt sie. »Tut mir leid.«

»Du legst jetzt nicht auf«, sage ich, wahrscheinlich schreie ich.

»Sonst komme ich hoch und bringe die Polizei mit. Ich hab's dir gesagt!«

Nina zögert, aber nur kurz.

»Wo seid ihr?«

Nina, sicher nicht älter als wir, ist gekleidet wie ich gekleidet wäre, wenn ich eine 35 Jahre alte Frau wäre und in einer Bank oder einer Anwaltskanzlei arbeiten würde, aber vielleicht findet sich in dem Viertel, in dem sie und Khalil aufgewachsen sind, nichts anderes in den Kleiderschränken, möglich auch, dass Hamburger Zeitschriften ihre Praktikantinnen von Modeberatern und Stylisten aussuchen lassen. Wie Nina aussieht und wie erbost sie mich ansieht, kann mir gleichgültig sein, was sie sagt, leider nicht. Khalils Mutter hat Ninas Vater erzählt, dass ihr Sohn in einer Krise steckt. Khalil hat das Studium geschmissen, heißt es in ihrer Geschichte, er hat sich fremdes Geld unter den Nagel gerissen, vielleicht wegen einer Drogensucht, und sich aus dem Staub gemacht. Leider ist das nicht unbemerkt geblieben, aber seine Eltern wollen alles ohne Aufsehen klären. Wie immer. Nie wollten sie etwas anderes, als ihrem Sohn zu helfen. Sie werden jemanden schicken, der ihn nach Hause bringt.

»Hamid«, sagt Paul und sieht mich alarmiert an.

Nina nickt ruhig, scheint Hamid zu kennen.

»Das ist der Typ, der für seine Eltern arbeitet, oder? Der Chauffeur? Kann sein«, sagt sie arglos. »Vielleicht holt er Khalil ab.«

»Das wäre gut. Wenn er Khalil *abholt*«, sage ich, und Pauls Blick zeigt, dass er im Gegensatz zu Nina versteht, was ich meine.

»Was soll das heißen?«, sagt Nina.

»Hat dein Vater nicht erwähnt, dass Khalils Vater verhaftet worden ist?«, fragt Paul.

Der Schreck in Ninas Gesicht ist echt. Und groß.

»Wieso ist er verhaftet worden? Wann?«

»Dein Vater hat dir nichts gesagt?«, setzt Paul nach.

Nina schüttelt den Kopf. Um uns herum wird es immer voller in dem kleinen Park. Die meisten ziehen weiter und scheinen genau zu wissen, wo sie hinwollen, einige legen eine Pause ein, setzen oder legen sich aufs Gras und ruhen sich bei Dosenbier und Wasser, Handymusik und Geschnatter aus.

»Davon weiß ich nichts«, sagt Nina. »Mein Vater auch nicht.«

»Oder er hat dir nichts gesagt«, sagt Paul.

Paul ist für Nina keines Blickes mehr wert, sie wendet sich mir zu.

»Warum ist Khalils Vater verhaftet worden?«, fragt sie.

»Kann ich dir nicht sagen.« Ich deute auf das Verlagsgebäude hinter ihr. »Ich kann mir nicht vorstellen, dass du die Gelegenheit verschenken würdest, Punkte zu sammeln.«

Jetzt ist Nina auch mit mir fertig. Sie nickt, lächelt ein eisiges Lächeln, das sie noch weit bringen wird im Leben, und geht los. Paul sieht aufgeregt zu mir.

»Die Frage ist nicht, warum er verhaftet wurde«, sage ich in Ninas Rücken. »Wichtig ist nur, was Khalil damit zu tun hat, dass sein Alter im Knast gelandet ist.«

Nina bleibt stehen.

»Er hat seinen Vater verpfiffen«, behaupte ich einfach. Wahrscheinlich stimmt es, vielleicht wirkt es.

Es wirkt. Nina dreht sich um. »Und?«

»Glaubst du, es geht seiner Mutter darum, Khalil zu helfen?«

»Es sind seine Eltern«, sagt Nina erschrocken.

»Aber du weißt wahrscheinlich, wie beschissen er sich mit ihnen versteht.«, sagt Paul. »Besonders mit seinem Vater.«

»Ja.« Nina sieht Paul lange an, bevor sie weiterspricht. »Liegt das nicht vor allem an dir?«

Paul antwortet nicht. Fassungslos starrt er Nina an, die noch nicht fertig zu sein scheint. Ich würde die Kugeln gern abfangen, aber ich bin nicht schnell genug.

»Aber ist nicht dein Problem«, sagt Nina, »ihr seid ja nicht mehr zusammen.«

Es klingt, als hätte sie irgendwann selbst große Hoffnungen begraben, doch mich interessieren nur Pauls Augen, in denen sich ein ganzer Film abspielt. Den kann ich mir jetzt nicht ansehen.

»Nina«, sage ich, »wo ist Khalil?«

»*Das* hat er dir erzählt?«, stammelt Paul. »Dass wir zusammen waren?«

»Musste er nicht«, erwidert Nina mit einem bissigen Lächeln.

Ich werde mich später darum kümmern, um Paul, um das, was ich selbst höre und fühle, aber jetzt haben wir keine Zeit dafür. Jetzt muss ich die beiden aus dem Ring holen.

»Warum ist Khalil überhaupt hier?«, frage ich Nina. »Er war doch gerade erst bei dir.«

Sie sieht mich verwundert an, hat nicht damit gerechnet, dass ich davon weiß. Jetzt habe ich ihre Aufmerksamkeit.

»Wir sind Freunde«, sagt sie und sieht dabei kurz zu Paul. »Schon immer. Als er vor ein paar Tagen hier war, hat er mich einfach nur besucht. Er wollte sehen, was ich so mache.«

Keine große Sache, kein Grund für ihr Zögern und ihren verhaltenen Blick.

»Aber es ging ihm nicht gut«, fährt sie fort. »Ich glaube, eigentlich war er hier, weil er mit mir sprechen wollte.«

»Warum?«, frage ich. »Ich meine, warum ging's ihm nicht gut?«

»Es lief nicht so gut mit Bruce. Khalil war total verliebt, aber er hatte Angst, dass es bei Bruce anders ist. Ganz anders. Dass er mit Khalil Schluss machen will. Das war ja auch so. Deswegen ist Khalil wieder hier. Er braucht eine Auszeit, hat er gesagt, er will den Kopf freikriegen. Ziemlich schlechter Zeitpunkt für einen Hamburg-Trip, habe ich gesagt. Ihr seht ja, was los ist. Er ist trotzdem gekommen.«

Paul und ich sehen uns an, zum Glück hält er auch den Mund. Nina will weiterreden, jede Unterbrechung wäre jetzt ein Fehler.

»Irgendwie war er komisch. Ich dachte, irgendwas sagt er mir nicht. Irgendwas, wofür er sich schämt, was ihm Bruce an den Kopf geknallt hat oder so. Aber als gerade mein Vater angerufen hat, ich meine, als ich gehört habe, was Khalils Mutter sagt ... –«

»Da dachtest du, das passt«, sagt Paul, »und hast es sofort geglaubt.«

Er bemüht sich, vorwurfsvoll zu klingen. Nina zuckt mit den Achseln. Ihre Augen wirken irritiert, vielleicht schuldbewusst, ihre Worte nicht.

»Warum auch nicht? Warum sollte das nicht stimmen?«

»Bruce hat sich nicht von Khalil getrennt«, sage ich. »Khalil hat ihn verlassen, von jetzt auf gleich. Er hat sich davongeschlichen, als Bruce gepennt hat. Der hat nichts geahnt. »

Ich kann nicht einschätzen, was Ninas Blick bedeutet. Sie glaubt mir nicht, jedenfalls bemüht sie sich, mir nicht zu glauben.

»Netterweise hat er auch Bruce' Brieftasche mitgenommen, wegen der Kreditkarten. Dafür hat er ihm sein Handy dagelassen.«

Nina schweigt, aber ich kann sehen, wie es in ihr arbeitet. Khalil wird ihr eine neue Nummer gegeben haben. Es könnte sein, dass ich die Wahrheit sage. Ich muss ihre Verwirrung nutzen, hole mein Smartphone heraus und zeige ihr das Selfie, das mir Bruce geschickt hat, nachdem er zusammengeschlagen wurde.

»Das ist Bruce. Hast du ihn schon mal gesehen? So jedenfalls nicht, oder?«

Erschüttert blickt Nina aufs Display. »Wie ist das passiert?«

»Sieht man das nicht?«, fragt Paul kühl. Dass Nina nicht zu seinen Lieblingsmenschen gehört, habe ich schon vorher gemerkt.

»Wer hat das getan?«

»Hamid«, sagt Paul. »Er wollte wissen, wo Khalil ist. Auf die Weise hat er es auch erfahren.«

Nina blickt fassungslos zwischen uns hin und her. So schnell kann sie nicht verarbeiten, was sie hört. Langsam tut sie mir leid.

»Khalil hat seinen Flug nach Hamburg mit Bruce' Kreditkarte gebucht. Das hat Bruce Hamid auch gesagt. Danach hat Khalils Mutter deinen Vater angerufen.«

Ich gebe Nina einen Moment, dann halte ich ihr noch einmal Bruce' Selfie hin.

»Das blüht Khalil auch. Wenn er Glück hat.«

»Was hat Khalil gemacht?« Nina ist so laut, dass sich sogar einige der Lauten um uns herum zu ihr umdrehen. Sie verliert die Beherrschung. »Ich will wissen, was das alles zu bedeuten hat!«

Ich schüttele den Kopf, versuche sie so betrübt anzusehen, wie ich kann. »Er hätte es dir selbst gesagt, wenn er könnte. Wir wissen auch nicht viel, aber wir sind hier, um ihm zu helfen, das merkst du doch.«

Nina holt ihr Handy heraus, wählt, hält es sich ans Ohr. Paul und ich warten schweigend ab und ahnen beide, wie das ausgeht. Nina nimmt das Handy wieder herunter, beginnt zu tippen. Ich muss sie nicht fragen, wen sie angerufen hat und wem sie jetzt die Nachricht schreibt.

»Schreib ihm, dass wir hier sind«, sage ich. »Dass wir unbedingt mit ihm reden müssen.«

Nina hat mich gehört, aber sie blickt nicht auf. Als sie fertig ist, steckt sie das Handy ein, hält ihren Blick aber immer noch gesenkt. Sie versucht sich zu beruhigen. Ich glaube nicht, dass es ihr gelingt.

»Gibst du mir Khalils Nummer?«, frage ich. »Er hat doch eine neue Nummer?«

Jetzt blickt Nina hoch, sieht mich unschlüssig an, dann holt sie ihr Smartphone wieder heraus und beginnt zu tippen. Unmittelbar darauf piepst mein Handy. Damit kann sie nicht viel falschmachen. Khalil kann selbst entscheiden, ob er drangehen will.

»Danke«, sage ich.

Paul und ich sehen uns an. Nina braucht noch Zeit. Einen Stupser.

»Hamid weiß jetzt, wo Khalil ist«, sagt Paul, »wir nicht.«

»Die Polizei sucht ihn«, sagt Nina leise. Es klingt nicht, als spreche sie mit uns.

»Ja. Als *Zeugen*«, sage ich und habe mir nie mehr gewünscht, dass wahr ist, was ich sage.

»Ich sollte sie anrufen«, sagte Nina.

»Tu das, gute Idee.« Zum ersten Mal halte ich es wirklich für eine brillante Lösung. »Wann immer du willst. Aber sag uns, wo er ist. Khalil braucht uns.«

Zu viel Pathos, viel zu viel. Ich ziehe eine Schmierenkomödie ab und rechne damit, dass Paul in Lachen ausbricht. Er sieht Nina ernst an, bittend, beinahe schon zudringlich.

»Ich sollte gar nicht hier sein«, sagt Paul, der sich offenbar auch nicht geniert, die Streicher plump und laut einzusetzen. »Ich liege eigentlich in einer Klinik, hat dir Khalil bestimmt erzählt. Aber ich mache mir totale Sorgen um ihn. Ich musste herkommen.«

Was ich jetzt machen würde, wenn ich Nina wäre: Die beiden Spinner stehenlassen und gehen. Meinen Vater anrufen und fragen, ob er etwas von der Verhaftung weiß. Die Polizei benachrichtigen. Das alles hier vergessen und mich um meinen eigenen Scheiß kümmern. So was alles.

Was Nina macht: Sie sieht Paul an, als treffe er gerade aus einer anderen Dimension ein und materialisiere sich vor ihren Augen erst. Dann blickt sie mich lange an und trifft eine Entscheidung.

»Khalil ist in meiner Wohnung. Falls er noch dort ist. Aber da kommt ihr jetzt nicht hin. Keine Chance. Ich kann heute auch nicht hin, ich übernachte bei einer Kollegin.«

Paul und ich sehen uns verwundert an.

»Warum?«, fragt Paul.

Nina sieht sich um, deutet mit ihren Blicken auf die vielen Leute um uns herum. Die meisten sind jetzt in Bewegung. Alle scheinen den gleichen Kurs gesetzt zu haben.

»Was glaubt ihr, wo die alle hinwollen?«.

Nichts wird realer, im Gegenteil, die Unwirklichkeit wächst, sie verschlingt uns. Ich bin hier, weil ich glaube, hier könnte ich ihr entrinnen. Wir sind Teil eines großen Trecks, der nach Norden zieht. Söldner, die das Schlachtfeld wechseln. Vertriebene, die Hunger und Durst haben und müde sind. Tiefgläubige auf Wallfahrt, die unsichtbare Monstranzen vor sich hertragen. Feierwütige, die sich in der langen Schlange vor dem angesagtesten Club der Stadt langsam vorwärtsbewegen. Dann sind da noch die unzähligen Augen, die lüsternen Blicke. Die der Anwohner an den offenen Fenstern, die der Fotografen und Kameraleute, alle mit schwerem Gerät in den Händen, von denen es Tausende geben muss, und die der Polizisten, die in großen Rudeln am Wegrand oder mitten auf der Straße stehen und den Umzug gelegentlich behindern. Die Uniformierten werden ignoriert oder angebrüllt, beworfen und verhöhnt, hin und wieder zum Tanz gebeten. Meistens stehen sie nur da in ihren Rüstungen, kaugummikauend, teilnahmslos, manchmal nehmen sie eine der Einladungen an, langen zu, greifen sich einzelne Draufgänger heraus, führen sie weg aus dieser Welt, der sie nicht fehlen werden, eine durch und durch heitere Welt, die ihre gute Laune nicht einen Wimpernschlag lang zu verlieren droht. Ich kenne das, ich erinnere mich, es ist nur etwas mehr als ein Jahr her, dass ich etwas erlebt habe, was ähnlich war, genauso trügerisch, aber alles in allem sind es schon viele Jahre, in denen ich durch solche Spiegelkabinette laufe, ohne mich zu fragen, ob es draußen etwas anderes gibt. Ich hatte gehofft, dass Khalil einen Weg nach draußen gefunden hat. Seit wir hier sind, habe ich Angst, dass ich mich irre.

Bahnen fahren nicht, der Straßenverkehr ist fast überall zum Erliegen gekommen. Wir müssen mit den anderen gehen, wenn wir in das Viertel kommen wollen, in das alle wollen. Dort wollen sie sich verpflegen, weiter feiern, sich ausruhen, die Macht an sich reißen. Dort, weil es dort geht. Das hat uns Nina erklärt, die während ihres Praktikums eine kleine möblierte Wohnung in diesem Viertel hat, in einer Straße, die heißt wie ein menschlicher Knochen. In dieser Wohnung sitzt Khalil, wartet auf uns, wird uns ein Bier anbieten und alles erklären, wenn wir da sind. Das alles wird passieren, falls es reicht, sich etwas zu wünschen. Ich habe die Nummer, die Nina mir gegeben hat, mehrmals angerufen, ich habe Nachrichten geschickt. Genauso gut hätte ich Khalil einen Brief schreiben und ihn irgendwo in der Hoffnung liegenlassen können, dass er schon irgendwie ankommen wird. Dennoch gehen wir zu Ninas Wohnung, am Ende hat sie uns sogar einen Schlüssel mitgegeben. Ich weiß nicht, ob sie die Polizei anrufen wird.

Wir gehen in der Menge mit, weil es das ist, was wir tun können. Wir sehen nach vorne, wir blicken uns beim Gehen aufmerksam um, wir machen einen Bogen um jeden Polizisten und jeden Übermütigen. Nina hat gesagt, zu Fuß werden wir eine halbe Stunde brauchen, heute eher mehr. Wir reden kaum, wir sehen uns nicht an, wir bewegen uns in gleichmäßigem Tempo.

»Das behaupte ich immer, oder?«, sagt Paul nach langem Schweigen. »Ich meine, wenn ich aufwache. Dass ich mich nur noch an die Nacht erinnern kann, in der wir das Video gedreht haben?«

»Was heißt, das behauptest du?«

Ich werde langsamer, weil ich Paul ansehe. Er blickt stur nach vorne, geht im gleichen Tempo weiter. Als ich wieder neben ihm bin, sagt er:

»Sonst erinnere ich mich an nichts, sage ich? Aber dass ich mir sicher bin, dass ich nichts mit Khalil hatte?«

»Wie kommst du jetzt darauf? Wegen Nina? Weil sie das vorhin gesagt hat? Vergiss es. Khalil hat ihr den gleichen Mist erzählt wie mir.«

»Aber es stimmt«, sagt Paul. »Da war was mit Khalil und mir. Ich weiß es. Ich erinnere mich.«

»Was war?« Es kann nicht sein, dass ich ihn richtig verstanden habe. »Woran erinnerst du dich?«

»Ich habe gelogen. Schätze, die ganze Zeit. Ich kann mich erinnern, was nach dem Abend mit dem Video war. Wir haben … – Ich meine, ich, ich habe mich darauf eingelassen. Auf Khalil.«

»Und was war das vorhin im Zug? Als du überlegt hast, ob das alles überhaupt sein kann.«

Dass Paul nicht sofort antwortet, könnte an dem vermummten Radfahrer liegen, den zwei Polizisten wenige Meter von uns entfernt ohne ersichtlichen Grund beiläufig vom Rad stoßen. Paul geht langsam weiter, aber sieht aufmerksam hin, als müsse er später detailliert darüber berichten. Schnell haben wir uns so weit entfernt, dass er rückwärtslaufen müsste, wenn er seinen Blick auf dem hitzigen Gerangel halten wollte.

»Ich sage doch, ich habe gelogen«, sagt Paul, »auch im Zug. Ich wollte sehen, wie du reagierst. Wie es sich anfühlt, wenn ich es sage.«

»Verstehe«, sage ich. Was soll ich sonst sagen? Ich verstehe es.

»Ich hab's sogar in das beschissene Buch geschrieben, immer wieder. Dass ich nichts sagen soll. Als hätte ich das gebraucht.«

Es ist gut, dass wir beide nur nach vorne sehen, es ist gut, dass wir gehen. Es ist gut, dass um uns herum eine Party tobt. Für Paul ist das gut. Und für mich. Dennoch werde ich irgendwann etwas sagen müssen.

»Hat er dich gezwungen?«

»Er hat mich nicht gezwungen«, sagt Paul. »Ich wollte es nicht. Ich meine, das bin ich nicht. War ich nie. Ich habe da auch nie daran gezweifelt. Trotzdem. Khalil hat mich nicht gezwungen, er hat mich beschützt. Er hat mich rausgeholt. Das war das, was ich wollte.«

»Wo hat er dich rausgeholt? Was meinst du?«

»Aus allem. Aus mir. Habe ich jedenfalls gedacht.«

Auch das verstehe ich. Besser, als ich will. Warum hast du mir nie etwas gesagt, will ich sagen. Ich sage: »Ich habe nie was gemerkt.«

»Ich wollte nicht, dass jemand davon erfährt. Ich habe Khalil gesagt, wir warten damit, bis wir mit der Schule durch sind. Dass ich keinen Stress will. Er hat sich daran gehalten. Fast.«

»Fast?«

»Seinen Eltern musste er es unbedingt unter die Nase reiben, ausgerechnet seinem Scheißvater. Er war so verdammt stolz. Keine Ahnung, worauf.«

»Auf dich«, sage ich und bin froh, dass ich es noch herausbringe.

Meine Brust ist zubetoniert. Ich sehe Khalil vor mir, wie er in Hampstead im Garten des Pubs vor mir sitzt. Hier brauche ich keine Angst vor ihm zu haben. Er tut mir unendlich leid, sie tun mir beide leid, bis ich merke, dass beinahe nichts so groß ist wie mein Selbstmitleid. Es wird nur übertroffen von meiner Wut.

»Nach dem Unfall hast du die Ausfahrt gesehen und sie genommen«, sage ich und hoffe, dass Paul mir nichts anmerkt. »Du hast Khalil gesagt, du weißt von nichts, und hast so getan, als würdest du überhaupt nicht verstehen, wovon er spricht.«

Paul sieht mich kurz von der Seite an. Elend, hilflos, untröstlich.

»Wahrscheinlich, ja. Ich weiß nicht. Daran kann ich mich wirklich nicht erinnern. Sieht aber danach aus. Auch alles, was ich in dem Scheißbuch gelesen habe.«

Ich weiß nicht, was ich sagen soll, wie ich Paul helfen kann. Ich denke besser nicht darüber nach, ob ich ihm helfen will.

»Ich wollte Khalil nie weh tun, das weiß ich«, sagt Paul. »Und ganz bestimmt wollte ich auch nicht, dass er auf jemanden wartet, der nicht zurückkommen kann. Jemand, der nie da war, *kann* nicht zurückkommen.«

Paul, mein bester Freund Paul, hat sicher noch nie jemandem etwas gestanden, das so belastend und schwierig für ihn war, und mir hat noch nie jemand etwas so Quälendes anvertraut. Dennoch fällt mir sofort die passende, die einzig richtige Antwort ein.

»Okay«, sage ich.

Paul blickt zu mir, bleibt kurz stehen. Ich sehe die Enttäuschung in seinem Gesicht. Aber es *ist* okay. Das ist mehr als genug. Es gibt nicht viel, das okay ist. Was soll ich noch sagen? Dass man einen Menschen wirklich gut kennen muss, um zu wissen, wie fremd er dir ist?

Gleichgültig, welches Geheimnis du hast, es hüllt dich ein und dehnt sich aus. Daran ändert sich auch nichts, wenn du das Geheimnis selbst vergisst oder niemals wusstest, dass du es hast. Ich weiß nicht, wann es bei mir angefangen hat. Wahrscheinlich nicht erst in Collias, auch nicht zwei Jahre später im Kunstraum, als ich Paul am Waschbecken stehen sah und zum ersten Mal im Leben spürte, was es heißt, überwältigt zu sein. Ich war so überwältigt, dass ich mich nicht mehr bewegen, nicht einmal den Blick abwenden konnte. Überwältigt von einer Sehnsucht, die sich verirrt haben musste und doch so gewaltig war, dass ich sie nicht leugnen konnte. Überwältigt von der Angst, sie nun für immer in mir zu haben, ob sie mir jemand ansehen konnte oder nicht.

Die Sehnsucht verschwand, beinahe ohne mein Zutun, die Angst verwandelte sich, und was aus ihr wurde, blieb an mir kleben wie eine unsichtbare zweite Haut. Von Tag zu Tag wurde das Unsagbare größer, bis kaum noch etwas blieb, was nicht davon erstickt wurde. Was ich eine lächerliche Zeitlang für Paul empfunden hatte, was ich offenbar überhaupt zu empfinden in der Lage war, hätte ich aussprechen können, vor jedem, auch meinen Eltern. Meine Mutter hätte eine krachende Coming-out-Party für mich geschmissen, und mein Vater hätte jeden dazu eingeladen, einschließlich seiner Osteopathin und seiner ganzen Kanzlei. Meine Eltern verstehen alles, doch wenn sie mich ansehen, wollen sie in einen Spiegel sehen. Wie alle anderen. Manche wollen ihr eigenes Abbild im Spiegel erkennen, andere nur sehen, dass sie alles richtig gemacht haben. Sie wollen in einen Spiegel blicken, und dennoch wollen sie dich darin erkennen.

Ich hätte alles sagen können: Ich bin schwul, ich werde das Abi nicht machen, ich will eine Boa Constrictor in meinem Zimmer, ich finde, die Nazis haben recht, ich will meinen Namen ändern lassen, ich esse nur noch Insekten, ich will ein schwarzrotgoldenes Tattoo auf der Stirn, ich trete zum Judentum über, ich will das nächste Jahrzehnt in Transnistrien verbringen, ich hasse Brot, ich sammle ab jetzt benutzte, genoppte Kondome. Dann hätten sie mich unterstützt oder versucht, mich von irgendetwas zu überzeugen. Sie hätten auf jeden Fall gewusst, was ich will und bin, wer vor ihnen steht. Das ist die Regel, die nicht gebrochen werden darf. Wenn du sagst, du weißt nicht, du hast keine Meinung, keine Haltung, kein Ziel, du brennst nicht, du willst nichts, du bist das eine und das andere oder vielleicht nichts von beidem, du wartest gern, es reicht dir zuzusehen, wenn du sagst, du hast keine Ahnung, ob sich das jemals ändert, ob du überhaupt willst, dass es sich ändert – dann lädst du eine Schuld auf dich, die nicht größer sein kann. Dann ist dein entsetzlichstes Geheimnis, dass du kein Geheimnis besitzt. Dann schweigst du lieber, weil jedes Wort verrottet, bevor du es ausgesprochen hast. Du imitierst die anderen, solange du kannst, und wenn du es nicht mehr kannst, stößt du sie so lange vor den Kopf, bis sie dich nichts mehr fragen. Das habe ich getan, ich habe mich versteckt. Bis Paul angerufen und mich nach und nach daran erinnert hat, dass mich die Scham nicht retten wird.

»Dein Handy klingelt«, sagt Paul, und jetzt höre ich es auch.

Auf dem Display steht die Nummer, die Nina mir gegeben hat.

»Khalil«, raune ich Paul zu und nehme den Anruf entgegen.

»Wo seid ihr?«, fragt Khalil, bevor ich mich gemeldet habe.

»Was für eine geile Überraschung. Wie geht's dir, Alter?«

»Wo seid ihr?«, wiederholt Khalil, der offenbar keinen Nerv für meine Sprüche hat.

»Wir sind gleich bei dir.«

»Ihr könnt nicht herkommen. Haut wieder ab. Sofort. Verschwindet einfach, okay?«

Seine Stimme bebt, er klingt ruhelos und entkräftet zugleich. Sofort steigt Panik in mir auf.

»Gib uns einfach zehn Minuten, ja? Höchstens fünfzehn«, sage ich. Heiterer als ich hat noch nie ein Mensch geklungen.

»Ihr müsst weg hier! Ihr dürft nicht herkommen. Auf keinen Fall!«

»Und wie willst du das verhindern? »

»Finn, glaub mir doch bitte. Ihr müsst gehen! Bitte.«

»Was ist los? Warum sollen wir nicht zu dir?«

Khalil atmet schwer, schweigt.

»Khalil?«

»Ist Paul bei dir?«

»Ja.«

»Gib ihn mir.«

Ich blicke zu Paul, aber die Entscheidung habe ich schon getroffen: »Er kann gerade nicht.«

Paul runzelt erst die Stirn, dann nickt er.

»Khalil, was hast du vor?«, frage ich.

»Keine Ahnung, was ihr euch da zusammenspinnt, aber ich brauche keine Hilfe oder so was. Kapiert?«

»Weiß Hamid das auch? Dass du keine Hilfe brauchst *oder so was?* Hast du mit Nina gesprochen? Hat sie dir gesagt, dass er hier ist, unterwegs zu dir.«

Khalil schweigt. Ich weiß nicht, ob er überrascht ist.

»Was will der Kerl von dir?«, frage ich.

»Ich komme allein klar, wann geht dir das endlich in den Schädel? Haut einfach ab. Paul muss nach Hause. Ich lass euch sowieso nicht rein.«

»Khalil …«, sage ich, mehr muss ich nicht mehr sagen.

Als er das letzte Mal einfach aufgelegt hat, in der Nacht von Pauls

Operation, hätte ich ihm gern das Gesicht zu Brei geschlagen. Heute würde ich nichts lieber machen, als ihm einen Tee zu kochen und aus *Huckleberry Finn* vorzulesen, bis er beruhigt einschlafen kann.

»Aufgelegt?«, sagt Paul.

Ich nicke, stecke das Handy ein und erzähle Paul das Wenige, das es zu erzählen gibt.

»Immer noch keine Polizei?«, fragt Paul.

»Wir sind gleich da«, sage ich.

Wir gehen weiter, wir schweigen. Aufs Reden kommt es nicht mehr an.

In Ninas Viertel ist es voller als auf dem Weg, die Leute müssen aus allen Richtungen herbeigeströmt sein. Neben denen, die feste Vorsätze haben und jederzeit bereit wären, ihr Gesicht zu verdecken, tummeln sich auch zahlreiche Leute, die ich auf den ersten Blick für Anwohner oder Touristen und andere Zaungäste halte. Ein verschwitzter Mann im Anzug zieht seinen klackernden Rollkoffer übers Pflaster, die Tische in den Straßencafés sind alle besetzt, an jeder Ecke Lautsprecher, aus denen Musik kommt. Ein lauer Sommerabend, nichts lässt daran denken, dass dies kein lässiges Stadtteilfest sein könnte. Ich bekomme Lust, mich irgendwo hinzusetzen und ein Bier zu bestellen.

Als wir Ninas Adresse schon beinahe erreicht haben, mehr als drei, vier Minuten können es nicht sein, reißt mich Paul plötzlich wortlos zurück, drückt mich gegen eine Hauswand und stellt sich schützend vor mich. Über seine Schulter blickend sehe ich einen Mann, der auf dem Boden liegt und von vier anderen Typen angebrüllt und getreten wird. Erst danach wird mir klar, was Paul bemerkt haben muss, einen Kerl, der mit kurzer Cargohose, T-Shirt und Rucksack aussieht wie viele hier, aber im Gegensatz zu allen anderen eine Pistole in der Hand hat. Er läuft auf die Rowdys zu, die ihn bemerken und von ihrem Opfer am Boden ablassen, aber keine

Anstalten machen wegzugehen. Der Mann mit der Pistole wirkt immer hektischer, ich höre das Wort *Polizei*, dann höre ich einen lauten Knall. Er hat in die Luft geschossen, und ich bin zusammengezuckt. Paul nicht. Er drückt mich fester an die Wand, scheint vor mir in Sekundenbruchteilen um mehrere Meter zu wachsen. Nach dem Schuss laufen die vier Typen weg, panisch stieben auch die meisten anderen auf der Straße auseinander, zahlreiche Gäste an den Cafétischen springen auf und blicken sich nach einem Ort um, an dem sie sich in Sicherheit bringen können, viele bleiben schockiert sitzen. Der Mann mit der Pistole hilft dem Opfer hoch und läuft mit ihm auf den Eingang des Cafés zu, das keine fünf Meter rechts von dem Platz liegt, an dem Paul und ich stehen.

»Komm!«, sagt Paul und zieht mich mit.

Wir erreichen den Eingang des Cafés einen Atemzug nach dem Mann mit der Pistole und seinem Schützling.

»Wir wollen auch rein«, sagt Paul zu dem Pistolentypen. »Ich habe Angst hier draußen.«

Der Mann zögert, scannt uns kurz, aber intensiv, dann nickt er und lässt uns den Vortritt. Als er mit dem Geretteten ebenfalls drin ist, ruft er:

»Schließen Sie ab. Ich bin Polizist.«

Niemand rührt sich, niemand sagt ein Wort, auch nicht die beiden Frauen, die hier zu arbeiten scheinen. Der Mann mit der Pistole greift mit der freien Hand in die Hosentasche, holt etwas heraus und hält es hoch, einen Ausweis.

»Polizei! Abschließen, sofort!«

Die ältere der beiden Frauen holt einen Schlüsselbund hinter dem Tresen hervor, geht damit zur Tür und schließt ab. Der Polizist steckt seinen Ausweis wieder ein, schiebt die Pistole in seinen Hosenbund und wendet sich an den Mann, den er gerettet hat.

»Welche DG?«

Der Mann sieht ihn nur an.

»Welche DG?«, wiederholt der Polizist.

Der Mann schüttelt stumm den Kopf, scheint ihn so wenig zu verstehen wie wir alle.

»Bist du kein Kollege?«, fragt der Polizist verblüfft.

Der Mann schüttelt den Kopf.

»Scheiße«, sagt der Polizist und holt sein Handy heraus.

»Scheiße?« Der Mann, den der Polizist gerettet hat, ist fassungslos. »Du hast mir nur geholfen, weil du dachtest, ich bin ein Bulle? Sonst hättest du die Kerle einfach machen lassen?«

Etwas mehr als die Hälfte der Tische ist besetzt. Wir hören und sehen alle zu. Der Polizist scheint ernsthaft über die Frage nachzudenken.

»Was ist passiert?«, fragt er, aber es klingt nicht, als könnte die Antwort irgendeine Bedeutung für ihn haben.

»Ich bin mit dem Rad her, einfach, weil ich wissen wollte, was abgeht. Ich habe ein bisschen fotografiert, mit meinem Handy. Liegt da jetzt auch irgendwo draußen. Auf einmal sind die Arschlöcher auf mich los, die wollten nicht fotografiert werden. Sie haben gleich zugeschlagen. Wahrscheinlich dachten die auch, ich bin ein Bulle.«

Kein Wort vom Polizisten, gar keine Reaktion, nicht einmal ein Nicken. Er macht den Anruf, den er machen muss, gibt in drei, vier kurzen Sätzen durch, was passiert ist und wo er sich befindet. Dann steckt er das Handy ein und stellt sich an den Tresen.

»Das kann jetzt eine Weile dauern«, sagt er zu niemand Bestimmtem.

Der Mann, dem er geholfen hat, sieht ihn empört an, aber er schweigt. Alle schweigen, auch wir. Immer mehr Menschen stellen sich draußen vor Tür und Fenster, so viele, dass die Straße bald nicht mehr zu sehen ist, blicken hinein, skandieren wütend Wörter, unter denen *Bullenschweine* zu den liebenswürdigeren zählt, hämmern gegen die Scheiben, werden immer lauter und zahlreicher und mutiger. Hier drinnen ist der Typ mit der Waffe, aber hier drinnen ist auch die Angst, die Angst, zum Kollateralschaden zu werden, auf der falschen Seite der Trennscheibe zu sein.

Ich kann nicht erkennen, ob der Polizist cool oder verängstigt ist. Er hat den Arm auf der Theke und blickt wie eingefroren auf den zornigen Mob hinter den Scheiben, seine Pistole bleibt im Hosenbund. Langsam setzt Gemurmel im Café ein. Der Mann, der draußen angegriffen worden ist, bittet die jüngere Bedienung um ein Glas Leitungswasser, bevor er sich setzt.

»Wir auch?«, fragt Paul und deutet auf einen der freien Tische.

Als wir sitzen, sage ich: »Du hast gelogen.«

»Gelogen?«

»Was du gerade zu dem Typen gesagt hast. Dass du Angst hast. Du hattest keine Angst.«

»Und ob. Ich hatte die Hosen voll. Randvoll.«

»Sah nicht so aus«, sage ich. »Du hast keine Sekunde gezögert, als du dich vor mich gestellt hast. Du hast nicht mal gezuckt, als der Typ geschossen hat.«

Paul grinst, es ist ihm peinlich. »Reiner Egoismus. Ohne dich wäre ich aufgeschmissen. Seinen Blindenhund behandelt man auch gut.«

Erst grinse ich auch, doch schlagartig vergeht mir das Grinsen. Plötzlich habe ich vor Augen, wie Paul mit unserer Fahne in den Armen auf die Straße zuläuft. Ich weiß, er hatte getrunken, er war blau und bis zum Anschlag aufgedreht, er wollte nichts mehr, als dass wir siegen. Aber er hat die verdammten Autos gesehen, wir alle haben sie gesehen, und die Straße war nicht die einzige Richtung, in die er laufen konnte. Er hat sich nicht einmal umgeguckt, nicht eine Millisekunde gezögert. Paul hat gesehen, wohin er lief. Plötzlich denke ich etwas, was nicht denkbar ist, plötzlich stelle ich eine Frage, die ich nicht stellen will.

»Du hast die Autos doch gesehen, oder? Du bist trotzdem auf die

Straße gelaufen. Warum? Es ging nur um ein beschissenes Stück Stoff.«

Paul sieht mich verwirrt an. Er versteht mich nicht. Vielleicht versteht er mich zu gut.

»Der Unfall. Habe ich nie kapiert«, setze ich nach. »So breit kannst du nicht gewesen sein.«

Ich habe Paul überrumpelt. Ich habe mich selbst überrumpelt. Ohne Not belaste ich ihn, und ich habe nicht die geringste Ahnung, was ich mir davon verspreche.

»Daran kann ich mich wirklich nicht erinnern. Der Unfall, der ganze Abend, das ist alles weg. Ehrlich.«

Das ist gut, perfekt sogar, da kann man nichts machen. Ich brauche keine Fragen mehr zu stellen, ich würde keine Antwort bekommen. Ohnehin wüsste ich nicht, was ich mit einer Antwort anfangen sollte, noch weniger, was Paul davon hätte.

»Warum willst du das wissen?«, fragt Paul. Richtig düster klingt er nicht, aber verstimmt ist er, nein, er ist auf der Hut.

»Vergiss es.« Ich versuche zu lächeln. »Die ganze Scheiße hier macht mich einfach verrückt.«

Ich sehe Paul an, dass er mir kein Wort glaubt, und kann es ihm nicht verübeln. Die Meute draußen macht noch mehr Lärm, die Scheiben vibrieren. Vermutlich werden sie nicht Ernst machen, nachdem der Polizist gezeigt hat, dass er selbst bereit ist Ernst zu machen, aber ein bisschen Spaß wollen sie haben. Es scheint zu dämmern, vielleicht fällt aber nur wenig Licht ein, weil so viele Menschen vor dem Café stehen.

»Du glaubst, ich habe mich extra vors Auto geworfen? Meinst du das?«

Ich schüttele den Kopf. »Vergiss es einfach, ehrlich. Ich weiß nicht, warum ich das gesagt habe.«

»Warum hätte ich das tun sollen?« Paul hat nicht vor, irgendetwas zu vergessen.

Wieder schüttele ich den Kopf, schweige, ich will schweigen, doch ich werde hochgetrieben. Von Pauls harmlosem Blick, von seiner unerträglichen Gelassenheit.

»Du bist Khalil erst nach dem Unfall losgeworden«, sage ich.

Ich habe das muffige Lachen verdient, das ich bekomme, Pauls angeekeltes Gesicht, seine Empörung.

»Das habe ich alles geplant? Ich wusste genau, wie das ausgeht? Haben sie dir ins Hirn geschissen, oder was?«

Eine sehr gute Frage, die ich mir selbst beantworten sollte, bevor ich mich bei Paul entschuldige. Aber ich kann nicht aufhören. Ich zucke mit den Schultern, lächle, so herausfordernd ich kann.

»Wie oft soll ich es dir noch sagen«, sagt Paul, »Khalil war gut zu mir. Ich war es, der ihn verarscht hat.«

»Er war gut zu dir? Weil er dich herumkommandiert hat? Weil er etwas aus dir gemacht hat, was du nicht bist? Weil er dir jeden Notausgang versperrt hat?«

Der Widerstand in Pauls Augen ist so groß, dass ich ihn kaum von Ekel unterscheiden kann.

»Wenn du es wirklich wissen willst, ich wollte, dass er mich herumkommandiert. Ich wollte, dass er mir sagt, was richtig ist. Ich wollte von ihm hören, was ich tun soll. Ich habe keinen Notausgang gebraucht, Khalil war mein Notausgang.«

Jeder Satz ein Peitschenschlag.

»Und warum bist du auf ihn los? In London. In dem Scheißmuseum.«

Paul sieht mich nur an.

»Weiß schon«, sage ich, »du kannst dich nicht erinnern.«

»Nein, kann ich wirklich nicht«, sagt Paul. Er klingt nur ein bisschen trotzig. »Schätze, irgendwie bin ich auf mich selbst losgegangen.«

»Glaub mir, sah anders aus.«

Ich will nicht grinsen, aber die Vorstellung ist zu witzig. Wie Paul sich selbst schlägt und auf den Tisch mit Freuds antikem Plunder kracht, wie er sich, über den Boden rollend, noch ein paar Hiebe verpasst. Das Beste an den Bildern ist, dass Khalil auf ihnen nicht zu sehen ist.

»Wenn ich sauer auf Khalil war, dann …–«

»Du *warst* sauer.«

Paul hält kurz inne, als wolle er sicherstellen, dass er nicht mehr unterbrochen wird.

»Er hätte sich nicht von mir verarschen lassen dürfen. *Das* hat mich wütend gemacht. Khalil hätte es merken müssen.«

Ich müsste nichts sagen. Ich sollte es nicht.

»Vielleicht hat er es gemerkt«, sage ich, »vielleicht war es ihm scheißegal. Vielleicht hat er einfach ausgenutzt, dass du dich nicht getraut hast, die Wahrheit zu sagen.«

Ich rechne mit einer grimmigen Erwiderung, mindestens mit einem missmutigen Blick, aber Paul sieht mich nur an, als hätte er Mitleid mit mir und könne sich nicht entscheiden, ob er mich ignorieren darf oder mir helfen muss. Eine der Bedienungen, die jüngere, die die Chefin zu sein scheint, kommt an unseren Tisch.

»Was wollt ihr trinken?« Bevor ich ablehnen kann, sagte sie: »Geht aufs Haus.«

»Eine Cola«, sage ich, weil ich sie nicht kränken will.

»Ein Pils«, sagt Paul.

Sie nickt und geht, und ich sehe Paul sofort mit dem bescheuerten Sorgenblick an, den ich mir in den letzten Tagen angewöhnt habe.

»Deine Medikamente«, sage ich. »Ich weiß nicht, ob Bier so eine gute Idee ist.«

Paul nickt, zum Zeichen, dass er mich verstanden hat, und zuckt danach mit den Schultern, damit ich nicht übersehe, wie gleichgültig es ihm ist. Um mich nicht ansehen zu müssen, blickt er lange zu dem Polizisten am Tresen, dem nun langsam anzumerken ist, dass ihm der Arsch auf Grundeis geht.

»Ich wusste das mit Astrid und meinem Alten«, sagt Paul, »ich bin ja nicht blind. Seit Jahren schon. Ich wusste auch, dass er nur darauf wartet, dass ich endlich das Abi mache und abhaue. Damit er endlich auch verschwinden kann.«

Ich weiß nicht, warum Paul jetzt damit kommt, was das alles mit meiner Frage zu tun hat. Ich unterbreche ihn nicht.

»Meine Mutter hat immer wieder angefangen, darüber zu labern, wie unglaublich groß unsere Wohnung ist und wie schön und dass sie sich immer noch nicht daran gewöhnt hat, da zu wohnen. Dass sie manchmal eine verrückte Angst hat, Papa und sie könnten sie sich gar nicht leisten, sie nicht mal richtig einrichten. Als wären wir gerade erst eingezogen, hat sie immer gesagt, als wären nicht 16 Jahre vergangen. Manchmal hat sie gesagt, *25 Jahre*, wo sind die hin? Sie hat Gesa nie erwähnt, aber das hat sie gemeint, schätze ich, Gesas Geburt, den Anfang der Scheiße. Ihrer ganzen Scheiße.«

Noch habe ich nicht die geringste Ahnung, wohin Paul mich führt, erst recht nicht, was Beate hier wieder verloren hat.

»Sie hat gewusst, was passieren wird«, sagt er. »Aber ich habe sie nie allein in der Wohnung gesehen. Ich konnte mir das nie vorstellen.«

»Du hattest Mitleid mit ihr«, sage ich.

»Einen Scheißdreck hatte ich!« Paul braust auf. »Ich konnte es mir nicht vorstellen, weil ich mich auch in dieser Wohnung gesehen habe, immer. Ich wusste nicht, wie ich ... – Ich bin nicht wie du.«

»Wie ich?«

»Ich habe keine Ahnung, warum du den Arsch nicht hochgekriegt hast nach dem Abi. Aber du weißt, was du tun könntest. Du weißt, was du *kannst*. Ich nicht, Finn, ich habe das nie gewusst. Ich hatte nie das Gefühl, dass ich irgendwas kann. Doch, klar. Zuhören kann ich. Kann ich perfekt. Ich kann tun, was andere mir sagen.«

Ich blicke mich nach der Bedienung um, zum Glück ist sie schon unterwegs. Alles ist besser, als Paul anzusehen. Was hätte er davon, wenn er die Erschütterung in meinen Augen erkennt? Ich habe ihn alleingelassen, nicht erst seit dem Unfall. Er hat mich gebraucht, ich habe mich weggeduckt. Paul wollte weg von dem Ort, an dem er niemals gesehen worden ist. Gelandet ist er bei jemandem, der ihn absichtlich und erbarmungslos missverstanden hat, neben dem er sich genauso wenig fragen konnte, wer er selbst sein will. Zwei Lahme wie wir wären auch zusammen nie schneller als allein, aber wir hätten dafür sorgen können, dass keiner von uns unterwegs zu Boden fällt.

»Das Bier?«, sagt die Bedienung.

Paul tippt auf seine Tischhälfte und kriegt es lächelnd serviert, ich bekomme die Cola.

»Danke«, sage ich, und erst jetzt sehe ich die große Anspannung hinter dem Lächeln der jungen Frau.

Paul nimmt einen Schluck, einen winzigen, eigentlich nippt er nur, dann schiebt er das Bergedorfer zu mir hinüber und zieht die Cola zu sich.

»Du hast mehr davon«, sagt er zahm.

Ich nicke, nehme einen Schluck, einen großen, stelle das Glas wieder ab und halte mich daran fest. Ich kann jetzt nichts sagen, ich kann nicht mehr lügen, ich weiß nicht, wie die Wahrheit klingt.

»Ich bin nicht absichtlich vors Auto gelaufen, ganz bestimmt nicht«, sagt Paul, den Blick auf die Tischplatte gerichtet. »Das glaube ich einfach nicht. Aber vielleicht … – Ich war … –«

Er stockt. Paul weiß, was er sagen will, glaube ich, aber nicht, wie er es ausdrücken soll. Vielleicht kann ich es.

»Dir war alles egal in dieser Nacht?«, sage ich vorsichtig und sehr leise. »Du hattest keine Angst mehr, weil du schon so viel Angst hattest?«

Ich weiß es nicht, sagt Pauls Blick, möglich, sagt er. Sirenen sind zu hören. Sie nähern sich. Der Polizist hat sein Handy schon in der Hand.

»Da draußen gerade auch, oder? Die Kugel hättest du dir eingefangen, nicht ich.«

»Da war mir alles egal, glaubst du?«

Woher kommt plötzlich die Entrüstung, diese Riesenenttäuschung in Pauls Augen?

»Mir war nicht egal, dass dir was passieren könnte. An was anderes habe ich nicht eine Sekunde gedacht.«

Ich weiß nicht, wie ich das aushalten soll, ich habe Paul das Herz gebrochen, und er setzt meines wieder zusammen. Es ist gut, dass jetzt da draußen die Post abgeht. Wir können beide hinsehen, wir können ignorieren, was sich in meinen Augen abspielt. Die Leute vor dem Café kommen in Bewegung. Wie eine zusammenhängende, träge Masse werden sie gegen die Scheiben gedrückt, geraten laut in Aufruhr. Drinnen spricht der Polizist in sein Handy, er sagt ja und okay und wieder ja. Seine Waffe hat er wieder in der Hand.

»Gehen Sie an die Tür«, sagt er zu den Bedienungen. »Sie schließen auf, wenn ich es Ihnen sage.«

Zögernd und sehr, sehr ängstlich geht die Frau, die uns die Getränke gebracht hat, an die Tür. Sie fragt sich vermutlich, warum er es nicht selbst tut, der Schlüssel steckt. Ich bin sicher, jeder fragt sich das. Niemand spricht ein Wort. Niemand rührt sich. Der Lärm draußen wird immer größer, hin und wieder sehe ich durch kleine Lücken Männer in Uniform. Die Polizisten arbeiten sich vor. Ich hoffe, sie sind bald hier und schnell genug weg, bevor ihr nervöser Kollege am Tresen wieder glaubt, sich Respekt verschaffen zu müssen. Eine der beiden großen Fensterscheiben zerbricht, Menschen fallen herein, drei, vier, am Ende fünf. Die Leute an den Tischen in unmittelbarer Nähe springen auf. Ein seltsamer, ätzender Geruch dringt herein, irgendein Reizgas, das die Polizei draußen eingesetzt hat. Es wird lauter als laut.

»Aufschließen!«, schreit der Polizist.

Die Frau schließt auf und springt sofort weg von der Tür. Uniformierte kommen herein, ein halbes Dutzend, vielleicht mehr, der Zivilpolizist setzt sich erleichtert in Bewegung. Er wird umringt von seinen Kollegen, abgeschirmt, hinausgeschoben. Der Mann, auf den draußen eingetreten worden war, der, den der Zivilpolizist hergeführt hat, ist längst vergessen. Er sieht den Polizisten nach, sitzt fassungslos da, ihn wird niemand schützen. Als die Polizisten weg sind, schon während sie gehen, strömen Leute herein, sogar durch das zerbrochene Fenster. Sie blicken sich um, als besichtigten sie eine Sehenswürdigkeit, kaum beeindruckt und unverhohlen enttäuscht. Den verängstigten, vergessenen Mann beachtet niemand. Die beiden Frauen vom Café sehen dem sinnlosen Geschehen regungslos zu, bis die ältere der beiden ihrer Kollegin eine Zigarette anbietet.

»Wir sollten gehen«, sage ich.

Paul nickt und steht auf. Wir werden ohne Probleme hinauskommen, der Aufruhr ist vorbei, vielleicht gab es gar keinen. Schockiert wirkt niemand, abgesehen vielleicht von dem zurückgelassenen Opfer, eher schwingt ein kollektives Staunen durch den Raum. Alles kann passieren, jederzeit, und danach geht es einfach weiter.

»Warum wolltest du eigentlich hier rein?«, frage ich. »Und komm mir nicht mit *Ich hatte Schiss* oder so was.«

Paul nimmt sich einen Augenblick, bevor er antwortet. »Keine Ahnung. Ich glaube, ich habe eine Pause gebraucht.«

»Hatten wir die nicht schon«, sage ich, »eine ziemlich lange?«

Dass er nickt, bevor er sich umdreht und losgeht, sehe ich. Vielleicht lächelt er auch.

Alles ist jetzt anders draußen. Noch viel mehr Menschen auf der Straße als vorhin, doch von der gelassenen Partystimmung ist nichts mehr zu spüren. Etwas Drängendes liegt in der Luft, etwas

Unvermeidliches, was nicht nur an der einsetzenden Dämmerung liegen kann. Die Schwarzgekleideten sind inzwischen in der Mehrheit, alles Kerle, jedenfalls sehe ich keine Frauen in Montur. Dass einige schon vermummt sind, obwohl nicht ein einziger Polizist zu sehen ist, wirkt nur auf den ersten Blick lächerlich. Überall werden Fotos gemacht, viele aus Fenstern, vermutlich landen auch Paul und ich in irgendwelchen Foto-Apps, niemand kann wissen, auf welcher Website die Bilder eines Tages zu sehen sein werden. Eine eigentümliche Stille liegt über allem. Natürlich sprechen die Leute miteinander, sie bewegen sich, transportieren Dinge in Kisten und Kartons – was eigentlich? –, fahren Rad, aber dennoch fühlt sich alles so abgedämpft an, als sei die ganze Straße in Watte gepackt.

»Spooky«, sage ich.

»Was?«, fragt Paul.

»Das hier. Alles.«

Paul blickt sich um, als hätte ich von etwas gesprochen, was man sehen kann. Nach ein paar Schritten sagt er:

»Es war ein Samstag oder Sonntag, da bin ich in die Küche gekommen, und meine Mutter sitzt da und feixt mich an. Ich war sechzehn, gerade so. Den Abend vorher war ich länger weg, durfte ich erst seit kurzem. War ja irre interessant, hat meine Mutter gesagt, und ich frage natürlich sofort: was? Sie sagt, sie ist nachts bei mir rein. Als ich schon schlief, um nach mir zu sehen. Ich habe nie abgeschlossen, hätte ich können, habe ich aber nie. Ich hätte im Schlaf gesprochen, sagt sie, sie hätte sich aufs Bett gesetzt und mir zugehört. Wirklich aufschlussreich, hat sie gesagt, und sehr lustig, dann hat sie gelacht. Was ich angeblich im Schlaf gesagt habe, hat sie mir nicht verraten. Sie hat nur gelacht und gelacht.«

Wie Paul darauf kommt, verstehe ich nicht, aber sofort bin ich wütend.

»Das hast du doch nicht geglaubt!«, sage ich.

»Natürlich nicht. Aber ich habe mir das Hirn zermartert und

mich daran zu erinnern versucht, was ich geträumt habe. Ich habe danach jede Nacht überlegt, ob ich abschließen soll, und hab's doch nie gemacht. Nein, ich habe ihr nicht geglaubt, aber ich hatte Angst, dass ich ihr glauben muss. Am Ende läuft's irgendwie auf dasselbe hinaus.«

Ich bin stehengeblieben, merke ich, ich kämpfe dagegen an, Paul in die Arme zu nehmen, und hoffe, er sieht mir meine Bestürzung nicht an, verwechselt sie auf jeden Fall nicht mit Mitleid. Paul hat keinen festen Boden unter den Füßen gehabt, niemals, die Unsicherheit, in der er seit Monaten lebt, sieht anders aus als zuvor, aber sie ist nicht neu. Er war immer gefangen in einem furchtbaren, unheimlichen Dazwischen, wusste nie, weil er es nicht wissen durfte, worauf er sich verlassen kann. Ich weiß nicht, wie aus ihm der oft so unbeschwerte, ansteckend lebenshungrige Wirbelwind werden konnte, der er auch immer war. Ich weiß auch nicht, wann ich ihn je mehr bewundert und geliebt hätte als in diesem Augenblick.

»Dein Handy!«, sagt Paul.

Schon wieder habe ich nichts mitbekommen, nicht einmal das Vibrieren in der Tasche. Ich hole das Handy heraus und gehe sofort dran, als ich den Namen auf dem Display lese.

»Seid ihr schon da?«, fragt Nina.

»Noch nicht, wir sind aufgehalten worden. Aber gleich.«

»Verfluchte Scheiße.«

»Was ist los?«, frage ich.

Khalil hat sie gerade angerufen, erzählt Nina. Er will mit ihr skypen, sie soll das Gespräch auf der Website ihrer Zeitschrift online stellen. Live. Khalil hat gesagt, das wird ein Knaller, ein Geschenk für jeden Journalisten, sie wird es nicht bereuen, so wenig wie ihre Redakteure. Wenn sie will, kann sie die Polizei benachrichtigen. Es ist ihm egal.

»Mehr hat er nicht gesagt?«

»Nein. Er hat einfach aufgelegt.«

»Nicht mal eine Andeutung?«

»Nein!« Jetzt entgleitet ihr die Stimme. »Was soll ich denn bloß machen?«

»Sprich mit deinen Leuten in der Redaktion. Erzähl ihnen alles.«

»Das kann ich nicht machen. Wenn Khalil mich verarscht, dann bin ich unten durch. Was soll ich überhaupt sagen? Ich weiß doch nichts!«

»Ich habe keine Ahnung, was Khalil vorhat, Nina, aber ich glaube nicht, dass du eine Wahl hast. Und das mit der Polizei wäre jetzt auch ein guter Move. Wir sollten Khalil den Gefallen tun.«

»Scheiße«, sagt Nina.

»Nina, ich lege jetzt auf, okay? Wir sind gleich da. Ich rufe noch mal an.«

»Scheiße«, sagt Nina. »Scheiße, scheiße, scheiße.«

Sie will das Gespräch nicht beenden, sie will nicht alleingelassen werden. Das kann ich verstehen, aber ich kann ihr nicht helfen.

»Bis gleich« sage ich und lege hastig auf, bevor ich Paul erzähle, was Nina gesagt hat.

»Komm.« Paul geht los. »Lass uns den Scheiß endlich hinter uns bringen.«

»Endlich?«, sage ich. »*Ich* habe den Scheiß seit Tagen an der Backe. Du weißt erst seit heute Morgen davon.«

»Fick dich«, sagt Paul.

Er grinst, und ich grinse auch, obwohl wir beide nicht wissen, was es da zu grinsen gibt.

Ninas Wohnung liegt in der übernächsten Querstraße. Im Kriegsgebiet. Noch ist keine Schlacht im Gang, der Feind nicht einmal in Sicht, aber es werden alle Vorbereitungen getroffen, die nötig sind, um den unausbleiblichen Angriff abzuwehren und das eroberte Terrain zu verteidigen. Zwei Barrikaden aus Holzpaletten, Stühlen, Sesseln, Latten, Kisten, Straßenschildern und Teppichen sind schon aufgetürmt. Als wir in die Straße einbiegen, wird eine von ihnen in Brand gesetzt, obwohl die Dunkelheit noch nicht vollständig eingebrochen ist und obwohl unter den schwarz uniformierten Kämpfern, die hier gegenüber den Zivilisten eindeutig in der Mehrheit sind, kein Einziger sein dürfte, der friert. Wir kommen an der Automatenfiliale einer Bank vorbei, deren Scheiben eingeschlagen sind, und kurz darauf an einem Reisebüro, das auch kein intaktes Fenster mehr hat. Von hier stammen vermutlich die Drehstühle und Sessel der dritten Barrikade, die gerade errichtet wird. Wir könnten einfach stehenbleiben und staunen, aber wir müssen auf die andere Straßenseite, was trotz des Gedrängels und des rastlosen Hochbetriebs auf dem Fahrweg leichter geht, als ich befürchte. Ninas Wohnung liegt in einem eingerüsteten Haus. Auf dem Gerüst sind Leute, vor allem in den oberen Etagen, die meisten wollen vermutlich weiter nach oben, zu der Einheit, die auf dem Dach stationiert ist.

Die Haustür ist nicht abgeschlossen. Im Treppenhaus sind kaum weniger Passanten als in einer U-Bahnstation. Niemand beachtet uns, niemand sieht uns an, obwohl wir auffallen müssten in unseren Klamotten, besonders Paul, der sich auf der Flughafentoilette das kragenlose weiße Hemd angezogen hat, das er in Berlin gekauft hatte. Mit aufgekrempelten Ärmeln trägt er es über einer verwaschenen, hellen Jeans. Die Sonnenbrille mit dem Holzgestell würde perfekt dazu passen, doch seit vorgestern habe ich sie nicht mehr gesehen. Paul hat wahrscheinlich längst vergessen, dass er sie besitzt.

Im zweiten Stock steht Ninas Name auf einem schmalen Zettelchen, das mit einem Klebestreifen provisorisch unter der Klingel befestigt ist. Paul und ich sehen uns an, bevor ich auf die Klingel drücke; wahrscheinlich rechnet er mit demselben Ergebnis wie ich. Ich klingle und klingle und lasse den Finger auf dem Knopf, dann beginnt Paul an die Tür zu klopfen und schließlich zu hämmern.

»Okay, der Schlüssel«, sagt Paul.

Ich hole die beiden Schlüssel heraus, die Nina uns gegeben hat, wie immer passt erst der zweite. Er hilft uns nicht weiter. Die Tür ist von innen verriegelt.

»Khalil!«, ruft Paul und trommelt wieder an die Tür, »mach auf!«

Wir machen einen unglaublichen Lärm, wir sind das Gegenteil von cool, aber die Typen, die an uns vorbei nach oben gehen, interessiert das kein bisschen. Ich weiß nicht, ob ich mich darüber freuen oder ärgern soll.

»Das geht nur im Fernsehen, oder?«, sagt Paul. »Dass ich mich gegen die Tür werfe und sie fällt aus der Angel?«

»Eine Axt würde uns weiterhelfen«, sage ich. »Hast du eine?«

Es ist nicht der richtige Zeitpunkt für drollige Scherze. Paul reagiert nicht einmal mit einem genervten Blick. Er starrt nur die Tür an. Dass er es mit Telekinese versucht, glaube ich nicht. Mein Handy meldet sich, und diesmal höre ich das Klingeln sofort. Nina.

»Seid ihr das?«, fragt sie.

»Was?«

»Bei ihm vor der Tür. Habt ihr gerade geklingelt?«

»Woher weißt du das?«

»Wir haben es gehört. Er hat sofort ausgeschaltet.«

»Du hast mit ihm geskypt?«, frage ich.

»Ja, bis er ausgeschaltet hat. Ihr müsst da sofort weg!«

»Wer ist wir? Du hast gesagt, *wir* haben es gehört?«

»Die Kollegen hier ...– Hast du mich nicht gehört? Ihr müsst da sofort weg. Er hat eine Bombe.«

Ich muss sehr viel Kraft aufwenden, um das Wort nicht zu wiederholen. Pauls Blick ist verwirrt genug.

»Was hast du gerade gesagt?«, frage ich.

»Khalil behauptet, es ist Gas. Er ist total durchgedreht. Er will eine Rede halten oder so was, bevor er ...– Ich weiß nicht, das kann nicht sein Ernst sein. Er will, dass wir das Gespräch ins Internet stellen. Er glaubt, wir müssten absolut scharf darauf sein.«

»Und die Polizei?«

»Weiß Bescheid. Die hatten das Haus sowieso auf dem Kieker. Wegen irgendwelcher Typen auf dem Dach. Aber sie wissen nicht, wie sie mit einer Spezialeinheit durchkommen sollen. Die haben Angst, ihre Leute zu gefährden.«

»Scheiße«, sage ich.

Ich glaube nicht, dass ich verstanden habe, was ich da höre. Ich bin sicher, dass wir uns alle wahnsinnig lächerlich machen. Fast sicher.

»Ihr müsst da weg«, sagt Nina. »Wir versuchen ihn hinzuhalten.«

»Okay«, sage ich. »Okay, okay, okay.«

Mehr gibt es nicht zu sagen, ich lege einfach auf, ziehe Paul weg von der Tür, zum Treppenabsatz, und sage ihm leise, was ich gehört habe. Er lacht nicht, er wird nicht blass, er schreit nicht herum. Er nickt ruhig und blickt zum Flurfenster, hinter dem das Gerüst zu sehen ist.

»Das nächste Fenster rechts, das müsste das richtige sein«, sagt er.

»Sie hat gesagt, er hat eine Bombe.« Ich flüstere immer noch.

»Ja. Und wir sind hier. Die Bullen nicht.«

Paul würde mit mir weggehen, da habe ich keinen Zweifel, ich könnte ihn überzeugen. Ich glaube nicht, dass wir lange diskutieren müssten.

»Wir sind hier«, sage ich und gehe an ihm vorbei zum Fenster.

Durchs offene Fenster steigen wir aufs Gerüst und müssen nur ein paar Schritte gehen. Dass das nächste Wohnungsfenster das ist, das wir suchen, glauben wir an dem zugezogenen dunkelblauen Vorhang zu erkennen, der an den Seiten irgendwie an der Wand festgemacht zu sein scheint. Es schimmert kein Licht durch, es ist nichts zu hören. Wir schlagen wieder wie Irre gegen die Scheibe, wir rufen Khalils Namen und erarbeiten uns ein kleines Publikum, das von der Straße hochsieht und vom gegenüberliegenden Haus zu uns blickt. Nur von drinnen kommt nichts, hinter der Scheibe interessiert sich keiner für uns.

Ich nehme meinen Rucksack ab, hole ein Sweatshirt heraus und wickle es mir um den Arm und die Hand.

»Wow«, sagt Paul.

Ich schlage gegen die Scheibe, so fest ich kann, tausendmal habe ich das in Filmen gesehen. Einmal schlage ich dagegen, zweimal, dreimal. Keine Doppelverglasung, einfaches, dünnes Glas, es dürfte im Winter ziemlich zugig sein da drinnen, dennoch erreiche ich nichts. Mein Arm ist kein Klavierschemel, sofort tut er höllisch weh.

»Soll ich's mal probieren?«, sagt Paul.

»Warte«, sage ich.

Ich hole mir meine Windjacke aus dem Rucksack, binde sie mir so um den Kopf, dass meine Augen theoretisch geschützt sind, und wickle das Sweatshirt um beide Hände.

»Du spinnst doch«, sagt Paul. Die Bewunderung in seiner Stimme gefällt mir, wird mir aber leider nicht viel nützen.

Ich gehe so weit zurück, wie ich kann, um den Hauch Anlauf zu haben, der auf dem schmalen Brett möglich ist. Natürlich habe ich Angst davor, mich zu verletzen, und noch mehr vor dem, was mich drinnen erwartet, falls ich es schaffe hineinzukommen. Nichts möchte ich weniger tun als das, was ich gleich tun werde. Auf nichts habe ich mich je mehr gefreut. Ich laufe los, werfe mich gegen das Glas, von dem ich einfach abpralle. Paul entfährt ein kurzer Schrei, ich bin genauso froh wie er, dass ich nicht vom Gerüst stürze. Ich schiebe die Windjacke ein wenig hoch, damit ich etwas sehen kann, und lasse mir von Paul hochhelfen.

»Das ist Schwachsinn«, sagt er, »totaler Schwachsinn.«

Da kann ich nicht widersprechen und halte einfach den Mund,

gehe zurück bis zur Stange, die als Geländer dient, ziehe mir die dünne Jacke wieder über die Augen, wickle meine Hände wieder in das Sweatshirt ein und laufe los, bevor Paul mich davon abhalten kann, werfe mich mit der rechten Schulter voran gegen die Scheibe. Das Glas zerbricht, aber nichts schmerzt mich, ich spüre keinen Schnitt und keinen Stich, ich fühle nur den Stoff, durch den ich ins Halbdunkel fliege. Ich lande auf etwas Weichem, das auf dem Boden ist. Sofort ist mir klar, noch bevor ich zum Liegen komme, was es sein muss. Als ich mich aufstütze, ertaste ich einen Arm und eine Hand. An einen schlimmeren Ekel, ein größeres Entsetzen kann ich mich nicht erinnern. Die Laute, die ich höre, als wäre es ein anderer, der sie ausstößt, habe ich das letzte Mal gehört, als ich ein Kind war. Ich reiße mir die Jacke vom Kopf, stehe auf, taumle rückwärts vom Platz weg, auf dem ich gelandet bin, bis ich gegen eine Wand stoße.

»Komm rein!«, brüllt Khalil.

Durch das kaputte Fenster springt Paul vom Gerüst ins Zimmer. Sofort zieht Khalil den Vorhang so zurecht, dass keine Blicke nach innen und keine nach außen dringen können, dann schaltet er das Licht an. Was auf dem Boden liegt, ist Hamid. Was Khalil in der rechten Hand hat, ist eine Pistole. Um Hamids Kopf herum ist eine kleine Pfütze aus Blut, mit dem ich mir die Arme und Hände besudelt habe.

»Ist er … –?«, sagt Paul.

Khalil nickt nur, nichts anderes als Verärgerung in seinem Blick.

»Woher willst du das wissen?«, sage ich.

Mir schießt Säure in den Mund, ich weiß nicht, wie ich es schaffen soll, die paar Schritte zurückzugehen, ohne zu kotzen, aber irgendwie gelingt es mir. Ich knie mich hin, lege den Kopf neben Hamids Mund und bin mir fast sicher, dass er nicht mehr atmet. Ich höre nichts, ich spüre nichts, nichts hebt und senkt sich. Seinen Puls zu fühlen, ihn anzufassen, wage ich nicht, ich glaube auch nicht, dass ich mir damit irgendeine Sicherheit verschaffen könnte. Ich sehe zu Paul, wortlos, ich weiß nicht, was es noch zu sagen gäbe.

»Vielleicht kann man ihm noch helfen.«, schreit Paul. »Er braucht einen Arzt.«

Betrübt schüttelt Khalil den Kopf, als sei er deprimiert von so viel Dummheit. Die Hand mit der Waffe hält er gesenkt.

»Setzt euch endlich«, sagt er. Er schreit nicht.

Paul und ich sitzen auf einem Zweiersofa, das sich vermutlich zu einem Notbett aufklappen lässt. Wir sitzen ziemlich tief, aber unbequem ist es nicht. Wenn Khalil den Bildschirm des Tablets, das auf dem kleinen Küchentisch steht, in unsere Richtung drehen und uns ein Bier bringen würde, wenn nicht einen Meter entfernt etwas läge, was wahrscheinlich eine Leiche ist, wenn es diese beiden Flaschen nicht gäbe, die aneinandergetapt auf dem kleinen Couchtisch neben dem Fenster liegen, eine aus Metall, eine aus Glas, wenn der Typ, der dieselbe Schultoilette benutzt hat wie wir, nicht eine Pistole in der Hand hielte, dann würde ich überlegen, was wir uns ansehen sollten. Wenn wir nicht in einem Rutsch durchkommen könnten, würde eine Serie mit Paul wenig Sinn ergeben, es müsste etwas Abgeschlossenes sein. *Interstellar* könnte ihm gefallen. Alles wäre jetzt besser für ihn, als unaufhörlich auf Hamid zu starren.

»Er hätte nicht herkommen dürfen«, sagt Khalil, der Pauls eingefrorenen Blick auch nicht ignorieren kann. »Ich wollte nicht, dass das passiert.«

Khalils Ton ist sachlich. Er entschuldigt sich nicht, klingt nicht verzweifelt. Falls er es je war, wetten würde ich darauf nicht, ist er längst einen Schritt weiter. Da war eine volle Weinflasche in der Wohnung, erzählt er, die hat er bereitgehalten, nachdem er von Nina erfahren hatte, dass Hamid auftauchen wird. Mehr scheint Khalil nicht berichten zu müssen, er erwähnt nur noch, dass die

Waffe, die er in der Hand hält, Hamid gehört hat, redet sich aber nicht damit heraus, es sei Notwehr gewesen.

»Dreißig Prozent sterben nach einer Hirnblutung, hast du gesagt. Erinnerst du dich?« Khalil sieht mich mit einem Lächeln an, das mir nicht gefällt. »Zwanzig Prozent bleiben für immer behindert. Oder?«

Nichts erinnert an den Khalil, der in Hampstead vor mir saß, kein einziger Blick, kein Ton. Er spielt wieder etwas, würde ich gern denken, er hat sich was draufgelegt, den Obercoolen, den Unerreichbaren, aber ich weiß, dass es nicht stimmt. Selbst wenn der Khalil von Hampstead der Echte war, und das war er wahrscheinlich, der hier ist auch der Echte. Den Khalil vor uns kenne ich genauso gut, noch besser sogar, und ich will ihn so wenig verstehen wie den anderen.

»Ihr hättet nicht herkommen dürfen«, sagt Khalil. »Ich hab's euch gesagt. Ihr wusstet das!«

Er ist nicht niedergedrückt oder ratlos, er hat keine Angst um uns, als er das sagt. Khalil ist gekränkt, er ist zornig. Er hat etwas angeordnet, wir haben nicht auf ihn gehört. Ich habe keine Angst, obwohl ich mich darüber wundere, ich würde nur gern wissen, welche Strafe uns erwartet. Was hast du vor, will ich fragen, doch Paul löst seinen Blick von Hamid und stellt eine Frage, die ihm offenbar wichtiger ist.

»Woher weiß ich das alles?«

Khalil sieht Paul nur an. Ich bin sicher, dass er die Frage verstanden hat. Das Tablet meldet sich, ein Skype-Anruf von Nina. Khalil weist das Gespräch ab. Er blickt wieder zu Paul, scheint darauf zu warten, dass die Frage wiederholt wird. Paul tut ihm den Gefallen nicht, aber er hält seinem Blick stand. Khalil gibt irgendwann nach.

»Ich wusste doch selbst nicht, was hier abgehen wird.«

»Wie komme ich darauf, diesen Brief zu schreiben?«

Wieder ein Skype-Anruf, wieder von Nina. Wieder drückt Khalil sie weg.

»Ich muss da gleich drangehen«, sagt Khalil in einem geschäftsmäßig bedauernden Ton, der die Parodie eines geschäftsmäßig bedauernden Tonfalls ist.

Ich glaube nicht, dass Khalil sich amüsiert. Aber wir stören ihn. Es ist schon eine Zumutung, dass wir hier sind, aber er will uns nicht noch erklären müssen, wie wir hergekommen sind. Paul lässt seinen Blick auf ihm. Er will seine Antwort, besteht darauf, er wird sich nicht beugen, auch wenn nicht er derjenige ist, der eine Waffe in der Hand hat. Anscheinend ist sein Blick überzeugend genug.

»Ich wusste, dass du dich erinnern kannst«, sagt Khalil. »Nach dem Unfall, meine ich, an uns. Ich habe gemerkt, dass du nur eine Show abziehst, um mich loszuwerden, aber ich habe mitgespielt. Ich wusste von Anfang an, dass du nie mit mir zusammen sein wolltest. Aber es war mir egal.«

Er hält inne, um einen erneuten Skype-Anruf von Nina wegzudrücken. Ich kann nicht glauben, dass es ihm egal war. Aber es sieht aus, als glaube Khalil sich selbst.

»Wenn ich dich im Krankenhaus und in der Reha besucht habe, konnte ich dein schlechtes Gewissen schon auf dem Flur riechen. Du konntest dich ja nicht daran gewöhnen, weil du dich nach dem Unfall an nichts mehr erinnert hast. Du hast dir das jeden Tag irgendwie draufschaffen müssen, mit deinem Buch oder was weiß ich. Du musstest alles erst herausfinden. *Was bisher geschah …*« Khalil lächelt ein falsches, ausgestelltes Lächeln, das mich beinahe mehr ankotzt als alles andere. »… und du musstest wissen, was du selbst willst. Hast du jedes Mal geschafft, fast perfekt. Ein guter Lügner muss eigentlich ein gutes Gedächtnis haben, aber du bist irre gut zurechtgekommen. Ich war jedes Mal platt. Echt. Eine Weile bin ich sogar darauf reingefallen. Aber nicht lange, ehrlich gesagt.«

Wieder ertönt der Skype-Ton. Diesmal nimmt Khalil den Anruf an, beugt sich runter zum Tablet und blafft kurz »Ich rufe gleich zurück!«, bevor er die Verbindung unterbricht. Unschlüssig geht er durch den kleinen Raum, läuft im Kopf wahrscheinlich über viele Spielfelder. Die Pistole in seiner Hand wirkt beruhigend normal, bedrohlich oder echt wirkt sie nicht. Ich wundere mich beinahe, dass ich ihn noch nie zuvor mit so einem Teil gesehen habe, dann merke ich, dass ich ihn genauso haben will. Wir alle wollen ihn so sehen, er tut uns den Gefallen. Draußen auf der Straße schwillt der Lärm an.

»Dass du mich anlügst und denkst, ich merke es nicht, deine ganzen Schuldgefühle, das war super. Ich wollte meinen Vater nicht nur ins Gefängnis bringen, ich wollte ihn bloßstellen, vor der ganzen Sippe, sie sollten sehen, wozu er fähig ist. Ich wollte, dass sie nicht mehr wegschauen können, nie mehr, ich wollte, dass sie sehen, was hier auch passieren kann, vor ihrer Haustür, praktisch jedem, auch ihnen.«

Sippe, sagt Khalil, das klingt nach Wüste und Leuten mit Kopftuch, aber ich glaube, er meint den Clan am Rhein, die Familie seiner Mutter, und er meint alle anderen, uns. Was passiert ist, was zugeschwiegen und zugeschüttet wurde, ist nicht nur in Syrien passiert.

»Was hat das mit dem Brief zu tun?«, fragt Paul. »Mit mir?«

»Ich habe dir in der Reha erzählt, dass mein Vater keine Skrupel hat, dieses Monsterzeug zu verkaufen, tausendfach tödliches Gift, dass ich darauf aufmerksam machen muss, wie gefährlich und katastrophal das ist, dass ich mich dabei aber irgendwie schützen will. Wenn du einen Brief bekommst, in dem ich einen Anschlag ankündige, aber der Brief ist am Ende doch nicht von mir, *nachweislich nicht*, dann könnte das gehen, habe ich gesagt, und du hast mir zugehört. Du hast genickt. Du hast gedacht, du bist mir was schuldig. Das wusste ich.«

»Ich sollte auch nicht wissen, dass es ein Fake ist?«

»Das war doch das Geniale daran.« Khalil lächelt, scheint sich an seiner irren, komplett abwegigen Krimikomödie, die jeder Neunjährige ausgeschaltet hätte, immer noch zu berauschen. »Wir haben zusammen an dem Brief gearbeitet, wenn ich da war oder am Telefon, wir haben dafür gesorgt, dass du alles vergisst. Du hast mitgespielt, weil du mir nicht wieder was abschlagen konntest, aber sah auch aus, als hättest du echt Spaß.«

Paul sieht nicht aus, als hätte er jemals dieselbe Vorstellung von Spaß gehabt wie Khalil. Ich hoffe, er geht nicht auf ihn los.

»Und wieso war dir klar, dass ich den Mund halte, wenn ich den Brief bekomme?«

»Das war mir nicht klar, das wollte ich auch gar nicht! Im Gegenteil. Ich dachte, du kriegst einen Wahnsinnsschreck und schlägst sofort Alarm. Der Container ist gefunden worden, dafür hab ich gesorgt, und irgendwann wäre auch der Behälter aufgetaucht, den ich schon hier in der Stadt deponiert hatte.«

Khalil blickt zum Couchtisch, vermutlich zur Metallflasche.

»Jeder hätte gedacht, was für ein unfassbares Glück, wir sind nur knapp dem entsetzlichsten Anschlag entkommen, den man sich vorstellen kann. Sarin. Giftgas, hier bei uns! Irgendwie wäre man auf mich gekommen, logisch, aber der Brief war ja wirklich nicht von mir.«

Er hält inne, seine Entzückung fällt von ihm ab, ernst sieht er Paul an, ernst und vielleicht zärtlich.

»Warum hast du nichts gesagt, Paul? Du hast sogar ihn dazu gebracht, den Mund zu halten. Warum? Wolltest du mich schützen? Immer noch?«

Für mich reicht ein Personalpronomen, höre ich, aber das kümmert mich einen Dreck. Ich blicke von der Seite zu Paul. Ich weiß nicht, ob er die Antwort kennt, ob er sie vergessen hat oder sie nicht vergessen kann, weil sie immer gültig ist, aber ich sehe, dass Khalil sie nicht bekommen wird. Er wird nie wieder etwas von Paul bekommen.

»Wir haben dich vor uns hergetrieben«, sage ich und würde

meine Bestürzung gern verbergen. Ich kann es nicht. »Kein Alarm, kein Ende. Du hast einfach weitergemacht. Wir haben dich erst hergebracht.«

Ein bitteres Lächeln zieht durch Khalils Augen, macht aber rasch einer Gleichgültigkeit Platz, die ich ihm leider glauben muss. Er ist nun mal hier, er ist erschöpft, vielleicht sogar etwas schläfrig, er zuckt mit den Achseln.

»Und wenn schon«, sagt er.

»Und jetzt?«, frage ich.

Zerrissen blickt Khalil zu Paul, der seinen Blick längst abgewendet hat, den das alles nicht mehr zu interessieren scheint. Draußen klirrt Glas, Jubelschreie hallen hoch.

»Und jetzt?«, frage ich noch einmal.

»Keine Ahnung«, sagt Khalil. »Ich meine, vielleicht passiert gar nichts. Wenn das Metallding aufgeschraubt ist und die Glasflasche mit dem Isopropanol unten zerschellt, dann könnte es eine Reaktion geben, aber so was ist schwer in Gang zu setzen. Vielleicht gibt es nur zwei Pfützen, und das war's. Wenn was passiert, dann nicht viel. Mehr als drei, vier Leute wird's nicht treffen.«

Ich starre ihn entsetzt an. Paul blickt auf. Er hat seine Blicke besser unter Kontrolle. Er zeigt nichts, er sagt nichts. Er sieht Khalil nur an.

»Das machst du nicht«, keuche ich heraus und frage mich, was geschehen wird, wenn ich aufstehe. »Warum solltest du das tun? Du hast doch, was du wolltest. Es reicht, wenn das Zeug hier liegt. Jeder wird die Warnung verstehen.«

Ich weiß, dass es nicht nur um das geht, was er uns erzählt hat, ich glaube, ich weiß es, aber ich finde keine Worte dafür. Khalil schweigt, lässt seine Augen auf Paul, der seinem Blick nicht ausweicht.

»Warum?«, sage ich noch einmal.

Khalil schweigt weiter, und wenn ich ehrlich bin, will ich keine

Antwort mehr, ich brauche keine. Dass Hamid auf dem Boden liegt und die Grenze markiert, die Khalil schon überschritten hat, hat nichts zu bedeuten, so wenig wie die Verachtung in Pauls Blick, die Khalil nicht übersehen kann. Das sind keine Gründe, er hat den Grund, den alle haben. Er ist hier, er kann es tun. Die Leute tun, was sie tun.

Ein letztes Mal sieht Khalil Paul an, stärkt sich an dessen Abscheu, geht zum Tablet und lässt die Tonfolge eines Skype-Anrufs ertönen. Wir können Nina nicht sehen, aber wir hören sie, wer weiß, wer noch bei ihr ist. Die Polizei ist sicher längst benachrichtigt, aber dem Lärm nach zu urteilen, tobt draußen die Hölle. So schnell kommt da kein SEK durch. Wenn etwas passiert, dann trifft es nur drei oder vier Leute, hat Khalil gesagt. Aus Sicht der Bullen sind es vielleicht nicht die falschen.

Khalil hält sich kurz. Er deutet auf die beiden Flaschen, er erklärt, was er vorhat, er betont, dass das Giftgas dasselbe ist, das in Syrien eingesetzt wird. Sein Vortrag wirkt monoton, als bringe er nur eine lästige Pflicht hinter sich. Nina lässt er nicht einmal zu Wort kommen. Schließlich zieht er den Vorhang auf. Den Krach und das Brausen von der Straße haben Nina und ihre Leute bestimmt schon vorher gehört, vielleicht bemerken sie jetzt auch das Flackern des Feuerscheins, das Paul und ich in den Fenstern des gegenüberliegenden Hauses sehen können. Inzwischen brennen wahrscheinlich alle Barrikaden.

Nina fleht Khalil an, und irgendwann meldet sich ein Mann zu Wort, der glaubt, auf ihn muss man hören, aber Khalil sieht nicht mehr auf den Monitor, und zu uns blickt er auch nicht. Er holt sein Handy heraus, tippt etwas ein und blickt erstaunt auf.

»Wir sind nicht online«, sagt er, eher überrascht als enttäuscht. »Ich hoffe, ihr nehmt es wenigstens auf.«

Er wirft das Handy einfach auf den Boden, ist sich sogar in diesem Augenblick seiner Gesten bewusst. Er geht zu den Flaschen, ich springe auf. Zum ersten Mal richtet Khalil die Waffe auf uns, auf mich, Paul hält mich zurück, drückt mich aufs Sofa. Es muss Jahre her sein, dass er ein Wort gesagt hat, er schweigt weiter. Khalil hebt die Flaschen an, klemmt sie sich unter den freien Arm, geht langsam zum Fenster.

Du hast nichts von einem verheerenden Anschlag gehört oder gelesen, Du weißt, wie es ausgegangen ist. Aber jetzt steht Khalil dort am Fenster, mit diesen Flaschen.

Vielleicht passiert gar nichts, hat Khalil gesagt, er hat auch gesagt, es sei schwer, eine Reaktion in Gang zu setzen. Uns geschieht hier oben vermutlich nichts, aber ist das ein Grund sitzenzubleiben? Wieder will ich aufstehen, wieder hält Paul mich wortlos zurück. Dann steht er auf. Khalil sieht ihn nur an. Auf ihn richtet er die Waffe nicht.

Paul zieht sich seinen aufgerollten linken Ärmel herunter und streicht ihn glatt, keine Ahnung, warum er das tut, dann geht er los, ganz langsam, knöpft sich im Gehen die Brusttasche seines Hemdes zu, stellt sich vor Khalil, der sich nicht rührt und Paul ansieht, wie er wahrscheinlich noch nie jemanden angesehen hat. Paul fasst ihn an beiden Schultern, zieht ihn an sich, gibt ihm einen Kuss auf jede Wange und küsst ihn danach auf den Mund.

Eine kehliger, langgezogener Schmerzenslaut entfährt Khalil. Er lässt die Flaschen fallen. Die Glasflasche zerbricht, aber Isopropanol ist nichts anderes als Alkohol, das weiß ich, ich habe nachgesehen. Solange der andere Behälter geschlossen bleibt, kann nichts passieren. Khalil rutscht an Paul herunter, fällt auf die Knie, beginnt zu schluchzen. Die Pistole ist vielleicht längst vergessen, aber noch in seiner Hand. Paul nimmt sie ihm behutsam ab, zögert kurz, bevor er die Arme um ihn legt, in denen Khalil weint, bis die Polizei kommt.

So könnte es gewesen sein. So wäre es gut gewesen. So war es nicht.

Khalil lässt die Flaschen wirklich fallen, nachdem Paul ihn geküsst hat, er geht wirklich auf die Knie, er beginnt wirklich zu weinen. Und ich springe auf, reiße ihm die Pistole aus der Hand und schlage damit auf ihn ein. Ins Gesicht schlage ich ihn, immer und immer wieder, obwohl sofort Blut spritzt, wirklich *spritzt*, obwohl ich weiß, dass kein Knochen heil geblieben sein kann, obwohl ich vom Tablet Ninas Schreie höre, obwohl Paul mich wegzureißen versucht. Irgendwann gelingt es ihm. Ich habe das Gefühl, ich hätte minutenlang auf Khalil eingeschlagen, aber vielleicht waren es nicht mehr als ein oder zwei Schläge. Khalils Gesicht ist eine einzige Blutlache. Er winselt, er rollt sich auf dem Boden zusammen, bewusstlos wird er nicht. Das ist anders, als ich es kenne.

Paul sagt, ich soll die Pistole und die Flasche nehmen und sie im Bad einschließen. Ich hebe den Metallbehälter hoch, gehe mit ihm und der Pistole ins Bad, lege beides in die Duschwanne. Ich gehe hinaus und schließe von außen ab, stecke den Schlüssel ein. Ich bin jetzt ganz ruhig. Ich weiß, was ich getan habe, ich kann mich erinnern. Falls ich weggetreten war, macht es keinen Unterschied. Als ich wiederkomme, kauert Khalil immer noch auf dem Boden, wimmert leise, es hört sich an wie ein einziges, anhaltendes Geräusch. Er erinnert mich an Hamids Hund. Er muss große Schmerzen haben, ich habe sie ihm zugefügt. Paul sitzt auf dem Boden, in zwei Armlängen Abstand zu Khalil, sieht ihn an. Das Tablet liegt mit dem Bildschirm nach unten auf dem Tisch. Ich setze mich zu Paul, wir warten.

Nachdem das SEK hereingestürmt ist, müssen Paul und ich uns flach auf den Boden legen und bekommen hinter dem Rücken Handschellen angelegt. Die Polizisten wollen kein Risiko eingehen. Das ganze Haus wird geräumt, erfahren wir später. Später hören wir auch, dass die Gefahr, die von den Leuten auf dem Dach ausging, als Grund für die Räumung angegeben wird. Man wird uns auffordern, immer bei dieser Version zu bleiben, und wir werden etwas unterschreiben.

Paul und ich werden aufs Präsidium gebracht, während Khalil und Hamid ins Krankenhaus kommen. Hätte es etwas geändert, wenn Khalil gewusst hätte, dass Hamid noch lebt? Warum wollte er tun, was er tun wollte? Warum hat Paul darauf bestanden, ihn zu suchen? Warum habe ich Paul begleitet, warum habe ich Khalil fast totgeschlagen? Warum muss ich das wissen? Die Leute tun, was sie tun.

Bis zum nächsten Morgen werden Paul und ich vernommen. Was wir erzählen, klingt so plausibel wie das Ende der *Matrix*-Trilogie, aber die Beamten glauben uns, weil ihnen nichts anderes übrigbleibt und weil sie uns glauben wollen. Sie machen etliche Anrufe, auch bei ihren Kollegen in London, dann ist die Sache fürs Erste erledigt. Mein Gewaltausbruch, der während der Skype-Verbindung aufgezeichnet wurde, wird als Notwehr bezeichnet, niemand denkt an eine Anzeige. Wir werden uns bereithalten müssen für weitere Fragen, von der Polizei zu Hause oder vom BKA, aber jetzt dürfen wir den Vernehmungsraum verlassen.

Auf dem Flur warten meine Eltern und Pauls Mutter. Stefan, der Freund meines Vaters von der Staatsanwaltschaft, hat Bescheid gesagt. Sie hatten während der Vernehmung genug Zeit, nach Hamburg zu kommen.

»Wir sind allein losgefahren, wir fahren auch allein zurück«, sage ich, bevor ich mir irgendetwas anhören muss.

Meine Mutter geht auf mich zu, sie hat mich noch nicht in den Armen gehabt, will protestieren. Mein Vater hält sie zurück und sagt:

»Okay.«

Ich hätte darauf wetten können, dass er das sagt, und ich hätte gern verloren. Paul, der nicht geschlafen hat seit gestern Morgen, weicht zurück, als seine Mutter auf ihn zukommt, schüttelt wortlos den Kopf und geht vor zum Ausgang. Ich folge ihm.

»Finn, warte kurz«, sagt mein Vater.

Ich drehe mich um.

»Khalils Vater, er hatte einen Herzinfarkt. In Karlsruhe, während einer Vernehmung. Er ist tot.«

Ich nicke und gehe weiter. Zu spät, denke ich, viel zu spät.

Wir fahren zum Bahnhof, nehmen den ersten Zug, den wir nehmen können, und halten uns gegenseitig wach. Nele ist zu Hause, als wir ankommen. Sie zögert kurz, bevor sie sich von mir in die Arme nehmen lässt. Erst denke ich, sie ist das von mir nicht gewohnt, sie wundert sich, dann fällt mir das Blut auf meinem T-Shirt und meiner Hose ein. Paul und ich gehen in mein Zimmer, legen uns hin und schlafen sofort ein. Als ich aufstehe, sind meine Eltern längst wieder zu Hause. Paul wacht eine halbe Stunde nach mir auf. Wie immer erzähle ich ihm alles, wie immer glaubt er kein Wort, bis er es glauben muss.

Sieben Tage lang geht das so, so lange bleibt er bei mir. Jeden Tag erzähle ich knapper und schneller, aber nicht weniger, jeden Tag werde ich besser. Ich weiß, worauf ich achten muss. Jeden Tag ruft Pauls Mutter an, zweimal steht sie vor der Tür, aber Paul bleibt jedes Mal bei seiner Entscheidung, von der ich ihm erzählt habe. Meine Eltern wimmeln seine Mutter ab, uns lassen sie meistens in Ruhe. Hin und wieder fragen sie nach Pauls Medikamenten, einmal fährt meine Mutter ihn zum Arzt. Wir gehen nicht oft aus dem Zimmer, wir sehen uns Filme an. Mit *Atypical* kommen wir an einem Tag durch, *Interstellar* gefällt Paul wirklich gut. In seinem Buch liest Paul nie, er schreibt auch nicht mehr. Einen Abend gehen wir auf den Platz vor der Kirche und treffen uns dort mit Tom, Mascha und

Niko. Sie haben alle von Khalil gehört, sie stellen keine Fragen. Weil Paul kein Bier trinken darf, bleibe ich auch bei Mate.

Am Ende fahren uns meine Eltern zur Beerdigung von Khalils Vater. Wir wollen Khalil beide sehen. Es sind kaum Trauergäste da, Khalil wird von einer Polizistin und einem Polizisten begleitet, Handschellen trägt er nicht. Er hat Verbände im Gesicht, er sieht uns nicht ein einziges Mal an. Wie bleiben nicht bis zum Schluss. Auf dem Friedhofsparkplatz wartet Pauls Vater, das war so verabredet. Er hat Pauls Bruder dabei, Viktor, legt ihn Paul in die Arme.

Paul und ich verabschieden uns. Ich fahre mit meinen Eltern zu ihnen nach Hause und gehe in mein Zimmer. Dort ist alles, wie es immer war.

VI

ONE DAY AT A TIME

29. OKTOBER 2019

Ich bin runter in den Keller, weil ich meinen Impfpass gesucht habe und dachte, vielleicht ist er ja in einer der beiden Kisten, die da noch von mir rumstehen. Als ich auf der Arbeit einen Diner-Stuhl auseinanderbauen wollte, habe ich mir an einer rostigen Schraube die Hand aufgerissen. Der Arzt hat zwei Klammern gesetzt und mir sicherheitshalber eine Tetanusspritze gegeben. Er braucht den Impfpass, hat er gesagt. Große Hoffnungen, ihn zu finden, hatte ich nicht, warum sollte ich damals an so was gedacht haben, aber man kann ja nie wissen. Den dämlichen Impfpass habe ich natürlich nicht gefunden, aber das hier. Lag einfach da drin. Hat mich umgehauen.

Klar wusste ich sofort, was das ist. Das gelbe Buch. Ich habe oft davon gehört, aber ich hatte es zum ersten Mal in der Hand. Stimmt natürlich nicht, ich konnte mich nur nicht an das Ding erinnern, auch nicht an irgendwas, was drinsteht, nicht an ein einziges Wort. Seit ich mit Finn unterwegs war damals, habe ich es nicht mehr benutzt. Ich habe nur noch Videos gemacht, Handyvideos. Ich weiß nicht, wie ich darauf gekommen bin. Was da alles los war, ist immer noch weg. Ich schätze, das wird sich auch nicht mehr ändern. Filme sind echt, soll ich gesagt haben, die lügen nicht. Keine Ahnung, warum ich nach dem Unfall nicht gleich Videos gemacht habe. Wahrscheinlich hat Mama mir das gelbe Teil damals in die Hand gedrückt.

Ich habe gerade alles gelesen und schlackere immer noch mit den Oh-

ren. Mann, Mann, Mann, was für ein Scheiß! Fünf leere Seiten hat das Buch noch, die schreibe ich jetzt voll. Ich weiß nicht, warum. Für später vielleicht, für mich selbst. Oder für Finn, irgendwann zum Geburtstag oder so. Zum 50. Das Gesicht möchte ich dann sehen. Jedenfalls habe ich das Gefühl, das Buch sollte keine leeren Seiten haben. Nicht dieses Buch.

Mir geht's besser als damals, viel besser. Hat eine ganze Weile gedauert, aber jetzt muss mir morgens keiner mehr erklären, wo ich bin und was ich die letzten Monate getrieben habe. Trotzdem, so richtig geil ist es noch nicht. Ich habe immer wieder kleine Aussetzer, manchmal auch größere, viel besser wird es vielleicht nie, aber wer weiß. Ich habe mir ein paar Tricks zugelegt, um klarzukommen, und ich bin ja nicht allein.

Ich wohne jetzt in Berlin, bei Gesa. Bei Gesa und Marc und Tjorven. Ich kann mir nicht vorstellen, dass Marc begeistert war, als mich Gesa nach Berlin geholt hat, und mein allergrößter Fan ist er bis heute nicht. Bestimmt hat er sich das alles anders vorgestellt mit Gesa und der Kleinen, hätte ich auch. Aber vielleicht ist es ja nicht mehr für lange, jedenfalls nicht für ewig, und eigentlich kommen wir ganz gut klar miteinander. Manchmal glaube ich sogar, dass er es ziemlich cool findet, die WG und alles, und zu der gehöre ich ja auch. Sie haben eine Riesenwohnung in Neukölln gemietet, weil sie Platz für mich gebraucht haben, und zwei Leute dazu geholt, damit sie sich die Miete leisten können. Ronnie arbeitet in der Schreinerei der Volksbühne, Antje ist eine Kollegin von Gesa. Antje hat keinen Freund, und so groß ist der Altersunterschied echt nicht. Marc zieht mich damit auf. Er hat gemerkt, wie ich sie ansehe. Ich hoffe, er hält das Maul.

Mama habe ich seit zwei Jahren nicht mehr gesehen. Sie ruft nicht mehr an, aber sie schreibt immer noch unendlich lange Mails. Ich bringe es nicht über mich, sie nicht zu lesen, aber meistens antworte ich nicht oder schicke nur ein Foto oder so. Sie ist in der Wohnung geblieben, Papa zahlt ordentlich was dazu, schätze ich. Zwei Zimmer, das Wohnzimmer und das alte Schlafzimmer, nutzt sie jetzt als Redaktionsräume für ein Internet-Magazin, das sie mit irgendeiner anderen Frau auf die Beine gestellt hat. Berichte aus der Region, von Frauen für Frauen, was weiß ich. Keine Ahnung, ob das Zeug jemand liest. In letzter Zeit geht es da viel um Gesundheitsthemen, oft um Krebs. Vor einem halben Jahr hat sie ihre Diagnose bekommen. Sie hat schon eine OP hinter sich und ein paar Chemos. Ich glaube, es geht ihr ganz gut. Manchmal versuche ich mir vorzustellen, wie es wäre, wenn sie stirbt, und dann fühle ich nichts, gar nichts. Einmal hatte Gesa Tränen in den Augen, als sie mit ihrem Laptop in der Küche saß und im Internet einen Artikel von Mama gelesen hat. Ich hätte sie gern getröstet, aber Gesa hat gedacht, ich merke es nicht.

Papa kommt uns manchmal besuchen, immer mit Viktor, manchmal auch mit Astrid. Wir machen dann schön auf Familie, er lädt uns immer groß ein und besteht jedes Mal darauf, dass Ronnie und Antje mitkommen. Aber ganz ehrlich: Er hat jetzt eine neue Familie. Für mich ist es okay, ich meine, was soll ich denn machen? Ich bin hier, ich habe auch eine neue Familie. Gesa geht der ganze Kram mit Papa auf den Zeiger, glaube ich, fällt ihr total schwer, ihn mit Viktor und Astrid zu sehen. Verstehe ich gut. War bei mir ähnlich, ich kann mich gut daran erinnern. Sie tut mir trotzdem leid. Aber sie hat Tjorven und Marc, und mich hat sie auch, selbst wenn ich ihr das nie sagen würde.

Ich arbeite in so einem hippen Laden für Retrodesign, was nur bedeutet, dass dort gebrauchte Möbel zu haben sind. Ich bin in der Werkstatt. Macht mir Spaß, und ich kann das ganz gut. Natalie und Yilmaz nerven manchmal, aber sonst sind die Kollegen alle nett. Auch das ist nicht für ewig, aber im Moment passt es. Ich bin erst 22. Jetzt kommt erst mal ein Tag, denke ich oft, und dann der nächste. Ich könnte nicht sagen, dass viele schlechte darunter sind. Ist doch okay, ziemlich cool eigentlich. Trotzdem bin ich gespannt, was noch kommt. Bei mir und bei den anderen.

Als ich vor über zwei Jahren nach Berlin bin, hat sich Finn wieder in sein Zimmer verzogen. Wir haben uns WhatsApps geschickt und geskypt, und ich habe nichts gemerkt, sagt er. Habe ich wahrscheinlich wirklich nicht, ich kann mich nicht erinnern. Zwei Monate ging das noch so, dann sind seine Mutter und Nele hereingekommen und haben ihn aus dem Zimmer geschleift. Sein Vater hätte das nie gemacht, sagt Finn, aber der war auch dabei, als sie ihn in die Klinik gebracht haben. Finn muss voll auf Tabletten gewesen sein, so richtig übel. Sogar seine Leber war im Arsch. Er war lange in der Klinik, ich habe ihn wohl dort mit Gesa besucht. Irgendwann kam er raus, hat sein Zimmer zusammengeräumt und ist ausgezogen. Jetzt wohnt er mit einer Medizinstudentin und ihrer Freundin, einer wahnsinnig süßen Bauingenieurin, in einer WG in der Südstadt, spielt in einer Band und verdient damit richtig Kohle. Die treten auf Hochzeiten auf und auf Geburtstagen, Betriebsfesten und so. Und natürlich im Karneval. Finn sitzt fast jeden Abend am Keyboard, beschwert hat er sich noch nie. Er sagt, er will Musik studieren, und wenn er in Deutschland nicht angenommen wird, geht er aufs Konservatorium in Utrecht. In Holland sind die Chancen anscheinend größer. Beworben hat er sich noch nie, nirgends, und manchmal denke ich, er labert nur. Manchmal bin ich ganz sicher, dass er es irgendwann machen wird. Aber eigentlich ist es mir egal, meistens jedenfalls. Es geht ihm gut, und wir sind Freunde. Das reicht mir eigentlich.

Vor drei, vier Wochen haben Finn und Darja mich wieder besucht. Die beiden verstehen sich immer noch richtig gut, aber ein Paar sind sie schon lange nicht mehr. Heute gibt es Titus, nicht bei Darja, bei Finn. Viel weiß ich noch nicht über Titus, ich schätze, es ist noch zu frisch. Dass es ein Typ ist, ist Zufall. Davor gab es Leah, das ging aber nur ein paar Monate gut. Finn hat mehr Auswahl als ich, und er macht sich da keinen Kopf. Neidisch bin ich nicht oder nur ein bisschen. Manchmal nervt es, wenn er mit Darja über Kerle spricht.

Als die beiden hier waren, haben wir auch wieder über die Reise damals gesprochen, über Khalil und über London und alles. Das machen wir jetzt mehr als früher. Finn hat mir alles inzwischen so oft erzählt, dass ich fast glaube, ich wäre dabei gewesen. Ich meine, das war ich ja, aber irgendwie auch nicht. Ich würde da gern mal hin, mit Finn und vielleicht zusammen mit Darja und Titus, falls man sich seinen Namen merken muss. Ich würde gern Hampstead sehen und den Park mit dem tollen Blick. Vielleicht könnten wir Dr. Blumenthal besuchen. Finn hat mir von ihr erzählt, und was ich über sie gelesen habe, finde ich cool. Keine Ahnung, was ich mir davon verspreche. Aber man weiß nie, was passiert.

Da fällt mir das Buch ein, das mir Gesa neulich gegeben hat. Sie gibt mir immer noch Bücher, die meisten lese ich auch, aber nicht alle. Jedenfalls endet das Buch damit, dass einer, der sich eigentlich umbringen wollte, an einer Bushaltestelle eine Frau sieht, die mit ihm in die Schule ging. Er hat sie seit vielen Jahren nicht gesehen, freut sich total und geht auf sie zu, da sieht er aus der Nähe, dass sie es gar nicht ist. In dem Moment kommt der Bus. Ist klar, wer aussteigt, oder?

Keine Ahnung, warum wir diesen Wahnsinn damals abgezogen haben. Ich muss es auch gar nicht wissen. Vor unserer Reise war ich dort, wo ich war, jetzt bin ich hier.